NIALL WILLIAMS

# Das Alphabet der Liebe

*Buch*

Nicholas Coughlan ist zwölf Jahre alt, als sein Leben aus der Bahn geworfen wird. Einer Eingebung folgend, beschließt sein Vater, seine Stellung als Beamter aufzugeben und sich ganz der Malerei zu widmen. Nicholas und seine Mutter bleiben allein in Dublin zurück, wenn der Vater zu seinen Fahrten an die Küste aufbricht. Dort, im flirrenden Licht des Atlantiks, malt er seine verstörenden Bilder, wilde Farbkompositionen, deren Sinn nur er selbst versteht. Nicholas' Mutter kommt über die Entscheidung ihres Mannes nie hinweg und zerbricht an der Situation.

Am anderen Ende Irlands, auf einer Insel vor der Westküste, lebt Isabel Gore mit ihren Eltern und ihrem Bruder Sean, der seit einem geheimnisvollen Anfall stumm und gelähmt im Rollstuhl sitzt. Isabel wird in eine Klosterschule auf dem Festland geschickt und beginnt eine heimliche Liaison mit dem Sohn einer Stoffhändlerin. Doch ihr Heimweh und die Liebe zu ihrem Bruder, für dessen Schicksal sie sich verantwortlich fühlt, lassen sie nicht los. Isabel kehrt auf die Insel zurück.

Nicholas und Isabel sind füreinander bestimmt, doch es wird lange dauern, bis sie sich finden. Ein Gemälde von Nicholas' Vater, das durch Zufall in den Besitz von Isabels Familie gerät, zeigt ihnen den Weg...

*Autor*

Niall Williams wurde 1958 in Dublin geboren und lebt heute im westindischen Kiltumper. Neben mehreren Dramen verfaßte er zusammen mit seiner Frau Christine Breen vier Bücher über das Leben in einem kleinen irischen Dorf. *Das Alphabet der Liebe* ist sein erster Roman.

# Niall Williams

# Das Alphabet der Liebe

Roman

Aus dem Englischen
von Martina Tichy

GOLDMANN

Titel der Originalausgabe erschien unter dem Titel
»Four Letters of Love«
bei Picador, London

*Umwelthinweis:*
Alle bedruckten Materialien dieses Taschenbuches
sind chlorfrei und umweltschonend.

Der Goldmann Verlag
ist ein Unternehmen der Verlagsgruppe Bertelsmann GmbH

Genehmigte Taschenbuchausgabe 2/2000

Umschlaggestaltung: Design Team München
Umschlagfoto: Photonica / M. Gesinger
Satz: Uhl + Massopust, Aalen
Druck: Elsnerdruck, Berlin
Titelnummer: 44576
BH · Herstellung: Sebastian Strohmaier
Made in Germany
ISBN 3-442-44576-0

1 3 5 7 9 10 8 6 4 2

*Für meine Mutter,*
verborgen inmitten der Sterne.

Die Wege der Liebenden
sind gepflastert mit Worten.

Ovid, *Liebeskunst*

# TEIL 1

## 1

Als ich zwölf Jahre alt war, sprach Gott das erste Mal zu meinem Vater. Gott sagte nicht viel. Er befahl meinem Vater zu malen und beließ es dabei, kehrte sodann zu seinem Sitz inmitten der Engel zurück und spähte durch die Wolken über der grauen Stadt, um zu sehen, was als nächstes passieren würde.

Zu dieser Zeit war mein Vater Staatsbeamter. Er war dünn, groß und drahtig, und seine Knochen stachen spitz unter seiner Haut hervor. Mit vierundzwanzig war sein Haar silbergrau geworden und hatte ihm einen Anstrich von Alter und würdevollem Ernst gegeben, ein Eindruck, der sich später noch verfestigte und schließlich so stark wurde, daß er keine Straße entlanglaufen konnte, ohne Aufsehen zu erregen. Er wirkte irgendwie innerlich aufgewühlt, was durch seine unglaublich blauen Augen und seine Wortkargheit noch unterstrichen wurde. Obwohl ich keine Geschwister hatte, kann ich mich aus den ersten zwölf Jahren meines Lebens nur an weniges von dem erinnern, das er je zu mir sprach. Die Worte sind verschwunden, und mir bleiben aus der frühen Kindheit zumeist nur Bilder: mein Vater im grauen Anzug, wie er, an nebligen Novemberabenden aus dem Büro heimkehrend, durch die Haustür tritt, die Aktentasche neben dem Telefontischchen fallen läßt und die Treppenstufen und die Decke über der Küche zum Knarzen bringt, wenn er in eine Strickjacke schlüpft und dann zum Tee herunterkommt. Das große Rechteck seiner Stirn, das über den Schlagzeilen der Zeitung auftaucht, wenn er Antwort auf eine Frage gibt. Das Neujahrsschwimmen von Greystones in der eisigen Irischen See. Ich halte das Handtuch, und seine lange, abgezehrte Gestalt watet ins Wasser, Brustkorb und Schultern stechen hervor wie ein wirrer Haufen Bügel in einem leeren Kleidersack. Seine Zehen biegen sich in die Höhe, von den Steinen weg, und an den Enden seiner Arme scheint er unsichtbare Taschen zu tragen. Möwen kreisen dicht an seiner Seite, und der matte Schimmer seines nackten Leibes, wie er da vor der blaugrauen See steht, läßt an die Farbe des Windes denken. Mein Vater ist so dünn und durchscheinend wie die Luft; und es ist, als könnten ihn die hohen Wellen, die sich an seinen dahinwatenden Schenkeln brechen, zerknicken wie eine Oblate. Ich denke, die See wird ihn fortspülen, aber das geschieht nie. Er kommt an Land und nimmt das Handtuch. Einen Augenblick lang bleibt er stehen, ohne sich abzutrocknen. Ich habe die Kapuze hochgeschlagen, den Reißverschluß meines Mantels bis obenhin zugezogen und spüre den eisigen Wind, der ihn erstarren läßt. Trotzdem steht er da und schaut hinaus in die graue Weite, wartet eine Zeitlang, bevor er sich anzieht und das neue Jahr begrüßt, ohne zu ahnen, daß Gott bald zu ihm sprechen wird.

Er hatte schon immer gemalt. An Sommerabenden, nachdem das Gras gemäht war, saß er oft mit Skizzenblock und Bleistiften im hinteren Teil des Gartens, zeichnete und radierte, während das Licht schwand und die Jungen unten an der Straße Ball spielten. Bevor ich als kurzsichtiger, sommersprossiger Achtjähriger abends unter die Bettdecke kroch, beobachtete ich ihn von meinem Schlafzimmerfenster aus und empfand den Anblick dieser stillen, eckigen Gestalt am Ende des Gartens als etwas so Reines, Friedliches und Gutes wie ein Nachtgebet. Meine Mutter brachte ihm Tee. Damals bewunderte sie sein Talent, und wenn auch keines seiner Bilder je die Wände unseres kleinen

Hauses schmückte, wurden sie doch häufig an Verwandte und Nachbarn verschenkt. Ich hörte, wie man ihn lobte, bemerkte mit jungenhaftem Stolz das kleine »W.C.«, mit dem er seine Bilder in der Ecke signierte, und schob weiter meinen Zug über den Teppich, beflügelt von dem geheimen Wissen, daß keiner einen solchen Dad hatte wie ich.

Mit zwölf änderte sich dann die Welt. Mein Vater kam eines Abends in seinem grauen Anzug heim, setzte sich, um seinen Tee zu trinken, und hörte den Erzählungen meiner Mutter zu: wie sie den ganzen Tag auf den Mann gewartet hatte, der die undichte Stelle im Dach der hinteren Küche reparieren sollte, daß ich mit einem Loch in der Hose aus der Schule gekommen war und daß Mrs. Fitzgerald angerufen hatte, sie könne an diesem Donnerstag nicht zum Bridgespielen kommen. Er saß da, zerknittert, eckig, ruhig wie immer, und hörte zu. Lag ein besonderer Glanz in seinen Augen? Seit langem schon habe ich mir eingeredet, daß es so war. Es kann nicht so simpel und nichtssagend gewesen sein, wie ich es jetzt vor mir sehe, daß mein Vater eine zweite Tasse Tee mit Milch trank, ein Stück Früchtebrot aß und sagte: »Bette, ich werde malen.«

Zunächst begriff sie natürlich nicht. Sie dachte, er spreche nur von jenem Abend, und sagte: »Fein, William«, und daß sie nach dem Tee aufräumen würde; er könne gleich anfangen und sich umziehen.

»Nein«, sagte er ruhig und bestimmt, wie er immer sprach, wodurch die Worte größer und voller erschienen als er selbst, so als stünde die Tragweite ihrer Bedeutung in direkter Beziehung zu seiner Dünnheit, als existiere er nur im Geist. »Ich arbeite nicht mehr länger im Büro«, sagte er.

Meine Mutter war aufgestanden und band sich schon die Schürze für den Abwasch um. Sie war eine kleine, zierliche Frau mit flinken braunen Augen. Nun hielt sie inne, sah ihn an und spürte langsam die Erkenntnis in sich aufsteigen, kam dann schnell wie der Blitz quer durch die Küche, packte mich ungewollt hart am Oberarm und schickte mich vom Tisch nach oben zum Lernen. Ich trug die mühsam zurückgehaltene Wut ihrer Antwort von der Küche in das kühle Dunkel des Flurs und spürte jenes Aufwallen von Blut und Pein, das die Ankunft Gottes schmerzhaft begleitete. Nach der sechsten Stufe setzte ich mich auf die Treppe. Ich fingerte an dem Loch in meiner Hose herum, drückte die beiden ausgefransten Enden Kordsamt zusammen, als ließen sie sich so wieder flicken. Dann, den Kopf auf die Fäuste gestützt, saß ich da und lauschte dem Ende meiner Kindheit.

## 2

Ich werde nur noch malen«, hörte ich meinen Vater sagen. Es entstand eine verblüffte Pause, das Schweigen nach einem unerwarteten Schlag. Von meinem Ausguck auf den Stufen sah ich durch die Tür das Gesicht meiner Mutter, das angstvolle Flackern in ihren Augen; all ihre emsige, geschäftige Tatkraft war plötzlich gebremst, ja gelähmt, bis sie endlich herausbrachte: »Das meinst du nicht ernst, William, das meinst du doch nicht ernst, sag es mir …«

»Ich werde vom Malen leben, Bette. Ich habe das Auto verkauft«, sagte er.

Wiederum eine Pause, in der sich das Schweigen bedrohlich auflud.

»Wann? Was denn, wie kannst du nur, das ist nicht dein Ernst.«

»Doch, Bette.«

»Das glaub' ich dir nicht. Wie …?«

Sie hielt inne. Vielleicht setzte sie sich. Als sie erneut sprach, klang ihre Stimme gepreßt, als schlucke sie zu Glassplittern geronnene Tränen herunter. »Herrgott, William. Du kannst doch nicht einfach abends nach Hause kommen und sagen, du gehst nicht mehr zur Arbeit. Das ist doch unmöglich, das kann nicht dein Ernst sein.«

Mein Vater sagte nichts. Die Worte blieben gefangen in seinem schmalen, mageren Brustkorb, während er die gewaltige Wölbung seines Schädels in der Handfläche vergrub. Die Stimme meiner Mutter schwoll an.

»Nun, meinst du nicht, daß ich dabei auch noch etwas zu sagen habe, William? Was ist mit Nicholas? Du kannst doch nicht einfach ...«

»Ich muß.« Sein Kopf hatte sich gehoben. Der Satz drängte sich in unser Leben wie die Erinnerung an ein totes Kind, und ein grausiges Schweigen umspülte ihn. Dann sagte er mit so leiser Stimme, daß ich es kaum hörte und mir später einredete, ich hätte es mir nur eingebildet, damals, im Halbdunkel beim Zubettgehen, nachdem ich meine Gebete gesprochen hatte und die Straßenlaternen die Vorhänge mit goldenem Licht umrahmten: »Ich muß es tun. Gott verlangt es von mir.«

## 3

In den folgenden Tagen ging mit unserem Haus eine Verwandlung vor, deren Fortschritte ich beim Heimkommen von der Schule registrierte. Gott war über Nacht bei uns eingezogen. Die Garage wurde mit den Möbeln aus dem Wohnzimmer vollgestopft, die Jalousien verschwanden, um mehr Licht hereinzulassen, Teppiche wurden aufgerollt, und wo in der Ecke der Fernseher gestanden hatte, montierte mein Vater eine große

Tischplatte auf Betonblöcke. Unser Telefon wurde abgemeldet und stand einen Monat lang verlassen auf dem Boden im vorderen Flur. Meine Mutter verließ das Bett nicht mehr. Ich erhielt dafür von meinem Vater keine Erklärung und brachte ihr die von ihm zubereiteten verbrannten Speckscheiben und Spiegeleier nach oben ans Bett wie eine verschlüsselte Botschaft, die über die Zugbrücke in eine belagerte Festung gelangt. Ein Möbelwagen kam und räumte die Garage leer. Nachbarkinder standen in der Einfahrt und sahen zu, wie das alte Leben aus dem Haus verschwand. »Was, ihr habt keinen Fernseher mehr!« johlte ein Junge. »Coughlans haben keinen Fernseher!« »Wir wollen keinen mehr«, schrie ich zurück, stellte mich zwischen die behelfsmäßigen Torpfosten aus zwei ins Gras geworfenen Pullovern, hob die Hände und schielte blinzelnd nach den Bällen, die vorbeizischten.

Dann kam der Frühsommer. Meine Mutter verließ das Bett, mein Vater begab sich auf die erste seiner vielen Frühjahrs- und Sommerreisen, verschwand in die noch leere Leinwand der Jahreszeit und ließ meine Mutter und mich in dem farbenfrohen, aber allmählich verkommenden Durcheinander zurück, das unser Haus vier Wochen nach Gottes Einzug darstellte.

»Dein Vater, der Maler, hat uns verlassen«, sagte meine Mutter zu mir, und dann, mit beißender Ironie: »Gott allein weiß, wann er wiederkommt.« Oder: »Dein Vater, der Maler, glaubt nicht an Rechnungen«, wenn ich undeutlich murmelnd vom Zahnarzt zurückkam und ihr einen kleinen braunen Umschlag hinhielt.

Binnen einer Woche brachten wir das Haus in Ordnung. Ein kleines Zimmer, das vom Flur abging, hatte Teppich und Stühle behalten, und dorthin zog sich meine Mutter abends zurück, saß allein darin, wenn ich zu Bett gegangen war, schaute auf die Lichter in den Nachbarhäusern und fragte sich, was mit den

Rechnungen geschehen sollte, wenn das Geld von dem Möbelverkauf aufgebraucht war.

Das Zimmer an der gegenüberliegenden Seite des Flurs gehörte jetzt meinem Vater. Ich hatte in jenem ersten Monat keinen Schritt hineingetan. Wenn er für einen Augenblick die Tür öffnete, erspähte ich Leinwandrollen, Keilrahmen, einen kleinen Haufen halb ausgedrückter Tuben mit dunklen Ölfarben, die zum Teil verdreht wie sterbende Schnecken auf dem nackten Boden unter dem Tisch lagen. Nun, wenn ich in den endlos hellen Sommernächten im Bett lag, trug mich meine Phantasie in jenen Raum, und in den ersten zwei Monaten nach dem Verschwinden meines Vaters, des Malers, stellte ich ihn mir dort drinnen vor: unentwegt arbeitend und nie von uns fortgewesen.

Als die Sommerferien nahten, verkündete mein Zeugnis das Scheitern meiner Ausbildung. Ich war in allen Fächern außer Englisch durchgefallen, und in Englisch litt ich, so die Bemerkung, an zuviel Phantasie. »Ein Elefant in unserem Haus« war der Titel meines Aufsatzes gewesen.

Als ich eines Samstagmorgens meiner Mutter gegenüber am Küchentisch saß, machte sie mir in eindringlichem Flüsterton klar, daß ich jetzt der junge Herr im Haus sei. Ich müsse mich in der Schule anstrengen, um eine gute Arbeit zu bekommen und Geld zu verdienen. Ich war zwölf Jahre und sieben Monate alt und sah ihr hübsches, rundes Gesicht verzerrt von all dem Kummer und den Sorgen, die Gott ihr auferlegt hatte. Was sie je so reizend gemacht hatte – das übermütige, schalkhaft zwinkernde Lächeln, das vergnügte Gelächter, in das meine Kindheit eingebettet gewesen war –, in jenem Sommer war es verschwunden. Plötzlich wirkte sie ausgelaugt und verbraucht. Wenn sie die Hände nicht fest ineinander verkrampfte, schoß eine davon zu ihrem Gesicht hoch, rieb über die Wange, glitt hinunter und zupfte an ihren dünnen Lippen.

Unsere Nachbarn meldeten sich nicht und kamen auch nicht vorbei. Eine Zeitlang erschien unser Haus in der Straße wie eine Insel – der Ort, von dem William Coughlan aufgebrochen war, um zu malen. Wurde ich die Straße hinunter zum Laden geschickt, absichtlich stets erst in den letzten paar Minuten vor Schluß, wenn es leer war, drehte sich die kurzatmige, vollbusige Mrs. Heffernan zu mir um, betrachtete mich über ihre halbrunde Brille hinweg und legte noch eine Tüte mit Geleebonbons zu der einen Dose Bohnen oder Suppe, wegen der meine Mutter mich geschickt hatte.

»Für dich, mein Kleiner«, sagte sie über Wolken von Parfümduft hinweg, »die darfst du ganz allein aufessen.«

Nach etwa einem Monat ging ich dazu über, mir an der Straßenbiegung vor dem Laden das Haar zu zerraufen, mein Hemd hinten aus der Hose zu ziehen und mir ein bißchen Dreck um Mund und Hals zu schmieren. Das verfehlte nie seine Wirkung auf Mrs. Heffernan: Mit viel Aber-aber und lautem Geschnaufe kam sie hinter der Theke hervor, führte ihren Schürzenzipfel zum Mund und putzte mich ab, um mir schließlich zur Aufpäppelung eine Tüte Äpfel und Orangen mitzugeben.

In jenem ersten Sommer waren wir nicht sicher, ob mein Vater überhaupt zurückkehren würde. Meine Mutter versicherte mir, natürlich würde er, und wie glücklich wir dann alle wieder wären, und wie sehr er sich freuen würde, wenn er hörte, daß ich den ganzen Sommer lang Bücher für die Schule gelesen hätte und so gescheit geworden wäre. Je länger sie mir das einredete, um so mehr las ich, ließ die Torhüterhandschuhe auf der Anrichte neben dem Fenster liegen und verschlang Bücher, auf der vergeblichen Suche nach einem Jungen, der einen Maler zum Vater hatte.

Die Tage waren pures Gold. Es wurde ein legendärer Sommer in Irland. Unser Rasenmäher war verkauft, und in unserem Vorgarten wucherte eine Wiese mit Gänseblümchen und Wildblumen. Das Gras wuchs fast einen Meter hoch, und abends ging ich manchmal nach draußen und legte mich ganz hinein, spürte sein sanftes Wogen um mich wie ein Meer und sah zu, wie das Blau des Himmels immer dunkler wurde und die Sterne hervortreten ließ. Ich hielt die Augen offen und dachte an meinen Vater, der irgendwo da draußen war und die Wölbung der Nacht über mir malte.

## 4

Bis Mitte August hatten wir zwei Postkarten bekommen. Eine aus Leeane, County Mayo, die andere aus Glencolumbkille in Donegal. Beide teilten uns mit, daß es ihm gutgehe und er fleißig male. Beide behaupteten, er werde bald daheim sein. Sie wurden, mit der Botschaft nach außen, auf dem Fensterbrett neben dem Tisch in der Küche aufgestellt, und solange die Ferien währten, las ich sie morgens wieder und wieder, während ich mit meinem Becher Tee und der knapp bemessenen Ration Milch dasaß und leicht besorgt an dem grauen Knieflicken auf meiner Hose herumfingerte.

Dann, am ersten feuchten Schulmorgen im September, kam ich herunter und hörte es jenseits des Flurs aus dem Zimmer meines Vaters hämmern und klopfen. Er war in der Nacht zurückgekommen, eine schmale Gestalt mit Hut und einer kleinen Tasche, war den Pfad hinaufgeschlendert und hatte an die eigene Haustür geklopft. Meine Mutter muß ihn für einen Bettler oder Dieb gehalten haben. Sie hörte ihn klopfen und rührte sich nicht aus dem Bett, halb in dem Glauben, das lang erwartete Geräusch, das sie geweckt hatte, nur zu träumen. Als er zum Hintereingang hereinkam und sie ihn durch die Küche und über den nackten Boden im Flur tappen hörte, wußte sie, daß er es war. Er ließ seine Tasche unten an der Treppe stehen und ging hinauf zum Schlafzimmer. Ich stelle mir vor, daß er zu mir hereinschaut; seine langgliedrige, kühle Hand tastet sich durch das Dunkel des Schlafzimmers und streicht mir über das Haar. Dann zieht er sich wieder aus dem dunklen Raum auf den dunklen Treppenabsatz zurück und öffnet die Schlafzimmertür. Eine Gestalt in triefendnassem Regenmantel und aufgeweichtem Hut, so stand er da, in den Stiefeln, die ihn aus dem Westen hierhergetragen hatten, und sah meine Mutter an. Er erwartete Schmähungen, Flüche, Kälte in jeder Form. Silberweiß wie der Mond stützte sie sich in ihrem Nachtgewand zwischen den Laken auf einen Ellenbogen und sah ihn an. Sie wartete noch einen Augenblick, um sicherzugehen, daß sie nicht träumte, dann sagte sie »Gott sei Dank« und breitete die Arme aus.

Von alldem wußte ich natürlich noch nichts. An jenem klammen Morgen hörte ich den Lärm aus seinem Zimmer und glaubte in einem Anflug von Panik, seine Sachen würden verkauft. Ich öffnete die Tür, um hineinzuschauen, und fand ihn dabei, wie er einen großen Keilrahmen zusammennagelte. Er sah und hörte mich nicht. Ich öffnete den Mund, um seinen Namen zu rufen, brachte aber keinen Ton hervor. Statt dessen starrte ich ihn von der Türschwelle her an, wie er da, tief gebeugt, ganz seinem Werk hingegeben, auf das Holz einhämmerte wie eine stille, erstarrte Gestalt in einem Gemälde, die dem Treiben der Welt um sie herum keine Beachtung schenkt. Ich trat zurück und schloß die Tür. In der Küche bereitete ich mir schweigend mein Frühstück, während in mir Schrecken und Freude durcheinanderwirbelten. Als ich den Mund öffnete, um zu essen, spürte ich, wie die Empfindungen emporgurgelten, mich würgten und mein Gesicht aufblähten. Ein Strom unausgesprochener Worte umschäumte mich. War er also zurückgekommen?

Herrschte nun wieder Ordnung und Frieden in unserem Leben, oder hämmerte er die Keilrahmen fieberhaft entzwei statt zusammen? War es vorbei mit seiner Malerei? Hatte Gott erneut gesprochen?

Meine Augen lasen die Postkarten auf dem Fensterbrett, wie sie es seit Wochen getan hatten, und dann fühlte ich seine Hand auf meiner Schulter.

»Dad«, sagte ich, drehte mich um und spürte den Wasserballon meiner Gefühle in einem Tränenausbruch zerplatzen. Ich klammerte mich an seine schmale, dumpf nach Terpentin riechende Brust und weinte, bis er mir schließlich auf den Rücken klopfte und mich von sich weghielt. Er musterte mich von oben bis unten, ich tupfte mir mit dem verschlissenen Ärmel meines grauen Pullovers die Tränen ab und hoffte, daß das angehäufte Wissen dieses Sommers wie ein Glorienschein über mir hinge. Ich hoffte, er sähe mir an, daß ich nun der junge Herr des Hauses war, sähe mir an, wie ich Mrs. Heffernan mit meinen Tricks pfundweise Obst und Süßigkeiten entlockt und dabei immer gewußt hatte, daß er zu uns zurückkommen würde.

Mich auf Armeslänge entfernt haltend, ließ er seine blauen Augen eine Ewigkeit prüfend auf mir ruhen. Sein Haar war lang geworden und erschien im Morgenlicht nicht grau, sondern weiß. Selbst seine Augenbrauen wirkten heller. Er hatte jetzt etwas Blasses, Durchscheinendes an sich, und je länger ich ihn ansah, desto mehr schien er sich zu verflüchtigen, wurde vom Menschen zu einer Art Lichtgestalt und stieg in meiner Vorstellung allmählich zu etwas Gottähnlichem auf.

»Diese Woche brauchst du nicht zur Schule zu gehen«, sagte er. »Was hältst du davon? In Ordnung?«

Natürlich war es in Ordnung. Es war phantastisch. Meine Mutter kam aus dem Bett und zu uns herunter in einem grünen Kleid, das ich noch nie gesehen hatte. Sie schickte mich los, um

Kartoffeln und Karotten einzukaufen, und ich kam mit einer Extrarübe zurück.

Mein Vater hatte die Bilder dieses Sommers mit dem Zug nach Dublin schicken lassen und nahm mich daher am späteren Vormittag mit, um sie am Bahnhof abzuholen. Es war die erste richtige Fahrt in die Stadt, an die ich mich erinnere; ich saß oben im Doppeldeckerbus ganz vorne, dort, wo die dünnen Zweige von Platanen und Kastanien an den Fenstern entlangstrichen und hinter uns ihre Blätter auf die kleinen, von Häusern gesäumten Straßen rieseln ließen. Ich legte die Hände auf die Knie, ohne an den Flicken zu denken, und warf der in tiefes Schweigen versunkenen Gestalt meines Vaters einen Blick zu. Ich hatte nicht den Eindruck, daß er glücklich war, wieder bei uns zu sein. Die Ruhe, die von ihm ausging, schien er so tief verinnerlicht zu haben, daß selbst seine Empfindungen sorglos durch den Tag zu gleiten schienen, so sanft und geräuschlos wie kleine Wirbel unsichtbarer Blätter, die in der Halbdämmerung eines Herbstnachmittags herabkreiseln. Man sah ihm seine Gefühle nicht an; sobald er aber fort war, fand man sie wie eine Art Hinterlassenschaft rundherum verstreut. Daher wußte ich, daß er die Stadt haßte. Etwas in ihm empfand Abscheu angesichts der Tatsache, daß er dort geboren, täglich zur Arbeit ins Büro gegangen war und so viele Tage voller Licht vergeudet hatte.

Ihm und jener Busfahrt am späten Vormittag verdanke ich meinen eigenen Haß auf die Stadt. Eine graue Ödnis ohne ein einziges Blatt, ein gigantisches, sich ständig verschiebendes Puzzle aus Beton, in das sich kleine, hastige Reihen von Menschen mit braunen Mänteln und nassen Gesichtern mischten. Ich wollte nach seiner Hand greifen, als wir aus dem Bus stiegen, tat es aber nicht, sondern vergrub die kalten Fäuste tief in den Taschen meines Dufflecoats und versuchte mit dem Takt seiner langen, zielgerichteten Schritte mitzuhalten. Er hatte sich seit über einer Woche nicht rasiert, und der Bart überzog sein Gesicht mit einem zarten Silberfilm; eine leichte Brise ließ seine weißen Haarsträhnen zur Seite wehen und entblößte einige kahle rosa Stellen auf seinem Schädel. Ohne Hut ging er die Straße an den Kais entlang und erregte die Aufmerksamkeit der Passanten, als müsse sich hinter seiner seltsamen Erscheinung mit dem fast schulterlangen Haar und den blauen Karfunkeln von Augen notwendigerweise eine berühmte Persönlichkeit verbergen. Ich glaube, er nahm auf dem Weg zum Bahnhof gar nichts wahr, weder das heulende Baby mit dem verschmierten Mund auf dem Arm seiner Mutter noch die Ölspritzer, die ein vorbeifahrender Bus auf unseren Hosenbeinen verteilte. Ich nahm an, daß er, wie ich und meine Mutter daheim, in Gedanken bei den Bildern war. Vielleicht war er schon da, stand wieder in der offenen Landschaft von Braun-, Grün- und Violett-Tönen, dort, wo er Tag um Tag versucht hatte, das farbige Licht auf der Leinwand einzufangen.

Wir betraten den riesigen, windigen Bogengang des Bahnhofs, und beim Anblick der Züge hüpfte mir das Herz im Leib. Er erlaubte mir, bei einem Geländer vor einer Lokomotive stehenzubleiben und zu schauen, während er sich um seine Pakete kümmerte.

Das langsame, schwerfällige Herannahen der Züge, Uniformen, laute verzerrte Ansagen, Ortsnamen von weither, jenseits der langen Bahnsteige.

»Alsdann.«

Die Rückbank und der Kofferraum eines Taxis waren bereits mit einer Reihe in braunes Papier verpackter Leinwände vollgestopft. Wir zwängten uns auf den Vordersitz neben den Fahrer. Ich saß auf den spitzen Knien meines Vaters, und er beugte sich vor und rieb den Reif unseres aufgeregten Atems von der Windschutzscheibe, bis wir durch einen kleinen, schlierigen

Kreis auf die Straße blicken konnten, die wir durchfuhren. Stolz erfüllte mich; die Bilder, die wir heimtransportierten, sollten die Belohnung für all den Kummer dieses Sommers sein. Meine Mutter würde sie anschauen, die Hände zusammenschlagen und vor den Mund legen. Binnen einer Woche würden alle Bilder verkauft sein, wir hätten wieder einen Teppich im Flur und ein rotes Auto in der Garage. Wie Seifenblasen stieg die Freude in mir hoch, während sich der Wagen durch die verschlungenen Doppelhaussiedlungen schlängelte, wo alle Männer zur Arbeit gegangen und alle Kinder in der Schule eingesperrt waren.

## 5

Religiös im herkömmlichen Sinn war unsere Familie eigentlich nicht. Bis ich zehn wurde, gingen mein Vater und meine Mutter mit mir am Sonntagmorgen zur Messe. Wir saßen auf den polierten Kirchenbänken neben unseren Nachbarn und erhoben, knieten und setzten uns jeweils an den richtigen Stellen. Manchmal, wenn die Predigt des Priesters zu langweilig wurde oder seine Schmähungen zu hitzig, begann mein Vater laut und tief zu atmen, um nichts mehr hören zu müssen, was die Umsitzenden zu der Annahme verleitete, er schlafe mit offenen Augen. Dem war aber keineswegs so; er hielt nur seinen Zorn im Zaum, hörte ich ihn zu meiner Mutter sagen. Außerdem, so meinte er, war nicht Atmen die reinste Form von Gebet?

»Gott, Nicholas«, sagte er später zu mir, »lebt nicht in Backsteinkirchen in den Vorstädten.« Es war ein Sommernachmittag. Wir beide machten einen Spaziergang, meine Mutter hielt ein Nickerchen. Wir nahmen die Lieblingsstrecke meines Vaters, steil bergauf durch die kleinen, bebauten Straßen in Richtung offenes Land. Sobald wir die Siedlungen und Ringstraßen, die

Schleifen und Labyrinthe der neuen Häuser hinter uns gelassen hatten, änderte sich die Luft. Mein Vater streckte sich und schien zu wachsen, sich auszudehnen, ein Riese voll tiefen Gefühls, der schweigend an dem Gewirr von rotblühenden wilden Fuchsien und gelbem Geißblatt vorüberging. Der weite Himmel schien ihm zu bekommen, im Sonnenlicht schritt er stärker aus. Er pflückte ein klebriges Lorbeerblatt von einer Hecke und behielt es in der Hand, rollte es zwischen den Fingern wie eine Erinnerung. Das zeigte mir, daß er glücklich war. Und als er den Satz über Gott und die Kirchen äußerte, während er mich um eine Ecke in den Sonnenschein führte, der über einer Hecke voller Vogelgezwitscher hervorlugte, da brauchte ich nicht lange nachzudenken. Ich wußte, daß er recht hatte.

Bald danach hörten wir auf, die Messe zu besuchen. Und kurz darauf, so schien es mir, nahm Gott seinen Platz in unserem Haus ein. Es wurde nicht oft von Ihm gesprochen und nie das Wort an Ihn gerichtet. Und dennoch wußten wir, daß Er da war. Nicht direkt mit Heiligenschein oder vielen Gebeten, aber doch anwesend. Wie die Zentralheizung, sagte meine Mutter. Als mein Vater fortging, blieb Er da.

Mit den verpackten Leinwänden hinter uns im Taxi, das wußte ich, brachten wir den Beweis für Gottes Existenz nach Hause.

Als wir ankamen, war meine Mutter oben; sie befand sich in heller Aufregung, und von den beiden für sie typischen Reaktionen auf jedwede Art von Krisen, sich entweder ins Bett zu verkrümeln oder blindlings in eine übersteigerte Betriebsamkeit aus Putzen, Fegen, Ausklopfen und Staubwischen zu stürzen, hatte sie die letztere gewählt. Sie polierte das Schlafzimmerfenster, ohne hindurchzuschauen, ohne die Parade der braunen Rechtecke und Quadrate wahrzunehmen, die aus dem Taxi in das Zimmer jenseits des Flurs wanderten. Sie glaubte, daß in ihnen, diesen zerbrechlichen, mit Farbe bedeckten Beweisstükken der Kunst ihres Mannes, die ganze Zukunft unserer Familie lag, daß hinter den braunen Verpackungen jene Bilder steckten, die seit der vergangenen Nacht ihr schlafloses Gemüt bewegt und aufgewühlt hatten wie das Meer. Sie nicht zu kennen war eine Folter für sie, aber jetzt, wo sie hätte hinunterlaufen und uns die Tür öffnen, die Verpackung herunterreißen und zurücktreten können, um Frieden in ihr Gemüt einkehren zu lassen, fehlte ihr der Mut. Sie rubbelte weiter über das Fenster, das sie bereits geputzt hatte.

Als der Taxifahrer entlohnt war und die noch immer verdeckten Bilder wie schiefe Grabsteine den kahlen Raum säumten, stand mein Vater einen Augenblick mit hängenden Armen da und betrachtete sie. Es war zehn Minuten vor drei. Während ich dabeistand und auf Anweisungen wartete, beobachtete ich ihn im fahlen Licht des Raumes und roch den Geruch von Eisenbahnen und Öl. Hinter ihm fiel das Licht durchs Fenster auf seine wilden Haarsträhnen und verlieh ihm einen Glorienschein. Ich fragte mich, ob er auf meine Mutter wartete.

»Soll ich Mummy rufen?«

Er bewegte sich, und mir wurde bewußt, wie still er dagestanden hatte. »Nein«, sagte er, »du kannst mir helfen. Ich gebe dir das Papier, und du faltest es zusammen, ja?«

Auf einem Knie durch den Raum rutschend, löste er mit seinen dünnen, knochigen, langgliedrigen Händen bedächtig die Verpackungen und enthüllte die Bilder. Ich hörte, wie meine Mutter herunterkam und energisch im Flur zu fegen begann. Einen Schritt hinter meinem Vater faltete ich schweigend die braunen Papierlagen zusammen. Ich wagte nicht zu sprechen; ich sah kaum hin. Als wir das letzte Paket ausgepackt hatten, nahm mein Vater den einzigen Holzstuhl und stellte ihn mitten zwischen die Bilder. Er setzte sich, verschränkte die Arme und nahm mich nicht mehr wahr, atmete tief, verlor sich in einem Nebel von Schweigen. Ich ging hinaus und schloß die Tür hinter mir.

Im Flur war meine Mutter immer noch mit dem Besen beschäftigt. Statt einen kleinen Staubhaufen zusammenzukehren, fegte sie den Boden mit langen Strichen, hin und her, hin und her, schob den Moment weiter und weiter hinaus, an dem sie hineingehen und die Bilder würde anschauen müssen. Sie gönnte mir keinen Blick, als ich herauskam, sondern glitt fegend an mir vorbei, die braunen Augen auf den nackten Boden geheftet, als erwarte sie einen Schlag auf den Kopf.

Ich ging nach oben in mein Zimmer, setzte mich auf die Kante meines Bettes und ließ das, was ich gesehen hatte, mit ganzer Macht auf mich einströmen. Die Bilder meines Vaters zeigten nicht Felder und Berge, Meer und Küste, wie wir es erwartet hatten. Es gab weder grüne Wiesen mit weidendem Vieh noch graue Gipfel, die in die Wolken über Connemara ragten. Nein, die dreißig Leinwände, die meinen Vater auf seinem stummen Stuhl umgaben, waren in meinen zwölfjährigen Augen ein Wirrwarr von Farben, ein wilder, exzentrischer Ausbruch gestaltloser Kleckserei, so brutal hingeschmiert, so voller Impulsivität und Kraft, daß sie überhaupt nicht Bilder zu nennen waren. Stammten sie wirklich von ihm? Ich hatte hingesehen und gleich wieder weggeschaut, um nicht den ganz offensichtlich beginnenden Wahnsinn erkennen zu müssen, der uns nun, wie ich fürchtete, vernichten würde. Nach dem ersten Schock hatte ich absichtlich jeden weiteren Blick auf die Bilder vermieden, hatte mir eingeredet, ich verstehe sie nicht, in Wirklichkeit seien sie wundervoll, und mich darauf konzentriert, das braune Papier in exakten Linien zu falten, Trost in der Ordnung zu finden. Wilde Striche in Grau und Braun, sich kreuzende Peitschenhiebe in zornigem Lila und Schwarz drängten sich immer wieder in meinen Blick, und ich starrte sie an. Was waren das für brutale Bilder, oben ganz schwarz, mit braunen Spritzern und Tropfen, blauen und violetten Tupfen, übermalt mit einer Woge von Weiß. Ein anderes Bild, diesmal in Grün und Rot, bei dem der breite Schwung der Farben über den Rand der Leinwand hinauszureichen schien, Gelb überall Wahnsinn verströmte, und wieder Schwarz. So viel Schwarz und Braun. Es waren die Bilder eines geistesgestörten Kindes; ich konnte in der wilden Verknüpfung farbiger Kurven und Linien nichts ausmachen und sah nach ein paar Augenblicken nicht mehr hin. Als ich den Raum verließ und hinaufging, war ich zu der Überzeugung gekommen, daß ich, vom Licht getäuscht, nichts richtig hatte erkennen können. Ich saß auf dem Bett und klammerte mich an die letzten Reste des Glaubens, den ich beim Heimweg vom Bahnhof noch gehabt hatte. Mein Vater war ein Genie. Er war ein großartiger Maler. Wir würden alle glücklich und reich und berühmt werden.

Als meine Mutter sich endlich beruhigt hatte und den Raum betrat, in dem mein Vater immer noch unbeweglich auf seinem Stuhl saß, schob sie den Besen vor sich her und hatte schon fast das andere Ende des Zimmers erreicht, als sie endlich innehielt. Sie trug eine gelbe Schürze. Das Nachmittagslicht wurde rasch schwächer, und die Bilder ringsum hatten die düstere Atmosphäre des verdämmernden Tages angenommen. Sie machte eine Pause, wie um sich den Staub einen Augenblick setzen zu lassen, bevor sie weiterfegte, und wagte den Blick, auf den sie den ganzen Sommer lang gewartet hatte. Ihre kleinen braunen Augen flogen wie ein Vogel von Bild zu Bild, verweilten nirgendwo, bewegten sich rasch von einem zum nächsten und wieder weiter. Sie umkreiste den ganzen Raum, ohne sich von der Stelle zu bewegen. In dem ungeheuren, lastenden Schweigen spürte sie, wie sie umkippte und in dem kleinen Staubhaufen ihres gebrochenen Gemüts landete. Sie umfaßte den Griff des Besens, fand ihren Atem wieder und setzte ihre Beine in Bewegung. Ohne ein Wort, ohne eine Geste kehrte sie um und fegte sich aus dem Raum.

Mein Vater, der sie von seinem Thron der unendlichen Stille und Bewegungslosigkeit beobachtete, machte keine Gebärde und keinen Versuch der Erklärung. Er saß ganz still, leicht vorgebeugt, die Handflächen zwischen die Knie gepreßt, mit herabhängenden Schultern, die Knochen an seinen Ellbogen wie Flügel herausragend. Nur seine Augen bewegten sich, nur seine Augen sagten ihr, daß alles gut werden würde.

## 6

Isabel wurde auf einer Insel im Westen geboren. Wenn ich später darüber nachdachte und das, was sie mir erzählte, zu den Bildern in meiner Vorstellung hinzuaddierte, sah ich ihre Kindheit wie ein feines Tuch, gesponnen aus Meereslicht und Sand, mit Fransen und Säumen aus Schönheit und Kummer. Sie lebte dort, wo ich mir als Junge meinen Vater beim Malen vorgestellt hatte, unter dem großen weiten Himmel, inmitten der kleinen, ummauerten Felder, die die frei dahinschweifenden Sommerbrisen einfingen, in der steten Gegenwart der ruhigen oder tobenden See. Wenn sie beim Laufen, Seilhüpfen oder Herumtollen von dem schmalen weißen Sandstreifen aufblickte, der die Ostküste säumte, sah Isabel den Rand des Festlandes wie einen grauen Koloß aufragen und sann über die Welt nach, die sie erwartete.

Die Insel war klein und still: Dort gab es keine Autos. Von einem winzigen, roh gezimmerten Landungssteg segelten frühmorgens Fischerboote in die plätschernden Wellen hinaus, tanzten rund um die Insel und verloren sich in der Einsamkeit und dem Regen des Meeres, verschwanden in Richtung Westen, auf den unsichtbaren Horizont von Amerika zu, um in den auf und ab wogenden Wellen die Fische in ihren Netzen zu fangen und heimzubringen.

Mitunter ging sie mit ihrem Bruder nach der Schule über die Insel. Während ihr Vater, der Lehrer, das Klassenzimmer aufräumte oder sich auf dem Heimweg in Coman's Kneipe rasch zwei Gläser Whiskey genehmigte, warfen sie ihre Schultaschen über eine niedrige Mauer und steuerten auf den Hügel hinter den Häusern zu. Sie war elf, er zehn. Durch das Labyrinth von groben Kieselpfaden, auf denen selbst Radfahrer größte Mühe hatten, schritten sie dahin, quer über den zerfurchten Kamm aus grauem Kalkstein zur Westküste mit ihren Klippen und dem schäumenden Meer. Sie gingen bis zum Rand der Insel, wo ein scharf vorspringender hoher Fels abrupt auf das glänzende schwarze Gestein abfiel, das bei Flut unter den tosenden Wassern verschwand. Unter ihnen erschien und verschwand die ganze Küste wie von Zauberhand im Ansturm der Wellen. Ihr Lieblingsspielplatz war eine kleine Meeresgalerie mit steinernen Stufen, Ebenen und Plattformen. Dort waren sie König und Königin. In der majestätischen Stille und Schönheit dieses entlegenen Ortes stellten sie sich vor, über ein sagenhaftes Reich von Fiedelspielern und Dichtern zu herrschen. Männer wie ihr Vater, Frauen wie ihre Mutter. Sie sprachen Irisch, und in den Wendungen ihres Spiels erwachte eine kleine gälische Welt zum Leben. Sie übernahmen eine Vielzahl von Rollen, waren bald Häuptlinge, bald Barden, dann wieder Schmiede und Bäcker. Isabel tanzte auf dem hohen Felsplateau zu Seans imaginärer Fiedel. Sie erteilten Befehle, machten auf dem Absatz kehrt und leisteten ihnen Folge. Manchmal, an Nachmittagen im Frühsommer, wenn neues Leben mit aller Macht über das Meer auf sie einzuströmen schien, taten sie, als seien sie zugleich Eroberer und Verteidiger ihrer Insel, packten einander in spielerischem Kampf, brüllten unsichtbaren Armeen Befehle zu und plünderten die Schätze des Königreiches. Meeresvögel kreischten über ihnen im Chor, und das märchenhafte Licht des Frühlingshimmels schuf ein Wandgemälde über ihren Köpfen. Weiße, rasch dahinziehende Wolken waren die Segel von Schiffen, die zu Besuch kamen.

Als Isabel an der Kante des Felsens entlanghüpfte, spürte sie, wie der Wind mit ihr tanzte; sie fühlte, wie er ihre Beine streifte und eine Ahnung von Gefahr durch ihren Körper jagte. Ihre Wangen glühten, ihr Blick war auf das weite Meer gerichtet, und ihre Hände hingen seitlich herab. Hinter ihr kratzte Sean zusammengekauert die imaginäre Fiedel im perfekten Takt eines Jigs. Er kannte das Stück gut, hatte es nebst Dutzend anderen für die samstagabends in Coman's Pub versammelte Menge gespielt. Denn dieser unscheinbare, sommersprossige, rundnasige Junge, dessen Ohren wie Tassenhenkel am Kopf klebten, war eines jener Kinder, durch dessen Hände Gott selbst zu musizieren schien. Er spielte alles, was ihm unter die Finger kam, Fiedel, Pfeife, Flöte, Bodhran, Banjo, Löffel, spielte gut und mühelos, erweckte die Töne in dem toten Instrument zum Leben und blickte dabei leicht verwirrt auf die rings um ihn tanzenden oder erstaunt glotzenden Erwachsenen. Für seine Schwester Isabel tat er gern so, als spiele er, und steigerte sich in einen Taumel, während sie sich dazu drehte. Einmal fiedelte er, dann blies er auf der Pfeife, und immer so weiter durch alle Instrumente, ohne daß er aus dem Takt oder Isabel aus dem Schritt geriet.

»Sean!« schrie sie in gespieltem Ärger und hüpfte im Jig über den Felsen, ohne ihn anzusehen. Wie sie es liebte, dachte sie, hier am grauen Rand des Atlantiks entlangzutanzen.

Etwa eine Stunde lang gaben sie sich ihrem Spiel auf den Felsen über dem Meer hin. Eine Weile neckte Sean sie. Sie tanze zu weit vom Rand entfernt, meinte er.

»*Is meatachan tusa*«, sagte er, nannte sie feige. Beim nächsten Jig zog er das Tempo scharf an, spielte schneller und schneller, ließ ein kleines Lachen in die Noten einfließen, schüttelte den Kopf.

»Sean!« rief Isabel, während die Musik dahinraste und sie versuchte, dazu zu tanzen, am Rand des nackten Felsens hin und her sprang wie eine gehetzte Marionette, so schnell hüpfte, wie er zu spielen vermochte, weiter und weiter, hin und her, schneller und schneller, bis er plötzlich aufhörte. Sie seufzte erschöpft auf. Was für ein herrlicher Tanz! Gott, wie sehr sie das liebte. Die Stille wehte über die Klippen zu ihnen herauf, und als sie sich umwandte, sah sie, daß er einen Anfall erlitten hatte. Sein Gesicht war grausig weiß, seine Augen nach innen verdreht, und sein ganzer Körper zuckte steif dort auf dem Felsen. Zuerst dachte sie, er mache nur Spaß, probiere ein weiteres Kunststückchen aus, mit jenem furchtbaren Entsetzen im Blick und dem Zeug, das ihm aus dem Mund rann. Doch als sie seine Stirn berührte, wußten ihre Finger Bescheid; das Kranke übertrug sich auf sie, der Schweißfilm seiner Verstörung, den sie an ihre Lippen führte. Sie schrie auf.

Es schien eine Ewigkeit zu dauern und war doch binnen Minuten vorbei. Danach lag Sean zusammengesackt auf dem Felsen, schlaff und schleimig wie ein Fisch. Seine Augen waren wieder da, zurückgekehrt aus einer anderen Welt, und blickten glasig. Er keuchte. Er versuchte zu sprechen und konnte es nicht, und als er schließlich ihren Namen herausbrachte, war es ein undeutliches Gestammel, als stecke eine fremde Zunge wie ein nutzloser Klumpen in seinem Mund.

Isabel hob ihn hoch. Er war leicht und schwach, der Wind hätte ihn ins Meer wehen können. Möwen waren auf der Plattform über ihnen gelandet, hielten Ausschau, warteten auf den

Regen, der bald kommen würde. Nun, als sie den Arm um ihren Bruder legte und ihm half, sich über den groben Kiesweg zu schleppen, der quer über die Insel zurückführte, öffneten sich die Schleusen des Himmels. Der Regen kam, wie er immer kam, trieb in raschen, sanften Schwaden über den Horizont, vereinte sich mit Meer und Himmel zu einem einzigen Grau und schirmte die Insel von der restlichen Welt ab. Es schüttete auf sie herab. Sean ging schwankend an der Seite seiner Schwester, mit langsamen Schritten, als sei jeder einzelne völlig neu für ihn. Sie wanderten heimwärts durch die Stille der Insel. Ihre Schultaschen ließen sie bei der Mauer liegen, wo sich mittlerweile Pfützen gebildet hatten, und schleppten sich weiter bis zu ihrem Haus, wo Vater und Mutter allmählich begannen, sich um sie Sorgen zu machen.

Als Isabel ihren Griff löste, plumpste Sean auf die Fliesen des Küchenbodens. Margaret Gore schrie auf. Sie bückte sich, um ihm aufzuhelfen, doch ihr Mann war schneller als sie, hob den Jungen hoch und trug ihn rasch aus der Küche ins Bett. Einen Augenblick lang hockte Isabel auf dem Boden, in sich zusammengesackt und naß, ihr dichtes, dunkles Haar in langen Strähnen über dem Gesicht, während ihre Mutter davoneilte. Was war geschehen? Was, in Gottes Namen, war nur geschehen?

Die Kleider ausgezogen, in Handtücher gewickelt, kauerte sie zitternd vor dem Feuer. Ihr Vater war durch den Regen zum Postamt gelaufen, um den Arzt von der Nachbarinsel herbeizurufen. Ihre Mutter saß ihr gegenüber am Feuer, stand auf und setzte sich hin, lief immer wieder in Seans Zimmer, wo er leblos in tiefer Betäubung unter den Decken lag. Der Regen peitschte herab. Was war geschehen? Was war geschehen? Mit ihren elf Jahren hatte Isabel Gore keine Ahnung. Sie starrte in das Feuer, während das Boot mit dem Arzt sich durch die tosende See kämpfte. Sie hielt das Gesicht dicht an die Flammen, bis die Hitze sie zu versengen begann und sie den Schmerz spürte, ohne ein Wort zu sagen; sie starrte in die gelbrote Glut der Torfballen und dachte: Es ist meine Schuld. Ich habe meinem Bruder Schaden zugefügt.

## 7

In jenem Winter, den mein Vater zu Hause verbrachte, blieb meine Mutter im Bett. Für die Zentralheizung war kein Geld da, und auf unseren nunmehr drei Schlaflagern türmten sich Decken, Mäntel, Handtücher und was immer sich noch fand. Morgens weckte mich die Kälte auf meinem Gesicht, ich schlüpfte zitternd in feuchtklamme Kleider und hatte beim Hinuntergehen das Gefühl, als striche ein kühler Hauch um meine Ohren. Mein Vater saß im Mantel und zuweilen auch mit Hut am Frühstückstisch. Für gewöhnlich sagte er nicht mehr als meinen Namen oder »Hier« oder »Das ist für deine Mutter« oder »Bring das hinauf«. Er war nicht etwa griesgrämig oder lieblos. Er war lediglich in die Winterphase seiner Inspiration eingetreten, in die eisige Jahreszeit nach seiner Rückkehr, die uns allen dreien so vertraut werden sollte. Es novemberte und dezemberte in ihm während jener Periode der Kälte; Tage und Nächte verbrachte er in seinem Atelier, betrachtete die Sommergemälde und begann zu zweifeln: War Gott wirklich mit ihm gewesen?

Ein klarer weißer Frost begann ihn zu erfüllen, seine Magerkeit ließ ihn zerbrechlich wirken, und er bewegte sich mit unendlicher Vorsicht von Raum zu Raum, so langsam und bedächtig und ruhig, als könne er zersplittern, abblättern unter dem Druck, der auf seiner Seele lastete.

Mangels anderer Unterhaltung war das Radio zum einzigen Luxus für meine Mutter geworden. Wie sie mir im Vertrauen mitteilte, war es ihr sogar lieber als zwei Tassen Kaffee, und morgens, wenn ich zur Schule ging, setzte sie sich im Bett auf und lauschte mit verrenktem Kopf auf die schwachen Töne aus der Welt, die durch das grausame Knacken und Knistern des Transistors mit seinen immer schwächer werdenden Batterien zu ihr vordrangen. Jeden Morgen gab es eine Talk-Show. Der Moderator war ein genialer Mensch mit einer sanften Stimme, zu dessen Repertoire eine ganze Serie rhetorischer Fragen gehörte, ein ständiges Aber-das-wissen-Sie-ja-selbst-am-besten-oder und Also-so-was-habe-ich-ja-noch-nie-gehört-Sie-etwa und so weiter. Meine Mutter hatte sich im Lauf der Zeit angewöhnt, darauf zu antworten, sie lehnte sich von ihrem Kissenberg zur Seite und sprach vorsichtig in das Radio, als sei es die dunkle, halbtaube Ohrmuschel ihrer engsten Freundin.

So ließ ich sie also jeden Morgen zurück, meine Mutter im Gespräch mit dem Radio und meinen Vater still und erstarrt in den Nachwehen seiner Inspiration, und reihte mich in die Horde der anderen Schuljungen ein, die dem Tag entgegenradelten. Ich sprach mit niemandem über meine Eltern, noch verzog ich die Miene, wenn im Religionsunterricht Bruder Maguire vor der Klasse stand und alle Jungen aufforderte, die Augen zu schließen und sich vorzustellen, sich mit aller Macht vorzustellen, wie Gott in seiner Heiligkeit Eingang in unser alltägliches Leben finden könne.

## 8

Auf der Insel der Stille begann sich Isabel als Gefangene ihrer vermeintlichen Schuld zu fühlen. Auf irgendeine Weise, so glaubte sie, war ihr Tanz der Grund für die Krankheit ihres Bruders gewesen, und jeden Tag nach der Schule ging sie heim zu ihm an sein Bett. In dem kleinen stickigen Schlafzimmer lag Sean regungslos unter unzähligen Wolldecken und blickte in das klare Weiß empor, das auf seinen Anfall gefolgt war, so als ob die Welt sich plötzlich vor ihm entblößt hätte. Die Musik war fort und er so verstummt und nutzlos wie ein beiseite gelegtes Instrument, auf dem Gott nicht länger spielte. Er aß mit großer Mühe, bekleckerte mit der dünnflüssigen Breinahrung das leinene Spucktuch vor seiner Brust und sank dann wieder zurück in sein tiefes Schweigen, ohne die kleine Schar besorgt dreinblickender Männer und Frauen in nassen Mänteln und Kopftüchern wahrzunehmen, die von der Schlafzimmertür aus zu ihm hereinsahen. Das dumpfe Gemurmel von Rosenkränzen und anderen Gebeten umhüllte ihn.

Allein neben seinem Bett flüsterte Isabel ihm ins Ohr. Zuerst nur: Werd wieder gesund, Sean, komm auf die Beine, oder aber Worte des Kummers: »Sean, *ta aifeala orm.*« Doch als die Wochen zu Monaten wurden und es so aussah, als würde er sich nie wieder erholen, versuchte sie ihn mit geflüsterten Geständnissen ihrer tiefsten Geheimnisse zu trösten.

An einem stillen, blauen Septembertag nahm Muiris Gore sie im Boot mit zum Festland, um sie bei einem Internat in Galway anzumelden. Isabel hatte stets gewußt, daß sie eines Tages fortgehen würde, und dennoch, als die winzige Fähre über das Wasser tanzte und die kleinen umfriedeten Felder der Insel in der Entfernung zu einem formlosen grauen Buckel verschmolzen, fühlte sie sich verbannt. Sie saß seitlich im Boot auf der Bank neben ihrem Vater, während die flockige Gischt sie besprühte und eine Schar Möwen kreischend hinterherflog. Sie umklammerte den Griff ihrer Tasche und fragte sich, ob diese wohl schwimmen würde, wenn sie über Bord fiele. Nach drei Schlucken aus dem Flachmann in seiner Manteltasche warnte ihr Vater sie vor den Nonnen. Er sprach Englisch und wies sie an, es ihm nachzutun.

»Issy«, sagte er, »du wirst dich wacker halten, ja? Du wirst es ihnen zeigen, wirst ihnen beweisen, daß wir auch nicht auf den Kopf gefallen sind. Da gibt es Mädchen aus der Stadt und von überallher, aber du wirst schlauer und besser sein als sie alle zusammen.« Er blickte auf das Meer hinter ihnen. »Wir sind nicht unwissend und rückständig und blöde, Issy, denk daran. Du wirst sie alle in den Schatten stellen.«

Sie konnte ihn nicht ansehen. Sie kannte das Muster und den Verlauf dieser Rede zur Genüge, hatte sie mitsamt ihren Klassenkameraden in hundert Varianten gehört, in dem kleinen grünen Schulzimmer, wo die Landkarte von Irland an der Wand hing. Es war das Kernthema für ihren Vater, der Stolz auf die Heimat und die unumstößliche Überzeugung, wer sie waren, wenn sie sich aus ihrer kleinen behüteten Welt hinauswagten. Sie wußte es und wußte auch, daß der Whiskey und die Reise ihm neue Inbrunst verliehen. Es fehlte nicht viel, und er wäre aufgestanden, um der Handvoll weiterer Passagiere seinen Sermon vorzutragen, mit einer Art befangener, bedächtiger Entschlossenheit, bis das Schwanken des Bootes ihn gegen die Reling und über Bord taumeln ließe und er noch im Meer weiterstammelte.

Als er sie ansah, nickte sie. Er sagte kein Wort über Sean. Seit dem Tag des Vorfalls hatte er nie recht gewußt, was er darüber denken sollte. Was auf jenem Felsblock am Meer geschehen war, das seinen einzigen Sohn der Sprache und Bewegung beraubt hatte, blieb für ihn nach wie vor eines von Gottes Geheimnissen. In den ersten Tagen danach hatte er in der Küche gesessen und Isabel wieder und wieder zugehört: wie sie getanzt hatte wie immer, wie Sean zum Spaß schneller gespielt und sie mitgemacht hatte, vor ihm über den Felsen gehüpft war, hoch in den Wind hinein, bis die Musik plötzlich abbrach. Muiris fehlte der Schlüssel zu dem Ganzen, und in schwachen Momenten hatte er in Coman's Pub vor Kummer und Verzweiflung offen geweint, weil er es einfach nicht begriff. Eine Zeitlang glaubte er, es sei eine Strafe für seine Eitelkeit, für den Stolz auf seinen Sohn, den begabten Musiker, das Wunderkind, das nun lallend und sabbernd in dem totenstillen Schlafzimmer lag, wo nur das leise Rauschen des Meeres durch das Fenster drang. War da nicht noch mehr, etwas, das Isabel ihm nicht sagen wollte, fragte er sich mitunter. Er sah durch das Klassenzimmer zu ihr hin, beobachtete sie beim Heimgehen. Wie sehr sie sich doch von den anderen Mädchen unterschied. Ihr wohnte eine wilde Schönheit inne, etwas, das er als Stolz und innere Unabhängigkeit ansah. Sie würde halsstarrig sein, dachte er, wie ihre Mutter, eine Frau, die schnelle Reizbarkeit und unerbittlichen praktischen Verstand in solchem Ausmaß in sich vereinte, daß er es schon lange aufgegeben hatte, mit ihr zu streiten. Er war der Lehrer. Er war ein angesehener Mann auf der Insel. Seiner Ansicht nach oblag ihm die gewichtige Verantwortung, die rohen Gemüter der Insel zu kneten, zu rollen und zu formen. Er hatte mehr Bücher gelesen als irgendwer sonst, einschließlich des Priesters. Er konnte Gedichte von hundert und mehr Zeilen auf irisch rezitieren und wurde häufig bei Hochzeiten oder Totenwachen aufgefordert, in tiefer Nacht jene uralten Verse zu sprechen, die Stille über das Haus brachten und den Frauen Tränen in die Augen trieben. Das rechnete er sich hoch an. Er hatte versucht, seine Liebe zu Dichtung und Gesang an seine Kinder weiterzugeben; das Spiel am Rand der Insel hatte er ihnen selbst beigebracht. Nun, auf der Fähre nach Galway unter dem Septemberhimmel, blickte er auf seine Tochter und spürte gleichzeitig Entsetzen und Stolz in sich aufwallen angesichts dessen, was er hervorgebracht hatte. Sie würde schön werden, das wußte er. Ihre Augen waren schon jetzt außergewöhnlich, ihr Haar fiel dicht und dunkel herab, und bereits als ganz junges Mädchen ging sie mit hoch erhobenem

Kopf, als gäbe es nur sie auf der Welt. Sie war höflich ihm gegenüber. Ihre Antworten waren kurz. Doch etwas in ihrem Gesicht erfüllte ihn mit der Überzeugung, daß sie voller Geheimnisse steckte, die er nie ergründen würde.

Für seine Frau war das barer Unsinn. Das Mädchen war still und weiter nichts. Es hatte etwas Furchtbares erlebt und würde bald wieder zu sich finden. Außerdem würde Galway seine Wirkung tun, hatte sie zu ihrem Mann gesagt. Das Festland prägte alle Mädchen von der Insel. Sie gingen als Kinder fort und kehrten für immer verändert zurück. Ihre Kindheit blieb auf der Insel, und wenn sie wiederkamen, dann nur noch zu Besuch, sagte sie und ließ das Bügeleisen im Takt zu ihren Worten niederknallen, während er schweigend am Feuer saß. Vielleicht sollte sie noch ein Jahr in seiner Schule bleiben, dachte er, ohne es auszusprechen. Er wußte, was seine Frau darauf sagen würde. Außerdem war Isabel von rascher Auffassungsgabe und gescheit und hatte trotz ihrer ruhigen, distanzierten Art stets zu den Besten in der Klasse gehört.

Der braune Koffer war heruntergeholt und gepackt worden, während sie noch schlief. Am Morgen, bevor die beiden Passagiere zur Fähre aufbrachen, steckte Mrs. Gore ihnen in Papiertüten gewickelte frische Rosinenbrötchen in die Taschen. Sie umarmte ihre Tochter, hielt sie fest an sich gepreßt, damit Isabel weder ihr Gesicht noch den Ansturm der Tränen sehen konnte, den ihre Mutter mit zurückgelegtem Kopf leise und ungesehen in die großen traurigen Höhlen ihrer Augen zurückfließen ließ. Einen Augenblick lang stand der Vater des Mädchens wie ein unnützes Möbelstück neben ihnen. Die Kappe auf dem Kopf, den Koffer in der Hand, die eine Manteltasche von der Gebäcktüte, die andere von dem Flachmann mit Whiskey ausgebeult, erschien er für einen Augenblick als eine völlig losgelöste Gestalt, ausgeschlossen von dem starken Gefühl, das Mutter und

Tochter mit ihren umeinandergeschlungenen Armen in sich bargen. Er schluckte schwer und starrte vor sich hin. Weder Isabel noch ihre Mutter hatten miteinander groß über die Abreise gesprochen; er war es gewesen, der seiner Tochter im Wohnzimmer gegenübergesessen und mit ihr geredet hatte, er, der im Sommer mit ihr über den weißen Sandstrand gegangen und ihr den Gedanken an Galway nahegebracht hatte. Doch nun, in dieser wortlosen, stummen, alles ausschließenden Umarmung erkannte Muiris Gore mit Erstaunen die hoffnungslose Unfähigkeit des menschlichen Gemüts, das Wunder der Liebe zu ergründen. Als Isabel schließlich ihre Mutter losließ, wandte sie sich ihm zu und schien im selben Moment um Jahre gealtert zu sein. Ihr Gesicht war nicht naß von Tränen, die dunklen, ausdrucksvollen Augen erschienen weder geschwollen noch rot, doch irgend etwas in ihrem Ausdruck verriet nun den Kummer über ihr Fortgehen, der sie umhüllte wie eine schwarze Stola. Ein letztes Mal bat sie, Sean sehen zu dürfen, und lief durch das Haus zu seinem Zimmer. Sie brauchte kaum eine Minute. Er lag im Bett und erwiderte ihren Kuß und den Druck ihrer Hand mit gebrochenem, leisem Jammern und wildem Augenrollen. Wie stets summte sie ihm ein paar Töne eines Liedes ins Ohr und eilte dann zurück, dorthin, wo ihr Vater wartete.

Und nun zur Tür hinaus, den kleinen Steinweg hinunter bis zu dem schmalen weißen Eisentor, von dem ihr Vater stets sagte, daß er es ölen müsse, und den Hang hinab zum Kai. Drei ihrer Nachbarn hatten ihnen Lebewohl gesagt. Zwei weitere Mädchen begaben sich ebenfalls in die Obhut der Nonnen. Der Lehrer nahm auch sie mit. Irisches Stimmengewirr, die letzten Geräusche von der Insel und dann das Aufröhren des Motors.

Als die Fähre am Festland gegen die Mauer rumste, riß sich Muiris Gore von seinen Erinnerungen los. Seine Tochter stand neben ihm und sah zu, wie der Bootsführer das Seilknäuel hinüberwarf und vertäute. Wieder bei sich, mit rasch aufgesetzter würdevoller Miene, legte Isabels Vater ihr die Hand auf die Schulter, taumelte einen Schritt zurück in der plötzlichen Erkenntnis, daß Whiskey und Nostalgie ihn hatten schwankend werden lassen, und betrat das Festland, an seiner Tochter Halt suchend wie an einer Rettungsboje.

Sie ließen sich am Kai nieder. Die beiden anderen Mädchen blieben übermütig und berauscht vom Gefühl der Freiheit stehen, stießen einander an und kicherten. Isabel, wie stets in Gegenwart ihres Vaters, sagte nichts. Sie wartete, bis er sein aufgesetztes Gehabe wieder ablegte; sie hatte ihn schon früher so erlebt und wußte, daß es nichts zu bedeuten hatte. Aber selbst als er schließlich wieder gerade stand und lächelte und sie in die Stadt führte, in der Isabel die nächsten sechs Jahre ihres Lebens verbringen sollte, hatte sich stärker als je zuvor in ihr eine Vorstellung von Männern als bleichen, zum Überschwang neigenden Kreaturen eingeprägt, von Gott bewegten Wesen mit schwachen, gebrechlichen Leibern und tönenden, unsterblichen Seelen.

## 9

Die Schulzeit war nicht die glücklichste Zeit meines Lebens. Mr. Curtin, der stellvertretende Direktor, ein Mann um die Sechzig mit schütterem, grauem Haar und dichten, dunklen Augenbrauen, die in einem fremdartigen Schwung auswärts gekämmt waren, beherrschte die Tage mit seinem Trommelfeuer. Er war ein Mann, der nicht still sitzen konnte und gerne mit den Fingern hinter dem Rücken leise gegeneinander klimpernd auf und ab ging, bis er seine Augenbrauen auf ein Opfer richtete und man spürte, wie sie auf einen zukamen,

Hände und Augenbrauen, Schwarzdrosseln des Zorns oder der Anklage. Er ging durch die Reihen, hielt die Brauen eine Weile im Zaum, lauschte auf unsere Antworten, die Hände auf dem Rücken hin und her zuckend. Er blieb stehen, kam so nahe, daß man seinen säuerlichen Atem riechen und die gelbfleckigen Stückchen zwischen seinen Zähnen sehen konnte. »Du da, komm mal her«, sagte er und führte einen vom Platz fort.

In jenen großen weißen Räumen mit den rissigen Decken und den vernagelten Fenstern begann ich erwachsen zu werden. Mr. Curtins Augenbrauen flogen von einem zum anderen. In ewigem Mißtrauen wanderte er mit seinen knarzenden, glattpolierten Schuhen auf und ab, endlos im Kreis. Er ließ uns vorführen, wie hoffnungslos und in unserer Ahnungslosigkeit geradezu komisch unser Verständnis der irischen Sprache war. Wir waren die lächerlichen Jungs von der 4B, die ihn mit ihrer Dummheit in Erstaunen versetzten und deren über die Maßen absurde Antworten seine Augenbrauen noch weiter in die Höhe schießen ließen. *Wie kommst du nur darauf, wie um alles in der Welt, kannst du mir das wohl bitte sagen!*

In jenem Raum der 4B, unter dem stechenden Blick von Mr. Curtin, ging mir zum erstenmal auf, daß Gott auch mit mir etwas Besonderes im Sinn haben mußte.

In diesem Winter blieb mein Vater zu Hause. Er stand morgens vor mir auf, tappte in Hose und Unterhemd durch die Küche und machte Tee und Toast, den ich meiner Mutter zu ihrem Radio hinaufbrachte. Was er in jener Zeit zu mir sagte, habe ich fast gänzlich vergessen. Ich hatte mein Vertrauen in ihn nicht völlig verloren, doch seit seiner Rückkehr am Ende des Sommers war mir klargeworden, daß uns das Glück nicht so ohne weiteres in den Schoß fallen würde und unsere kleine Familie auf irgendeine Weise auserkoren war. Wir waren eine Art Testeinheit für Gott, stellte ich mir vor, so etwas wie ein dreieiniger

Moses oder Hiob oder sonstwer, ein kümmerlicher Haushalt, der nach Seinem Beschluß die Bürde Seiner Gegenwart zu tragen hatte, weil mein Vater irgendwie auserwählt war. Wenn wir froren oder erkältet waren, wenn ich Hunger hatte oder die ewigen dünn mit Butter bestrichenen Toastscheiben leid war, setzte ich mich oben in mein Zimmer und sagte mir, ich müsse lernen, daß es keine Gerechtigkeit im Leben gebe. Schönheit und Genie, Klugheit und Dummheit verteilten sich gleichermaßen auf Würdige und Unwürdige, hielt ich mir vor; eine Familie konnte sich schlafen legen, auf Rosen der Liebe gebettet die Lichter löschen, um am nächsten Morgen inmitten der Trümmer all dessen, was ihr je lieb und teuer gewesen war, zu erwachen. Es war ein Rätsel, das war es. Doch ich fragte mich immer, welcher von all den rätselhaften Wegen der Zukunft wohl speziell für mich gedacht war.

Wenn ich zur Schule ging, begab sich mein Vater in sein Zimmer. Manchmal, beim Heimkommen in der trüben Düsternis der Winternachmittage, beim Radeln durch die von Kohle verqualmte Luft und die kleinen Alleen, deren kahle Äste wie Klauen in den Himmel griffen, fürchtete ich, er könne wieder fort sein. Ich trat ins Haus und lauschte, horchte mit dem Ohr an der Tür auf das kaum wahrnehmbare Geräusch, mit dem sein Pinsel über die Leinwand glitt. Ich hörte das Klappern, das leichte Abstreichen am Terpentinglas, und trat zurück. Er war da drin. Er malte. Licht kam unter der Tür hervor. In dem stockdunklen Haus, in dem es kaum genug Geld gab, um den Strom zum Essenkochen zu bezahlen, hielt er sich in einem Raum mit fünf oder mehr Glühbirnen auf, arbeitete acht Stunden bei künstlichem, strahlend hellem Licht und klammerte sich weiter an die Überzeugung, daß eine innere Stimme seine Hand führte.

Ich betrat sein Zimmer nie mehr. Damals hatte ich keine Ahnung, daß er immer noch an den Leinwänden arbeitete, die er aus dem Westen mitgebracht hatte. Ich wußte nicht, daß das, was meine Mutter und ich gesehen hatten, nur die Rohentwürfe gewesen waren, die primitivsten Wiedergaben seiner Vision vom Glanz Gottes, die er den ganzen Winter lang aus der Erinnerung herauszuarbeiten versuchte. Ich wußte es nicht. Vermutlich war mir klar, daß er dort drinnen um etwas rang, und das war alles. In gewisser Weise war es genug. Wie alles andere an ihm war auch sein Ringen, mit den Augen eines Kindes gesehen, von monumentalem Ausmaß.

An den Wochenenden nahm er mich manchmal zu langen Spaziergängen mit. Ich erinnere mich nicht mehr genau, wie es eigentlich dazu kam; soweit ich weiß, gab es keine förmliche Aufforderung, aber irgendwie ergab es sich einfach und wurde dann zur Gewohnheit, daß wir beide das Haus zu drei- bis vierstündigen Streifzügen verließen, während meine Mutter unterdessen aus dem Bett schlüpfte und in einem rosa Morgenrock herunterkam, zur allwöchentlichen Sichtung des Haufens von Dreck und Schutt, der einst ihr Heim gewesen war.

Mein Vater und ich schlugen eine flotte Gangart an, strebten stets den Hügeln hinter den Wohnsiedlungen zu, und das in so raschem Tempo, daß wir immer zu atemlos waren, um uns unterhalten zu können. Wenn wir zurückkehrten, sahen wir die Spuren meiner Mutter, die Hinterlassenschaft ihrer Tatkraft in den makellosen Stilleben von Tassen auf Untertassen, übereinandergestapelten Tellern, in Schubladen geordnetem Besteck.

Sie wußte nicht, daß sie allmählich den Verstand verlor und die kleine Innenwelt des Haushalts nicht mehr fest im Griff hatte, sondern sich zwanghaft daran klammerte. Sie stellte die Dinge mit solch konzentrierter und verbohrter Energie an ihren Platz, daß es jede Woche so schien, als ob sie mit dem Zurechtrücken von Tassen und Untertassen auch in ihrem eigenen

Gemüt wieder Ordnung schaffte. In Wirklichkeit deutete es auf das genaue Gegenteil hin. An diesen Wochenendnachmittagen kam sie die Treppe heruntergefegt, einen wilden Glanz in den Augen, der nach Ordnung schrie. Es war, als hätte sich die ganze Woche über das gesammelte Chaos unseres Lebens im Wohnzimmer ihres Gemüts aufgetürmt, ihr allen Raum genommen, in dem Gedanken sich hätten entfalten können, und sie am Ende der Woche die Treppe hinuntergejagt, um ihren Kopf freizuräumen. Sie wusch die Kleider, bügelte sie mit einer Art von Schöpferdrang, verbannte die Falten ans äußerste Ende der Welt und legte die verkleckstten, abgerissenen Hemden meines Vaters mit einer Sorgfalt zusammen, als solle er montags damit ins Büro gehen. Sie schrubbte die Spüle, bis die dicklichen Finger ihrer linken Hand geschwollen und stark gerötet waren und über den goldenen Reif des Eheringes quollen, so daß er tief in das Fleisch eingebettet schien. Sie bügelte Socken und Unterhosen, legte alles zusammen, fegte nicht vorhandene Staubhaufen hin und her, kehrte, abgesehen vom Atelier, alle Böden des Hauses und befand sich abends, wenn die Dämmerung hereinbrach, in einem Zustand seliger Erschöpfung, in einem staubfreien Himmel der lautersten Ordnung. Die Gedanken reingefegt vom Unrat der Gegenwart, begab sie sich wieder nach oben in ihr Schlafzimmer. Sie saß auf dem Bettrand, starrte mit dem verklärten Ausdruck eines heiteren Engels aus dem Fenster, blickte hinaus über die Dachfirste zu den fernen Hügeln und versank von neuem in die süßen Träume aus der Vergangenheit.

## 10

Meine Mutter lernte meinen Vater mit sechzehn kennen. Er war vier Jahre älter als sie und hatte bereits seine unselige Laufbahn im Staatsdienst angetreten. Ein anständiger Junge sei das, hatte ihre Mutter zu ihr gesagt. Er war ehrlich und fleißig; seine ganze Familie rackerte sich redlich ab. Er war ruhig, aber ja, sie mochten ihn. Sie mochten es, daß er meine Mutter pünktlich abholte, mochten die dunkelblauen Anzüge, die er trug, seine glattrasierte jungenhafte Erscheinung mit dem zurückgekämmten spärlichen Haar, das bereits die hohe Rundung seiner Stirn preisgab. Mrs. Conary gefiel es, daß er Blumen für ihre Tochter kaufte und dann damit dastand, ein langer Schlaks im Licht der Veranda, der die Tulpen wie ein Kleinkind im Arm hielt und in die paar obligatorischen Worte zu ihr soviel gewichtigen Nachdruck legte, daß sie seine überschäumende Liebe daraus ablas. Ihre Tochter war noch zu jung für diesen stillen Prinzen, aber in ein paar Jahren würden sie gut zusammenpassen; sie entschied dies, als ginge es um neue Tapeten. Sie ermunterte meine Mutter und hieß Grandad, das gleiche zu tun. Er war ein netter Kerl, dieser William Coughlan. Grandad fragte ihn nach seiner Arbeit und bekam die Antworten nicht mit, lächelte unbekümmert angesichts der ersten Vorboten seiner nahenden Taubheit, nickte und grinste, während ihm die furchtbare Erkenntnis, daß seine jüngste Tochter nunmehr erwachsen war, das Herz zerriß.

Angesichts der uneingeschränkten, strahlenden Billigung ihrer Eltern kam meiner Mutter schlagartig die Erregung abhanden, die sie am ersten Abend verspürt hatte, als jener Mann in den Tanzsaal kam. Etwas machte ihr angst. Sein stilles Wesen zog sie an und stieß sie zugleich ab. Sie liebte es, ihn aus sich herauszulocken, und verwechselte wie viele ihrer Schulfreundinnen den unbekannten Reiz der Erkenntnis, welche Wirkung sie auf das Herz eines Mannes hatte, mit dem Rausch des Verliebtseins. Wenn sie in der Schule saß und dem Freitagabend entgegenfieberte, war es der Gedanke daran, wie sie ihn mit ihren Neckereien aus seinem eisernen, starren Schweigen herauszukitzeln vermochte, der sie in Erregung versetzte. Sie wurde süchtig nach der Hitze, die in ihren Wangen aufstieg, wenn sein Gesicht sich flehentlich verzerrte oder sie sagte, daß sie ihn nicht liebe.

Es kam also zu einer Reihe von Abenden, jenen Freitag- und Samstagabenden ihrer Mädchenzeit, in denen sie mit dem stillen Mann unter den duftenden Mandelbäumen der Frühlingsalleen spazierenging. Sie trieb gnadenlos ihr Spiel mit ihm, flirtete in ihrem gelben Kleid und den roten Schuhen, warf die üppigen Locken zurück, um ihn von der Seite her anzusehen, zog eine lange Haarsträhne heraus und zwirbelte sie wohlbedacht vor ihrem Gesicht, während sie ihn fragte, wie sehr er sie liebe.

Er liebte ihr Lachen. Sie hüpfte ein paar Schritte vor ihm her, und er kam hinterhergestakst und rief, sie solle warten. Es mache keinen Spaß mit ihm, sagte sie, wenn er, statt mit ihr zum Tanzen zu gehen, lieber die hellen Sommernächte zu endlosen Spaziergängen nutzen wollte. Er wollte immer nur spazierengehen. Und nach zwei Jahren des Werbens, in denen sie das Tempo bestimmte, Küsse zugestand oder auch nicht, ihm Hand und Lippen führte, stand es so, daß sie ihn längst nicht so gut kannte wie er sie.

Er war es, der in Flammen stand. In diesem achtzehnjährigen Mädchen hatte William Coughlan den ersten Beweis für die lebensverändernde Macht der Schönheit gefunden. Sie durchzuckte sein Leben wie ein Stromschlag, machte jeden Versuch zunichte, seiner Arbeit nachzugehen, und ließ Tag und Nacht eine stille, zehrende Glut in seinem Herzen glimmen. Er saß völlig geistesabwesend im Büro und erledigte in jenen zwei Jahren seine Aufgaben in einem Zustand gleichgültiger Benommenheit, was um so bemerkenswerter war, als seine Vorgesetzten nichts davon bemerkten. Er brauchte eine Woche, um einen Brief zu schreiben; jeden Tag verschwand er stundenlang im Bibliotheks- und Archivraum und wälzte die Seiten, auf denen er einen Schimmer ihres Gesichts zu erhaschen glaubte. Wochenlang war er krank vor Aufregung, sie wiederzusehen, eine Art übersteigerter Sehnsucht bemächtigte sich seines Inneren, blähte seinen schmächtigen Leib, bis er gezwungen war, sich hinzusetzen, die Augen zu schließen und zu warten, bis es vorüberging. Ein Mann namens Flannery, der am gegenüberliegenden Schreibtisch arbeitete, glaubte meinen Vater dem Tode nahe und spendierte ihm nach der Arbeit einen Schluck Whiskey. Er war der erste Mensch, dem mein Vater gestand, daß er sich verliebt hatte; er sprach es laut aus, dort in der Fleet-Bar, und spürte, wie die Erleichterung ihn durchströmte, bis er imstande war, lachend heimzugehen, im Hüpfschritt mit seinen langen Storchenbeinen unter dem Firmament jener Dezembernacht mit ihren Millionen von Sternen. Er war in sie verliebt. Bis er daheim war und die Tür zu dem kleinen Haus seiner Eltern am Stadtrand aufschloß, gehörte sie bereits ihm. Am folgenden Freitagabend bat er sie, ihn zu heiraten.

Sie sagte nein. Dabei drückte sie sich um die wahren Gründe: Er tanzte nicht gern, er war zu groß, er mochte keine Parties und stellte sie nie seinen Freunden vor. (Letzteres war etwas, das sie ihm wirklich übelnahm, bis zum Tag ihrer Hochzeit, als sie sich auf dem Gang zum Altar umschaute und ihr schlagartig klarwurde, daß er keine Freunde besaß.) Nein, sie konnte ihn nicht heiraten. Unter der Straßenlaterne, die von einer Platane beschattet wurde, trat sie zurück und biß sich auf die Lippe. Den großen Sprung in sein Leben zu wagen war mehr, als sie vermochte. Tränen traten ihr in die Augen, als sie das Herz dieses langaufgeschossenen Mannes wie ein riesiges Bauwerk vor sich zusammenbrechen sah. Er konnte nicht sprechen, nicht einmal flehen, stand einfach nur da, ein Stück weg von ihr, und schwankte furchterregend, während kalter Schweiß auf seiner Stirn glänzte.

»Es tut mir leid, William«, sagte sie. »Aber so wie es ist, kann ich einfach nicht ja sagen.«

Er stand da, stumm und hoffnungslos wie die Bäume, das Leben strömte aus ihm heraus, und nur seine großen glänzenden Schuhe hielten ihn noch aufrecht.

»Du hättest mich nicht so überrumpeln dürfen«, sagte sie, ihm die Schuld zuschiebend, die sie selbst empfand. Warum, warum nur hatte sie nicht einfach ja gesagt und der Pein ein Ende bereitet? Sie holte Luft, die Blätter wisperten. Doch nein, nein, sie konnte es nicht; es kam zu überraschend, jedenfalls in diesem Augenblick. Mein Vater vermochte nicht zu atmen. Es kam ihm vor, als sei sein ganzes Leben geradewegs auf diesen Augenblick in der nächtlichen Vorstadtstraße zugestürzt. Er konnte sich keine Reihe von Folgetagen ohne das Mädchen vorstellen, denn halb unbewußt drehten sich alle seine Phantasien nur noch um sie. Für ihn war jenes Mädchen im gelben Kleid zu der Frau seiner Träume geworden. Wie festgenagelt stand er auf dem Gehweg. Autos fuhren vorbei.

Schließlich tat sie den ersten Schritt, nahm ihn am Arm und führte sie beide in steifem, quälendem Schweigen unter den Laternen und Bäumen die Straße entlang. Vor ihrer Haustür reckte sie sich empor, hauchte ihm einen Kuß auf die kalte Wange und sagte ihm gute Nacht, woraufhin er den kleinen Weg hinunter und durch das Gartentor stelzte, geradewegs hinein in die Trümmer seiner zusammengebrochenen Welt.

Am nächsten Tag stand er nicht auf, um zur Arbeit zu gehen,

ebensowenig am folgenden. Als er schließlich im Büro auftauchte, sah Flannery vom gegenüberstehenden Tisch sofort den tief hineingestoßenen Dolch der unglücklichen Liebe, der meinem Vater noch immer zwischen den Rippen steckte. Wenn er seinen hoffnungslos nach unten verzogenen Mund öffnete, fürchtete er, die Schmetterlinge der Liebe daraus entweichen zu lassen. Mr. Flannery kam mit guten Ratschlägen, einem Mittagessen in flüssiger Form und der Musik von Bach, denn keine Frau, so verkündete er weise, sei es wert, und er für seine Person hege nicht die leiseste Absicht, nein, ganz gewiß nicht, sich angeln, an die Kandare nehmen oder sonstwie unterjochen zu lassen.

Dennoch konnte mein Vater sich nicht wieder fangen. Er neigte stark zu intensiven Gefühlen, brütete über seinem Schmerz und strich durch die Büroflure, mit schweißglänzender Stirn und dem starren Blick eines Pilgers. Er war unfähig zu arbeiten, der Stift in seiner Hand schlug Zickzackkurven wie ein Pulsmesser; er litt an Schweißausbrüchen und Anfällen von Entkräftung und formte tonlos seinen eigenen Namen, so wie sie ihn aussprach.

Endlich brachte er es fertig zu schreiben; er saß da in seinem silbergrauen Anzug, die spitzen Knie bohrten sich in die Bügelfalten seiner Hose, und nur seine linke Hand bewahrte seinen immensen Schädel vor dem Absacken. Er begann ohne Anrede oder Namensnennung mit den drei Worten, die nahezu zwanghaft sein Denken bestimmt hatten: Ich liebe dich.

Sonst nichts. *Ich liebe dich.* Vielleicht wollte er nichts weiter schreiben, denn es folgt eine deutliche Zäsur, ein Wechsel der Tinte und eine Handschrift, die sich schräg nach rechts neigt, als purzelten beim Schreiben ganz sacht die Gefühle aus ihr heraus.

Ich liebe Dich. Das mußt Du wissen. Ich liebe Dich so sehr, daß ich mir mein Leben ohne Dich nicht mehr vorzustellen vermag. Ich kann nicht schlafen, liege die ganze Nacht wach, wälze mich von einer Seite auf die andere und spreche Deinen Namen. Ich habe nie zuvor so empfunden und verstehe nun, wie ein Mann sich die Hand abhacken oder die Kehle durchschneiden kann ob der Qual eines solchen Gefühls. Ich liebe Dich. Ich sage es mir immer wieder und wieder und sehe Dich dort unter dem Baum im Licht der Straßenlaterne stehen, und plötzlich scheint es, als könne ich kaum mehr atmen. Du birgst für mich alles Schöne in dieser Welt – jene Bäume, jenes Licht, die Lieblichkeit all dessen, wovon ich ausgeschlossen bleibe, wenn Du nein sagst. Ich sage mir, daß ich Dich in jenen Momenten am Freitagabend, als meine Ohren rauschten und mein Mund trocken vor Aufregung war, flüstern hörte: »Noch nicht, William.« Es mag vielleicht nicht wahr sein. Aber ich hoffe von ganzem Herzen, daß es so ist, und werde auf Dich warten, wie lange auch immer.

Ich werde weder bei Dir zu Hause erscheinen noch erneut schreiben, bevor ich nicht von Dir höre.

Ich liebe Dich.
*William*

Er unterzeichnete den Brief mit zitternder Hand und steckte ihn in einen Büroumschlag, trat in seinem grauen Anzug hinaus und marschierte starr geradeaus blickend durch das grelle Gewirr der Straßen, um ihn aufzugeben; er ahnte nicht, daß er den ersten echten Wendepunkt seines Lebens in der Hand hielt.

## 11

All dies habe ich von meiner Mutter erfahren. Ich sah den Brief und hörte, wie sie sich in ihrem einsamen Schlafzimmer Teile daraus immer wieder selbst vorlas, wenn sie dachte, daß nur die Geister der Vergangenheit zuhörten. Der Brief eroberte ihr Herz im Sturm. Sie hatte ihn aus der Hand ihrer Mutter entgegengenommen, hinauf in ihr Schlafzimmer getragen und lächelnd ihr Gesicht darin geborgen. Wie wundervoll, daß er so an sie schrieb! Sie wälzte sich auf dem Bett herum und brach plötzlich in Tränen aus, weinte haltlos, bis ihre Mutter leise an die Tür klopfte. Alles in Ordnung, rief sie, stand auf, den Brief noch in der Hand, und ging zur Tür in der allmählich aufdämmernden, furchtbaren Erkenntnis, daß sie bereits beschlossen hatte, diesen Mann zu heiraten.

Die Hochzeit fand an einem Samstag im April bei strömendem Regen in der kleinen St.-Josephs-Kirche statt. Flannery machte den Trauzeugen für meinen Vater. In ihrer kleinen weißen Handtasche, die sie fest umklammert hielt, trug meine Mutter den Brief als letztgültigen Beweis der Liebe vor sich her.

Nun, oben im Schlafzimmer des sauber gefegten Hauses, kam meiner Mutter all dies wieder ins Gedächtnis. Nur um diese Zeit blieb das Radio ausgeschaltet, und in den folgenden Jahren lernten meine Ohren, sich auf jene Stille ihrer Erinnerungen einzustellen. Ich kam von der Schule nach Hause und lauschte unten an der Treppe, horchte, ob das Radio aus war, die toten Stimmen der Vergangenheit im Kopf meiner Mutter umgingen und die Szenen ihrer Jugendliebe vor ihrem starren Blick vorbeihuschten.

Natürlich brauchte ich einige Zeit, bis ich all das verstand.

Anfangs unterbrach ich sie, kam in ihr Zimmer, die Wangen vom Laufen gerötet und den Geruch von frischer Luft und Landleben im Haar. Im Halbdunkel sah sie aus dem Fenster; wenn sie sich zu mir umwandte, dann stets mit dem gleichen Lächeln, einem Lächeln von damals, bevor ich geboren war, und vielleicht mit einer Frage aus jenen Tagen der Unschuld und Hoffnung, als ihr ganzes Leben sich noch um Blumen und Schokolade und das Wunder von Mann drehte, der nach ihrem Kuß verschmachtete: *Wartet er unten auf mich?*

Falls mein Vater das bemerkte, sah man es ihm jedenfalls nicht an. Er ließ mich von selbst darauf kommen und verhielt sich dann so, als hätten wir uns ausführlich darüber unterhalten und seien uns völlig einig. An jenen Tagen, wenn wir zusammen spazierengingen, sprachen wir kaum. Hinauf in die Hügel, fort von den Häusern, das Licht des Nachmittags wie ein heiterer klarer Film über den Straßen. Kinderstimmen erstarben in der Ferne, die Fußballspiele auf den Straßen, bei denen ich Torhüter hätte sein können, blieben hinter uns zurück, je weiter wir voranstrebten, rasch und atemlos eine Meile zwischen uns und die Trümmer unseres häuslichen Lebens legten. Fast nie begegneten wir jemandem. Es schien alles wie nach einem Plan abzulaufen. Die Bäume, an die ich mich erinnere, sind Winterbäume, ihre kahlen Finger emporgereckt in einer Art stummen Flehens, als ob der Frühling niemals kommen und kein Blatt, kein Vogel sich je wieder im Taumel des Aprils regen würde. Wir wanderten durch eine fahle, schwebende Leere, die wiederum mich entleerte, den dichten Wust von Sorgen und Vorstellungen auflöste, den die Woche in mir zusammengeballt hatte. Ich fühlte mich rein. Und obwohl mein Vater selten sprach und niemals die wohltuende Wirkung dieser Wanderungen erwähnte oder mir aufdrängte, spürte ich, daß der Wind auch durch seine dünne Gestalt fuhr und sie reinfegte.

Es gab vieles, was ich ihm hätte sagen wollen. Schon spürte ich in seiner tiefen Ruhe dieselbe unwiderstehliche Anziehung, der meine Mutter letztlich erlegen war. Es war, als berge seine Wortlosigkeit grenzenlose Weisheit oder tiefen Kummer; es war sein Schweigen, das in anderen den Wunsch zu reden erweckte, sein Schweigen, das sie brechen und ihn damit in die gewöhnliche Welt zurückführen wollte. Aber ich sagte nichts. Ich erzählte ihm nichts von der Schule, wo Mr. Curtins Augenbrauen und flatternde Hände mich immer noch durch die Flure scheuchten, oder wie er im Hof erschien, mit wütendem Sturmschritt dahineilte, die zuckenden Finger auf dem Rücken, während wir ihn abwechselnd heimlich nachmachten, oder daß ich höchstwahrscheinlich die Prüfungen im Sommer nicht bestehen würde.

Nein, ich erzählte meinem Vater nichts davon. Ich ging mit ihm am Wochenende spazieren, brachte im Winter das von ihm zubereitete Frühstück hinauf zu meiner Mutter. Und das war alles. Dennoch, wenn wir auf dem Rückweg um die letzte Ecke bogen und seine Hand mich mitunter hinten am Kragen faßte, mich ganz sachte auf die Straße oder vom Bordstein herunterlenkte, durchlief mich von Kopf bis Fuß ein Schauer, und mir wurde heiß und schwindlig vor Glück, dem Glück eines Jungen, den sein Vater über alles liebte.

## 12

Nach drei Monaten kehrte Isabel auf die Insel zurück. Es war Weihnachten und die Überfahrt mehr als schwierig. Das Meer toste. Die Passagiere, ausschließlich alte Frauen und Kinder, saßen zusammengekauert in der nach vorne offenen Kabine, inmitten der zu Boden gefallenen Rettungswesten. Das

Festland verschwand hinter ihnen in einem Grauschleier, während sie im Auf und Ab der seitlichen Brecher den Atlantik durchpflügten, auf dem Weg nach Hause. Am Kai dauerte es eine halbe Stunde, bis die Fähre vertäut war, und selbst dann war es noch tückisch genug, vom Deck aus die rohen, ausgetretenen Steinstufen zu erklimmen. Zwischen der Mauer und dem tänzelnden Boot klaffte ein breiter Spalt. Die Kinder übersprangen ihn mit Leichtigkeit und eilten durch den peitschenden Regen zu ihren Eltern, die sie in ihren triefenden Regenmänteln schon erwarteten. Irische Fetzen flogen mit dem Wind hin und her. Weitere Hüllen wurden über nasse Schultern gebreitet, und die Grüppchen verteilten sich auf dem holprigen Pfad, der zum Inneren der Insel führte, schwarzbemäntelte Klumpen wie flache Fellboote, die auf die kleinen weißen Häuser zuhielten, in denen die Weihnachtslichter schon brannten.

Isabels Vater erwartete sie. Gewärmt vom Whiskey, achtete er nicht auf den erbarmungslosen Regen, der seinen Mantel durchdrungen und sein gerötetes Gesicht taub gemacht hatte. Er hatte die Fähre vom Fenster des Pubs aus hereinkommen sehen, und als die Wärme des dritten Glases sich in ihm auszubreiten begann, fühlte er sich wie ein verwundeter General, der voll Stolz die Rückkehr seiner siegreichen Armee beobachtet. Jedes der Kinder, das nun wieder auf der Insel eintraf, war bei ihm in die Schule gegangen. Sie waren seine Botschafter auf der größeren Insel, und er verließ das Pub, schritt durch das Hundewetter hinunter zum Kai, um sie mit einem strahlenden Willkommenslächeln in Empfang zu nehmen. Er schüttelte ihnen die Hände und nannte sie beim Namen, stellte amüsiert fest, wie groß sie geworden waren, nicht mehr jene mageren, bleichgesichtigen Kinder in kurzen Hosen und Kniestrümpfen, denen er die ersten Kenntnisse von der Welt vermittelt hatte.

Als schließlich sie den Kai entlangkam, warf Muiris die Arme um seine Tochter und preßte sie an sich. Sie schmiegte sich an seine Brust, sog den vertrauten Geruch von Rauch und Kreide, Whiskey und Zwiebeln ein und merkte plötzlich, wie unglücklich sie gewesen war, spürte gar Tränen in sich aufsteigen. Vater und Tochter hielten sich lange Zeit umschlungen.

Die Fähre legte ab, und sie machten sich auf den Heimweg. Für Isabel war es die erste Rückkehr, und als sie die groben Kieselsteine des Pfades unter ihren Füßen spürte, die kühle, saubere Seeluft, die über die baumlose Insel dahinjagte, schwor sie sich unter Tränen, nie wieder fortzugehen. Sie würde einen Mann von der Insel heiraten, verkündete sie an jenem Abend ihrer Mutter. Galway war längst nicht so großartig, wie die Leute es immer hinstellten, sagte sie, wohl wissend, daß sie damit ihrem Vater eine Freude machte, der ihr gegenüber am Kamin saß und zuhörte; das Behagen, endlich wieder das vertraute Irisch zu sprechen, erfüllte sie mit einer Art Rausch. Die Nonnen waren streng, sie schalten die Schülerinnen für alles und jedes. Die Mädchen von der Insel waren ihnen besonders verhaßt, so erzählte Isabel den Eltern, sie mochten ihre Art zu sprechen nicht, wollten, daß sie ihr Haar kürzer trug. Sie sagten, es sähe unordentlich aus, wenn sie über der Schuluniform die lange, weinrote Wolljacke trug, die ihre Mutter ihr gestrickt hatte. Die Irischlehrerin war ein hoffnungsloser Fall, das Essen ein labbriger, blubbernder brauner Fraß in großen schwarzen Töpfen mit flachsigem Fleisch und viel Kartoffeln. Isabel sprudelte vor ihnen alles heraus, machte ihrer Freude, wieder zu Hause zu sein, in einer Tirade gegen ihr Leben auf dem Festland Luft.

Später am Abend saß sie im Sessel an Seans Bett und erzählte die Geschichte anders. Es war zwar nicht so, wie sie es sich vorgestellt hatte. Die Stadt war unfreundlich, sie erschien ihr schmutzig und laut. Die Menschen dort waren stets in Eile. Aber trotzdem, Sean, flüsterte sie ihm ins Ohr und sah auf die kleinen

Lichter in seinen Augen, es hat auch etwas Aufregendes an sich. Häufig war sie vom Kloster ausgekniffen, in Galway herumgelaufen und hatte die sich vorbeiwälzende Menschenmenge betrachtet. Sie liebte den Kitzel, den sie verspürte, wenn sie während der letzten beiden Sportstunden am Mittwoch durch das kleine Tor an der Ostmauer hinausschlüpfte. Sie liebte das Gefühl, aus dem ummauerten Schulgefängnis mit seinen wachsamen, keifenden Nonnen und der faden Routine herauszukommen. Außerhalb der Schule spürte sie, wie unendlich groß die Welt war, wie schwindelerregend vielfältig.

»Einmal«, flüsterte sie, »bin ich sogar mit dem Zug nach Dublin gefahren. Die Züge würden dir gefallen, Sean. Ich nehme dich mit, wenn es dir bessergeht. Dann wirst du schon sehen.«

Sie hatte am Fenster gesessen und das Land im frühen Morgenlicht an sich vorbeiziehen lassen wie eine Leinwand voller Berge, Seen, Flüsse und Felder. Alles stimmte sie froh, die winzigen Stationen mit einsamen Reihen von Männern und Frauen auf den Bahnsteigen, die Koffer, die in das kleine Gepäcknetz über ihr geworfen wurden, Männer mit Zeitungen, Frauen, die über Strickmuster sprachen, der Junge mit der schwarzen Hose und dem weißen Hemd, der einen Wagen durch die Abteile schob und fragte, ob sie Tee oder Kaffee wünsche. Die Reise schien kein Ende zu nehmen; wie lang die Schienen waren, wie sie sich dehnten und bogen und wie der Zug in jenem sanften, melodiösen Rhythmus durch das Zauberland glitt. Am liebsten wäre sie ewig so gefahren, weiter und weiter, tadamm-tadamm, hinein in die Tunnel und wieder heraus, in sausender Fahrt vorbei an den Feldern, wo die Männer innehielten, aufschauten und manchmal winkten. Hinter der Scheibe winkte sie zurück.

Die Nonnen waren natürlich außer sich gewesen. Eine ganze Schar von ihnen machte sich auf nach Galway, um sie zu suchen. Ein paar andere Mädchen von der Insel wurden zur Äbtissin gebracht und gefragt, ob sie wüßten, wo Isabel sei. Mit jeder Stunde wuchs das Ausmaß der ihr bevorstehenden Strafe. Als Schwester Agnes laut anregte, das Mädchen aus der Schule zu werfen, nahm Schwester Mary den Vorschlag einen Augenblick lang wörtlich. Es war ihr unbegreiflich, wie einer ihrer Zöglinge so frech sein konnte, so mit voller Absicht Dinge tat, die die Nonnen in Aufregung und Zorn versetzten. Sie mußte etwas Schlechtes in sich haben, wie eine faule Stelle im Fleisch, dachte die Nonne und schwieg erst, als das schwache Tappen der Äbtissin im Flur erklang und die Tür mit der Frage geöffnet wurde, ob das Mädchen gefunden worden sei. Sie tut dies nicht zum erstenmal, sagte die Äbtissin mit sanfter, leiser Stimme zu den Nonnen und ließ die Worte wie Vögel von dem tief zerfurchten Feld ihrer Stirn aufsteigen. Die Schwestern zählten die Verfehlungen des Mädchens auf und warteten auf die Antwort der kleinen, buckligen Frau in Weiß, blickten sie durch das milde, goldene Herbstlicht im Raum an und sahen, daß sie nur nickte, die Hände zusammenlegte und sagte: Wir müssen für sie beten. Schwestern, gegrüßet seist du, Maria…

Bei der Rückkehr am Nachmittag stieg Isabel wie in Trance aus dem Zug. Sie trat vom Bahnhof in die gleißende Kälte von Galway hinaus und ging an der Straße entlang zurück zum Kloster. Die Erinnerung an die Reise begleitete sie noch, als sie das Tor erreichte und spürte, wie Schwester Concepta sie mit ihren harten weißen Fingern am Oberarm packte und sie, einen Arm im Griff der Nonne nach oben verdreht, den anderen herunterhängend wie eine zerbrochene Puppe, zum Eingang schleifte. Zunächst, erzählte sie Sean, wußten sie nicht, was sie zu ihr sagen sollten. Sie führten sie in einen Raum und ließen sie dort, wo sie zu dem großen Fenster ging und auf das Klostergelände mit der hohen Mauer im Hintergrund und den Kastanien hinausschaute, die allmählich ihre Blätter verloren. Nun konnte sie in

Gedanken jenseits dieser Mauer sein, wann immer sie wollte. Und als nach fast einer Stunde Schwester Agnes hereinkam, auf die Innenseite ihrer rechten Wange beißend und die Hände krampfhaft ineinander geschlungen, als sie die verschiedenen Strafen und Verbote aufzählte, auf die sie sich geeinigt hatten, spürte Isabel weder Zorn noch Scham oder Reue. Was sie empfand, war die überschäumende Freude der Freiheit. »Wie beim Tanzen«, flüsterte sie.

Sie war erst drei Monate von der Insel fort.

## 13

Ihrem Bruder Sean erzählte Isabel alles. Er wurde ein Teil von ihr, und in den folgenden Jahren war vor allem er es, um dessentwillen es Isabel nach Hause zog. Hin und wieder zuckte er unvermittelt mit dem Kopf oder den Fingern und gab tief aus der Kehle kleine, erstickte Laute von sich. Allmählich ging es aufwärts mit ihm, hatte ihre Mutter zu ihr gesagt. Eines Tages würde er wieder ganz bei sich sein, und dafür ließ Margaret Gore Nacht für Nacht auf den Knien vor dem Herdfeuer eine endlose Wendeltreppe von Gebeten zum Himmel aufsteigen.

Als Isabel eines Nachmittags in der Woche nach Weihnachten in seinem Zimmer saß, griff sie nach Seans alter Pfeife und rollte sie in der Hand hin und her. Sie hielt sie ihm vor das Gesicht und beobachtete seine Augen. Sie irrten darüber hinaus, wieder zurück und durch die Pfeife hindurch, wie Haken, die sie in der Luft schweben ließen. Dann hielt sie das blanke Mundstück seinem schiefen Grinsen hin, den kleinen, rot entzündeten Stellen an seinen Mundwinkeln, aus denen Speichel rann.

»Blas hinein, Sean«, sagte sie.

Sie wartete und spürte, wie er sich abmühte, fühlte die

unglaubliche Spannung, mit der sein ganzes Ich dort am Mundstück des Instruments hing, nur ein Haarbreit von der Musik entfernt. »Blas, Sean, blas«, sagte sie und wurde vom Stuhl gefegt, als ihr Bruder auf der Suche nach den richtigen Griffen wild mit dem Arm ruderte und ihr voll ins Gesicht schlug. Er stöhnte auf und sackte vornüber im Bett zusammen.

»Alles in Ordnung, Sean, mir fehlt nichts«, sagte sie, stand auf und lehnte ihn wieder an die Kissen. Sein Kopf hing auf der Brust, er blickte nicht auf. Isabel wartete einen Augenblick, während der Wind sich des Regens bemächtigte und ihn gegen das Fenster peitschte. Dort stand die Schwester in dem kleinen, stikkigen Schlafzimmer und begann von neuem, nahm den Kopf ihres Bruders in beide Hände und hielt ihn fest, um ihm in die Augen zu sehen und das Flehen darin zu lesen, steckte ihm dann die Pfeife noch einmal in den Mund und lenkte nun seine beiden Hände zu den richtigen Stellen. Eine Sekunde lang klammerte sich Sean an die Pfeife wie an ein Geländer oder ein Seil, damit seine Arme nicht wieder herabfielen. Er krümmte sich, kippte nach vorn und zur Seite, streckte und verdrehte sich, rammte sich das Mundstück so fest hinein, daß es gegen seinen Gaumen stieß und Blut floß. Fast wäre er aus dem Bett gerutscht. Isabel hielt ihn fest. »Versuch's und blas hinein, Sean«, sagte sie. Er tat es, und die Pfeife fiel zu Boden.

An jenem Nachmittag probierte er es zehn- oder elfmal. Dann endlich, als die frühe Dunkelheit sich auf die Insel gelegt hatte und man vom Schlafzimmerfenster aus nichts mehr sah als eine endlose Wand von tiefstem Blau, umklammerte er die Pfeife und ließ den Atem entweichen, hob den rechten Zeigefinger und spielte einen einzigen, zittrigen Ton, der mit der Majestät und Verzauberung wundersamer Hosiannas in die Luft emporstieg.

Es gibt also doch einen Gott, dachte Isabel Gore, als sie am

Ende der Weihnachtsferien zurück nach Galway fuhr; sie verspürte für ihren Bruder einen schwachen Hoffnungsschimmer, der ihr die Last ihrer Schuld ein wenig leichter erscheinen ließ.

## 14

Ehemänner werden erschaffen. Die Frauen verlieben sich in junges und gutaussehendes, aber ungestaltetes Rohmaterial von tölpelhafter Gutwilligkeit und formen es im Verlauf von vierzig Jahren gnadenlos zu dem Mann, mit dem sie leben können.

Der Gatte, den meine Mutter sich in den ersten Jahren ihrer Ehe heranzog, beruhte auf zwei soliden Prinzipien: Der Mann schafft das Geld heran, und die Frau hält das Haus sauber. Er küßte sie auf die Wange und ging zur Arbeit, und sie blieb in dem kleinen Dreizimmerhaus an der Sycamore Road, das später in ihrer Erinnerung für die Zeitspanne von etwa sechs Monaten der glücklichste Ort in ihrem Erwachsenenleben werden sollte. Sie trug eine gelbe Schürze, sang die Lieder aus dem Radio mit, wischte Staub und schrubbte das blitzblanke Haus eine gute Stunde lang, um dann ihr Haar zurückzukämmen und einkaufen zu gehen, dermaßen erfüllt von ihrem schlichten Glück, daß sie in den Augen der neuen Nachbarn vor Liebe nur so glühte. Sie benahm sich so, wie sie glaubte, sich als seine Frau benehmen zu müssen; wenn er abends mit dem Fahrrad vom Büro heimkam und erst die Klammern von den Hosenbeinen streifte, bevor er sie, mit von der Fahrt kalten Wangen, in dem makellos sauberen Flur umarmte, hatte sie ein anderes Kleid angezogen und roch nach Eukalyptus. Sie servierte ihm sein Abendbrot auf dem kleinen Resopaltisch in der Küche und lauschte mit großem Ernst den wenigen unbedeutenden und trivialen Geschichten, die er aus dem Büro zu erzählen hatte. Ihr Verhalten ihm gegenüber hatte auf einmal etwas Ernsthaftes. Sie war nun eine verheiratete Frau und kein Mädchen mehr, und gegen Ende ihres ersten Ehejahrs hatte sie das neckische, verspielte Wesen, das ihr am Beginn ihrer Liebe zu eigen gewesen war, abgelegt und fortgepackt.

Sie ermutigte ihn, Karriere zu machen. Als seine Kopfschmerzen sich erstmals andeuteten und sein Haar sich dramatisch zu lichten begann, betrachtete sie dies als unumgängliche Attribute eines erfolgreichen Mannes im Staatsdienst. Sie versicherte ihm, er verfüge über das Habit eines höheren Angestellten, und wollte weder die zunehmenden Anzeichen seiner Frustration noch die wachsende, aber stille Wut zur Kenntnis nehmen, die in dem dünnen Mann im Bett neben ihr rumorte. Sie brachte noch mehr Ordnung in seine Welt, wechselte an einem denkwürdigen Tag bis nachmittags sämtliche Vorhänge im Haus und tapezierte höchstpersönlich das winzige Bad in einem blassen Rosa, das sie als überaus beruhigend empfand. Er bemerkte es natürlich nicht, ging nur wie immer in das hübsche kleine Wohnzimmer mit dem braunen Sofa und den passenden Sesseln, deren Armlehnen und Kopfteile mit Spitzendeckchen belegt waren, versank in der tiefen Erschöpfung seines Lebens und hinterließ silbrige Haarsträhnen, die sie am Morgen wegsaugte und abbürstete.

Kinder stellten sich nicht ein. Sie investierten Geld in das Haus, das im Lauf von fünf Jahren eine Reihe raffinierter Verwandlungen durchlebte, jede ausgeklügelter als die vorherige, bis man am Ende von der Wand im Badezimmer eine ganze Palette von Pastelltönen hätte abkratzen können, aus denen die hoffnungslosen, halbjährlich wiederauflebenden Bemühungen meiner Mutter um den Erhalt ihres Traums von einem schönen Heim abzulesen waren. Natürlich sah sie es nicht so. Sie gestaltete ihr Zuhause und formte sich nebenbei den imaginären Ehemann, mit dem sie leben konnte. Sie kaufte seine Kleidung, warf die abgewetzten Hosen weg, die er samstags trug und in denen er sich am wohlsten fühlte, drängte ihn, sich auch am Wochenende zu rasieren, nicht mehr mit dem Fahrrad zu fahren und statt dessen ihr erstes Auto zu kaufen, einen lächerlich kleinen schwarzen Volkswagen, auf dessen Vordersitzen sie Sonntag nachmittags nach Wicklow fuhren, mein Vater zusammengekrümmt, den Hals vorgereckt, mit den Knien an das Steuer stoßend, und neben ihm meine Mutter, würdevoll aufgerichtet und schön wie eine Königin.

Nachdem mein Vater zum drittenmal befördert worden war, hielt meine Mutter offenbar ihr Werk für getan. Er quetschte die Zahnpasta nicht mehr von der Mitte aus der Tube, zog sich stets die Schuhe aus, bevor er, aus dem Garten kommend, den Flur mit dem cremefarbenen Teppich betrat, den sie gekauft hatte, machte keinen Versuch, zwei Tage hintereinander die gleichen Socken oder Unterhosen anzuziehen, weniger als viermal pro Woche zu baden oder nach dem Urinieren die Klobrille nicht herunterzuklappen. Er war erfolgreich in seinem Beruf, klug und schnell von Begriff, und wenn Flannery keine Ähnlichkeit mehr zwischen ihm und jenem schlaksigen, liebeskranken Jüngling erkennen konnte, der die Woche bis zum Freitagabend wie ein qualvolles Fegefeuer durchgestanden hatte, war das angesichts seiner Erfolge, wie er zugeben mußte, ein geringer Verlust.

Dann gab es einen Sommerurlaub; ein vollgepackter neuer Ford fuhr von dem neuen Haus an der Mulberry Lane davon und in rasantem Tempo hinaus aufs Land. Ich war glücklich, o ja, so glücklich war ich, erzählte meine Mutter später der Tapete und den Vorhängen. Wie glücklich ich war! Mein Vater machte Zeichnungen von Feldern und Bergen. Sie verbrachten ganze Nachmittage bei Picknicks auf sonnenwarmen Wiesen; für eine kurze Weile lockerte meine Mutter den eisernen Griff, mit dem sie ihrer beider Leben in der Hand hielt, und ließ sich von der unendlichen blauen Weite des Himmels und dem Chor der Vogelstimmen überwältigen. Neun Monate später wurde ich geboren.

Wie alles übrige erfuhr ich auch diese Geschichte in Bruchstücken. Im Mai ging mein Vater wieder fort, und meine Mutter kam herunter. Wir beseitigten sämtliche seiner Spuren, und eine Woche nach seinem Verschwinden erinnerte auch nicht der leiseste Hauch eines Duftes mehr an ihn. Meine Mutter redete während der Arbeit. Zunächst war es ein abgehacktes, mürrisches Gebrummel, ein hingeworfener Satz angesichts des Drecks, der sich in der Spüle sammelte, der Teeblätter, die im Ausguß umeinanderwirbelten und sich verklumpten. Ich achtete nicht weiter darauf und fuhr fort, ihr zuliebe den sich ständig ansammelnden, aber unsichtbaren Staub des Lebens zu entfernen.

Solange sie redete, blieb ich bei ihr, gab vor zu putzen, folgte ihr auf Schritt und Tritt und hörte zu. Erst spätnachmittags hielt sie inne. Dann war das Haus fertig, balancierte für einen Augenblick am Abgrund makelloser Reinheit, und meine Mutter war fast glücklich, stand da, in jener flüchtigen Sekunde der Stille, bevor das nächste Staubkörnchen sich löste und sanft zu Boden fiel.

## 15

Bis zum Ende der ersten Septemberwoche war mein Vater immer noch nicht zurückgekehrt. Ich konnte schlecht zur Schule gehen und meine Mutter allein lassen, solange er nicht da war; daher saß ich nun, am Ende des Sommers, in dem kleinen Vorderzimmer, um seine schlaksige Gestalt an der Wegbiegung zu erspähen. Diesmal würde ich ihm nicht so leicht verzeihen, nahm ich mir vor. Der Sommer war ein quälendes Wechselbad von Licht und Schatten gewesen; nur für kurze Zeit hatte die Sonne geschienen. Mitunter wirkte meine Mutter völlig normal, hantierte im Haus herum, sang Lieder von Gilbert und Sullivan und kochte die halbierten Fertiggerichte, die sie mir vorsetzte; dann wieder stritt sie mit dem Radio, geriet bei einer Sendung über Gartenarbeit außer sich und brüllte, während aus heiterem Himmel ein plötzlicher Regenschauer wie wahnsinnig gegen das Fenster klatschte.

Ich hatte drei Monate lang im Halbdämmer des Hauses ohne meinen Vater gelebt und Tag um Tag gespürt, wie der Zorn in mir zu einem riesigen Klumpen anwuchs. Wie hatte er uns das nur antun können? Was gab ihm das Recht, eines Tages im Spätfrühling aus dem Haus zu gehen und uns all dem hier zu überlassen? In mir schwoll eine stille Wut an, während ich aus dem Fenster starrte. Ich schwor ihm ab; ich gelobte mir, ihn nicht zur Kenntnis zu nehmen, wenn er zurückkam, um dann wieder zu beschließen, lieber auf ihn loszugehen, mit den Fäusten auf seine dürre Selbstsüchtigkeit einzuhämmern. Ich trat aus der Haustür und stand im Septemberabend, erwartete ihn jede Sekunde, mit dem hoffnungslosen Zorn eines Schuljungen, gespannt und schußbereit für einen Wildwest-Showdown bei Sonnenuntergang. Hatte nur je ein Junge solch einen Vater gehabt? Während meine Mutter mit leerem Gesichtsausdruck aus dem Schlafzimmerfenster im oberen Stock starrte, stand ich am Gartentor und sah zu, wie die Väter und Ehemänner normaler Haushalte mit ihren Autos in die Einfahrt bogen und ausstiegen, die Tür zuschlugen, den Hausschüssel herauskramten und wie jeden Abend hineingingen, die Aktentasche oder Zeitung in der Hand und ein »Hallo, da bin ich« auf den Lippen.

»Hallo, Nicholas.«

Seine Hand blieb auf meiner Schulter, als ich mich zu ihm umwandte, und wir gingen auf das Haus zu, der hagere Mann mit seinem Stelzgang im langen, offenen Regenmantel und ich, sein Sohn, einen dicken Kloß von Verwirrung und ungeweinten Tränen im Hals.

Er hatte seinen Schlüssel verloren. Ich lockerte den Griff, mit dem ich den meinen so fest umklammert hielt, und er streckte die Hand danach aus.

»Gutes Kerlchen«, sagte er, lächelte kurz zu mir herab und trat mit einer einzigen Bewegung wie selbstverständlich wieder in unser Leben. Man konnte es fühlen, riechen, spüren. Selbst der Flur, in dem er nun stand, schien von seiner Gegenwart und Aura erfüllt; seine Kleider rochen streng und stark nach Ölfarben, seine Finger, die wie Pinzetten in die Leere um ihn herum griffen, schienen bereit, alles anzufassen und aufzuheben. Berge und ein Meer glitten von ihm ab und verbreiteten sich im Flur, Brisen und Winde über Sümpfen und Hängen, Schwarzdornhecken, das Prickeln von Stechginster, der frühe Morgenhauch über ungeschnittenen, hohen Wiesen, all das hing an ihm. Einen Augenblick lang schaute er auf mich. Er sah richtig hin, und zum erstenmal in meinem Leben, zitternd unter seinem forschenden Blick und ohne die geringste Ahnung, was er sagen oder tun mochte, schaute ich auf und sah so etwas wie Stolz in seinen Augen leuchten.

»Nicholas«, sagte er noch einmal, als sei mein Name ein alter Schlüssel, mit dem er versuchte, wieder Zugang zur Welt seiner Familie zu erlangen. »Wie geht es dir?«

Der Zorn in mir war verflogen und hatte dem verzweifelten Wunsch Platz gemacht, von meinem Vater berührt und umarmt zu werden.

»Es geht mir gut«, sagte ich und schaute auf seinen Mantelsaum, studierte eine von Stacheldraht oder Dornengestrüpp ausgefranste Stelle.

»Natürlich geht es dir gut.« Seine Hand ruhte auf meinem Kopf, und ich wurde an seine Brust gepreßt. Ob er mich dort festhielt oder ich derjenige war, der sich nicht lösen konnte, jedenfalls dauerte es eine lange Zeit. Ich schloß die Augen und klammerte mich an ihn, zu eng, um die Tränen zu sehen, die in meiner Vorstellung seine Augen füllten, oder den Kummer und die Reue, die ihn überwältigten, ihn schwanken ließen angesichts des hoffnungslosen Gefühls von Verlust, das er bei jeder Heimkehr empfinden mußte. Gott hatte ihn von uns fortgenommen, und jedesmal, wenn er zurückkam, war ein bißchen weniger von uns übrig. Es dauerte eine Ewigkeit, bis er sprach, und als es soweit war, spürte ich, daß er bereits eine Entscheidung getroffen hatte; er empfand Bedauern und würde versuchen, alles wieder in Ordnung zu bringen.

»Ist deine Mutter oben?« fragte er. Und dann verschwand eine Hand in dem uralten Mantel und tauchte plötzlich mit einer Fünfpfundnote wieder auf. »Hier, lauf los und kauf uns einen Kuchen.«

Ich ging hinaus, er stieg nach oben. Ich hatte fünf Pfund in der Hand, wir waren reich. So schnell ich konnte, lief ich durch die wogenden Böen der herabfallenden Blätter, das darniedergehende Königreich des verbannten Sommers, hüpfte und raschelte hindurch, kickte im Laufen Blätterklumpen vor mir her, wieder im Taumel des kindlichen Traums von der heilen Welt, dem ewigen Licht, und von Gott, der einmal mehr zu uns zurückgefunden hatte.

## 16

Ich stellte mir vor, mein Vater sei heimgekehrt, um meiner Mutter seine Liebe zu zeigen. Gott, so dachte ich mir, hatte ihn kurzzeitig von seiner Berufung befreit und statt dessen beschlossen, daß es an der Zeit sei, unser Heim zu retten. Vielleicht lebte Er unterdessen bei einer anderen Familie und ruinierte deren kleines Glück, während Er uns das unsrige zurückgab. Woher genau ich diese Vorstellung nahm, weiß ich nicht recht. Von den fünf Pfund in meiner Faust hatte ich mir vielleicht einen Neubeginn erträumt oder erhofft, hatte vielleicht in den Augen meines Vaters einen Schimmer vom Blick jenes Mannes unter den Bäumen und der Straßenlaterne erahnt, der sein Mädchen bat, ihn zu heiraten. Als ich mit dem Kuchen beladen durch die stillen Vorstadtstraßen eilte, glaubte ich, wieder in das geordnete und behagliche Nest des vertrauten Lebens zurückzukehren. Von jenem kurzen abendlichen Ausflug ist mir noch alles im Gedächtnis, der kühle Duft des mit Blättern bedeckten Grases, der in das Grau und Rosa der Luft emporstieg, die verschlossenen Häuser hinter ihren Gärten, Rosenduft, das Gefühl, das ich hatte, als ich beim Gehen mit den Fingern an einer Steinmauer entlangstrich, bis sie brannten, der Abendbus aus der Stadt, der anhielt, Mr. Dawson mit seinem zusammengerollten *Evening Herald*, der mir in den Weg trat und mir scherzhaft einen kleinen Klaps hinter die Ohren gab. Es war einer jener Momente, die in voller Schärfe festgehalten zu sein scheinen, so als sei die Welt unmerklich heller und intensiver geworden und alles auf ihr herausgehoben, klar, strahlend, deutlich wahrnehmbar. Die Wolken waren majestätisch, die Menschen auf der anderen Straßenseite in gleißendes Licht getaucht. Selbst Mrs. Heffernan, die über ihre zahlreichen Kinne geneigt die Fünfpfundnote prüfte und auseinanderfaltete, sie auf der Theke glattstrich und betrachtete, als könne sie sich vor ihren Augen in Nichts auflösen, hatte die Aura eines Engels. Als sie mir den Kuchen reichte, wußte ich, daß der Lauf der Welt von neuem begann. Am Knistern des Zellophans spürte ich es, wollte laut herauslachen. Unser ganzes Leben würde wieder in Ordnung sein. Ich ging vom Einkaufen heim zu Mutter und Vater. Ich würde durch die Flurtür in ein Wunder von Normalität treten, wo der Wasserkessel kochte, ein paar Löffel Tee aus der Büchse geschöpft waren und der gedeckte Tisch auf den Schokoladenkuchen wartete.

Aber so einfach war es nicht.

Zwischen meinem Fortgehen und Zurückkehren bekam die Welt ein anderes Gesicht. Mein Vater nahm zwei Stufen auf einmal, rauschte noch im Regenmantel an der Stelle vorbei, wo ich am Abend seiner Entscheidung gesessen hatte. Oben am Treppenabsatz polterten seine großen Stiefel über die nackten Dielenbretter, die in der Mitte von unseren täglichen Gängen schon leicht bräunlich verfärbt waren. Dreckklumpen fielen von seinen Absätzen. Seine starke Ausdünstung stieg vor ihm her in den oberen Stock, und er ging bis zu der geschlossenen Tür des Schlafzimmers meiner Mutter. Seine Augen, stelle ich mir vor, brannten in der späten Erkenntnis, was sie für sein Leben bedeutete. Diesmal war er zu ihr zurückgekehrt, zu der weißen Gestalt auf dem Bett, jenem glückseligen Gefühl der Vergebung, der vorbehaltlosen Kapitulation und dem Frieden, der darin lag, sie einfach zu umarmen, den Kopf zu senken und zu sagen, es tut mir leid, und ihre Hand auf dem Hinterkopf zu spüren, die ihm vergab, trotz der Staubhaufen von zerstörten Träumen rings um sie her. Zu ihr kam er zurück. Oder nicht? Oder etwa nicht? Zu der Frau, die zugesehen hatte, wie er aus der Tapetenwelt von Pastelltönen und gebügelter Unterwäsche ausbrach, die ihre Art der Liebe darstellte, zu der Frau, deren Augen nicht mehr leuchteten, deren Rücken sich unter der Last fehlgeschlagener Hoffnungen und verflogener Liebe gebeugt hatte und die ihre Tage nach Schlaftabletten einteilte?

War er nicht letzten Endes um meiner Mutter willen zurückgekehrt? Um die brutale Selbstsüchtigkeit Gottes zu erklären, der ihn mit sich fortnahm, ihn ganz auf sich gestellt die Qualen seines noch ungeformten Talents durchleben und sie allein mit mir zurückbleiben ließ? War es nicht so? War es nicht das, was seine Hand beim Griff nach der Schlafzimmertür zittern ließ, was ihn zum Wanken brachte und zum erstenmal in seinem Eheleben heiße Tränen vergießen ließ, als er dort vor der versperrten Tür stand und einen Augenblick lang spürte, daß er dem menschlichen und nicht dem Willen Gottes gehorchte, daß seine Entscheidung, zu malen und fortzugehen, nichts als ein ungeheurer Irrtum gewesen war, er niemals Die Stimme vernommen und zwei Jahre all die Kräfte seines Geistes und der Liebe sinnlos vergeudet hatte?

Mein Vater fand die Tür verschlossen. Auf seine Rufe kam keine Antwort. Er schlug mit den Fäusten dagegen und rief den Namen meiner Mutter, wieder und wieder, die Augen brennend vor Tränen. Als ich zur Haustür hereinkam, den Kuchen auf den Armen tragend, hatte er bereits die Tür aufgebrochen und entdeckt, daß sie tot war.

# TEIL 2

## 1

Als Isabel Gore in ihrem letzten Schuljahr am Ende der Weihnachtsferien nach Galway zurückkehrte, wußte sie noch nicht, daß dort die erste Liebe auf sie wartete. Ihr Vater hatte sie zur Fähre begleitet, blieb dort einen Augenblick, ihren Arm gefaßt, im leichten Regen stehen und gab das zögerliche Gehüstel und Gemurmel von sich, das stets einer wichtigen Mitteilung vorausging. Als sie spürte, wie seine Finger ihren Ellenbogen unter dem feuchten Gabardinemantel umklammerten, machte Isabel sich auf eine Warnung gefaßt. Aber wovor Lehrer Gore seine Tochter eigentlich zu warnen hoffte, wußte keiner von beiden. Sie sah ihm ins Gesicht, das naß vom Regen war. Er zwinkerte ihr zu. Ein kleines, nervöses Lächeln blitzte hin und wieder in seinen Augen auf. Die Fähre rumste gegen die Reifen am Kai, und der Motor dröhnte. Die wenigen Passagiere waren bereits an Bord gegangen und standen aufgereiht hinter den beschlagenen Fenstern der kleinen, offenen Kabine. Ein Junge in einer gelben Jacke wartete darauf, das schwere Tau abzuwickeln und zum Schiff zu werfen.

Es hatte etwas mit dem Meer zu tun, dachte der Lehrer, mit den sich brechenden Wellen. Ja, und mit einem Zug an ihr, den er während der Weihnachtsferien bemerkt hatte und der jetzt das Meer so unerträglich weit und riesig erscheinen ließ. Das Wasser war aufgewühlt. Wie kalt und grau, gnadenlos, verändert. Er packte seine Tochter am Arm und hörte sie laut über das Motorengeräusch hinweg fragen: *Was ist denn?* Worte kreisten in ihm, schwammen auf dem wildbewegten Hin und Her der drei Whiskeys, mit denen sein Morgen begonnen hatte. Er verfluchte sich dafür, sehnte sich nach einem weiteren und starrte unablässig seiner schönen Tochter ins Gesicht. War sie an jenem Weihnachten daheim nicht ein wenig kälter als sonst gewesen? Er stand da und spürte, wie ihm Tränen in die Augen schossen.

»Es ist alles in Ordnung«, sagte sie. »Im Sommer bin ich wieder da. Geh nach Hause, Daddy.«

Sie drückte sich an ihn und war fort, sprang von der letzten Stufe auf die ausgestreckte Hand des Bootskapitäns zu. Das Haar umwehte ihr Gesicht, während sie zum Abschied winkte, und das Boot schoß davon, stampfte mitten hinein in das rauhe Wetter und verblaßte wie eine Fotografie im umgekehrten Entwicklungsprozeß. Einmal verschwunden, konnte man sich kaum noch vorstellen, daß es je dagewesen war, und der Lehrer drehte sich um und wanderte vom Kai zum Dorf, noch immer verstrickt in jene düstere Stimmung, die sich seit dem frühen Morgen auf ihn gelegt hatte. Er wußte noch immer nicht, woran es lag. An jenem Tag war keine Schule, und so überquerte er den schmalen, bogenförmigen weißen Sandstrand und vertrieb die dort versammelten fünf Esel, bevor er sich in Coman's Pub zum Tee setzte, eine kleine Taschenbuchausgabe von Yeats hervorzog und versuchte, sich bis zum Mittag auf die Lektüre zu konzentrieren. Es half nichts, die Vorahnung von drohendem Verderben haftete an ihm wie die Krätze. Die Gedichte und die drei Kannen Tee machten seine Verwirrung nur noch größer.

Den restlichen Tag und einen Großteil der folgenden Woche wurde er das Gefühl nicht los, eine Warnung erhalten zu haben, die er an seine Tochter weitergeben mußte, und jeden Morgen, wenn er von seinem Haus über die kleine schmale Straße zur Schule ging, ruhte sein Blick auf dem winterlichen Meer, blinzelnd und rätselnd, welche Botschaft für das weitere Leben seiner Tochter das Wasser wohl barg, die er nicht entziffern konnte.

## 2

Im Winter von Isabels achtzehntem Lebensjahr wurde die Stadt Galway von dem schlimmsten atlantischen Tief seit Menschengedenken heimgesucht. Stürme fegten über die Bucht, und Gischt überspülte die Uferpromenaden. Gnadenlos pfiffen die Böen um die Ecken der engen Straßen, und die Menschen eilten dick vermummt zwischen Pub, Laden und zu Hause in Hüten und Kopftüchern hin und her. Den Blick gesenkt, mit einer Hand den Mantel eng über der Brust zusammenziehend, stemmten die Frauen sich schräg geneigt dem Wind entgegen, während die Einkaufstaschen an ihren frei baumelnden Armen nach hinten geblasen wurden. Gesichter glänzten wie glattpoliert, Ohren froren ab, und ganz Galway blinzelte tränenden Auges ungläubig in das Unwetter, das die Stadt drei Monate lang im Griff hielt. Mit jedem Tag schien es schlimmer zu werden, bis man sich allmählich daran gewöhnte und jeder Einwohner, ob Mann oder Frau, von Januar bis März jenes Jahres die schneidende Kälte und die feuchten Windstöße, die mit Hagel und Regen vom Atlantik herüberkamen, wie einen übellaunigen Nachbarn hinnahm.

Es war eine Zeit der Prophezeiungen und Vorausahnungen. Am zweiten Februar würde es aufklaren oder, falls der Schneeregen auch bis zu jenem Tag nicht nachließ, dann am Valentinstag. In der Klosterschule starben binnen einer Woche drei Nonnen. Die Heizung wurde hochgedreht, und die Mädchen wechselten von der tropischen Hitze im Französisch-, Spanisch-

und Geographieunterricht zur grausamen Kälte im Mathematikraum, wo Schwester Magdalena, in einem schwachen Augenblick von einer Vision fehlgeleitet, die Heizstrahler abgestellt hatte, und zwar in dem Glauben, es sei der Wille des Herrn, daß die reinen Seelen der Mädchen sie von innen heraus wärmten.

Und weiterhin blieb der Himmel bedeckt und düster. Wie eine Plage kam ein Sturm nach dem anderen vom Meer und rüttelte an den losen Schiebefenstern, hinter denen Isabel saß und noch einmal den letzten Brief von zu Hause durchlas. Dort auf der Insel waren sie dem Wetter auf Gedeih und Verderb ausgeliefert. Die Schule war seit ein paar Wochen geschlossen. Ihr Vater blieb lange im Bett liegen, erhob sich erst am frühen Nachmittag, um dann in die Küche zu gehen und, auf den breiten steinernen Sims des Fensters gelehnt, in die vielleicht dreißig Meter hinauszublicken, die von der Welt zu sehen waren. Das Festland war für sie unerreichbar, und die Freiheit der Sommertage, an denen man die unendliche Weite des blauen Himmels über dem blauen Meer sah, war nun ins Gegenteil verkehrt; die Steinmauern der Häuser und der kleinen Felder wurden zu den stillen Gefängnissen des Winters.

Im ganzen Westteil des Landes wütete der Winter. Die Stürme kämen von Island, so sagte einer, nahm dabei seine verfilzte, triefend nasse Kappe ab und stand auf der Schwelle, einen Halbkranz grauer Hagelkörner im Bart, die allmählich schmolzen. Eher aus der Hölle, sagte ein anderer, und wann hat es damit je ein Ende, willst du mir das mal sagen? Die Pubs waren eine dampfende Verlockung für alle, in der Wärme zu bleiben und lautstark gemeinsam ihr Elend zu beklagen. Türen flogen bis zum Anschlag auf, wenn der Wind einen weiteren Besucher hereinblies. Kratzender Husten und verschnupfte Nasen, rote Ohren und Augen, Frostbeulen, bohrende Zahnschmerzen und kalte Zehen gehörten zum Erscheinungsbild der Stadt. Ein jeder war in den Traum vom Frühling versunken, als sei die Winterzeit eine Strafe für die ungebeichteten Sünden all derer, die an den entlegenen, schönen Orten jener Küste lebten. Irgendwo im Landesinneren ließen die Stürme nach. In Dublin, hieß es im Radio, gebe es nur kalte Schauer und leichten Wind.

Die Nonnen griffen das Wetterproblem an, als handle es sich um eine heidnische Armee, die in Scharen die Tore des Klosters bestürmte; dementsprechend sah ihr Plan zur Verteidigung aus. Die Mädchen bekamen morgens doppelte Portionen, sie mußten stets ein zweites Unterhemd und die Schulstrickjacke tragen, jeden Tag eine Apfelsine essen, sie durften weder das Schulgelände verlassen noch in der Pause oder am Samstag nach draußen gehen, solange das unwirtliche Wetter anhielt. Um die Belagerten bei Laune zu halten, gab es diverse Aktivitäten. Die Zeit mußte bis zum letzten ausgefüllt sein, also veranstaltete man im Haus Turniere für Tischtennis, Korbball und andere Spiele.

Isabel erschien das rauhe Wetter nichtig im Vergleich mit der Verzweiflung darüber, in den großen weißen Räumen der Schule eingesperrt zu sein. Sie wollte hinaus, wollte laufen. Eigentlich mußte sie sich auf die letzten Schulprüfungen und für die Aufnahme in die Universität vorbereiten. Aber als sie dort im Kloster hinter den Fenstern saß, an die der Hagel prasselte, und in die fahle, farblose Welt hinausblickte, wollte sie nur noch fort. Ihre Erinnerungen an das in der Schule Durchgenommene schwanden dahin. In den vom Regen abgeschirmten Räumen machte der Lärm des draußen wütenden Windes alles Lernen zunichte. Und endlich, während des Gangs von einem Klassenzimmer zum anderen, an einem besonders scheußlichen Februarnachmittag, an dem der Schneeregen in Strömen vom Himmel prasselte, zog Isabel ihren Gabardinemantel an und schlich sich aus der Schule.

Die Luft war schneidend wie Glas. Als ihr der Hagel ins Gesicht schlug, hätte sie fast gelacht. Ihre Finger öffneten sich, um ihn zu fühlen, und sie schritt rasch über das vollgesogene Gras der Sportplätze. Wenn sie es bis zu den Büschen schaffte, wäre sie zufrieden, dachte sie, und zwar ohne zu rennen oder sich zu ducken. Sie ging durch den mörderisch harten Regen, spürte schon, wie er sich durch die feuchte Kapuze und die Schulterpartie ihres grünen Mantels fraß. Sie war im Handumdrehen naß bis auf die Haut, aber zum erstenmal seit einem Monat den Pfad außerhalb der Klostermauern zu betreten erfüllte sie mit einem strahlenden Glücksgefühl. Ihre Kapuze war nach hinten geweht, und ihr Haar klebte in dichten Strähnen an ihrem Gesicht. Ihre Wangen brannten. Die grauen Schulstrümpfe hingen wie nasse Gewichte um ihre Knöchel. Das Wasser schoß in kleinen Fontänen von den Spitzen ihrer Schuhe. Daran sollte sie sich später erinnern, an jene Augenblicke, dem Wetter ausgesetzt, in denen das Gefühl von Freiheit wie eine wunderbare Verheißung des Frühlings bereits in ihr aufkeimte, Knospen trieb und erblühte, während sie den Weg Richtung Galway einschlug, vom schlimmsten Sturm jenes Winters gebeutelt. Das Wetter würde für immer zu ihrer Erinnerung gehören. Der Geruch des Regens, der auf ihrem Gesicht prickelte, es reinwusch, glattschrubbte, die Tropfen, die ihr in die Augen rannen, als der rote Wagen erst seine Fahrt verlangsamte und dann neben ihr herfuhr.

Zuerst glaubte sie, es seien die Nonnen, und lief weiter. Der Wagen glitt im Schrittempo dahin, und das Beifahrerfenster wurde ein kleines Stück heruntergekurbelt. Isabel dachte: Wenn ich jetzt losrenne, bleiben mir noch fünf Minuten, fünf Minuten, bevor sie mich einholen und ich wieder in dem zu trockenen und zu warmen Zimmer bin und zu vergessen beginne, wie wundervoll es hier ist. Dann hörte sie die Stimme eines Mannes:

»Willst du bis zur Stadt mitfahren?«

Sie hatte keinen Grund einzusteigen. Draußen im Regen hatte sie sein wollen, im Freien, in dem kalten Wind, der gegen sie anstürmte. Doch ihre Hand öffnete bereits die Tür. Es war einer jener Momente, in denen das Leben einen Sprung macht und alles Wissen und Planen von einer rasch entschlossenen Tat verschlungen wird; mit dem Auto würde sie noch weiter vom Kloster fortkommen, es war Teil der Flucht, des Risikos und des Abenteuers nahe am Abgrund.

Im nächsten Augenblick war sie im Wagen, der Regen tropfte aus ihren Kleidern auf den abgewetzten bräunlichen Lederbezug des Sitzes, und der geruchlose Luftstrom der Heizung blies ihr ins Gesicht. Sie sah den Fahrer nicht gleich an, sondern blinzelte erst das Regenwasser aus ihren Augen und spähte nach vorn durch das Hin und Her der Scheibenwischer. Es war ein alter Wagen, der beim Fahren seltsam hohl rumpelte und klapperte, als verlöre er allmählich seine Einzelteile und verstreute sie auf der Straße hinter ihnen. Auf der Rückbank drückten sich zwei große, aufrecht stehende Tweedballen in das Verdeck des Wagens, umgeben von einem bunten Sammelsurium: Zeitungsblätter, Broschüren, eine Kappe, Gummistiefel, ein Regenmantel, ein paar Zangen, ein Stück Kette und, alles durchdringend, der Geruch nach Hunden.

»Du bist wohl verrückt, dich da reinzuwagen«, sagte der Mann mit einem kleinen meckernden Lachen und schüttelte bedächtig den Kopf. »Weißt du das?«

Zuerst dachte sie, er meine das Auto und nicht das Wetter, dann wandte sie sich zur Seite, um ihn anzusehen. Er hatte helle Haare, seine Augen waren grün. Er war klein und untersetzt, ja stämmig. Sie bemerkte seine linke Hand an der Gangschaltung, wie rasch, fast zornig er das kleine Auto auf Touren brachte und sie in das graue, kranke Zellgewebe von Galway hineinschießen ließ. Er trug ein am Hals offenes orangefarbenes Holzfällerhemd, in dessen Brusttasche ein Päckchen Zigaretten steckte. Als sie wegen des Verkehrs in der Stadt langsamer fahren mußten, trommelte er mit den Fingern ein Lied auf dem Lenkrad, das sie nicht recht erkennen konnte.

Neben ihm im Auto sprach sie zehn Minuten lang kein einziges Wort. Als sie schließlich in das Zentrum der windgepeitschten, öden Straßen einbogen, fragte er sie, wohin sie wolle.

»Irgendwohin, ganz egal«, sagte sie.

»Himmelherrgott.« Er lachte mehr, als daß er fluchte. »Irgendwohin, Scheiße noch mal.« Er schüttelte leicht den Kopf, und Isabel blickte ihn zum erstenmal richtig an. »Wohin willst du denn nun, ich bring' dich ja hin!«

Sie hatte keine Ahnung, wünschte aber plötzlich, einen möglichst weit entfernten Ort angeben zu können.

»Ich bin nicht gefährlich, Mädchen«, sagte er und kicherte bei dem Gedanken vor sich hin. »Na, vielleicht wolltest du ja auch bloß spazierengehen, wie?« Er lachte und schlug mit der Handfläche auf das Lenkrad, drehte sich um und ließ sie sein jungenhaftes, unsicheres Grinsen sehen, starrte sie quer durch das Auto an und verlor sich rettungslos in ihren unglaublichen Augen, die in jenem ersten wirklichen Moment, an dem alles begann, zuerst lächelten und dann ebenfalls lachten.

## 3

Er sagte, sein Name sei Peader O'Luing. Seine Mutter führte das Wolle- und Tweedgeschäft an der Cross Street, das sein Vater vor dreißig Jahren aufgemacht hatte. Prionsias O'Luing war in Galway ein bekannter Tinwhistle-Spieler gewesen. Den Laden hatte er eingerichtet, um mit seiner Musik in der Stadt überleben zu können, und ihn über die Jahre hinweg, während seine drei Söhne und drei Töchter heranwuchsen, zu einem leicht heruntergekommenen, wüsten Treffpunkt für durchreisende Musiker werden lassen. Über die Hintertür des Ladens kam man zum Nebeneingang von Blake's Pub, und während ihrer Schulzeit war es für die Kinder kein ungewohnter Anblick, diverse Musiker lang ausgestreckt auf der Theke oder auf dem Dielenboden schlafen zu sehen, einer neben dem anderen in große Ballen von Tweed oder anderem Stoff gewickelt. Maire Mor, Big Marie, seine Frau, hatte ebensoviel musikalisches Talent wie ihr Mann und spielte bis zum Tag seines Todes, als er von der wackeligen Trittleiter fiel und sich seinen Schädel, randvoll mit Whiskey und Musik, an der uralten Mahagonitheke zerschmetterte, bei den abendlichen *seisiuns* mit, die Fiedel unter ihre zahlreichen Kinne geklemmt und stets ein Pint in Reichweite ihres fleischigen rechten Arms. Doch nach der Beerdigung ging es mit ihr gesundheitlich bergab. Sie wurde sauer wie Milch und machte keine Musik mehr. Zwei ihrer Töchter waren Krankenschwestern in England, die dritte hatte nach Mayo geheiratet. Keine von ihnen wollte zu ihr zurückkehren, und so ertränkte sie die Verbitterung über ihr Unglück in immer neuen Gläsern Wodka, wobei sie nur ganz am Rande mitbekam, daß sie sich allmählich in ein Monstrum verwandelte.

Durch eine kuriose Verkettung von Umständen, die eher durch den Mangel an Auswahl als durch das Gegenteil bedingt waren, wurde das Geschäft Peader, dem mittleren Sohn, übergeben. Er hatte keine Ahnung, was er damit sollte. Mit seinen fünfundzwanzig Jahren hatte er es bis zum Tod seines Vaters peinlichst vermieden, sich auf eigene Füße zu stellen. Er lebte zu Hause in den alten Räumen über dem Geschäft, transportierte gelegentlich Kisten und anderes Material und nahm sich dafür, wenn niemand hinsah, eine Entlohnung aus der Ladenkasse. Was ihm am Herzen lag, das waren die drei Windhunde seines Vaters. In der Woche ging er abends mit ihnen spazieren. Sie saßen im rückwärtigen Teil des Autos, lang und schlank, die Köpfe hoch emporgereckt, und spähten hinaus in den Verkehr auf Galways Straßen. Richtung Norden fuhr er mit ihnen, aus der Stadt heraus und zwanzig Meilen auf der Straße nach Oughterard bis zu einer Stelle, wo er anhielt und sie herausließ. Ihre ledernen Leinen um die Faust geschlungen, bog er von der Hauptstraße in einen schmalen Feldweg ein, der, wie er zufällig entdeckt hatte, sieben Meilen im Kreis bis zurück zum Auto führte. Die Landschaft war einsam und schön, das Grün und Graubraun der Felder von großen Felszacken unterbrochen, die verläßliche Erde erstreckte sich hier endlos bis zum launenhaften Meer. Die Hunde waren die Leidenschaft seines Vaters gewesen. Prionsias O'Luing hatte Preisgelder mit ihnen gewonnen, und als Peader größer wurde, hörte er diverse Geschichten und Gerüchte, wie das Tuchgeschäft bei zwei Windhundrennen auf dem Spiel gestanden hatte, schließlich verloren und später wiedergewonnen worden war. Er zweifelte nicht daran, denn die Vernarrtheit seines Vaters in die Hunde ging soweit, daß seine Söhne beim Gedanken an ihn sich vor allem daran erinnerten, wie er sie alle drei vor einem Rennen für zwei Wochen in ein Schlafzimmer pferchte, damit die Hunde im Haus ruhiger und behaglicher schlafen konnten als in den Zwingern. Sie bekamen dunkles Bier in Holznäpfen, wenn sie nicht im Training waren, ihre Kartoffeln waren halbgar, weder weich noch klitschig oder mehlig, serviert ohne Salz mit einem Löffel Butter, zerteilt, aber nie zerdrückt. In den Trainingsperioden mußten sie stets sieben Meilen laufen, und zwar vorzugsweise nicht mit dem gleichen Rückweg, sondern gegen den Uhrzeigersinn im Kreis, während der letzten beiden Stunden vor Sonnenuntergang. Sie bekamen Extrarationen Zuckerstücke, und ein Schafskopf, einen Tag lang in der nach hinten ausgelagerten Küche gekocht, machte sie schneller als der Wind. All dies gehörte zu den überlieferten Weisheiten des Sports im Hause O'Luing, und Peader übernahm sie, reicherte sie wiederum heimlich mit eigenen Methoden an, sang auf den langen, gewundenen Straßen im Regen ruhige Refrains von Country-und-Western-Songs, flüsterte die Worte *schnell, Tempo* und *gewinnen* in die gespitzten, zart geformten Ohrmuscheln der Hunde.

So sah sein Leben aus bis zu jenem Tag, als er mit dem Wagen anhielt und Isabel Gore zum erstenmal erblickte.

## 4

Im Stadtzentrum von Galway, bei strömendem Regen, sagte Isabel zu ihm, sie wolle zur Buchhandlung. Um dorthin zu kommen, umfuhr er das Einbahnstraßensystem, bog mit dem Auto um die enge Kurve in der Shop Street und hielt direkt vor der grünen Tür an. Für ihrer beider Gefühl waren sie zu schnell am Ziel. Der Motor lief, die Scheibenwischer kämpften gegen die Regengüsse an. Es gab nichts mehr zu sagen, und in der Sekunde, bevor sie die Tür öffnete, spürte Isabel, wie sich in ihrem Inneren ein Wust von Worten und Empfindungen zusammenballte. Sie errötete, wollte etwas sagen und schämte sich, weil sie sich so dumm anstellte. Dann, in einem winzigen Moment, der ihr in der Erinnerung wie eine Ewigkeit erschien, öffnete sie die Tür, die ihr sofort mit einem Ruck aus der Hand gerissen wurde. Der Regen klatschte dagegen, während sie einen letzten schnellen Blick auf ihn warf, seine lächelnden Augen, sein rundes Gesicht und dieses Etwas, das sie nie ganz ausmachen konnte und das ihn so verletzlich wirken ließ, als er sagte: »Also dann, mach's gut, und falls du mal wieder im Regen spazierengehen willst, jederzeit«, und sie stand in dem erbarmungslos nassen, kalten Wind und Hagel, beugte sich noch einmal ins Auto und nannte ihm rasch ihren Namen.

Eine Woche später tauchte er im Kloster auf. Das Wetter war immer noch trüb, und in der Dunkelheit, die sich ab vier Uhr nachmittags herabsenkte, trommelte der Hagel gegen die hohen Fenster des Raums im Obergeschoß, wo die Mädchen zusammensaßen und lernten. Peader parkte den roten Ford vor dem Torbogen des Haupteingangs und eilte in einem neuen Tweedjackett, das er an jenem Nachmittag im Geschäft vom Ständer genommen hatte, die vier Stufen hinauf, um mit dem Messingklopfer sein Werben zu verkünden. Fast sofort hörte er Schritte, und als die Tür von einer unscheinbaren Nonne mit gespitztem Mund und schmalen Augen geöffnet wurde, drangen Wind, Hagel und er in den langen, polierten Flur wie gefährliche Abgesandte aus einer anderen Welt, welche die Zugbrücke zu einem geweihten Heiligtum überwinden. Er fragte nach Isabel. Die Nonne sah ihn an. Unbewußt witterte sie den Geruch von Sex. Der gespitzte Mund preßte sich zusammen, und über den schmalen Augen verzogen sich die Brauen zu Fragezeichen. Ihre vor dem Bauch zusammengelegten weißen Hände lösten sich, die Nonne drehte den polierten braunen Knopf der Tür zum Empfangsraum. »Gehören Sie zur Familie?« fragte sie.

»Ja«, sagte er.

Regen und Schweiß glitzerten auf seiner Stirn. Er ging zum Fenster hinüber, sah hinaus und fragte sich, was sie wohl denken würde. Er öffnete den obersten Hemdenknopf und reckte den Hals, klopfte nervös mit den Fingern auf einen Tisch und versuchte den Anfang einer Melodie zu summen. Als Isabel die Tür öffnete, durchzuckte es sein Herz wie ein Stromschlag. Es verschlug ihm den Atem. Er mußte tief schnaufen, um aufrecht stehen zu bleiben bei ihrem plötzlichen Anblick, der ihn überwältigte und aller Worte beraubte, die er sich für jenen Tag zurechtgelegt hatte.

»Du?« sagte sie. »Du bist es?« Die Nonne stand noch hinter ihr in der Tür, daher fügte sie unverzüglich ein »Sean« hinzu und umfaßte ihn mit einer schnellen Umarmung, die ihn in der Unruhe und Schlaflosigkeit der beiden Tage danach ständig verfolgte. Als die Nonne die Tür schloß, ließ sie ihn los. Sie legte den Finger auf die Lippen und trat zurück an die Tür, wartete, lauschte, hielt für einen Augenblick noch das Gelächter zurück, bis die Schritte verklungen waren, und explodierte dann. »Du!« schrie sie und verstummte rasch wieder, flüsterte und kicherte, während er sie angrinste. »Du bist wohl ganz schön von dir überzeugt, wie?«

Er öffnete den Mund, brachte aber keinen Ton heraus und starrte sie nur an; wie schön sie aussah, die Ärmel ihrer Strickjacke bis zu den Ellenbogen hochgeschoben. Beim Lernen hatte sie eine Strähne ihres Haars vor das Gesicht gezogen, die nun lose herunterhing. Sie blies sie beiseite. »Deinetwegen hat man mir schon eine Woche Strafarbeiten aufgebrummt...«

Er trat auf sie zu. »Vielleicht kann ich dir dabei ja behilflich sein«, sagte er, seine Unsicherheit mit dem Gehabe eines Mannes von Welt überspielend, und näherte sich dem Mädchen, dessen Gesicht, dessen Augen und Haare ihn getroffen hatten wie Blitze.

»Na, du hast vielleicht Nerven«, sagte sie. »Aber ausgehen kann ich nicht. Ich muß immer hierbleiben, nachmittags, abends, samstags und sonntags.«

»Aber... wenn es nun dein Vetter ist?«

Dort stand er, Peader O'Luing, ihr gegenüber in dem makellos sauberen Raum, während draußen die Hagelkörner niederprasselten, er grinste jenes runde, lächerliche Grinsen, das sie verzaubern sollte, und entwarf den Verschwörungsplan ihrer aufkeimenden Liebe.

Am Sonntag kam er, um sie zum Abendessen bei ihrem Onkel abzuholen. Um sieben Uhr würde sie wieder dasein, versicherte er dem gespitzten Mund und den schmalen Augen, bot Isabel die Hand und deckte sie mit frei erfundenem Familienklatsch ein, während sie der Nonne den Rücken kehrten und aus dem Tor ihres Gefängnisses in das rauhe Wetter hinaus und die Stufen hinab zum Auto gingen. Auf der Zufahrt zum Kloster begannen beide zu glucksen, und als hinter den Toren die Scheibenwischer gegen den Regen fochten, waren sie einander bereits verfallen. Die Landschaft, in die der kleine rote Wagen hineinfuhr, war überflutet und gefroren, grau statt grün, im Schatten von Steinmauern lag weiß der ungeschmolzene Hagel. Niemand stand am Straßenrand oder ging spazieren. Der Himmel war eine beschlagene Glasscheibe, die täglich Sprünge bekam und die Scherben jenes lang anhaltenden Winters durch die Luft wirbeln ließ. Und dennoch erschien Isabel und Peader, umsummt von dem Brummen der Lüftung und eingehüllt in den Geruch der Hunde, jene Landschaft als der ideale Schauplatz einer verbotenen Liebe.

## 5

Nachdem er Isabel abends ins Kloster zurückgebracht hatte, fuhr Peader heim, hängte das Jackett wieder an den Ständer und ging nach nebenan in Blake's Pub. Seine Mutter war auch da, mit leicht glasigem Blick, ihr enormes Kinn ruhte auf ihrem ausladenden Busen. In der dampfenden Menge des bräunlich verfärbten Pubs nickte ein Kreis von roten Gesichtern über ihren Biergläsern. Die Musik war lebhaft und fröhlich und leicht, sie jubelte und frohlockte, und nachdem er einen Schluck genommen hatte, kam es Peader vor, als höre er sie zum erstenmal. Nichts war so wie zuvor. Sein Blick schweifte vom Bogen und der Fiedel, den raschen Griffen auf den Löchern der Flöte aufwärts und hinüber zu dem kleinen, schlichten Glasfenster, hinter dem der Regen fiel und im Licht der Straßenlaterne einen Moment lang golden aufleuchtete. Er schaute in den Regen und hörte die Musik und sah immer wieder nur das Gesicht des Mädchens vor sich.

Sie waren kaum mehr als vier Stunden zusammengewesen. Er hatte sie nicht einmal geküßt; sie hatte seine Wange flüchtig mit den Lippen gestreift, als sie die Autotür öffnete und in den Regen hinauskletterte. »Danke, bis dann, Sean.« Und dennoch beherrschte ihr Bild all seine Gedanken. Sie war das Mädchen, das am stürmischsten Tag der letzten zehn Jahre draußen spazierenging. Sie war das Mädchen, das nach Regen und Wind roch. Nun, da er in Blake's Pub an der Theke saß, die Musik hörte und spürte, wie der Alkohol sein Inneres wärmte, versank er in das, was er für Liebe hielt, versank um so tiefer, je länger er sich ihr Gesicht ins Gedächtnis rief und die schmerzhafte Leere des Verlangens empfand, sie wiederzusehen.

Eine halbe Stunde nachdem er das Pub betreten hatte, war er heftiger in sie verliebt, als er es je für menschenmöglich gehalten hatte. Er wollte sprechen, von ihr erzählen, sich schütteln und umherhüpfen, treten, schreien, lachen, brüllen, etwas durch die Gegend werfen und zerschmettern; er wollte ihn herauslassen, den Ballon der Schönheit, den sie in seinem Herzen hatte anschwellen lassen, wollte sich Luft machen, zurücksinken, seufzen, singen und auf ewig in der Seligkeit dieses Glücks verharren, er wollte eins werden mit der Musik.

Als das Pub schloß und seine Mutter auf dem Weg ins Bett an ihm vorbeikam, sah sie es ihm ins Gesicht geschrieben, so deutlich wie ein Ausschlag, und stampfte wortlos die Treppe hinauf, die Fäden der Besorgnis, ihren Sohn zu verlieren, bereits zu einem Netz verspinnend. Peader sagte nichts. Er ging durch die Nebentür in den Regen hinaus und fuhr zitternd und bebend mit dem Auto durch den mitternächtlichen Regenguß bis zu den Hundezwingern. Dort schloß er die feuerverzinkte Tür auf und legte sich unter das klappernde Dach in das unglaubliche Trommelfeuer des Regens, um den Hunden ihren Namen zuzuflüstern.

Zwei Nächte lang fand er keinen Schlaf. Rotäugig und wild aussehend, plagte ihn schon jetzt die Furcht, daß ihr nichts an ihm lag, nichts an ihm liegen konnte. Es war der Wurm in seiner Winterrose. Denn nichts nistete so tief in Herz und Gemüt von Peader O'Luing als der nagende Verdacht, daß er letztlich wertlos sei. Er unternahm endlose Spaziergänge mit den Hunden, schleppte sie durch Wind und Wetter, bei dem er selbst normalerweise nie vor die Tür gegangen wäre. Mitunter, wenn der Himmel aufklarte, die Luft rein und frisch und ganz leicht nach Frühling roch, nahm die Hoffnung alle Last von ihm, ließ ihn vor Glück erstrahlen wie einen Regenbogen, in dessen Spur die Hunde dahinliefen; dann wieder war er von tiefer innerer Betrübnis umwölkt, und wäre ein Stein zur Hand gewesen, hätte das den Tod der Hunde bedeuten können. Isabel, Isabel. Er sprach ihren Namen unterwegs laut aus, ließ ihn von Regen und Wind in der Luft zerstreuen, so daß er ihn auf seinem Weg durch die Landschaft aus allen Richtungen begleitete.

Isabel, Isabel.

Er band die Hunde hinten am Auto fest und stieg allein ein, saß im Dunst seiner feuchten Kleider, die Augen geschlossen, und versuchte vergebens, sich für einen Augenblick an den Geruch von Isabel im Regen zu erinnern.

Isabel war es anders ergangen. Zwar hatte sie wohl an ihn gedacht, ihn sich mitunter auch stärker ins Gedächtnis gerufen, wenn sie sich mit französischer Grammatik oder russischer Geschichte langweilte, dann aber wieder von ihm abgelassen und ihre Gedanken auf die mit Kreide an die Tafel geschriebenen Worte und Zahlen und ihre Zukunftsaussichten gerichtet. Sie war bisher eine gute Schülerin gewesen und konnte es immer noch bis zur Universität schaffen, hatten die Nonnen zu ihr gesagt und ihr außerdem verdeutlicht, daß es, wenn sie jetzt aufgab, in der Welt nicht allzu rosig für sie aussah.

Eines Samstagabends beim Lernen entglitten ihr plötzlich die Wörter auf der Seite. Sie konnte sich nicht konzentrieren. Eine Stunde verging in völliger Untätigkeit. Sie hatte zwanzig Seiten im Lehrbuch umgeblättert, ohne die geringste Ahnung zu haben, was darinstand. Im Aufblicken sah sie den gespitzten Mund und die schmalen Augen vom anderen Ende des Raums auf sich gerichtet. Sie schaute zum Fenster und lächelte.

Zunächst war es das Spiel, das sie liebte, die Komödie, wenn er respektvoll im Tweed an die Tür klopfte und das gleichmäßige Tappen der Schuhe den langen Flur entlangkam, bis die Nonne ihr schließlich das Erscheinen ihres Vetters ankündigte. Sie hörte es, bevor das Klopfen an der Tür ertönte, saß da, auf der Bettkante oder am Schreibtisch, wo sie seit einer Woche versuchte, einen Brief nach Hause zu schreiben. Sie hörte die Schritte und lachte, legte schnell die Hand vor den Mund, warf das Haar zurück und stand auf, um sich fertigzumachen, verbannte den stolzen, siegesgewissen Ausdruck aus ihren Augen, bis sie den Flur durchquert und endlich wieder zur Tür hinaus war, wo sie die Umarmung des Windes und den rauhen Kuß der Freiheit spürte.

# 6

Sie fuhren westlich nach Connemara hinein. Während das Auto mitten auf den schmalen Straßen dahinsauste, in die leere Weite von Moor und Bergen hinausschoß, verspürte Isabel das Hochgefühl von Freiheit und Gefahr. Sie liebte die Irrwitzigkeit dieser sonntäglichen Ausbrüche mit einem nahezu Fremden, den Rausch der Geschwindigkeit. Peader saß neben ihr und war so wirr vor Glück, daß die Worte sich in seiner Kehle förmlich überschlugen; die Bruchstücke von Cowboyliedern, die er beim Fahren vor sich hin summte, verrieten seine übersprudelnde Freude. Zehn Meilen lang sprach er kein Wort und betrachtete die mit jedem Augenblick wachsende Entfernung zum Kloster als immer schlagkräftigeren Beweis dafür, daß ihr etwas an ihm lag. Fast überstieg es seine Vorstellungskraft; er starrte geradeaus und wagte kaum zu glauben, daß sie tatsächlich neben ihm saß. Er fuhr und summte und folgte der Straße, die nirgendwohin zu führen schien und auf der niemand zu sehen war. Die harsche Einsamkeit der winterlichen Landschaft hatte ihren eigenen Reiz, und obwohl Peader dies nicht bedachte, es nicht wie vielleicht ein anderer Verehrer eingeplant hatte noch sich die Wirkung auf ein Mädchen vorstellen konnte, das seit Wochen in den Räumen eines Klosters eingesperrt war, gab sie doch die ideale Kulisse für sie beide ab.

Eine Stunde hinter Galway fragte er, wohin sie gern fahren wollte.

»Egal«, sagte sie. Und dann: »Am liebsten würde ich aussteigen und laufen.«

Er grinste und lachte. »Mann, du bist vielleicht verrückt.« Er parkte den Wagen am Straßenrand.

»Das ist es doch, was dir an mir gefällt, oder?« sagte sie und war schon draußen im Wind, das zerwehte Haar vor dem Gesicht, bevor ihm eine Antwort einfiel.

Sie gingen nebeneinander am Straßenrand unter dem weiten, hellen Himmel. Die Berge waren ein blasses Blau in der Ferne. Wasser rauschte in Straßengräben und blitzte wie zur Erde gefallene Himmelsteilchen an sumpfigen Stellen, die der Winter schwarz und braun gefärbt hatte. Kein Vogel war am Himmel zu sehen. Im Lauf einer Stunde fuhr nur ein Auto an ihnen vorbei, das so langsam und fast unmerklich auf dem gewundenen Band der endlosen Straße vor ihnen verschwand, daß Zeit und Entfernung, während sie ihm nachschauten, eine andere Dimension anzunehmen schienen und die Straße zur Ewigkeit wurde. Isabel mochte die Stille und sogar den schneidenden Wind. Zwar war der rundliche, gedrungene Mann in dem dicken Tweedmantel neben ihr nicht gerade das, was sie sich an sonnenbeschienenen Nachmittagen in der Schule erträumt haben mochte, aber er hatte sie hierhergebracht, und sie wehrte sich nicht, schauderte auch nicht zurück, als er nach ihrer Hand griff. Noch immer sprachen sie kaum etwas. Es bedurfte keiner Worte an diesem Ort in Connemara, der so erfüllt war von Wind und Schweigen, daß selbst die Straße, die durch ihn hindurchführte, in langsamer, ununterbrochener Bewegung zu sein schien. Die Welt mit ihrem Getriebe und ihrem Lärm war weit fort, hier gab es nur Einsamkeit und Stille. An den Hängen ringsumher hatte es sich ausgeregnet. Der Wind kam von hinten, schob sie mit hundert Händen vorwärts, in heftigen Stößen, die sie auf dem unebenen Weg gegeneinandertaumeln ließen. Seine Augen brannten. Er spürte ihre weiche Hand leicht in der seinen, klammerte sich an diesen dünnen Halt wie an eine Rettungsboje, die seine Seele davor bewahrte, über die Berge davonzufliegen. Es war, als hielte er die Hand einer Puppe, und doch versetzte schon die leiseste Bewegung seiner Finger in ihren, die winzigste Liebkosung, ihn in wilden Taumel, und er verzehrte sich danach, sie zu küssen. Der Klang ihrer Schritte, wie sie auf der Straße dahinwanderten, Isabels Duft, der im Wind von Connemara erblühte und verging. Was mochte sie denken? Welche Empfindungen flossen von der blassen Hand in seine Finger, die sie umfaßt hielten? Wenn er sie losließ, würde sie einen Augenblick in der kalten Luft herumtasten und wieder nach ihm greifen? Die Fragen zerrten an Peaders Nerven, ließen seine Hochstimmung im Handumdrehen verfliegen. Die Schlaflosigkeit der letzten Nächte legte sich schwer auf ihn, sein Kopf brummte, er spürte, wie seine Beine nachgaben, und umklammerte ihre Hand noch fester. Die unausgesprochenen Worte verursachten ihm Übelkeit. Warum, warum nur hatte er nichts zu ihr gesagt? Warum hatte er ihr nichts davon erzählt? Warum konnte er keinen Anfang finden? Es war ihm unmöglich. Die Furcht überschattete alles. Das Schweigen war nicht mehr schön, sondern bedrohlich. Die Luft verdüsterte sich, Wolken stiegen auf und kamen von den Bergen herunter wie rachsüchtige Götter. Die Stille des Augenblicks war verflogen, und als ob die Zeit selbst zurückgekehrt sei und schneller liefe als zuvor, sah Peader vor sich, wie Isabel in das Kloster zurückkehrte und sich eine weitere endlose Spirale von schlaflosen, traumverlorenen Tagen und Nächten abzuspulen begann. Es war zuviel für ihn. Er hob den Kopf, stieß einen Seufzer aus und preßte ihre Hand in der seinen. Er drückte sie fester und fester, schloß seine Hand so hart um ihre, als wolle er sie im nächsten Moment mit seinen Fingern zerquetschen, ihre Knochen zermalmen und ihrer beider Haut miteinander verschmelzen. Isabel schrie auf. Sie wandte sich ihm zu, eine Strähne ihres Haars fing sich in seinem Mundwinkel, und wie jemand, dessen Leben zu einem Scherbenhaufen zerfällt, knickte Peader O'Luing ein und seufzte, drehte sich um und tastete mit seiner rotgefrorenen Hand nach ihrem Gesicht, um endlich auf der Insel ihres Kusses zu stranden.

# 7

Eine Kette von Sonntagen, die letzten Wochen jenes frostigen Winters hindurch, bis endlich der Frühling wieder erwachte. Samstag abends säuberte Peader den Innenraum des kleinen roten Wagens und richtete ihn für den Sonntagmorgen her. Seiner Mutter erzählte er, er treffe sich mit Freunden, doch aus seinen veränderten Gewohnheiten in Sachen Kleidung und Hygiene erriet Maire Mor die Wahrheit; sie reimte sich das Bild eines Mädchens zusammen, das so wenig zu ihrem Sohn paßte, daß er vorzog, es seiner Mutter nicht unter die Augen kommen zu lassen. Nach der Morgenmesse ging sie den Müttern seiner Freunde nach und hielt sie unter einem Vorwand fest. Im Verlauf eines Monats baute sie sich unbeirrt vor einer jeden von ihnen auf und stellte die gleichen, geschickt verblümten Fragen. Ihr graute davor, zugeben zu müssen, daß ihr Sohn das Mädchen heimlich traf, weshalb sie in die Unterhaltungen nur eine Reihe von halben Andeutungen, Hinweisen und Anspielungen einfließen ließ, um die Reaktion darauf in den Blicken und Worten ihrer Gesprächspartnerinnen mit Adleraugen zu beobachten.

Binnen eines Monats sah sie Isabel im Geist vor sich. Sie mußte ein Schulmädchen sein, weiter nichts, irgendso ein siebzehnjähriges Ding, das ihren Sohn über Wochen zu einem mürrischen, schweigend vor sich hin brütenden Klotz verwandelt hatte.

Er sprach nicht mehr, nahm nur seine Mahlzeiten ein, betrat und verließ den Laden in der bittersüßen Schwermut der Erinnerung oder der Erwartung. Von Montag bis Samstag fuhr er mit den Hunden oder auch allein wieder zu jenen Orten, wo Isabel und er am Sonntag zuvor spazierengegangen waren. Wenn er mit den Hunden die Strecke ihrer Liebespfade abging, glaubte er, in ihrem Lauf und Benehmen eine plötzliche Veränderung wahrzunehmen, eine größere Lebhaftigkeit und Spritzigkeit; er rief ihnen Isabels Namen zu, und unverzüglich hoben sie den Blick zu jenem Klang, spiegelten mit ihrer Antwort die Hitze in seinem eigenen Inneren. Von allem, was ihn umgab, standen sie ihm nun am nächsten, diese schlanken Tiere voller Geschwindigkeit und Anmut, die ihren Drang zum Laufen und Springen stets zügeln mußten. Sie kannten, dachte er sich bei jedem dieser qualvoll nachdenklichen Spaziergänge, das wilde Verlangen danach auszubrechen.

Nach fünf Wochen sonntäglicher Ausflüge, fünf Sonntagen von jeweils sieben Stunden mit langen Küssen und einem kühlen Abschied zwischen Vetter und Kusine vor den Klostertoren, wußte Peader immer noch nicht genau, was, wenn überhaupt, Isabel für ihn empfand. Er hatte ihr seine Liebe noch nicht gestanden, war aber sicher, daß sie es wußte, und jene Gewißheit wurde durch die Zweifel an ihren Gefühlen noch quälender. Jeden Sonntag kam sie mit der gleichen Mischung aus Stolz und Aufsässigkeit den Flur entlang, vorbei an dem gespitzten Mund, zu ihm an die Klosterpforte, jeden Sonntag setzte sie sich in den blitzblanken Wagen und fuhr mit ihm in die entlegeneren Ecken des Westens. Aus Höflichkeit fragte er sie, wie es mit dem Lernen gehe, und ihre Antwort lautete: furchtbar. »Ich tue gar nichts«, sagte sie, und dies flößte Peader den meisten Mut ein; kurze Zeit überließ er sich der Vorstellung, sie denke ebensoviel an ihn wie er an sie. Er erwog, Isabel seine innersten Geheimnisse anzuvertrauen, doch sobald er dazu ansetzte, drängte sich der Geist seines Vaters im Wagen zwischen sie und ließ alles lächerlich und närrisch erscheinen. In dem Ansturm von Furcht und Verlangen, der die ersten Wochen der Verliebtheit beherrscht, fand und verlor Peader O'Luing seinen Glauben an alles, stellte alles in Frage. Wenn er auf ihren Spaziergängen nicht nach Isabels Hand griff, unternahm sie ihrerseits keinen Versuch, seine zu nehmen.

Endlich lockerte der Winter seinen eisernen Griff, und es kamen erst zwei, dann drei Tage ohne Regen. Es war Ende März. Aus dem grauen Stein der Stadt quollen die Bewohner wieder auf die Straßen, mit dem verwirrten Blick und den vorsichtigen Schritten von Menschen, die nicht gewöhnt sind, sich bei Licht zu bewegen. Überall hielt man Ausschau nach Unwettern, doch die Wolken, die von den Inseln im Westen herüberkamen, waren die gebleichten, weiß flatternden Leinentücher des Frühlings. Sie segelten freundlich dahin, zogen durch den blauen Himmel über den Dächern der Stadt wie Träume Gottes, glänzend im Sonnenlicht. Vögel kehrten aus dem unsichtbaren Irgendwo ihrer Winterzuflucht zurück, schossen wie Pfeile hin und her und gruppierten sich auf den uralten Steinsimsen der Räume über den Geschäften an der Shop Street zum Chor. Grainne Halloran machte den Blumenladen wieder auf. Die ersten Narzissen des Jahres stellte sie in einem Eimer neben die Eingangstür, und ihr unwirklicher, strahlender Glanz lockte Peader binnen einer halben Stunde zur Ladentheke, wo er mehr als zehn Pfund für eine große Handvoll Blüten zahlte, die er, halb verborgen unter dem Mantel, zu seinem Wagen brachte und dort verschwinden ließ. Es war der erste richtige Samstag in jenem Frühling, und belebt von Blumen und Licht beschloß er auf einem einzigen Gang durch die Shop Street, daß er in seinem Liebeswerben den nächsten Schritt tun mußte, um nicht verrückt zu werden. Wenn er genau darüber nachdachte, war es so einfach und klar wie ein Zug beim Damespiel: Am Mittwoch vor Ostern würden sie den Nonnen sagen, der verwitwete Onkel sei krank und Isabel müsse ihm im Haushalt helfen. Sie konnte das Kloster am gleichen Abend verlassen und brauchte erst spät am Ostersonntag zurückzukehren. Seiner Mutter würde Peader erzählen, er führe mit seinen Freunden ein paar Tage fort, bis Ostersonntag oder gar Montagabend. Mit dem Wagen konnten er und Isabel bis nach Donegal kommen. In jener Zeitspanne wäre eine Schwelle überschritten, er hätte mit ihr geschlafen und die Ungewißheit über ihre Gefühle für ihn ein für allemal aus dem Weg geräumt.

Es war so einfach wie ein Zug beim Damespiel, oder es schien Peader O'Luing zumindest so, als er in der übermütigen, munteren Hochstimmung des ersten Frühjahrssonnenscheins die Shop Street entlangging. Am darauffolgenden Sonntagmorgen fuhr er mit dem verwelkenden Strauß Narzissen auf dem Beifahrersitz zum Kloster. Es war ein schöner Tag. Der Kies auf der langen, gewundenen Zufahrt knirschte unter den Wagenreifen wie Bonbons von Kindern. Die hohen Bäume rings um die Sportfelder begannen allmählich zu knospen, und was im Winter wie ein graues Gefängnis gewirkt hatte, ergrünte nun im Frühjahr zu einer heiteren, weitläufigen Parklandschaft. Er ließ die Blumen auf dem Vordersitz liegen und eilte die Stufen zum Eingangstor hinauf. Als der gespitzte Mund und die schmalen Augen öffneten, drang die verbrauchte Luft all jener sinnlos vertanen Zeit der Mädchen wie ein Seufzer durch den Flur, strebte mit aller Macht der bebenden Freiheit des Winds und der Bäume entgegen. Er brauchte nicht mehr nach Isabel zu fragen. In schmaläugigem Schweigen wurde er in den Warteraum geleitet, wo er am Fenster stand und müßig mit den Fingerspitzen die Ausgaben des *Messenger* auf dem Tisch herumschob. Erst als er die sich nähernden Schritte hörte, wurde ihm die ganze Tragweite seines Plans bewußt, und seine Finger krallten sich angstvoll zusammen.

# 8

Wie sich herausstellte, bestand nicht die mindeste Aussicht für Peader, das Wochenende mit Isabel zu verbringen. Sie kam in den Warteraum, die Hände tief in den Taschen ihrer Strickjacke vergraben und einen verschlossenen Ausdruck in den Augen. Sie konnte nicht mit ihm ausgehen.

»Sie lassen mich nicht.«

»Scheiße. Warum nicht?«

»Ich bin bei drei Prüfungen durchgefallen. Außerdem haben sie herausgefunden, daß ich gar keinen Onkel in Galway habe. Am Donnerstag werde ich mit der Fähre heimgeschickt.«

»Mist. Sie können dir keine Vorschriften machen«, sagte er wütend und lauter, als er wollte, noch unter dem Eindruck des Schocks, selbst ihre sonntäglichen Ausfahrten und vor allem die Küsse dahinschwinden zu sehen, jene Trittsteine, die seinem Gefühl nach sein ganzes Leben im Gleichgewicht hielten. »Verdammte Scheiße noch mal. Komm mit mir, jetzt gleich. Was wollen sie schon tun, dich rausschmeißen? Das werden sie nicht, komm...« Er hatte sie am Arm ergriffen und schon ein paar Schritte in Richtung Tür gezogen, bevor ihm aufging, daß sie »Nein« sagte, »Hör auf, laß mich los, du tust mir weh!«

Er hatte den Ärmel von Isabels Strickjacke bis über ihre Hand gezogen. Sie stand ihm gegenüber und rieb eine Stelle an ihrem Arm. In einem Aufwallen von Schmerz und Enttäuschung und Zerknirschung, voll Unglauben, daß er so rauh mit ihr umgegangen war, platzte Peader heraus: »Ich wollte nächstes Wochenende mit dir verreisen, nach Donegal...«

Isabel sah ihn direkt an, den kleinen, kräftigen Mann mit den schmerzerfüllten runden Augen und der krummen Nase. Es war das erste offene Eingeständnis seiner Liebe. Sie staunte, nicht über seine Gefühle, sondern darüber, daß er es ausgerechnet hier im Warteraum über sich gebracht hatte, sie zu offenbaren.

»Ich kann nicht«, sagte sie und hörte das kleine, flinke Klopfen, dem sogleich das Öffnen der Tür und das Erscheinen der schmaläugigen Nonne folgten. »Entschuldige, Isabel, aber ich glaube, Schwester Magdalena erwartet dich.« Die Nonne stand da, verschanzt hinter einem Lächeln, und wartete, wartete, bis das lastende, unbehagliche Schweigen sich so schwer auf Peaders Schultern legte, daß er fürchtete, tief gebeugt und mit gesenktem Blick zu gehen, als er an den beiden vorbei zur Tür hinauseilte, hinein in das Frühlingslicht und die Luft jenes verdorbenen Sonntags.

Als sie später daran dachte, wurde Isabel klar, daß sie bis zu jenem Sonntagvormittag in der Woche vor Ostern noch immer nicht verliebt gewesen war. Zwar hatten ihre Leistungen nachgelassen, waren die wohlgeordneten Fächer ihrer Gedanken zu einem Sumpf träger Tagträume verschwommen. Ihr Gehirn war aufgeweicht, dachte sie und streckte den Nacken in dem stillen Studierzimmer, wo sie seit zwei Stunden saß, ohne eine Silbe gelernt zu haben. Die Abschnitte, die an ihrem starren Blick vorbeizogen, verwischten sich, wurden leer. Sie kannte die Tintenspuren, die Maserung und die Astknoten ihres hölzernen Schreibtischs besser als die Lehrbücher, konnte blind mit den Fingerspitzen die Stellen bestimmen, an denen sich müßige Stifte und Lineale im Lauf der Jahre in das Holz eingegraben hatten. Es war sinnlos, die Stunden verstrichen. Isabel begriff es selbst nicht. Während ihrer Schulzeit hatte sie keine echte Freundin im Kloster gefunden; zwar gab es viele Mädchen, die sie mochten, aber irgend etwas unterschied sie von ihnen und ließ sie nicht näher an sie herankommen. Nun, da sie feststellte, daß ihre Leistungen nachließen und sie schlicht nicht imstande war zu lernen, hatte sie niemanden, mit dem sie darüber sprechen konnte. Es lag nicht an Peader, sagte sie sich, während sie mit Tinte eine träge blaue Kurve auf eine Seite des Gedichtbuchs malte. Sie war nicht rasend verliebt oder auch nur entfernt in dem Zustand, wie sie sich rasendes Verliebtsein vorstellte. Sie mochte ihn und den Ablauf ihrer Sonntage in dem kleinen roten Wagen. Er war eine Art Insel, dachte sie, jener Wagen, in dem sie beide sich fast wortlos durch die phantastische Landschaft von Feldern, Mooren und Bergen bewegten. Peader hatte Ähnlichkeit mit ihr, auch er war ein wenig hin- und hergetrieben, wurzellos und abseits des Gewöhnlichen. Sie mochte seine Unbeholfenheit und alles andere auch, dachte sie und lächelte vor sich hin, erweiterte die träge blaue Kurve auf dem Papier zu einem Kreis und begann ihn nachzumalen, fuhr mit dem Füller wieder und wieder dieselbe Linie nach und betrachtete sie, als könne sie Aufschluß geben. Nein, sie war nicht rasend verliebt, und als sie an jenem Sonntagvormittag durch den Flur zu Peader gegangen war, die Hände tief in den Taschen ihrer Strickjacke vergraben und die Tatsache vor Augen, nicht mehr aus den Toren des Klosters in die Freiheit schlüpfen zu dürfen, die sein Auto bot, da war es eher die Fahrt als der Fahrer gewesen, um die es ihr leid tat. Doch dann, nur Minuten später, auf dem Rückweg vom Warteraum durch die verbrauchte Luft, während sie die leisen Schritte von Schwester Assumpta ihr nachfolgen und dann in den Nebenraum verschwinden hörte, wo sie den Haushaltsplan des Klosters berechnete und sich für Besucher bereit hielt, war alles anders geworden. Er hatte sich erklärt, und im Nachbeben von Peaders Wut spürte Isabel das Ausmaß seines Verlangens nach ihr. Sie war erschüttert. Auf der Treppe hinauf zum Studierzimmer hielt sie sich am Geländer fest. Ihr Kopf fühlte sich leicht an, und in den folgenden Stunden jenes Sonntagnachmittags flogen ihre Gedanken davon wie ein Drachen im

Sturm, fort zu ihm und nach Donegal. Wie wäre es wohl geworden, ganze Tage und Nächte zusammen an einem Ort, wo sie nie zuvor gewesen war? Sie konnte an nichts anderes mehr denken, und in jener Nacht war sie es, die keinen Schlaf fand, sich herumwälzte und den Mond durchs Fenster ansah, mit den weit aufgerissenen Augen und der bleichen Erregung eines Mädchens, das spürt, wie seine Fesseln sich lockern.

## 9

Bis Donnerstag tobten widerstreitende Gefühle in ihrem Herzen, zerrten sie hin und her, auf und ab. Er hatte mit ihr nach Donegal fahren wollen, und je länger Isabel über diese romantische Idee nachsann, desto größer wurde das Ausmaß ihrer Liebe. Vier Tage lang konnte sie an nichts anderes denken, und am Nachmittag des Gründonnerstags, als der Kleinbus vor dem Klostereingang stand, um sie und drei weitere Mädchen zur Inselfähre zu bringen, wußte sie, daß sie das Festland nicht verlassen konnte, ohne mit ihm gesprochen zu haben. Sobald der Bus die Klostertore hinter sich gelassen hatte, setzte sie sich neben Eibhlin Ni Domhnaill und bat sie mit gedämpfter Stimme, dem Lehrer am Kai auszurichten, seine Tochter habe sich im Bus plötzlich unwohl gefühlt, sie wolle noch abwarten und erst am nächsten Tag mit der Fähre heimkommen.

Sie sagte dies, ohne überhaupt recht zu wissen, was sie vorhatte. Als der Bus anhielt und sie mit ihrer Tasche ausstieg, überwältigte sie der scharfe Salzgeruch der Seeluft mit alten Erinnerungen und rief die Sehnsucht in ihr wach, sogleich heimzukehren. Statt dessen schlüpfte sie, außer Sichtweite des Busfahrers, hinter geparkte Autos und einen Fischtransporter und machte sich allein auf den Rückweg in die Stadt.

Diese Augenblicke waren ihr mittlerweile vertraut, mit dem gleichen hämmernden, aufputschenden Herzklopfen, das sie durchpulste, wenn sie die Regeln brach und ihre eigenen Wege ging. Diesmal jedoch suchte sie nicht die Freiheit, und während sie durch die Geschäftsstraßen der alten Stadt ging, sich in der bunten Menge der Osterwoche verlor, schloß sie noch entschiedener die Türen hinter sich und trat ein in das Gefängnis der Liebe. Sie mußte mit ihm sprechen. Die leichte Brise und die Heiterkeit des Nachmittags ließen ihre Wangen erblühen. Ihre Augen glitzerten in den plötzlich zwischen zwei Straßen einfallenden Sonnenstrahlen. Die Verheißung hoher Feiertage lag in der Luft, und auf den schmalen Wegen schoben sich Frauen, Kinder und ein paar Männer hintereinander her, um letzte Besorgungen zu machen. Zweimal ging Isabel an dem Geschäft vorbei, in dem Peader arbeitete, zweimal passierte sie das Schaufenster, ohne hineinzusehen, hielt für die sechs Schritte den Atem an und fragte sich dabei, ob er wohl zufällig aufsehen und sie erblicken würde. Die Fähre hatte schon abgelegt, und Isabel verfügte nicht über das Geld für eine Übernachtung; die Erkenntnis, welches Wagnis sie eingegangen war, steckte ihr als dicker Kloß in der Kehle. Sie kam zum zweitenmal zu dem Geschäft, ging vorbei, jeder Schritt erwartungsschwer und hoffnungsvoll, von hinten seine Stimme Halt rufen zu hören. Doch es kam keine Stimme, und sie ging weiter. Noch einmal lief sie die ganze Straße entlang, diesmal auf der gegenüberliegenden Seite, und betrat durch eine grüne Tür die alte Buchhandlung, bei der er sie damals abgesetzt hatte. Eine vornehme ältliche Dame mit einer halben Brille und silbergrauem Haar stand am Ladentisch und lächelte ihr beim Eintreten zu. »Ein schöner Tag heute, nicht wahr?« sagte sie. Isabel nickte und schaute sich um. Peader war nicht da. Warum sie geglaubt hatte, er könne hier sein, wußte sie nicht. Sie wartete auf Hilfe, auf ein Zeichen, einen Hinweis, daß sie nicht ganz auf sich gestellt war und die Liebe ihren eigenen Willen und Antrieb besaß, unabhängig von ihr und über sie hinausreichend. Sie starrte auf die Bücherwände und stellte ihre Tasche ab. Von dem vorderen Raum führte ein gewölbter Gang leicht abwärts zu einem weiteren Kabinett voller Bücher. Sie stapelten sich vom Fußboden bis zur Decke, alte und neue, bargen stumm in ihren grünen, blauen und roten Einbänden die unzähligen Stimmen geschriebener Worte, das ganze unhörbare Vokabular von Kummer und Liebe und Weisheit. In der Stunde, die sie dort in dem Buchladen mit der grünen Tür im Herzen der Stadt zubrachte, schaute Isabel auf die Seiten und empfand einen magischen, stillen Frieden, hörte die Stimmen der Bücher, die sie herausnahm und öffnete. Später am Nachmittag, als draußen das Licht im Westen rasch dahinschwand, kam die Dame mit der halben Brille hinter dem Ladentisch hervor und stellte Bücher in die Regale zurück. Sie hatte zugesehen, wie das Mädchen hin und her ging, die knarzenden Stufen zur Abteilung mit irischer Literatur hinaufstieg, zurückkehrte und schließlich bei der Poesie landete; nun stand sie neben Isabel und zog eine neue Ausgabe der Liebesgedichte von Yeats heraus. »Dies ist wohlgelungen, meine ich, Sie nicht auch?« sagte sie, gab Isabel die Gedichte und schenkte ihr einen strahlenden Blick so voller Verständnis, daß es für einen Moment schien, als habe die Liebe selbst sie angeblickt.

Zehn Minuten später verließ Isabel den Laden mit dem Buch in ihrer Tasche und ging über die Straße zu O'Luing's Tweed- und Wollegeschäft. Sie öffnete die Tür, über der ein Glöckchen zu bimmeln begann, und schritt über den Dielenboden des leeren Ladens, dessen Geruch ihr bereits vertraut war. Eine Sekunde, einen Augenblick lang herrschte völlige Stille, dann schob sich Maire Mor auf einer Woge von Alkohol durch die Tür. Sie sah das Mädchen in dem Gabardinemantel, erinnete sich, daß es an diesem Nachmittag schon zweimal langsam an dem Geschäft vorbeigelaufen war, und wußte sofort, um wen es sich handelte.

»Hallo. Ist Peader da?«

»Nein.«

»Wird er wohl bald kommen?«

»Nein. Was wollen Sie von ihm?«

»Er kennt mich, ich bin eine Freundin …«

»Sind Sie etwa in Schwierigkeiten?« Die Mutter schoß die Frage ab wie einen Pfeil. Die plumpen Hände in die ausladenden Hüften gestemmt, zielte sie direkt auf das Gesicht des Mädchens und versammelte in den vier schroffen Wörtern all die unzähligen Dummheiten und Fehler, die sie ihrem Sohn zutraute. Isabel starrte die kleine, rundliche Frau verblüfft an.

»Nein, das bin ich nicht. Ich wollte ihn nur sehen.«

»Nun, hier ist er nicht. Er ist drüben in Carmody's Pub«, sagte sie und zischte: »Säuft sich um den Verstand wegen irgend so einer …«, sie hielt inne, fuhr sich mit der Zunge über die Lippe und stieß dann hervor, »… miesen Schlampe.«

## 10

Später sollte Isabel klarwerden, daß sie bis zu Carmody's den kürzesten Weg ihres Lebens zurücklegte. In jenen paar Minuten auf der Straße, die ihr Leben für immer veränderten, überschritt sie die Schwelle von Zuneigung zu Liebe. Später begriff sie besser, wie es dazu kommen konnte, verstand, daß sie schon wie unter einem Bann den schmalen Weg entlanggegangen war, trotzig und kampfbereit unter dem Sternenstaub der Frühjahrsnacht. Den Abgrund ihrer Zweifel hatte sie bereits überschritten. Die Abendstimmung griff auf sie über, und als sie

Carmody's düstere, verrauchte Bar mit der dumpf dröhnenden Musik betrat, glänzten ihre Augen angesichts der schlagartigen Erkenntnis, daß sie nun endlich verliebt war.

Sie bewegte sich durch das Lokal, als sei es mit den ungeheuerlichen Hindernissen vollgestellt, die die Welt in der Vorstellung von Liebenden zwischen sie zu schieben versucht. Dann sah sie ihn, wie er dasaß und sich von den bittersüßen Wogen seiner unerwiderten Gefühle überfluten ließ. Sie blieb stehen, aber nur eine Sekunde lang. Denn nun wirkten Trotz und Kühnheit und Gefahr zusammen, hoben sie über alles Zögern und Zweifeln hinaus und lenkten ihre Schritte unaufhaltsam durch die Bar, bis sie neben ihm saß und seine Hand ergriff. Peader lachte und weinte zugleich; er keuchte die Worte hervor.

»Wie zum ...? Oh, mein Gott, Issy.«

Draußen, in den Straßen von Galway, lehnte Isabel ihren Kopf an seinen Arm. Ihre Augen schlossen sich unter dem Ansturm seiner Süße und Wärme, und sie lief blindlings dahin, ließ sich von ihm im Gehen auf den Hals küssen, stieß gegen ihn und tastete sich weiter, zwei Gestalten unter dem Licht der Sterne, die Hände ineinander verschlungen, brennend vor Verlangen.

# TEIL 3

## 1

Nach dem Tod meiner Mutter senkten sich schwere graue Vorhänge des Schweigens um unser Haus. Während der sechs Wintermonate blieb mein Vater daheim und sprach in der ganzen Zeit kaum zehn Worte. Er wurde zur noch dünneren Ausgabe seiner selbst, zart und leicht wie eine Flocke, und nur das glühende Funkeln seiner Augen ließ ahnen, daß noch Gefühl in ihm war. Er trug seinen gleißenden, blanken, sich verdüsternden Zorn durch die leeren Räume des Hauses, und zwar auf eine Weise, daß ich Wut, Bitterkeit und Versagen an dem Klang seiner unbeschuhten Füße auf dem nackten Boden ablesen konnte. Er sprach weder über meine Mutter noch über die Art ihres Todes. Soviel ich wußte, malte er nicht. Ich begann zu glauben, daß jener Abschnitt unseres Lebens zu Ende gegangen und es eine teuflische Eingebung gewesen war, die ihn verblendet hatte, so oft und lange fortzugehen, bis schließlich die Liebe sang- und klanglos in Wahnsinn verfiel und starb.

Nun verliefen unsere Tage und Abende nach einem anderen Muster. Ich ging wieder zur Schule. Dort, in den warmen Räumen mit den hohen Decken, konnte ich alles vergessen außer Geschichte und Geographie, Caesars gallischen Kriegen und den verwirrenden Gedichten von Yeats, während draußen, in einer anderen Welt, den ganzen Tag der Regen peitschte. Mein Fahrrad war auf dem mörderischen Gefälle der Trees Road zu Bruch gegangen, und es gelang mir, nachdem ich das Schutzblech zurück an seinen Platz gedrückt, das verbogene Rad zurechtgehämmert und die Felgenbremsen in etwa wieder richtig eingestellt hatte, es für zehn Pfund zu verkaufen. Ich sparte sie und alles andere Geld, zu dem ich kam, hortete es für den Fall eines neuen Unglücks, das uns, wie ich sicher glaubte, bald heimsuchen würde. Ich ging zur Schule, verließ das Haus im ersten Morgenlicht und kam in der rasch einfallenden Dunkelheit zurück, vorbei an all den glücklichen Heimen der südlichen Vorstädte. Ich liebte die Kälte jenes Winters, die Feuchtigkeit der zerknitterten Hose in den Kniekehlen, die den ganzen Tag brauchte, um zu trocknen, die Kapuze meines Dufflecoats, die beim Heimgehen nach hinten geweht wurde, und mein Haar, das mir am Kopf klebte. Mit dem Gang durch Regen und Wind, so empfand ich, ließ ich alles hinter mir. Wenn ich in jenem Winter morgens das Haus verließ, erwartete ich stets, es bei meiner Rückkehr verlassen vorzufinden. Aber irgendwo war er immer, mein Vater, und polterte durch die Leere.

Monate vergingen. Fast wider Willen fanden wir uns in einem zittrigen Frühling wieder. Meine Leistungen hatten sich enorm verbessert, und da Lehrer und Mitschüler nun ganz anders mit mir umgingen und wie wispernde Statuen das Wissen um meine Tragödie umkreisten, vergingen die Schultage angenehmer. Die elektrisierenden Verheißungen jener Jahreszeit mit ihren flimmernden, lichtdurchfluteten Mittagen und Nachmittagen im April und Mai gingen in einen zögerlichen Sommer über. Vor unserem Haus wuchs wieder die wilde Blumenwiese. Morgens lag ich lange im Bett wach und horchte in die Stille, um den hauchzarten, gedämpften Klang von bloßen Füßen auszumachen, der besagte, daß mein Vater noch da war. Manchmal spürte ich, wie seine Rastlosigkeit das ganze Haus erfüllte. Er stieg fünfmal in der Stunde treppauf und treppab, ohne einen Platz für sich zu finden, ging in seinem Atelier ein und aus wie ein armer Irrer, der fortlaufen will und doch nicht kann. Sein Haar war lang und schütter und strähnig, ein weißer Gazeschleier, der vom glänzenden Rund seiner Stirn nach hinten fiel und ihn aussehen ließ wie eine ehrwürdige Gestalt aus dem Alten Testament, die auf ein Zeichen wartet. Wenn es tatsächlich so war, blieb es in jenem Sommer jedenfalls aus. Ich begann zu glauben, daß er im Haus nach etwas suchte oder aber darauf aus war, einen der leeren Räume schnell genug zu betreten, um den verblassenden Schimmer von etwas zu erhaschen, das er von unten gehört hatte. Während Juni und Juli als trübe Leinwand von leichtem Regen und aufgelockerter Bewölkung an uns vorbeizogen, kämpfte mein Vater gegen den Wunsch fortzugehen. Ich wußte es. Und erkannte im August, daß ich Zeuge des tödlichen Ringens eines Mannes mit sich selbst war. Dieselbe Stimme, die ihn dazu gebracht hatte, seine Arbeit und seine Familie zu verlassen und fortzugehen, um zu malen, war nun verstummt. Hieß das, er sollte aufgeben, nicht mehr malen, sich der Wahrheit stellen, daß er keineswegs ein begnadeter Künstler war oder sich der ihm von Gott gewährten Inspiration nicht würdig erwiesen hatte?

Den ganzen Sommer hindurch tappte er auf der Suche nach einer Antwort durch das leere Haus. Die Küche war schon seit langem zum eigentlichen Wohnzimmer geworden, und nun, im Sommer, glich sie einer Müllkippe und roch auch so. Alles Geschirr war benutzt, füllte zunächst die Spüle und türmte sich dann weiter auf der Arbeitsfläche als ausufernde Erinnerung an unsere mehr oder weniger verkochten Abendessen der letzten Monate. Die Töpfe waren allesamt schwarz und hatten innen am Boden eine dicke, angebrannte Schicht, die mit kaltem Wasser ohne Seife nicht zu entfernen war und wiederum von der Sauce des folgenden Tages angereichert wurde, wie Sünden, die im Abgrund einer Seele immer weiter wuchern. Wir tauchten auf der Suche nach Besteck mit der Hand in die Spüle, fischten das Gewünschte aus der kalten, übelriechenden Brühe und wuschen ab, was abzuwaschen war. Die Flecken von Tomatensauce und weiteren, unbestimmbaren Substanzen waren zum eingetrockneten Bestandteil des Stillebens geworden. Ohne förmlichen Beschluß oder auch nur ein Gespräch darüber schien es, als sei mit meiner Mutter auch jede Vorstellung von Reinlichkeit gestorben. Wir nahmen uns aus dem Chaos, was wir brauchten, und legten es wieder dorthin zurück. Die Krümel sammelten sich auf den bloßen Füßen meines Vaters, die Spülbürste bekam Spinnweben.

Doch dann, im Sommer, als ein stiller, schwüler Dunst sich über das Land legte, stieg der Gestank aus der Küche in den oberen Stock, und eines Morgens um acht Uhr riß meine Mutter uns beide aus dem Schlaf. Sie pochte ungeduldig an unsere Türen und brachte damit meinen Vater und mich mit einem Satz aus dem Bett und zur Treppe, als hätte sie uns beim Namen gerufen. Wir musterten einander über die gähnende Leere hinweg. Der Schlaf verwandelte meinen Vater in einen Greis. Seine Augen waren klein und tief in Falten eingebettet, sein Haar stand lächerlich in alle Richtungen ab. Er sah mich an, ich sah ihn an. Er brauchte nicht zu fragen, ob ich an seine Tür geklopft hätte. Wir wußten, daß sie es gewesen war, und standen starr vor Staunen, wagten kaum zu atmen in der Leere, bis wir im selben Moment unten in der Spüle zwei Teller leise aneinanderscheppern hörten.

Ganz langsam, mit ein wenig unsicheren Schritten und vorsichtshalber nach oben gebogenen Zehen, ging mein Vater über den Dielenboden, an mir vorbei bis zum Treppenabsatz. Da war es wieder, das Klappern von Geschirr.

Bis wir uns an jenem Morgen in die Küche hinuntergewagt hatten, war meine Mutter fort gewesen. Aber sie hatte eine Spur hinterlassen. Mein Vater stand in der Küche, durch deren vorhangloses großes Fenster der Sommermorgen hereinströmte, drehte sich zu mir um und lächelte, wie er seit ihrem Tod nie mehr gelächelt hatte.

»Zieh los und kauf was zum Spülen, ja?« sagte er, förderte aus den Tiefen seiner Hosentasche eine zerfledderte Pfundnote zutage und stopfte sie mir in die Hand.

Ich sauste zum Laden, flitzte durch den warmen Morgen, bis ich Schlaf und Erschöpfung und selbst die Furcht hinter mir gelassen hatte, den Alptraum verdrängt, er könne vielleicht, ganz vielleicht tot oder fort sein, bis ich zurückkam. Er war es nicht. Er stand genau dort, wo ich ihn verlassen hatte, das Sonnenlicht fiel auf die weißen Brusthaare, die sich aus der Einfassung seines Unterhemds hervorkringelten, und um seinen Mund zuckte immer noch ein leises Lächeln. Seine Augen funkelten, sein Rücken war aufrecht und sein Haar auf eine Art zurückgestrichen, die ihm in den Augen seines Sohnes die Aura eines aus dem Exil zurückgekehrten Königs verlieh. Ich hielt ihm die Plastikflasche mit Spülmittel hin, und wir legten los.

Wer, an der Hinterseite unserer Häuserreihe entlanggehend, über die niedrige Gartenmauer gespäht hätte, dem wäre es wohl wie eine ganz gewöhnliche häusliche Szene erschienen: Vater und Sohn spülen das Geschirr, trocknen ab und räumen es weg, während die Mutter sich ausruht. Vielleicht hätte man beim Blick über eine andere Gartenmauer in ein anderes Haus weiter unten an der Straße dasselbe gesehen. Aber an jenem Sommermorgen in unserer Küche, wo wir uns gegenseitig den gesammelten Hausrat reichten, Stapel von Töpfen, Pfannen, Tassen und Untertassen auf der Arbeitsfläche hintereinanderreihten, um sie eingedenk meiner Mutter in der warmen Seifenlauge einzuweichen, da spülten wir nicht Schmutz, Essensreste und Fettflecken fort, sondern Kummer. Ich fegte ihn aus der Küche, während mein Vater abtrocknete. Gemeinsam putzten wir die sonnenwarmen Fenster über der Spüle, wo meine Mutter so oft gestanden hatte, beim Schälen oder Besteckpolieren auf den kleinen verwilderten Garten hinausblickte und den Traum von ihrem Eheleben davonfliegen sah, über die Mauer bis zur Hinterseite eines anderen Hauses mit seinen Träumen. Die Tränen tropften meinem Vater von den Wangen in die Spüle und gingen im Seifenschaum unter. Ein volles Tablettenröhrchen hatte meine Mutter vom tiefen Schlaf in den Tod hinübergleiten lassen, doch als wir nun in der Küche standen, schien es, als habe der Kummer darüber seither geschlummert und erwache erst jetzt. Je länger mein Vater abspülte, desto mehr weinte er, und ich mit ihm; beide standen wir da, Vater und Sohn, ohne ein Wort herausbringen zu können, und wuschen das Geschirr ab als geräuschvolles Eingeständnis unserer Liebe.

Nach der Küche nahmen wir uns den Flur vor. Mein Vater fand einen Besen und trieb Wolken von Staub in Richtung Tür. Als ich sie aufstieß, ging ein Seufzer durch das Haus, und Vögel flatterten aus der Wiese auf. Das Sonnenlicht fiel herein. Inzwischen hatte mein Vater die Tür zu seinem Atelier geöffnet, und zum erstenmal seit über sechs Monaten folgte ich ihm hinein. Er hatte den Besen gleich auf der Schwelle zu Boden fallen lassen und sammelte die an der gegenüberliegenden Wand aufgereihten Bilder ein. Es waren mehr, als ich erwartet hatte. Dutzende von Leinwänden. Er bückte sich und betrachtete jedes einzelne, stapelte manche sorgsam übereinander und warf andere rückwärts auf einen Haufen in die Zimmermitte.

»Bring die alle hinaus, Nicholas, ja? Das ist nett. Stell sie in den Flur.«

Ich zählte insgesamt vierundzwanzig zornig-bunte, große Rechtecke und Quadrate, in denen ich kein Bild, keinerlei Darstellung erkennen konnte, nur Kraftanstrengung und Farben.

Diejenigen, die er im Raum behielt, waren anders. In zwei oder drei Bildern glaubte ich meine Mutter zu sehen, nur den flüchtigen Eindruck einer Gestalt, die sich am Rand der Leinwand mit ihren dicken Schichten von Grün, Blau und Violett bewegte. Es war etwas Warmes in den Bildern, das einen neuen Zug an ihm verriet. Ich erkannte Himmel und Hügel und wiederum jene Frauengestalt, hingehaucht, eine Erinnerung, eine Form, auf die die Bilder zuzuströmen und zugleich von ihr fortzustreben schienen. Sanft schob mein Vater mich hinaus. »Die sind noch nicht fertig«, sagte er.

»Sie gefallen mir«, antwortete ich rasch.

»Nun denn«, sagte er über die Schulter hinweg und gab mir einen Pinsel, »du kannst mir helfen.« Und, mit einem fast verdutzten Lachen angesichts der Paradoxie seines Lebens: »Die hier sind allesamt Mist.«

Wir legten die vierundzwanzig Leinwände im Flur auf den Boden und brachten den späten Vormittag damit zu, jedes einzelne mit Grau und Blaßlila zu übermalen. Mit dicken Pinseln über die Arbeit gebeugt, spürte ich, wie die Verzweiflung und Hoffnung der Bilder unter den langen, bedächtigen Strichen verschwanden. Es waren die Resultate der ersten Reise meines Vaters, jenes anfänglichen Rufes, der nun so durch und durch böswillig und arglistig erschien: Gottes kleiner Privatscherz mit unserer Familie, der törichte Stolz auf ein eingebildetes Talent. Als wir fertig waren, schien eine Last von meinem Vater abgefallen zu sein. Er hob die Leinwände einzeln auf, hielt sie behutsam wie große Tabletts zwischen den ausgebreiteten Handflächen und legte sie rings um die Wände des Ateliers genau an die Stelle, an der sie zuvor gewesen waren. Meine Mutter sah von der letzten Stufe der gefegten Treppe aus zu. Durch die Tür konnte sie den Halbkreis übertünchter Bilder sehen, die auf einen neuen Anfang warteten, und sie lächelte. So schien es zumindest, ein Anwehen ihrer Wärme, das alle unteren Räume unseres Hauses durchströmte, die unbeschreibliche Erinnerung, wie sie leicht unsere Wangen streifte, einen Kuß daraufhauchte; uns stellten sich die feinen Nackenhärchen auf, und wir drehten uns um, Vater und Sohn, sahen uns hilflos an in dem aufgeräumten Haus, in das sie zurückgekehrt war.

## 2

Um sechs Uhr gingen wir Tee trinken. Das war etwas Besonderes. Es ist mir als ein aufregendes Unternehmen in Erinnerung; meine Beine streckten sich bis aufs äußerste, um mit meinem Vater Schritt zu halten, und der Sommerabend war erfüllt von gelbem Glanz und Vogelgesang. Mochte es tagsüber regnen oder nieseln, abends kehrte der Sommer zurück in die Vorstadt, mit Herr und Hund beim Spaziergang, Fußballspielen auf zertrampelten, harten Rasenflächen, Mädchen an Bushaltestellen, Jungen mit Golftaschen oder Tennisschlägern, die tief gebeugt auf Fahrrädern über die Steigung heimstrampelten oder sich auf Grasstreifen herumdrückten, über alles und nichts redeten, nach Gänseblümchen traten und einfach warteten, bis die unendlich lange Helle des Tages schließlich doch abnahm und verblaßte. Es waren Ferien, ein Summen lag in der Luft. Mein Vater führte mich aus der Siedlung, vorbei an den neugierigen Blicken der Nachbarn dorthin, wo die Straßen allmählich ins Land übergingen. »Das war hier oben mal ein kleines Dorf«, sagte er, »und nun ist es schon ein kompletter Ort, verflucht noch mal. Trotzdem ...« Er sprach einfach weiter und ließ den Anflug von schlechter Laune hinter sich. »Wir gehen dorthin zum Teetrinken, in Ordnung?« fragte er.

»In Ordnung«, sagte ich.

Es war ein kleines Café, hell und leer, mit vier kunststoffbeschichteten Tischen, auf denen Zuckertöpfe und Milchkännchen standen. Die Stühle waren aus grünem Plastik. An einer Theke im Hintergrund stand ein leicht pickeliges Mädchen und servierte Tee und warme Pasteten.

»Pastete mit Hackfleisch und Kartoffeln, mit Fisch oder mit Huhn«, sagte sie.

Die Pasteten brauchten fünf Minuten. Mein Vater holte den Tee mitsamt Tassen und stellte alles auf den Tisch. Seine Beine waren zu lang; wenn er auf dem grünen Stuhl saß, ragten seine Knie über die Tischplatte, also schob er den Stuhl weit zurück und balancierte seine Teetasse mit dem Untersatz auf der Brust. Er nahm kleine Schlucke und lächelte häufig. Immer wieder brach es aus ihm heraus, und ohne zu wissen warum, lächelte ich stets zurück. Es schien einfach gut so zu sein, als ob eine riesenhafte Wolke sich von unserem Leben gehoben hätte und wir vor einem ganz neuen Anfang stünden; wovon, hatte ich allerdings keine Ahnung.

»Du bist ein guter Sohn, Nicholas«, sagte mein Vater.

Ich lächelte in meinen Tee. Die Pasteten kamen. Kleine, ovale Gebilde mit einer braunen Kruste. Ich stach mit der Gabel hinein, sah Dampfwölkchen aufsteigen und roch den Duft von gekochtem Fleisch, während mein Vater in seine Pastete biß. Nie waren wir mehr Vater und Sohn als in diesem Augenblick, dachte ich. Nie war ich glücklicher als in den wenigen Momenten an diesem einfachen Ort, wo wir saßen und es nach Fleisch roch und die Autos draußen im Sommerabend vorbeirollten. Ich nahm einen Bissen von meiner Pastete und verbrannte mir die Zunge. Während ich noch mit der heißen Masse im Mund jonglierte, teilte mein Vater mir mit, er müsse wieder fortgehen.

»Ich will dich nicht allein lassen, aber eine Woche wirst du wohl zurechtkommen, oder? Länger bleibe ich nicht weg«, sagte er. »In der Zeit schaffe ich genug, um ein halbes Dutzend Leinwände mit heimzubringen und hier fertig zu malen. Zehn Tage vielleicht.«

Ich sagte nichts. Ich schob das Fleisch im Mund herum, spürte, wie mir eine brennende Hitze durch den Gaumen bis in den Kopf stieg. Er wollte mich allein lassen? In meinem Kopf begann es zu hämmern.

»Es wird sechs Tage lang nicht regnen«, verkündete er. »Und du bist ja schon groß genug, um eine Woche lang auf dich selbst aufzupassen, nicht wahr?«

Ich spuckte das Fleisch aus. »Warum kann ich nicht mitkommen?« Fassungslos über meinen eigenen Mut starrte ich ihn an.

»Ich kann mir keine schönen Hotels leisten, Nicholas, ich schlafe draußen oder suche mir eine Scheune. Es kann kalt und feucht werden.« Er hielt inne und blickte mich quer über den Tisch hinweg an. »Soll sich jemand um dich kümmern? Willst du …?«

»Nein.«

»Später«, sagte er, »wenn du älter bist, kannst du mitkommen.« Die pickelige Bedienung erschien mit der Rechnung. Sie wolle bald schließen, sagte sie, blickte auf uns und unsere halbgegessenen Pasteten und ging wieder weg.

»Warum?« fragte ich.

»Warum was?« erwiderte mein Vater.

»Warum mußt du weg? Warum kannst du nicht zu Hause bleiben, warum kannst du nicht sein wie …«

Der Sommerabend war zu Ende, setzte aus wie ein angehaltener Atem. Schweigen verbreitete sich und wurde immer dichter. Mein Vater popelte an der Pastetenkruste herum. Er schaute auf die Gabel in seiner Hand und präsentierte mir dabei die glänzende, sommersprossige Wölbung seiner Stirn, deren Falten mir mit einemmal tiefer vorkamen. Sein ganzer Kopf war von ihnen durchzogen, jenen scharf gezogenen Furchen nicht gefundener Antworten auf die immer gleiche Frage. Er legte die Gabel weg und tastete mit den Fingern nach ihnen, ließ sie prüfend darüber gleiten.

»Nicholas«, sagte er.

Der Raum zerbarst, die Stickigkeit, die Enge, mein verbrannter Mund, der Geruch der Pasteten, das Mädchen an der Theke, alles ballte sich zu einem Schmerz in meinem Kopf zusammen. Ich wußte sofort, was jetzt kommen würde. Wie vom Blitz erleuchtet, hörte ich im voraus die unheilvollen Worte, die unsere Familie schon einmal zerstört hatten. Noch bevor er etwas sagte, wußte ich, daß es keine andere Antwort gab. Ich wollte sie nicht hören. Aber er sprach. Und dort, in dem kleinen, beklemmend engen Restaurant in der spannungsgeladenen Stille des Sommerabends, hörte ich meinen Vater die gleichen Worte sagen wie zu meiner Mutter an jenem Abend in der Küche, als ich auf der Treppe gelauscht hatte.

»Ich muß malen. Ich glaube, daß darin meine wahre Berufung liegt. Ich erwarte nicht, daß du das verstehst. Aber Gott will, daß ich es tue.« Danach war er still. Das Mädchen an der Theke hatte mitgehört. Sie gab einen unterdrückten Laut von sich, der verdächtig nach Kichern klang; als mein Vater sich nach ihr umsah, polierte sie emsig die saubere Theke. Sie hatte einen Irren bei sich im Laden, dachte sie, einen lang aufgeschossenen Kahlkopf mit ein paar Strähnen weißem Haar. Wenn sie ihn draußen hatte, würde sie ihre Freundin anrufen und ausführlich Bericht erstatten. »Das kannst du dir nicht vorstellen, warte, bis ich dir alles erzähle, Gott will, daß ich es tue, hat er gesagt. Der liebe Gott und kein Geringerer«, würde sie wiederholen, in die Sprechmuschel kichern und zu den leeren Tischen und der versperrten Tür blicken, durch die der Wahnsinn unversehrt auf die Straße gelangt war.

Ich wollte ihn hassen. Ich folgte seinen giraffenartigen Schritten und beobachtete die Leute, die uns anstarrten. Wußten sie alle schon, daß er wieder fortgehen würde? Hinterließ die Dringlichkeit seiner Berufung Spuren in der Luft, die er mit seinen langen Beinen durchschnitt? Welcher Vater würde seinen Sohn derart im Stich lassen? Nach allem, was geschehen war, wie konnte er da noch glauben, daß Gott sich auch nur einen Deut um ihn scherte? Ich stellte mir Fragen über Fragen und lief weiter. Wir gingen auf einer anderen Strecke heim, die nicht der direkte Weg war und von deren höchsten Punkten aus man einen weiten Blick auf die Bucht hatte. Das Meer wirkte flach und silbrig im Sonnenlicht, Häuser glitzerten, und es war, als liefen wir auf einem hohen Kamm rund um die sommerliche Stadt. Der Schritt meines Vaters nahm eine Leichtigkeit und Unbeschwertheit an, die ich fast vergessen hatte; er war innerlich schon fort, oder doch beinahe. Der Glaube flutete wieder in ihn zurück. Über unseren Köpfen sangen die Vögel, versteckt im Laubwerk, und sosehr ich auch wollte, ich konnte ihn nicht hassen. Als wir um die letzte Kurve bogen und in das Haus eintraten, erwartete uns meine Mutter. Sie war da, in dem ordentlichen Haus, unsichtbar für alle außer für uns, saß auf der gefegten Treppe, lächelte im Glanz der Tassen und bewegte sich leichtfüßig über die knarzenden Dielenböden im Obergeschoß. Sie hatte unsere Rückkehr abgewartet, um zu sehen, ob er es mir gesagt hatte.

Als ich an jenem Abend mein Zimmer aufräumte, stand sie in der Tür. Es bedurfte keiner Worte. Ich wußte, was sie mir zu sagen hatte, ohne es tatsächlich zu hören, wußte, um welcher Botschaft willen sie zurückgekommen war, sich einen Weg durch die endlosen blaugoldenen Weiten des Himmels gefegt hatte, vorbei an den kalten Glasfenstern von Millionen von Sternen, um hier bei mir in der Tür zu stehen und mir zu sagen: Mein Vater hatte recht, es war wirklich Gottes Wille.

## 3

Am Morgen erläuterte mein Vater seine Reisepläne. Er wollte nach Clare, ans Meer. Dazu würde er bis Ennis mit dem Zug fahren und dann von dort aus zur Küste aufbrechen. Zu essen gab es genug im Haus, und für Milch und alles andere sollte ich die Zehnpfundnote hernehmen, die zusammengerollt in dem Marmeladenglas mit den Rechnungen auf dem Fensterbrett steckte. Er hatte alles zusammengepackt, während ich noch schlief, und im Flur stand ein Bündel verschnürter Leinwände. Es roch durchdringend nach Ölfarben und Spiritus, nach dem Duft von Abenteuer. Durch die offene Eingangstür drang der Morgen herein, und das prekäre Gleichgewicht des Tages, in der Schwebe zwischen Sonnenlicht und Schauern, erzitterte wie mein Glaube. Mein Vater, in Hemdsärmeln, war die gebündelte Energie; dünn und flink eilte er, ganz in seinen emsigen Vorbereitungen aufgehend, zwischen Treppe und Atelier hin und her. Er sah mich an, und ich schaute auf seine Falten. »In einer Woche bist du zurück«, sagte ich, neben meiner Mutter im Flur stehend.

»Ganz richtig«, erwiderte er, legte kurz seine Hand warm und fest auf meine Schulter, ließ die Falten für einen Moment verschwinden und ein Lächeln in seinen Augen aufblitzen.

Als es Zeit zum Gehen für ihn wurde, stand er in der Tür, beladen mit Leinwänden, Pinseln und Farben, und hielt mir die Hand hin. Ich streckte ihm meine entgegen, und er ergriff sie; ein Strom von Liebe durchfuhr meinen Arm, so heftig, daß mir Tränen in die Augen schossen.

»Eine Woche«, sagte er.

»Eine Woche«, wiederholte ich und spürte den Strom kühler Luft an meiner Handfläche, die er freigegeben hatte. Er schritt die Zufahrt hinunter, schwenkte seine Hand wie eine riesige Fahne durch die Luft und war fort.

Ich brauchte zwei Minuten, um zu einem Entschluß zu kommen. Und weitere zehn, um das Geld aus dem Marmeladenglas zu nehmen und zu meinen Ersparnissen zu stecken, meinen Mantel anzuziehen, Pullover, Socken und Unterhosen in einen kleinen Einkaufsbeutel zu packen und mich auf den Weg zum Bahnhof zu machen. Mein Vater ging zu Fuß und versuchte dabei wider alle Wahrscheinlichkeit, von irgend jemand mitgenommen zu werden, der verdutzt oder neugierig genug war, seinetwegen anzuhalten. Ich nahm den Bus, da die Notwendigkeit, denselben Zug zu erwischen wie er, für mich mehr Gewicht hatte als die Kosten. Oben setzte ich mich ganz vorne hin und hielt inmitten des zähen Verkehrsflusses Ausschau nach der langen, dünnen Gestalt, die einem Lumpensammler gleich ihre Bündel über die Straßen Richtung Stadt schleppte. Doch es war nichts von ihm zu sehen. Bei den Kais hielt der Bus, und ich trat hinaus in das sommerliche Dublin mit seinem überwältigenden Ansturm von Farben und Lärm. Hohe Wolken segelten über die Sonne und ließen grüne Schatten am Fluß entlangziehen. Mein Herz raste. Wenn er nun schon vor mir da war, bereits seinen Platz eingenommen hatte und zusah, wie der Bahnsteig langsam hinter ihm zurückblieb? Ich löste mich aus den Menschenmassen auf dem Gehweg und begann zu rennen.

Der Zug fuhr um zehn vor zehn. Ich saß im hinteren Wagen, so weit ab vom Bahnsteig wie möglich, und sah die letzten Nachzügler schwerfällig mit Plastiktüten, Rucksäcken und kleinen Koffern vorüberhasten. Bis zehn vor zehn war mein Vater nicht am Fenster vorbeigekommen. Eine Ansage ertönte: Dieser Zug verkehrt nach Nenagh, Limerick und Ennis. Dann schlugen alle Türen zu, ein Ruf, ein Pfiff, Scherzworte des Schaffners durch ein geöffnetes Fenster, und die ersten drei Rucker, schnelle, ungelenke Zuckungen, mit denen die Bremsen sich lösten, und das Stottern der Maschine, als wir rüttelnd, ratternd, stampfend den Bahnsteig hinter uns ließen und aus der Halle rollten, fort aufs Land, in einem schwingenden, gleichmäßigen Rhythmus. Wir glitten in eine Landschaft, wie ich sie noch nie gesehen hatte, vorbei an alten Häuschen entlang der Bahnstrecke mit ihren Wäscheleinen und kleinen Gärten, Orten, die geprägt waren vom Lärm und der Lebendigkeit der Züge, ihrem Vorbeiwischen, Tag und Nacht, mit der Regelmäßigkeit eines Uhrwerks. Die Kinder winkten nicht, schauten nicht einmal auf. Dahinter die neueren Vororte, weiße Wohnblöcke, die weder Dorf noch Stadt waren, nur eine endlose Kette von Häusern: Reihenhäuser, freistehende oder Doppelhäuser. Es dauerte eine halbe Stunde, bis wir daran vorbei waren, bis das Grün über das Grau triumphierte und die Uferböschungen jenseits der Fenster zu dem verwilderten Dornengestrüpp und den Gräben der Felder von Kildare und später Laois wurden. Der Schaffner kam durch die Waggons geschwankt, stanzte Löcher in die Fahrkarten und wies ein paar spanische Studenten an, die Füße vom Sitz zu nehmen. Rauchen verboten, sagte er, schritt durch dichte Qualmwolken bis nach hinten zu einem Fenster, schlug mit der flachen Hand dagegen und ließ den Lärm von Wind und Gleisen, den Duft von Geißblatt und Heu herein. Alles war neu für mich. Ich saß neben einer kleinen Frau in einem weiten Mantel, die ihre Handtasche fest umklammert hatte, im gleichmäßigen Dahinrauschen des Zuges einnickte und von Dieben träumte, um plötzlich mit einem Aufschrei hochzufahren und festzustellen, daß sie die Tasche noch immer sicher in ihren schwitzigen Händen hielt, demnach beruhigt die Augen wieder schließen und sich weiter ausrauben lassen konnte. Sie sprach kein Wort mit mir. Ich war zu aufgeregt, um schlafen zu können. Außerdem plagte mich die Angst, mein Vater könne – oder könne auch nicht im Zug sein. Was ich im jeweiligen Fall zu tun gedachte, weiß ich nicht mehr genau. Der Zauber der Zugfahrt würde das Problem lösen, dachte ich, das Neue, die Unschuld einer Ankunft, der frische Beginn, einfach alles. Ich lehnte mich zurück und starrte aus dem Fenster. Wir kamen ins Landesinnere, eine ungeheure grüne Weite, die sich zu Hügeln und Bergen aufschwang, in denen sich das Schattenmuster des Himmels abmalte. Kühe standen als starre Umrisse in der Landschaft. Das Gefühl der Weite war unglaublich, so riesig, so offen war alles, zog mich hinaus zu den fernen Feldern, erweckte in mir die Sehnsucht, darüber zu laufen oder mich in die süß duftende, winzige Welt des sommerlichen Grases sinken zu lassen. Je weiter der Zug nach Westen brauste, desto abgeschiedener und einzigartiger erschien das Land, desto größer der Himmel. Das Rattern der Gleise versetzte mich in Trance, und nach einer Weile pendelte sich die am Fenster vorbeiblitzende Landschaft auf ein gleichmäßiges Dahinrollen ein, ein weitgefächertes Panorama, das in meiner Vorstellung zehn Waggons weiter vorn aus einem nach Süden gerichteten Fenster auch mein Vater betrachtete. In Limerick wechselten wir in den Zug nach Ennis. »Hier umsteigen«, rief dröhnend der Schaffner, schlappte durch den Rauch und riß mit einem Knall das Fenster auf, das zwei schlotternde Priester geschlossen hatten.

Zögernd spähte ich von der Tür den Bahnsteig entlang und stieg als letzter aus dem Zug. Meinen Beutel fest umklammernd, lief ich eilig los und stellte mich an einen Pfeiler, wo ein Schrekkensruf ertönte und die kleine Frau mit dem weiten Mantel von der anderen Seite hervorschoß, ihre Handtasche fest an die Brust gepreßt. Ich murmelte eine Entschuldigung und verdrückte mich.

Nach Ennis wollten nur knapp vierzig Passagiere, eine kleine, erwartungsvoll dastehende Traube von Landbewohnern. Ich hielt nach meinem Vater Ausschau, konnte ihn aber nirgends entdecken. Dann näherte sich langsam vom anderen Ende des Bahnhofs eine uralte Lokomotive mit drei hölzernen Waggons. Keuchend und quietschend verpestete sie die Luft mit dem Gestank von Dieselöl. Aus dem Fenster grinste uns das Pferdegebiß des rußverschmierten Lokomotivführers an, der das Wunder vollbrachte, den Zug zum Halten zu bringen. »Er sieht aus wie Methusalem«, brummelte die Dame mit der Handtasche, hielt ihre Habe hoch vor sich und segelte voran zu ihrem Platz. Ich trat von dem Pfeiler weg und wollte schon in den Waggon klettern, als ich weißes Haar aufblitzen sah, eine hohe Gestalt mit einem Bündel unter dem Arm, die aus dem Wartesaal kam und den Zug bestieg. Er war da. Mein Vater. Einzig darauf bedacht, seinen Anschluß nicht zu verpassen, schaute er weder rechts noch links. Er lief durch den Zug bis zum ersten Waggon und setzte sich. Einen Augenblick später ratterten wir in einem neuen Rhythmus Richtung Westen.

## 4

Mein Vater war im Zug; ich stand im Durchgang zwischen den Waggons und spürte eine ölige Brühe gegen die Wände meines Magens schwappen. Meine Füße hoben und senkten sich sanft. Ich konnte nicht nachdenken, jedenfalls nicht wohlgeordnet hintereinander, da unzählige panische Fluchtgedanken auf mich einstürmten. Was sollte ich tun? Was würde er tun oder sagen? Würde ich gleich nach der Ankunft zu ihm hingehen? Und er mich schnurstracks wieder zurückschicken? Und was dachte er jetzt, keine vierzig Schritte von mir entfernt, in einem Zug, der die ganze Insel durchquerte, angefangen bei einem Punkt, wo, wie er meinte, sein einziges Kind mit dem

Geist seiner Mutter allein in einem Haus zurückgeblieben war. Ich glitt an der Tür herunter, bis ich saß. Dachte er überhaupt nicht daran zurück? Hatte er die Schwelle schon überschritten, alle Gedanken an jenes andere Leben fallengelassen und war jetzt nur noch ganz in Erwartung der einen Woche, die er sich zugestanden hatte, um die Bilder aus dem Westen auf die Leinwand zu bannen? Ich wußte es nicht, saß einfach zwei Stunden dort, auf dem Boden des Zuges, und ließ Zweifel und Übelkeit in mir aufbranden und wieder verebben, bis die Lokomotive pfiff und ich aufsah und wir endlich in Clare waren.

Der Bahnhof war klein. Nur einmal pro Woche kam dort ein Zug aufgeregt hereingerattert, gleich neben den Gehegen und Einfriedungen für die Viehauktion. Die Passagiere stiegen sichtlich erleichtert aus, hasteten zu Autos, Bussen oder dem Zentrum des ländlichen Ortes weiter unten an der Straße. Vom Ende des Zuges beobachtete ich, wie mein Vater ausstieg. Er überquerte den schmalen Bahnsteig, als ihn plötzlich eine sommerliche Brise anwehte, ein kleiner Windstoß, der ihn veranlaßte, stehenzubleiben und seine Leinwände zu verzurren, bevor er den hinter dem Ort vorbeiführenden Weg einschlug. Ich wartete drei Minuten und folgte ihm dann. Er schien genau zu wissen, wohin er wollte, und marschierte mit der gleichen entschlossenen Zielstrebigkeit seines Weges, die ihn in seinem Leben schon mehrmals in Krisen hinein- und auch wieder aus ihnen herausgebracht hatte.

Die Straße führte an einer Reihe von Häusern und dann an einer hohen Mauer entlang, die keinerlei Möglichkeiten zum Verstecken bot und mich zwang, eine halbe Meile Abstand zwischen uns zu lassen. Er war nur noch flatterndes weißes Haar und ein verknitterter Rockschoß in der Ferne. Der Nachmittag war frisch und leicht windig, Wolken zogen rasch vorbei, schon die Luft war eine andere. Wir waren noch meilenweit vom Meer entfernt, und dennoch spürte ich es schon, da draußen, irgendwo vor uns, den Atlantischen Ozean, den ich noch nie gesehen hatte. Von Zeit zu Zeit hielt mein Vater vorbeifahrenden Autos den hochgereckten Daumen hin, aber keiner machte sich die Mühe, seinetwegen anzuhalten, und er fiel auch nicht aus dem Schritt, um den Fahrern hoffnungsvolle Blicke zuzuwerfen. Ich folgte ihm aus Ennis heraus. Er lief auf dem Bankett der Straße, die nach Norden zum Meer führte, stets etwa eine Biegung vor mir, bis ich begriff, daß niemand ihn mitnehmen würde und ich ihn ruhig eine Meile vorauslaufen lassen konnte, solange ich ihn bis zum nächsten Ort wieder einholte. Den ganzen Nachmittag bewegten wir uns auf die Küste zu. Einmal blieb er stehen. Bei einer niedrigen Gartenmauer, wo die Büsche in bizarren Winkeln landeinwärts wuchsen, weg von der Wut der Winterstürme, zog er die Stiefel aus und rubbelte über seine Fußsohlen. Kleine Stückchen Pappefüllung rieselten zu Boden, und er holte ein weiteres Stück Karton aus seinem Sack, riß und formte sich daraus neue Innensohlen und lief weiter. Ich holte dadurch auf, machte an derselben Stelle Halt und aß die ersten drei Plätzchen von der Packung, die ich unterwegs in einem Laden erstanden hatte. Ich saß auf einer Anhöhe mit Blick nach Westen, und erst als ich von dort die Straße entlang auf die dünne, davonstrebende Gestalt meines Vaters schaute, merkte ich, daß am äußersten Rand des Horizonts, hinter einer kleinen grasbewachsenen, mit weißen Wohnwagen gesprenkelten Biegung, das Meer war.

Es dauerte noch zwei Stunden, bevor wir es erreichten. Schon hatten die Abendwolken den nachmittäglichen Himmel erobert, der Wind tobte und riß an den Laken auf den Wäscheleinen hinter den Wohnwagen. Der Wind kam vom Meer, mein Schweiß schmeckte nach Salz. Im Gehen wandte sich mein Blick von meinem Vater ab, verschwamm mit den Wellen und Inseln in der Ferne. Ich denke gern, daß mich schon damals irgend etwas magisch anzog, das nichts mit ihm zu tun hatte, sondern eher ein Gefühl war, das die stundenlange Wanderung, die Seeluft und all die Klänge hervorgerufen hatten und dadurch in mir einen Sinn für die belebende Wildheit jener Orte im Westen erweckten, der mich für den Rest meines Lebens nicht mehr loslassen sollte. Ich denke gern, daß es für mich Liebe auf den ersten Blick war und ich in dem Moment, als ich von der Anhöhe an der Straße aufblickte, das Ziel unserer Reise nahe wußte. Wie dem auch sei, als mein Vater über zwei Reihen Stacheldrahtzaun stieg und im Dämmerlicht des Abends zu einem kleinen Strand hinunterlief, folgte ich ihm vorsichtig und schlich mich auf seinen Spuren durch die Dünen mit ihrem Grasbüschelbewuchs.

Bis ich ans Ufer kam, war mein Vater schon nackt. Und während ich noch zusah, wie dieses lange, dürre Gestell in den donnernden Ansturm der ersten Wellen hineinschritt, sich Hüften und Taille von der weißen, kühlen Gischt umspülen ließ, dabei vor Zorn oder Verzückung laut aufschrie und seinen Schopf schüttelte, riß ich mir bereits die Kleider vom Leib, rannte brüllend und schreiend hinunter und sprang in die Wellen, um ihn davor zu bewahren, sich im Meer zu ertränken.

## 5

Mein Vater war weder erfreut noch zornig, mich zu sehen. Jedenfalls nicht so, daß ich es beschreiben könnte. Später sagte ich mir, beides könne der Fall gewesen sein, denn so dünn er auch war, verfügte er doch über eine enorme Bandbreite von Gefühlsregungen. Das Brausen der Wellen und seine eigenen Schreie ließen ihn mein Rufen nicht hören, und erst als ich bei ihm war, drehte er sich um, taumelte seitwärts in die

Gischt, und wir beide gingen keuchend und mit ungläubig aufgerissenen Augen in der brusthohen Brandung unter, um spuckend wieder aufzutauchen. Während wir noch mit verzerrtem Gesicht die Augen gegen das Salzwasser zusammenkniffen, spürte ich einen Sog an meinen Beinen, eine so starke Unterströmung, daß ich vom Sandboden emporgehoben und sofort drei Meter von ihm fort aufs Meer hinausgetrieben wurde. Ich trat und schlug um mich; als eine zweite Welle meine Schreie erstickte, fiel mir ein, daß ich eigentlich gar nicht richtig schwimmen konnte. Binnen Sekunden war ich zehn Meter von ihm entfernt, trieb und versank in dem überraschend schnellen Meer, einen Fuß samt Knöchel lächerlich in den Himmel gereckt, fiel zurück, platschte herab wie ein gigantischer Anker, bis das Wasser über meinen Nasenrücken schwappte und mir das nackte Entsetzen in den weit aufgerissenen Augen stand. Mein Vater tauchte immer wieder in der Szenerie auf. Ich sah ihn. Und er sah mich, beziehungsweise den nackten weißen Leib dessen, was er zunächst sicherlich für meinen Geist hielt. Als solcher, so dachte er wohl, bedurfte ich weniger der Rettung, als daß ich bezwungen werden mußte. Er legte die Hände zusammen und tauchte wie zum Gebet. Er verschwand, und ich ging unter. Die Welt blubberte aus mir heraus. Ich spürte Hände, die mich zu fassen bekamen und denen mein glänzender Leib wieder entschlüpfte. Er konnte mich nicht festhalten, meine Beine ragten in die Luft, mein Kopf zeigte nach unten. Der Himmel kreiste vor meinem Blick, in den letzten atemlosen Momenten meines Lebens, und dann sank ich unwiderruflich, schnitt wie ein Senkblei durch die wirbelnde Gischt, unter die tobenden Wasser in die stille, klare Kälte am Meeresboden, wo mein Vater endlich mit den Fingern mein Haar zu fassen bekam und mich emporriß.

Ich schoß ins Tageslicht, mit Wahnsinn im Blick hoch hinaus

in die Luft, und spuckte das Salzwasser zurück ins Meer. Die Strömung, die uns weit hinausgetragen hatte, verebbte nun allmählich, so daß ich zum erstenmal das Wunderwerk des kleinen Strandes sah, so ganz und gar geborgen und abgeschieden dort hinten jenseits der Wellenkämme, mit den achtlos hingeworfenen, separaten Bündeln unserer Kleider, die so winzig und verloren wirkten. Die Arme meines Vaters hielten mich umfaßt. Ich zappelte hilflos mit den Beinen, rührte ein paar Spritzer auf, die die Wellen davontrugen. Soweit ich mich erinnere, schrie oder brüllte ich, schluckte noch mehr Wasser, keuchte und sog die Luft ein, um mich damit anzufüllen, entglitt erneut den Armen meines Vaters, ging unter, kam hoch, trat und schlug um mich, bis eine Hand mich am Kinn traf und das Meer für einen Augenblick Ruhe gab. Silbrige Sterne flogen aus dem Wasser empor, alle Geräusche wurden abgewürgt, und dann ruhte mein Kinn im eisernen Griff meines Vaters, der mich schwimmend aus dem Wasser zog. Als er stehen konnte, nahm er mich auf die Arme; unsere beiden nackten Körper, von denen das Meerwasser tropfte, stiegen in die plötzlich kalte Luft hinaus. Er legte mich in den Sand. Ich hustete und spuckte immer noch, und meine Augen verdrehten sich, als er in voller Länge über mich gebeugt den Himmel verdeckte und sagte:

»Nun, es ist wohl Gottes Wille, daß du weiterlebst, Nicholas.«

## 6

So begann eine Woche voller Überraschungen. Falls ich meinen Vater in Erstaunen versetzt hatte, indem ich plötzlich nackt neben ihm in der ablaufenden Flut auftauchte, während er mich am anderen Ende des Landes wähnte, war dies rein gar nichts im Vergleich zu dem, was uns in dieser Woche westlich von Clare noch bevorstand. Es fing friedlich an. Mein Vater, so schien es, hatte nicht die Absicht gehabt, sich zu ertränken. Es hatte eine Art westlicher Taufe sein sollen, ein Untertauchen zur inneren Erneuerung.

Zunächst bemerkte ich kaum, daß er gewandelt war, befreit aus dem Kerker seines Lebens, um endlich das zu tun, was er mitunter zweifellos für den Willen Gottes hielt. Er trocknete mich mit seinem Hemd ab, bis meine Zähne nicht mehr klapperten; schließlich zog ich mich an und erzählte, wie ich ihm gefolgt war. Er blickte in den Sand und lachte. Dann stand er auf und schlenderte davon, ließ mich bei den Leinwänden und Taschen sitzen, wo ich die Arme um die Knie schlang und auf das anbrandende Meer mit seiner wilden, übermächtigen Verlockung starrte. Wie konnten die donnernden Wellen, die sich wieder und wieder auf der dunkelsandigen Küste mit solcher Gewalt überschlugen, zugleich so sanft und leicht wirken? Warum lag in dieser Heftigkeit soviel Frieden? Jenes Wasser, das mich fast zu Tode erschreckt hatte, schien im allmählich verdämmernden Abend zum Träumen einzuladen. So grandios und wild wirkten die Wellen, daß ich hineingewatet wäre, hätte ich nicht die Schritte meines Vaters zurückkommen hören; aus dem Strandgut und den Stöcken, die er mitbrachte, entzündete er ein kleines, kurzlebiges Feuer im Schutz der Dünen. Das war unser erstes Nachtlager. Wir aßen Plätzchen, trockenes Brot und Käse. Mein Vater gab mir etwas von seiner Milch ab. Natürlich waren wir bald wieder hungrig und verfroren, aber mir zumindest machte es nichts aus. Eingewickelt in alle mitgebrachten Kleidungsstücke, zusammengekuschelt in der Senke der Düne, erlebte ich den Traum eines jeden Jungen, eine Nacht unter dem sommerlichen Sternenhimmel mit meinem Vater, eingehüllt in das unaufhörliche Seufzen der nächtlichen See und in die wunderbare Erkenntnis, daß dies, hier und jetzt, das Leben war und Gott vorerst nicht wollte, daß ich starb.

Als ich am nächsten Morgen um fünf Uhr erwachte, war mein Vater fort. Es herrschte Flut, und die Wellen brausten stärker. Möwen kreischten am blauen Himmel, und eine leichte Seebrise durchflüsterte die Bucht und wehte alles mit sich fort, blies über die Sandhügel und wieder zurück, glättete die Fußspuren, bis der morgendliche Strand wieder völlig unberührt wie zu Anbeginn der Welt dalag. Ich erhob mich rasch. Die Taschen meines Vaters lagen noch an ihrem Platz, und die Vorstellung, ein Alptraum hätte uns irgendwie die Rollen tauschen lassen, so daß nun er es war, der ins Meer hinaustrieb, ließ mich zur Flutmarke eilen und in die Wellen hinausspähen. Eine Weile lang glaubte ich wahrhaftig, er sei ertrunken. Ich lief im feuchten Sand auf und ab, sank ein und starrte aufs Meer, schrie seinen Namen, während das Wasser übermütig meine Schuhe umspülte und meine Stimme im Rauschen der Wellen erstarb. Wo war er? War er ertrunken? War der dunkle Halbschatten weit draußen im Meer sein Leib, das weiße Aufleuchten sein Kopf? Ich kniff die Augen zusammen und starrte hinaus, sicher, daß er es war, sicher, daß er es nicht war, und wäre wohl wieder nackt in die Fluten getaucht, um Gott zu versuchen, wenn nicht eine niedrig fliegende Möwe zufällig meinen Blick erhascht hätte, woraufhin ich mich umdrehte und dort, gute zehn Meter oberhalb der Dünen am Grashang, meinen Vater emsig malend hinter seiner zusammenklappbaren Staffelei entdeckte.

Ich sank zu Boden. Er mußte mich gesehen, mußte doch mein Rufen gehört haben, dachte ich. Warum hatte er mir nicht Bescheid gegeben? Fünf Minuten lang saß ich dort auf dem feuchten Sand. Kein Winken, kein Zuruf, kein Zeichen des Erkennens, nur seine lange Gestalt, aberwitzig verrenkt über die Leinwand gebeugt, und seine Hand, die schnell und ruckartig mit dem Pinsel darüberfuhr. Ich ging zurück zu unserem Lager und legte mich hin. Es war fünf Uhr morgens, meine Füße waren naß, mir brannten die Augen, und soeben hatte ich die erste Lektion des Kunstunterrichts in jener Woche gelernt: Wenn du einmal anfängst, zählt nichts anderes mehr, weder Liebe noch Kummer noch sonst etwas.

Sobald mein Vater malte, versank die Welt um ihn herum. Tag um Tag, wo immer an dieser wunderschönen Küste wir uns aufhielten, ging er nach dem gleichen Muster vor, stand auf, während ich noch schlief, postierte die Leinwand mit Blick aufs Meer und malte vier Stunden lang Mischtöne von Gelb, Rot, Blau und Grün, wildbewegte Bilder aus dicken Farbklecksen, die, wie mir am dritten Tag schlagartig klarwurde, nichts anderes darstellten als das Meer selbst. Er malte nur das Meer, aber nie in Blau oder Grün. Nie war der Himmel jener hauchzarte, durchsichtige Überwurf, den ich sah, wenn ich gen Westen blickte. Für ihn, in seinen Bildern, waren Himmel und Meer der Ausdruck von etwas anderem, nämlich der fortwährende und doch stetig wechselnde Monolog Gottes, die wirbelnde Sprache der Schöpfung, die dem Anbeginn des Lebens am nächsten stand. Er malte vier Stunden lang und kehrte dann zurück ins Lager, wo ich Wache hielt, sein Gesicht abgespannt und erschöpft, seine irrwitzig langen Augenbrauen an den Seiten wie Flügel emporstrebend und seine Augen vom Wind verschwollen, klein und tränenüberströmt. Ich stand auf, und er legte sich hin. Er gab mir Geld, um im Laden für den Tag etwas zu essen einzukaufen, und schlief, solange ich fort war. Später, gegen Mittag, wurde er wieder munter. Und wenn unser Lagerplatz nicht allzuweit entfernt war, legte er die Kleider ab und ging ins Wasser, nahm mich auch manchmal mit und zeigte mir, wie man beim Schwimmen atmet. Das Wetter hielt uns in ständiger Ungewißheit. Oft sah es nach Regen aus, doch die Tropfen blieben oben in den riesigen, bleichen Wolkenkontinenten, deren langsam dahinziehende Umrisse ich, den Kopf ins Gras gelegt, beobachtete: wie sie sich ineinanderfügten, sich den ganzen Nachmittag dichter und dichter zusammenschoben, bis der Himmel eine einzige ungeheure weiße Fläche war und das Blau nur noch winzige Tupfer, unerreichbar und himmelweit entfernt. Nach Brot und Plätzchen oder Käse, mitunter auch Schinken, und einem Viertelliter Milch für jeden zogen wir entweder weiter, oder mein Vater ging erneut ans Werk und begann mit einem zweiten Bild; die Leinwand vom Morgen nahm er sich erst am Abend des folgenden Tages wieder vor. Bei starkem Wind hatten sich bis dahin Abertausende von Sandkörnchen in die Farbe eingefressen, und der Pinsel ließ sie noch fester mit der Textur des Bildes verschmelzen.

Während mein Vater arbeitete, ging ich spazieren, hinunter zum öffentlichen Strand oder in den Ferienort, der nichts als Heiterkeit und Optimismus verströmte. Alles war voll mit Familien, die in lockeren Reihen lärmend durch die Straßen zogen und die Geschäfte bevölkerten, im Schlepptau kleine Kinder mit einem Rand von Eiscreme rund um den Mund und einem Streifen Sommersprossen quer über der Nase. Manchmal schlenderte ich ihnen hinterher, der unbekannte Bruder, der letzte der Familie, und bewegte mich so für eine Weile am Rand der Normalität.

Wenn ich zurückkam, malte mein Vater immer noch. Die Nachmittagsbilder unterschieden sich von den am Morgen entstandenen. Zunächst dachte ich, es läge an seiner Erschöpfung und dem Druck, dem er sich in Gedanken unterwarf, daß die zweiten Bilder des Tages so ungleich verzweifelter und dringlicher wirkten. Bei allen fand sich ein Streifen Mattgrau, der in Schwarz überging, die Farbtöne vertieften sich, das schwungvolle Gelb und Blau, das aus den Morgenbildern funkelte, wandelte sich nun zu halb versteckten, flüchtigen Lichtfetzen im strudelnden Chaos dunklerer Schattierungen. Nachdem er vier oder fünf Bilder dieser Art gemalt hatte, erkannte ich erleichtert, daß sie nicht etwa seinen ureigenen Zorn oder Kummer zum Ausdruck brachten, sondern nur das, was mein Vater sah – Gottes gewandelte Stimmung am Nachmittag und frühen Abend, und den Himmel, gespiegelt im Meer wie ein alterndes Gesicht.

An den meisten Tagen malte er ohne Unterbrechung bis acht Uhr abends. Ich sah ihm von ferne zu, schaute von dem Küstenabschnitt, an dem wir haltgemacht hatten, zu der hohen Gestalt dort oben hin, über eine Leinwand gebeugt, die wie ein Segel in der Meeresbrise flatterte. Die Staffelei war am Boden mit Steinen beschwert, die ihn jeweils für den Tag an dem gewählten Standort verankerten, ihn dort unter dem weiten westlichen Himmel festhielten, dessen Majestät in ihrem steten Wechselspiel allen Versuchen zu spotten schien, sie einzufangen oder zu bannen. Manchmal hielt auf der Küstenstraße ein Auto an, und Touristen, Deutsche oder Amerikaner, stapften langsam über die Grasbüschel, um ihm zuzusehen. Sie näherten sich zögernd und waren sich offensichtlich nicht schlüssig, ob jener Mann mit den langen weißen Haaren jemand war, den sie kennen oder vor dem sie davonlaufen sollten. Mein Vater drehte sich niemals um, würdigte sie keines Blickes, mischte nur weiter seine Farben und trug sie auf, ohne die Besucher im mindesten zur Kenntnis zu nehmen. So machten sie sich ebenso zögerlich wieder davon, setzten ihren Weg fort und nahmen meinen kindlichen Traum mit sich, sie könnten die Bilder sehen und darüber in Verzückung geraten, viel Geld dafür bieten und das Genie meines Vaters in aller Welt verkünden.

Unsere Abende waren kalt und ruhig. Selbst auf den wärmsten Tag folgte eine kühle Nacht. Der Wind vom Meer trieb uns in die Sandhügel zurück. Ich hatte weder Bücher noch ein

Radio dabei, saß stundenlang zusammengekauert im Sand und starrte auf die buckligen Umrisse der Inseln. Meist ging mein Vater früh schlafen. Manchmal aber, nachdem wir gegessen hatten und bevor er sich in seinen Mantel gehüllt auf dem Sand zusammenrollte, sang er eine Strophe eines Liedes oder vielmehr sprach die Worte im Rhythmus des Stückes. Ich hatte ihn nie zuvor singen hören, und stärker denn je wurde mir bewußt, daß dies ein anderer Mensch war als jener, der zu Hause in unserem Wohnzimmer saß. Hier wirkte er ganz und gar befreit, und ich konnte mir nur andeutungsweise vorstellen, wie lange Zeit er stumm an den Ketten seines Bürodaseins gezerrt hatte. An einem der ersten Abende fragte er mich nebenbei, ob ich etwas singen oder deklamieren könne, und in brüchigem Flüsterton, der sich mit dem Plätschern der nächtlichen Wellen mischte, sagte ich ein paar Gedichte auf, die ich für die Schule auswendig gelernt hatte, und begann dann, ohne nachzudenken, mit den bedächtigen, verschlungenen Wendungen einer Passage von Ovid und anschließend von Vergil, die mir im Gedächtnis geblieben waren.

*»Dine hunc ardorem mentibus addunt, Euryale, an sua cuique deus fit dira cupido.«*

So weich und rund erfüllten die Klänge meinen Mund, allein sie auszusprechen war wie ein Zauber, als trügen sie uns davon, hoch empor und weit hinaus, jenseits der Brandung und des Lichterscheins auf den fernen Inseln. Ich sprach Latein, und die Worte zogen mit dem Wind. Sprach aus dem Gedächtnis einen Vers, und dann noch einen. Die Augen meines Vaters waren geschlossen, doch auch er lauschte, wie auf eine zarte Musik, die der Wind den Sternen entlockte.

Wenn ich fertig war, schliefen wir ein. Das Meer brandete an die uralte Küste.

# 7

Danach rezitierte ich jeden Abend auf Latein. Er sang irgend etwas Kümmerliches, hielt inne, und dann fing ich an, ließ die Schulgedichte aus und begann, in schweigender Übereinstimmung wie zwischen zwei Liebenden, mit den lateinischen Klängen den Zauber heraufzubeschwören. Es überraschte mich ebenso wie ihn, und ich stellte fest, daß ich den Abenden erwartungsvoll entgegensah, während ich durch die Küstenorte spazierte. Im Rückblick wird mir klar, daß ich den Grundstein für meine eigene Identität gefunden hatte, zum erstenmal zitternd aus dem großen Schatten getreten war, den mein Vater auf mich warf, und allmählich zu einer eigenen Form fand. Das Lateinische barg etwas ganz Besonderes für mich. Daß es einerseits völlig fremdartig erschien und zugleich so seltsam zu den wilden, offenen Weiten jener Nächte im Westen paßte, machte es nur noch besser. Wir lagen da, im Winkel einer Düne verkrochen, der Wind strich über unsere Köpfe hinweg, und ich sprach lateinische Worte. Natürlich fiel mir zu jenem Zeitpunkt nicht auf, daß es noch einen anderen Grund geben mochte, warum ich mich auf Vergil und Ovid besann, nachdem mir die Schulgedichte ausgegangen waren. Damals spürte ich nur den Anflug von Panik, etwas auf Bitten meines Vaters sagen zu müssen. Ich wußte noch nicht, daß ihm die Klänge als Symbol erschienen und ihm in der ersten Nacht wie Engel der Verkündigung etwas durch den Mund seines Sohnes offenbarten: nämlich die Bestätigung, daß Gott sich an der Küste westlich von Clare eingefunden hatte und sich in der unvermuteten Lieblichkeit der heiligen Sprache die Botschaft verbarg, jene Meeresbilder seien wahrhaftig der Grund, warum Er, der Herr, William Coughlan zum Malen hierhergesandt hatte.

## 8

Am letzten Tag der Woche liefen wir südwärts und dann Richtung Osten zurück zum Bahnhof. Alle Leinwände, die mein Vater mitgebracht hatte, waren nun mit Farbe bedeckt. Insgesamt betrachtet, waren sie bemerkenswert, ein gemeinsamer Stil durchzog sie, die gleiche untergründige Vision von Morgen- und Abendstimmungen, von Licht, das sich durchkämpft oder gegen das vordringende Dunkel zur Wehr setzt, die schimmernden und spiegelnden Antworten von Luft und Wasser, die in diesen Gemälden in feurige Lohe überzugehen schienen. Die beiden letzten, noch nicht ganz trockenen Bilder trug ich, mit den Rückseiten zusammengelegt und getrennt von den anderen, in einer Art Beuteltasche mit Zugschnur, die geradezu dafür gemacht schien. Wie alle anderen zeigten auch diese Leinwände einen winzigen Ausschnitt des Meeres, das wir nun hinter uns ließen.

Wehmütig und triumphierend zugleich traten wir unseren Rückweg an. Mein Vater hatte vollbracht, was er hatte tun wollen, und brannte nun darauf, wieder in seinem Atelier zu sein. Doch schon als wir still die Straße Richtung Heimat entlangmarschierten, spürte ich die Erinnerungen an das sommerliche Meer in uns beiden rumoren und wehmütig seufzen. Etwas hielt uns unwiderstehlich an jener westlichen Küste fest, und jeder Schritt, der uns von dem blauen Horizont fortführte, während die gebündelten Leinwände auf dem Rücken leise im Wind flatterten, war ein Triumph über die Versuchung, stehenzubleiben und zurückzulaufen.

In dem Café mit den Pasteten hatte mein Vater gesagt, es würde sechs Tage lang nicht regnen. Solange ich ihn kannte, war dies seine erste Prophezeiung gewesen, und ich hatte sie zunächst nur als Wunschdenken und nicht als Tatsache betrachtet. Es war ein Satz von der Art, wie man ihn beim Aufbruch eben verkündete, sagte ich mir später, und dem mein Vater sicherlich keine tiefere Bedeutung beimaß. Der Himmel, unter dem wir schliefen, war zu wechselhaft für Voraussagen. Die launischen Winde vom Atlantik brachten im Lauf eines Nachmittags ein halbes Dutzend verschiedener Wettersorten mit und spielten alle vier Sätze einer Windsymphonie, Allegro, Andante, Appassionata und Adagio, auf den sich brechenden Kämmen der weißen Wellen. Wolken, ob als machtvolle Baßtöne oder brillante, wilde Arpeggios, ließen nie lange auf sich warten. Es hatte so ausgesehen, als würde es ununterbrochen regnen, und das Gegenteil war der Fall. Mein Vater schien sich nicht im mindesten darum zu kümmern, und als ich am fünften Tag erwachte und instinktiv prüfend zum Himmel spähte, wurde mir klar, daß seine Prophezeiung für ihn eben kein Wunschdenken, sondern die Feststellung einer Tatsache gewesen war. Es würde sechs Tage lang nicht regnen, und so war es. Unsere Reise dauerte jedoch sieben; und am Morgen des Tages, an dem wir zum Bahnhof zurückliefen, holte mein Vater aus seiner Tasche durchsichtige Plastikfolie, mit der wir die Bilder sorgsam umwickelten. Die beiden in der Beuteltasche schlug er einzeln ein. »Wenn es regnet, Nicholas«, sagte er, »müssen wir auf diese zwei besonders gut aufpassen. Ich gebe dir dann auch noch meinen Mantel zum Abdecken.«

Als wir an jenem Morgen aufbrachen, hing ein farbloser, fader Himmel über uns. In der Luft lag eine Kühle, eine leichte frische Brise, die den kommenden Monat ankündigte, das erste Frösteln des Septembers. Wir durchquerten das Feld, stiegen über drei Stacheldrahtzäune und bewegten uns sanft hügelan, fort vom Meer. Autos glitten an uns vorbei. Mein Vater schenkte ihnen keine Beachtung und blickte stur geradeaus; manchmal ging er langsamer, damit ich ihn einholen konnte, oder er blieb auf einer kleinen Anhöhe stehen, blickte zurück auf das lange graue Band der Straße und schätzte ab, wie weit wir schon gekommen waren. Der Zug fuhr erst früh am nächsten Morgen, was hieß, daß wir landeinwärts nahe dem Bahnhof noch einmal irgendwo übernachten mußten. Diesem Ziel schritten wir also entgegen; die Bilder hingen auf unseren Rücken wie riesige, fremdartige Briefmarken aus einem fernen Land, und der aufkommende Wind trieb uns voran. Um die Mittagszeit hatten wir auch das letzte Eckchen vom Meer aus den Augen verloren. Am frühen Nachmittag erreichten wir Kilnamona, und es begann zu regnen.

Mein Vater zog den Mantel aus und wickelte die beiden unlängst entstandenen Bilder fest darin ein, während die Szenerie um uns herum verschwamm und ihre Farben im Nieselregen verliefen. Wie rasch sich alles veränderte. Die Wolken senkten sich, das Licht verschwand, und das heitere Grün der steinummauerten Felder verging zu einer grauen, öden Leere. Meile um Meile regnete es. Am Himmelsrand sah man zerfranste Wolken, aus denen das Wasser strichweise niederging, wie vom peitschenden Schwanz eines Marders gemalt. Aller Schwung, alle Lebenskraft des Tages wurden fortgespült. Wir stapften wortlos weiter, und die Ferienheimkehrer rauschten in ihren Autos vorbei. Mein rechter Schuh begann Wasser zu ziehen, die Hosenbeine sogen sich voll und wurden schwer, doch nach einer Weile gewöhnte ich mich daran. Es hatte etwas Ruhiges, Friedliches, so durch den Regen zu laufen. Man stellte sich dabei vor, ihn irgendwann hinter sich zu lassen, und tat einen Schritt nach dem anderen in einer Art schweigender Trance, ließ Meile um Meile unter den Füßen dahinziehen, während einem noch immer der Regen ins Gesicht klatschte. Mein Vater sagte kein Wort. Ein Schlapphut, den er aus der Manteltasche gezogen hatte, war sein einziger Schutz, und aus seinen langen, verklebten Haarsträhnen liefen ihm am Rücken kleine Bäche über das Hemd. Ich sah, wie seine spitzen Schulterblätter sich durch den feuchten Stoff bohrten, steilwinklig emporragten, als könnten sie sich jeden Moment entfalten und ausbreiten, sich zu Flügeln befiedern und ihn vor mir her die Straße entlangschweben lassen. Genau das stellte ich mir vor, während ich hinter ihm durch den Regen lief. Alles an ihm hatte für mich beinahe mythische Dimensionen angenommen – seine lange, vorgebeugte Gestalt, seine hohe Stirn, die Augen, die den erbarmungslosen Regen fortblinzelten und ruhelos die Straße entlangspähten. Ich liebte ihn nun auf eine mir bis dahin unbekannte Art und Weise und trug die zunehmend schwerere, vollgesogene Last der eingeschlagenen und in den Mantel gewickelten Bilder als Bestätigung oder Beweis dafür auf meinem Rücken. Wenn mein Vater stehenblieb, damit ich ihn einholen und neben ihm gehen konnte, erfüllten mich jedesmal Zufriedenheit und Glück. Ich war mit ihm gekommen, er hatte mir erlaubt, ihn von seiner anderen Seite zu erleben und ihm nun zu helfen, die großartigsten Bilder heimzubringen, die er jemals gemalt hatte. Vor lauter Liebe und Stolz über all das hätte ich dort, am Straßenrand, am liebsten laut aufgelacht. Er legte mir die Hand auf die Schulter und zog die Tragriemen des Beutels nach.

»Willst du Rast machen?« fragte er.

»Mir geht's gut.«

»Wir gehen noch bis hinter die nächste Anhöhe, ja?«

»In Ordnung.«

Und wieder weiter, noch immer im Regen, die gewundene Straße entlang durch ein stilles, verschlossenes Dorf, mein Vater stets ein paar Meter voraus, unfähig, kürzere Schritte zu machen oder den Blick vom Horizont zu wenden. Gegen Mitte des Nachmittags sah er aus, als habe er ein Bad im Himmel genommen. Die Wolken hingen schwerer und tiefer über uns. Schlaglöcher in der unebenen Straße wurden zu grauen Tümpeln, welche die Autos auf ihrer blinden Flucht vor dem Regen durchpflügten. Unter einer tropfenden, großen grünen Kastanie machten wir Rast. Brot und Plätzchen waren feucht geworden. Wir saßen am Fuß des Baumstamms, der betäubend süß nach Herbst roch, und schauten auf die dunkle Spur, die unsere Tritte in das silbrige Gras gezeichnet hatten. Ich erinnerte mich daran, Jahre später, als ich dorthin zurückkehrte und versuchte, den Baum wiederzufinden. Jener flüchtige Beweis unseres Abzweigens von der Straße zu der Kastanie, jener Ort, an dem für einen Augenblick alles vollkommen war, wo wir, Vater und Sohn, unter dem sanften Tröpfeln der Blätter saßen und schweigend aßen, wo mein Vater sein Gesicht in den farbverschmierten Handflächen vergrub und sich den Regen aus den Augen wischte, bevor er mit nunmehr freiem Blick zu mir herübersah und sagte:

»Du bist mir eine große Hilfe, Nicholas. Ich bin froh, daß du mitgekommen bist.«

Nur das, jener Augenblick am Ende der Spur durch das Gras, unter den tropfenden Zweigen der Kastanie. Wenn wir damals hätten emporschweben und mit den Wolken verschmelzen können – meine Freude wäre unendlich gewesen. Hätten wir uns dort niederlegen oder wie ein Tier in seinem Bau uns in den köstlichen braunen Geruch des Baumes vergraben können, abgeschirmt von der Welt durch Regenschleier und Herbstdüfte, wäre alles so geblieben, wie es war. Es hätte Frieden herrschen können.

# 9

Als wir fertig gegessen hatten, blieben wir noch eine Weile schweigend sitzen, horchten nur und schauten in die Gegend. Es war, als wollten wir beide den Augenblick an diesem grünglänzenden Zufluchtsort mit seiner tröpfelnden Heiterkeit nicht enden lassen. Schließlich streckte mein Vater die Beine von sich und sagte: »Wir werden noch eine Erkältung kriegen, wenn wir zu lange hier sitzen. Komm weiter. Unterwegs genehmigen wir uns irgendwo einen heißen Tee.«

Wir durchquerten das Feld und ließen den Baum zurück, marschierten wieder auf der Straße und nahmen nur die Erinnerung mit. Der Regen schien kälter, und wir kamen langsamer voran, doch am Abend sahen wir von ferne die Dächer des Ortes, unter den Wolken geduckt. Wir liefen bis zum letzten Hügel und bogen dann von der Hauptstraße auf einen kleinen, von Hecken gesäumten Seitenweg ab. Kühe weideten auf den hellen Stoppelfeldern, wo das letzte Heu abgeerntet war. Amseln flogen hoch und nieder, immer ein wenig vor ihnen her.

»Weiter unten gibt es eine alte Scheune«, sagte mein Vater und führte uns zwischen den Hecken hindurch zu einer Stelle, wo frisches Heu hoch aufgeschichtet unter einem roten Wellblechdach lag. Die alte Hütte daneben wurde nicht mehr bewirtschaftet, ihr Strohdach war eingefallen wie ein klaffender Mund. Ein benachbarter Farmer nutzte jetzt die Scheune, doch da es schon Abend wurde, würde sie uns einen Unterschlupf für die Nacht und Schutz vor dem Wetter bieten. Außerdem gebe es nichts Schöneres, als in einem Bett aus Heu zu träumen, sagte mein Vater zu mir, schwang die Bürde seiner Kunst vom Rükken und ließ sein langes Gestell seufzend in die Ernte zurücksinken. Ich schaute auf ihn herunter. Seine Augen waren geschlossen. Er lag so still, daß ich einen Augenblick meinte, er schliefe schon und es hätten ihn, noch bevor er richtig lag, die Träume übermannt und ins Reich des Schlummers entführt. Ich nahm vorsichtig die Beuteltasche ab und legte die immer noch in seinen Mantel gewickelten Bilder ins Heu. Eine Minute verging. Mein Vater rührte sich nicht. Regen rann vom Dach der Scheune herab. Noch eine Minute. Ich blickte auf ihn hinunter. Er schlief. Gerade wollte ich mich so leise wie möglich hinsetzen und weiter abwarten, als mein Vater hochfuhr.

»Nicholas«, sagte er. »Komm, wir müssen gehen.«

»Was?«

»Tee trinken.«

Er erhob sich mit hellwachem Blick aus seinem Zweiminutentraum und breitete seine Arme aus wie Flügel, packte mich dann an der Schulter und schob mich wieder hinaus in den Regen. »Laß alles da«, sagte er. »Es ist ganz in der Nähe, wir werden nicht lange fort sein.«

Er schleifte mich im Sturmschritt neben sich her. Es war, so dachte ich, als flüchteten wir vom Schauplatz eines Verbrechens; fast rannten wir miteinander die schmale Straße entlang, bis wir schließlich naß und atemlos vor einem kleinen Pub und Lebensmittelladen anlangten. Wir betraten das schummrige Innere und tropften den Steinfußboden voll. Der Raum war leer. Eine rundliche Frau in einer blauen Kittelschürze kam durch einen Vorhang, der den hinteren Teil des Hauses abgrenzte.

»Jahah«, sagte sie bedächtig.

»Wir hätten gern eine Kanne Tee«, sagte mein Vater und baute sich vor der Theke auf; seine Schuhe malten feuchte Abdrücke auf den Boden.

Die Frau sah zu ihm auf und warf dann mir einen schnellen Blick zu. »Jahah«, sagte sie und wogte zurück durch den Vorhang. Mein Vater und ich setzten uns an den einzigen Tisch. Seit er aus dem Traum erwacht war, trieb ihn etwas mit Macht voran; zunächst hatte ich geglaubt, es läge daran, daß er um ein Haar sein Versprechen, mit mir Tee zu trinken, vergessen hätte. Doch als ich ihm nun, eine Woche nach unserem Abend in dem kleinen Café, gegenübersaß, wußte ich, daß noch mehr dahintersteckte. Allmählich konnte ich die Zeichen lesen, jene Botschaften, die durch die tiefer werdenden Falten auf seiner Stirn und den Blick seiner Augen drangen. Mein Vater schaute zur Tür; als der Tee kam, trank er die fade Brühe aus dem bräunlich verfärbten Becher, ohne die Augen vom Eingang zu wenden. Er trommelte mit den Fingern oder verdrehte sie zu bizarren Knoten, löste sie wieder und ließ die Gelenke im leeren Raum laut knacken. Er kippte den Inhalt des Bechers mit einem Schluck hinunter. Der Tee war zu heiß, und mein Vater legte mit offenem Mund den Kopf in den Nacken, pustete die Hitze fort und starrte dann wieder zur Tür. Was oder wen er erwartete, blieb mir schleierhaft. Ich war an die plötzlichen Launen meines Vaters gewöhnt, an jenes Überraschende, Geheimnisvolle, das sein Wesen so sehr prägte und erhöhte, daß es zu ihm zu gehören schien wie seine Arme und Beine. Ich wußte, er hatte seine Gründe, dazusitzen, über meine Schulter hinwegzustarren und einfach abzuwarten, was er wohl als nächstes würde tun müssen.

Er harrte aus, bis ich fertig war. Ich bemerkte, daß es ihn zum Aufbruch drängte, er wünschte, jenseits dieser Tür zu sein, erkundigte sich aber anstandshalber, ob ich noch etwas wolle. Dann fragte er die Frau, wieviel wir schuldig seien, zog die nassen Geldscheine aus der Hosentasche, zahlte und zerrte mich wieder hinaus in den Regen. Ich wartete auf ein Wort von ihm, während ich im Eiltempo neben ihm herlief, mit klopfendem Herzen unter dem Himmel, der jetzt seine Schleusen gänzlich öffnete. Was war es? Was war los? Der Regen durchnäßte das

Hemd meines Vaters an den Schultern. Ich sah seine Haut durchscheinen, die so noch schutzloser und verletzlicher wirkte, als wenn er nackt gewesen wäre. Der Regen fegte über die Hekken hinweg. Wir gingen rasch und kamen plötzlich ins Laufen, rannten so wild mit langen, klatschenden, platschenden, triefnassen Schritten, daß ich wußte, wir liefen nicht vor dem Wetter davon, sondern zurück zu den Bildern.

Die Bilder, die Bilder.

Ich konnte nicht mit ihm Schritt halten. Er gewann zwei, drei Meter Vorsprung, pflügte durch die Pfützen des Heckenpfades wie ein wildes Tier, fuchtelte mit den Armen und ruderte wie verrückt mit den Ellenbogen. Wir waren noch hundert Meter entfernt, als er zu brüllen begann. Es war ein Aufschrei, ein langes, keuchendes, im Rennen hervorgestoßenes Geheul, das vor uns die lange Straße im Regen entlanglief, ein wütendes Aufbegehren gegen Furcht und Zweifel und Gott selbst, während wir den letzten Teil der Biegung umrundeten, vorbei an der verfallenen Hütte und bis zum Rand der Scheune. Mein Vater blieb wie vom Schlag getroffen stehen. Er erstarrte im Regen, hochgewachsen und weißhaarig, starrte auf die sechs Rinder, die von der Weide ausgebrochen waren, das Heu zerwühlt und so lange an den Plastikhüllen der Gemälde geschnüffelt und gezerrt hatten, bis sie schließlich in ihrem viehischen Unverstand mit den Hufen auf dem Stapel herumgetrampelt und alle Bilder hoffnungslos ruiniert hatten, mit Ausnahme der beiden, die in dem Tragebeutel auf meinem Rücken gewesen waren.

Mein Vater blieb stehen, als er sie sah. Er stand da, bis ich ihn einholte und bei ihm war, stand regungslos, als ich die Rinder durch die Lücke im Drahtzaun dorthin zurücktrieb, woher sie gekommen waren. Er verharrte unbeweglich am selben Fleck im Regen, als warte er darauf, niedergeschlagen zu werden. Schließlich suchte er Schutz im Heuschober. Dort saß er, als ich zurückkam, die Fetzen der zertrampelten Bilder in den Händen. Meine Tränen mischten sich mit dem strömenden Regen.

»Setz dich, Nicholas«, sagte er, so leise, daß die Worte unter dem Geprassel auf dem Dach kaum zu hören waren. »Setz dich«, wiederholte er. Dann herrschte Schweigen; weniger Schweigen als ein großes Loch im Bauch unseres Lebens. Es verströmte sein Blut in den wortlos fallenden Regen. Dann murmelte mein Vater vor sich hin: »Es ist eine Prüfung – es ist eine Prüfung.« Er legte die Bilder aus den Händen, ließ sich ins Heu zurücksinken, schloß die Augen angesichts Gottes unbegreiflicher, ungeheuerlicher Eingriffe in sein Leben und flüsterte: »Sag das Lateinische auf, Nicholas, sag es auf.«

Der Regen fiel. Ich sprach die Worte, von denen ich nicht glaubte, daß er sie verstand, und ließ ihre Klänge in der Scheune verwehen, rätselhaft, geheimnisvoll und irgendwie besänftigend, in ihnen, im Zittern meiner Stimme, ein wenig von dem unerforschlichen Stückwerk der Liebe. Mein Vater schloß die Augen, ohne die Tränen zurückhalten zu können.

## 10

Margaret Looney wußte, was Liebe war. Sie hatte es zufällig entdeckt, vor vielen Jahren an einem lichtdurchfluteten Frühlingstag in Killybegs. Muiris war erst vor einer Woche als Ersatz für den kranken Lehrer McGinley eingetroffen. An einem Dienstag kam er im herrlichsten Sonnenschein über die Hafenpromenade zu Doherty's, um eine Zeitung zu kaufen. Margaret war das Mädchen an der Theke, das drei Äpfel in der Hand hielt und wie ein Blitz in sein Leben fuhr. Sie wechselten einige Worte, weiter nichts, doch als sie sich trennten, keimte in beiden bereits der Beginn ihres gemeinsamen Lebens. Wann immer Margaret ihn danach sah, füllte ihr Herz sich wie ein Teich. Sie schloß die Augen und glaubte, ihr Inneres müsse überströmen vor Glück; es schien ihr unmöglich, noch stärkere Gefühle zu hegen. Als es doch der Fall war und sie eine Woche später, allen Mut zusammenraffend, am Hafen entlangging, wo die hoch aufragenden Hüllen der blauen und roten Boote einen betäubenden Fischduft verströmten, glaubte sie schlicht zu zerbersten. Sie war ein Mädchen aus Donegal und er ein Lehrer und Dichter, der von einer Insel kam. Für seine geringe Größe bewegte er sich mit ungewöhnlicher Zielstrebigkeit und einer Art unbekümmerter Galanterie, die ihn in ihrem von Liebe getrübten Blick als fleischgewordene Poesie erscheinen ließ. Jeden Tag liebte sie ihn mehr, teilte sie dem Spiegel in ihrem Schlafzimmer mit, wenn sie zu später Stunde hereinkam und im Licht der Sterne voll Erstaunen beobachtete, was mit ihrem Leben geschah. Das Meer rauschte vor dem Fenster, der Vorhang wehte ins Zimmer wie ein Brautschleier. Margaret schlang im Halbdunkel die Arme um sich und fiel in träumerischen Schlaf, in dem Muiris erschien und verschwand wie das Mondlicht hinter den Wolken. Morgens, wenn sie die Augen aufschlug, drängte ihr Herz sie, sich zu offenbaren. Mit zitternden Fingern knöpfte sie ihr Kleid zu. O Gott, was sollte sie nur tun?

Der Alltag in seiner ganzen Gewöhnlichkeit war zuviel für sie. Sie berührte mit den Fingern ihren Arm und stellte sich einen Augenblick lang vor, es seien die seinen. *O Gott.* Hinter dem Fenster im Obergeschoß des Hauses am Meer, in dem sie aufgewachsen war, griff sie nach einem Stift und wagte den Versuch, an ihn zu schreiben. Alles, was er sagte und sprach, war so interessant, so bunt und wundervoll; wie fade und gewöhnlich kam sie sich dagegen vor. Was hatte sie einem Mann wie ihm schon mitzuteilen? Sie zeichnete Kreise und Spiralen in die Ecke des Blattes. Ein Windstoß drang herein, und sie strich das Papier glatt, als sei sie im Begriff zu schreiben. Was wollte sie ihm sagen? Plötzlich ließ der Wind nach, und in jenem Augenblick, dessen sie sich bis zu ihrer letzten Stunde nur mit Kichern und Erröten erinnern sollte, schrieb sie Muiris Gore den einzigen Liebesbrief ihres Lebens.:

Lieber Muiris, Du Lieber, Lieber, Lieber,
Nimm mich mit Dir, fort von hier.

In Liebe
*Deine Margaret*

Sie nahm einen Korb vom Küchentisch und eilte aus dem Haus, hinunter in den morgendlichen Ort, die Wangen glühend vor Liebe und ein Lächeln auf den Lippen, das sich nicht verscheuchen ließ. Das Meer an jenem Frühlingstag blieb ihr auf ewig in Erinnerung, sein stetes Seufzen begleitete sie voller Leidenschaft, Tag und Nacht, und selbst der starke Geruch der glänzenden, zappelnden Fischleiber in ihren Bassins, das aus dem Ozean geraubte silbrige Leben, an die Oberfläche gebracht und hingeworfen auf den salzigen Pier, gehörte zu der Erinnerung an jene Zeit des Werbens. Die Liebe sollte alles wandeln. Sie erfüllte den Ort, an dem sie aufgewachsen war, und verlieh ihm etwas Besonderes, durchströmte ihn mit Leben. Sie gab den Brief in einem Umschlag in dem Haus ab, wo er wohnte, und eilte heim, um auf Antwort zu warten.

Muiris kam eine Stunde nach dem Nachmittagsläuten der Schulglocke. Er hielt ihre Hand und schritt mit ihr vorbei an den Schonern und Trawlern im Hafen von Donegal, als seien ihre rostigen, zerschrammten Eisenrümpfe die roten und schwarzen Hölzer venezianischer Gondeln, die sich im Sonnenuntergang wiegten.

Margaret Looney wußte, was Liebe war. Sie spürte von Anfang an, daß ihr Herz dahinschmolz wie eine Oblate auf ihrer Zunge. Hinter dem Haus von O'Donnell's küßte sie den Lehrer im Nieselregen und wußte, daß ihr Leben fortan ihm gehörte. Und als er sie am Ende jenes Abends bat, ihn zu heiraten, gab es für sie darauf keine andere Antwort als ja. Drei Wochen später begann er aufgeregt vom Lehrerdasein auf einer Insel zu erzählen, und seine Worte klangen in ihren Ohren vertraut und verwirrend zugleich, als lese man ihr die späteren Kapitel ihrer eigenen Lebensgeschichte vor.

Als sie zu seinem Arbeitsantritt auf die Insel fuhren, hatte Margaret nie zuvor einen Fuß darauf gesetzt, hatte nie die unzähligen Steine dort gesehen noch das absolute, graue Schweigen der Inselwinter erlebt, das schwer auf den Gemütern lastet. Erschreckend waren nicht die Stürme, sondern die Stille, jenes Gefühl, als habe die Insel ihre Taue gekappt und treibe langsam in einer Flut des Vergessens davon. Zu jener Zeit hatte Muiris noch nicht zu trinken begonnen, oder zumindest nicht in dem Ausmaß wie später, als Isabel und Sean geboren wurden und er eines Morgens mit der Erkenntnis erwachte, daß er für die Poesie verloren war. Im Buch ihrer Ehe verzeichnete Margaret viele Seiten der Erinnerung an davor und danach, an Donegal und die Zeit auf der Insel. Sie entsann sich, wie ihr Mann anfangs in seinen Träumen die rauhe Atlantikinsel zu einer Art Hort von griechischer Kunst und Kultur hatte umgestalten wollen, indem er an der Schule eine Gruppe für kreatives Schreiben ins Leben rief und dort an stürmischen, winterlichen Donnerstagabenden nahezu sämtliche Inselbewohner zusammenbrachte, die imstande waren zu laufen; selbige saßen dann, den Stift in der Hand, über die kostenlos verteilten Schönschreibhefte gebeugt und warteten auf eine Eingebung, während die Sturmböen ihre Dächer abdeckten. Als zwei Jahre später ein schmales Taschenbuch mit ihren gesammelten Werken erstmals in Galway veröffentlicht wurde, bestand der Beitrag von Muiris Gore lediglich aus einem kurzen Vorwort in Irisch, das die wenigen Kritiker, die es gelesen und begriffen hatten, als bösartige Spitze gegen die Regierung auf dem Festland und ihre dürftige Unterstützung der Inselbewohner verstanden. Margaret, unter einer dicken Schicht aus Stepp- und Wolldecken im Bett sitzend, las aus dem Vorwort mehr heraus; sein Zorn spiegelte die Geschichte ihres Lebens, und sie fragte sich, wie die Zeit der jungen Liebe in Donegal wohl zu diesen Kapiteln hatte fortgeschrieben werden können. Sie wußte nun, daß sie nie wieder von hier weggehen, sondern auf der Insel bleiben würden; in ihrer Öde fand Muiris die passende Erwiderung auf seine Enttäuschung über den schnellen, grausigen Tod der Poesie in ihm. Die Insel war der Fels im Meer, halb Paradies und halb Gefängnis.

Damals, im Bett neben ihrem schlafenden Ehemann, begriff Margaret Looney, daß die Liebe im Herzen nicht nur aufblühen, sondern auch wieder vergehen konnte. In Donegal, in den ersten Wochen ihrer mädchenhaften Verliebtheit, war ihr Herz weiter und größer geworden, so erfüllt, daß es fast überströmte; nun aber, in den Jahren, die ihr noch blieben, würde Tropfen um Tropfen wieder aus ihm herausbluten. Alles mußte zurückgezahlt werden, und während die Härten ihres Lebens im Lauf der Zeit zu stumpfer Routine wurden – Fenster, die Monat um Monat unter dem Ansturm des Windes klapperten, Regen, der unter den Türen hereindrang, ihr Mann im Pub, der Strom ausgefallen und das Radio verstummt, die Langeweile, die unfaßbare, stille Einsamkeit –, erinnerte sich Margaret an die Zeit, als sie die Liebe entdeckte, und fragte sich staunend, wie unendlich groß sie gewesen sein mußte, um so lange zu überdauern.

## 11

Als Isabel mit der Osterfähre zurückkam, führte ihr Vater sie am Arm vom Pier nach Hause; er drückte ihre Hand, erleichtert, daß sie unversehrt heimgekehrt war und seine düsteren Anwandlungen und Befürchtungen der letzten Monate sich als grundlos erwiesen hatten. Seine mittägliche Whiskeyration hielt ihm die restliche Welt vom Leib, und er geleitete seine Tochter über die eingesunkenen Steinpfade wie die Trophäe eines ruhmreichen Siegs. Doch als die Haustür sich öffnete und Margaret Gore Isabel sah, wußte sie sofort, was geschehen war. Mit einer raschen Handbewegung wischte sie die Tränen weg, die ihr in die Augen schossen, und eilte durch die Küche, um das Mädchen in die Arme zu schließen.

An jenem Abend versammelten sich alle Männer, Frauen und Kinder der Insel in der kleinen Steinkirche, die vom Meer abgewandt im Schatten eines grauen Hügels stand. Es war die Karwoche, und gemurmelte Gebete erfüllten das Gotteshaus unter den finsteren Wolken und durchziehenden Regenschauern. Isabel saß mit Sean neben ihren Eltern. Sie sprach die Gebete mit und starrte auf die Kreuzwegstationen, doch ihre Gedanken waren nur bei Peader und dem warmen, überwältigenden Gefühl, das von den Zehen in ihr aufstieg, sobald sie sich an seine Berührung erinnerte. Wenn sie zu lange in die Kerzen blickte, begannen sie zu tanzen und bereiteten ihr Übelkeit. Plötzlich wurde ihr heiß und unwohl. Die Kirchenbank war zu vollgepackt mit Menschen und die Heizung zu stark eingestellt. Die fahle graue Luft war erfüllt von Gebeten und den Ausdünstungen menschlicher Körper. Alle Farbe wich aus Isabels Gesicht, und sie spürte, wie sie vornüberzukippen drohte. Mitten im Gebet setzte sie sich aufrecht hin und erhaschte den raschen, besorgten Blick ihrer Mutter; in diesem Augenblick durchbohrte Isabel wie ein Pfeil die plötzliche Erkenntnis, daß Margaret bereits Bescheid wußte. Das Blut schoß ihr in die Wangen, und sie sank allmählich nach vorne zusammen, bis ihre Mutter sie an der Schulter zu fassen bekam und aufhielt.

Isabel verbrachte beide Ostertage im Bett. Sean setzte sich manchmal zu ihr auf die Kante oder döste neben ihr im Sessel. Ihr Vater kam ein um das andere Mal und erkundigte sich nach ihrem Zustand. Ging in Galway gerade etwas um? Margaret Gore stellte keine Fragen. Sie kochte Suppen und Eintöpfe, um schließlich, in kühner Anspielung auf die Zeit ihrer eigenen Liebe, ihrer Tochter Fisch in allen Varianten zu servieren. Vier Tage lang war Isabel unfähig, das Bett zu verlassen. Die Furcht preßte sich wie eine Hand auf ihre feuchtkalte Stirn und hielt sie gefesselt. Sie glaubte schwanger zu sein und fragte sich, ob es einen gewissen Blick oder Ausdruck gab, den Mütter ihren Töchtern vom Gesicht ablesen konnten. Sie drehte sich um und vergrub ihr Gesicht im Kissen. Dann flammte in ihr wieder das Vertrauen und das Fieber der Liebe auf, sie sah Peaders Gesicht vor sich und modelte die Zukunft um, bis alles im Lot war: Sie würde von der Klosterschule abgehen und heiraten, das Kind würde ein Mädchen sein und in den Räumen über dem Geschäft in Galway zu einer Tänzerin heranwachsen. All das erzählte sie schließlich Sean, atemlos flüsternd in ihrem Schlafzimmer, während der Regen draußen prasselte und ihre Mutter Fisch briet. Sie erzählte es ihm so voller Drängen und Leidenschaft, daß die weißgetünchten Wände des kleinen Raums erstrahlten und ihr Herz, zitternd und bebend vor Leben, auf die Bettdecken hingegossen schien. Wenn sie verstummte, wollte sie wieder von vorn beginnen. Sie konnte nicht widerstehen, genau wie ihre Mutter in der Küche wieder und wieder die einzelnen Schritte nachzuvollziehen, die schließlich auf rätselhafte Weise dazu geführt hatten, daß sie nun verliebt war.

Sean saß da und hörte zu. Wenn Isabel seine Hand nahm und sie drückte, gab er den Druck zurück. Legte sie sich zurück auf die Kissen, in die dunkle Flut ihrer Haare, wo sie aufseufzte und einschlief und sich, gefangen von Erinnerungen und Träumen, unruhig hin- und herwälzte, blieb er in seinem Sessel am Fenster sitzen, blickte aufs Meer und weinte mitunter lautlos um den Verlust seiner Schwester.

Mit der Dienstagsfähre kam ein Brief vom Kloster. Als sie ihn in der Hand hielt, wurde Margaret Gore bewußt, daß sie ihn bereits erwartet hatte. Sie trug ihn von der Küchentür in das feuchtkalte Badezimmer, wo sie ungestört sein konnte, solange ihr Mann noch schlief. Beim Lesen zitterten ihre Hände: Isabel könne sich schlecht konzentrieren, habe im Probeexamen sehr schwach abgeschnitten, erhalte an den Wochenenden Besuch von einem angeblichen Vetter und würde bei ebenso schlechten Ergebnissen im Abschlußexamen im Juni mit Sicherheit nicht auf die Universität wechseln können.

Sie faltete den Brief sorgfältig zusammen und steckte ihn zurück in den Umschlag. Es war der Beweis, dessen sie nicht bedurfte, daß ihre Intuition richtig gewesen war und es sich um Liebe handelte. Margaret blieb stehen. Vor dem offenen Fenster kurvten kreischende Möwen durch die graue Landschaft aus Stein und Meer. Eine flog vorbei und trug etwas im Schnabel, das sie aus der Mülltonne hinter dem Nachbarhaus gefischt hatte. Die Augen auf das Fenster gerichtet, während die Seeluft und das rauhe Gekrächz der Vögel den Raum mit ihren Erinnerungen an Donegal erfüllten, riß Isabels Mutter den Brief langsam in zwei, dann in vier und acht Teile und sandte sie mit dem Wind fort; mochte die Wahrheit untergehen und die Liebe bestehen bleiben.

Margaret Gore sprach weder mit ihrer Tochter noch mit ihrem Mann, und nach den Osterferien kehrte Isabel, getragen von der ruhigen See der Erleichterung, ins Kloster zurück. Sie war nicht schwanger. Ihre Mutter umarmte sie an der Tür unter Tränen, Sean blieb im Bett und erwiderte ihren Abschiedskuß mit Schaudern und einem flehentlichen Blick, und der Lehrer begleitete sie wiederum zur Fähre. Er dachte, sie sei krank gewesen und fühle sich nun besser; vielleicht war es die Nervosität vor dem großen Examen. Am Pier preßte er seine weißen Bartstoppeln fest gegen ihre Wangen und sagte, mit dem feurig glühenden Blick des stolzen Inselbewohners, beim nächsten Wiedersehen würde sie bereits eine angehende Studentin sein.

Er winkte ihr nach, als Isabel zurück in den Hafen der Liebe segelte. Peader erwartete sie am Anlegesteg in Galway. Er nahm ihre Tasche und riß die Autotür auf. Der Motor lief, und als Isabel sich auf den Beifahrersitz sinken ließ, traf sie der vertraute Geruch von muffigem Tweed und Windhunden wie ein Schlag, löschte im Handumdrehen all ihre Furcht und Besorgnis aus. Sie war wieder da. Nichts hatte sich verändert. Noch immer schnürte es ihr die Kehle zu, wenn sie ihn ansah, und sie mußte die Hand vor den Mund legen, um das Lächeln zu verbergen. Peader schwang sich neben ihr auf den Sitz, ließ die Gangschaltung kreischen und lächelte ebenfalls. Keiner von beiden war fähig, den anderen auch nur zu fragen, wie es ihm ergangen war, noch das leiseste Kompliment oder Scherzwort auszusprechen, so außer sich waren sie unter dem Eindruck dessen, was sie für geballte Anziehung hielten.

Und doch hatte sich etwas verändert. Wäre ein Gespräch zustande gekommen, hätte Margaret Gore es ihrer Tochter vorher sagen können. Die Liebe ist fortwährendem Wandel unterworfen. Es gibt kein Innehalten, keinen Augenblick, in dem die Uhr des Herzens stillsteht und das Glück für immer bewahrt, sondern nur das stetige Vorangetriebenwerden von Verlangen und Bedürftigsein, von Auf und Ab und Ab und Auf, in dem Zweifel zu Gewißheiten und im nächsten Moment wieder zu Zweifeln werden.

Als Isabel Peader sah, glaubte sie, nichts habe sich verändert. Sie wollte ihn berühren, um ganz sicher zu sein; statt dessen faltete sie die Hände im Schoß ihres grünen Kleides und warf das Haar zurück, blickte lächelnd aus dem Seitenfenster des Wagens und sog sanft den seltsamen Hauch dieser Liebe ein, in die sie so tief eingetaucht war.

Peader fuhr mit ihr am Kloster vorbei und aus der Stadt hinaus, bog in scharfem Tempo in eine Seitenstraße ein und stellte den Motor ab. Er hielt es nicht mehr aus. Zehn Tage lang hatte das Verlangen ihn wie mit glühenden Zangen im Griff gehabt; hitzig und schlaflos glaubte er ihre Küsse zu schmecken, ihre Haut noch zu spüren. Hatte er sich zuvor nur danach gesehnt, ihr nahe zu sein, an ihrer Seite im Regen über die langen, stillen, verlassenen Straßen des Westens zu laufen, war sein Gefühl nun drängender und fordernder. In den zehn Tagen um Ostern war er, mit riesigen Tuchballen auf den Schultern, wie ein Blinder im Geschäft und auf den Straßen umhergetappt und überall angestoßen; betrat seine Mutter das Geschäft, stampfte er, halb erstickt vom Geruch ihrer Puder und Cremes, die Treppe hinauf und öffnete trotz des strömenden Regens die Dachfenster. Er aß nichts und trank, was er kriegen konnte. Jeden Abend, wenn er vom Spaziergang mit den Hunden zurückkam, setzte er sich im Pub an die Theke und soff sich von einem Pint zum nächsten in Vergessen und Frieden. Dabei war an Schlafen nicht zu denken. Noch immer bebte seine Haut unter ihrer Berührung. Er konnte der Erinnerung daran nicht entfliehen, die, wie er zu entdecken begann, stärker war als die Empfindungen selbst. Jene zehn Tage über Ostern war Peaders Leben eine Hölle namens Isabel gewesen. Nun parkte er den Wagen an einer Stelle, wo die ringsum verstreut im Gras liegenden Felsblöcke Isabel an die Bruchstücke eines uralten Herzens denken ließen; er wandte sich dem Mädchen zu, das ihm Leib und Seele geraubt hatte, vergrub seine Hand in ihrem Nackenhaar und zog sie mit wütender Gewalt an sich.

Diesmal hatte seine Liebe etwas Rohes, war eher Drang als Zärtlichkeit, und als Isabel später wieder in ihrem Klosterstübchen saß, überkam sie das Gefühl, eine weitere Schwelle überschritten zu haben, in einen neuen Bereich voller Gefahren und Aufregungen vorgedrungen zu sein, den sie nicht so einfach würde verlassen können. Als die Lichter erloschen, legte sie sich unter dem sternenlosen Himmel ins Bett, schloß die Augen und spürte die ersten Wundmale von seinen Lippen an ihren Brüsten.

## 12

Es wurde ein heißer Sommer. Im Juni absolvierte Isabel ihr Examen und ließ den Prüfungsraum hinter sich wie die Hülle eines Lebens, die sie längst abgelegt hatte. Was spielten sie noch für eine Rolle, all jene Fragen und Antworten? Sie war verliebt. Dreist ging sie an Peaders Arm, entfloh mit ihm an Sommerabenden in dem kleinen roten Wagen; die erzürnten Nonnen erstickten fast vor Wut und Groll, nun, da die Schulzeit fast zu Ende war und ihre Macht dahinschwand. Dennoch sprachen sie eine Warnung aus. Isabel würde von den letzten Prüfungen ausgeschlossen werden, wenn sie nicht bis zum Glockenläuten sitzen blieb und schrieb. Wie konnte sie das, fragte sie Schwester Magdalena, während sie vor ihr in der Eingangshalle stand und die Zugluft von der Tür den süßen Duft eines neuen Parfüms zu der Nonne hintrug. Es war doch so wunderschön draußen, oder etwa nicht, Schwester? War es nicht Gottes Wille, daß wir uns im Freien an Seiner Schöpfung erfreuten? Die Unverschämtheit dieses Mädchens ließ die Nonne auf dem Absatz kehrtmachen. Oben an der Treppe hörte man eiliges Getrappel und Geflüster, während die Lauscherinnen in ihre Zimmer verschwanden. Statt Isabel zu züchtigen, was Schwester Magdalena nur zu gern getan hätte, lief sie den spiegelblanken Flur entlang; die nicht ausgeteilten Hiebe ließen sie vor Zorn kochen. Sie verschwand aus Isabels Blickfeld durch die schwere Tür, die zur Kapelle führte, kniete dort nieder und betete, um schließlich Erlösung in der heiteren Zuversicht zu finden, daß Gott selbst die angemessene Strafe für jenes Mädchen finden würde, das sich nun so gänzlich ihrer Kontrolle entzogen hatte.

Galway erstrahlte rosa im Sonnenlicht. Jeder neue Junimorgen stieg strahlend schön und blau über der steinernen Stadt empor, und unten am Ufer segelten Boote über den faltenlosen Spiegel des stillen Atlantiks. Es war wie geschaffen für Verliebte. Selbst die sommerliche Luft schien an der stillen Verschwörung teilzuhaben, und sobald die Prüfungen vorbei waren, schrieb Isabel ihren Eltern, sie habe eine Anstellung bei O'Luing's, einem der renommiertesten Tweed- und Wollgeschäfte der Stadt, angenommen.

(Als der Brief die Insel erreichte, war es wiederum Margaret, die ihn öffnete und las. Ihr Mann war früh mit den Fischern hinausgefahren, und sie saß allein hinter der offenen Küchentür und hielt das einzelne Blatt noch lange nach dem Lesen in der Hand. Nun wußte sie, um welchen jungen Mann es sich handelte. Sie mußte nur zu Einkäufen aufs Festland fahren, um ihn mit eigenen Augen zu sehen. Doch was sollte sie Muiris sagen, fragte sie sich. Sie steckte den Brief zusammengefaltet in ihre Schürzentasche und trat aus der Tür des Häuschens, sah über die schulterhohe Steinmauer auf eine andere Tür, von der Maire Conaire, deren Tochter gerade aus dem Kloster heimgekommen war, ihren Blick direkt erwiderte.)

Es war mehr Isabels als Peaders Idee gewesen. Mit jedem Prüfungstag, der verstrich, fühlte sie etwas zu Ende gehen. Ein Teil ihres Lebens war vorbei, und zum erstenmal wollte sie nicht auf die Insel zurückkehren, wollte nicht die sommerliche Schar der Studenten auf der Fähre ankommen sehen und den flachen, gebrochenen Tonfall ihres kindischen Irisch über den Strand wehen hören. Sie wollte ein neues Leben beginnen und klammerte sich unversehens an Peader O'Luing als ihren dafür höchst ungeeigneten Erlöser. (Liebe lebte, wie ihre Mutter ihr hätte sagen können, zum Teil von der Vorstellungskraft, ihr Netz spann sich ebensosehr in den dunklen, langen, einsamen Abenden der Sehnsucht wie im Zusammensein. Es hätte die Liebe nicht geschwächt, wenn Isabel heimgefahren wäre, hätte vielleicht sogar das Gegenteil bewirkt. Doch Margaret schrieb nichts dergleichen an ihre Tochter. Sie saß, den Stift in der Hand, zwei Stunden über einem Blatt Papier, ersann ein Dutzend verschiedener Briefe und schrieb dann lediglich, sie alle vermißten sie sehr und hofften, daß Isabel auch weiterhin oft schreiben möge.)

Sie parkten mit dem Auto an der Straße oberhalb von Oughterard, und dort fragte sie ihn. Peader, sagte sie, ich fahre im Sommer nicht heim. Ich will in Galway bleiben. Natürlich wußte er, was nun kam, und fühlte sich ihr zum erstenmal ernsthaft überlegen. Schließlich war sie noch kaum mehr als ein Schulmädchen. Er spürte, wie sie sich im Wagen eng an ihn schmiegte, und eine Gänsehaut überzog seinen Nacken. Einen Monat zuvor hatte er dem Sommer noch mit Besorgnis entgegengesehen; wenn die zehn Tage zu Ostern für ihn schon so grausam gewesen waren, wie würde es dann erst im Sommer sein? Doch nun, da Isabel neben ihm saß, seine Wange küßte und um eine Anstellung im Geschäft seines Vaters bat, überfiel Peader plötzlich ein Unbehagen. Sie machte ihm klar, daß er während der

Hochsaison zusätzliche Hilfe würde brauchen können, und er stimmte zu, obwohl er wußte, daß dem nicht so war, weil in der ganzen Zeit kaum zehn Touristen schüchtern in den düsteren Laden treten und Anzüge bestellen oder Wolle kaufen würden. Er fühlte sich hin- und hergerissen zwischen Gefühlen, die er nicht begriff. Etwas in ihm hatte sich verändert seit jenem Abend, als Isabel im Schankraum der Bar aufgetaucht war. Ja, sie war für ihn noch immer das schönste Mädchen, das er je gesehen hatte, sie entflammte sein Inneres, und er konnte keine zehn Minuten neben ihr im Auto sitzen, ohne ihr Gesicht streicheln zu wollen. Und dennoch, so vertraute er später seinen Windhunden an, als er neben ihnen im Zwinger auf einer Decke lag und voll Entsetzen die dunklen Seiten seines Herzens erkannte, dennoch schien es so, als sei in dem Moment, da Isabel sich in ihn verliebt hatte, seine Liebe zu ihr erloschen.

## 13

Peader O'Luing stellte Isabel ein und stand am nächsten Morgen vor der Aufgabe, diese Tatsache seiner Mutter beizubringen. Sie ging schnurstracks in die Luft, oder besser gesagt an die niedrige Decke über der engen Treppe, auf der er es ihr mitteilte; sie vergaß sich zu ducken, schrie *Herrgott noch mal*, sprang vor Verblüffung zehn Zentimeter in die Luft und stieß mit dem Kopf ans Dach, um dann über ihren Sohn hinweg die gesamte Treppe hinunterzukugeln und unten als wimmerndes Bündel am Boden zu landen. Dabei brach sie sich das Bein. Acht Wochen lang würde sie im Laden ausfallen, brüllte ihr der betagte und taube Dr. Hegarty ins Gesicht.

Daher war also, als Isabel ihre Anstellung im Geschäft antrat, Maire Mor in dem übelriechenden Zimmer darüber ans Bett gefesselt, in dem sie sich alle halbe Stunde von einer Seite auf die andere drehte und Datteln lutschte. (Als junges Mädchen hatte ihr ein Seemann auf Landurlaub einmal eine Dattel von seinen Lippen zu kosten gegeben. Es sei die verbotene Frucht, hatte er zu ihr gesagt und die Dattel mit der Zunge in ihrem Mund kreisen lassen, bis sie beide sich kichernd am Boden wälzten. Seither war der Geschmack von Datteln für sie gleichbedeutend mit Sex. Es war etwas Besonderes an ihnen, und doch hatte sie jene Früchte in der ganzen Zeit ihrer Ehe mit Peaders Vater nur selten genossen und konnte die wenigen Male zudem genau bestimmen: Jeweils neun Monate nach dem Verzehr war eines ihrer Kinder zur Welt gekommen.)

»Mein Sohn ist verliebt«, zischte sie in die stickige Luft, schnaubte angesichts der Lächerlichkeit dieser Vorstellung und spuckte ein Fitzchen Dattel auf unsichtbare Sturmhexen. Sie hörte die beiden unten reden, erwachte von ihrem Gelächter und nagte ein weiteres Stück Dattel ab, während ihre lüsternen Gedanken über die Treppe hinab zur Tür schweiften, hinter der Peader und Isabel sich in ihrer Vorstellung auf dem Boden liebten. Maire Mor zermanschte die Datteln im Mund, sog ihre Süße ein wie Wein, während ihr Bein Tag für Tag verheilte und das verborgene Geschwür in ihrem Dickdarm wuchs.

## 14

Nach dem ersten Versuch betrat Isabel das Zimmer von Peaders Mutter nie mehr. Sie räumte auf, staubte ab und bekam einen halbherzigen Kuß von Peader, bevor er durch den Laden eilte, sich einen Ballen Tweed schnappte und verschwand. In der lautlosen Stille des staubigen Geschäfts wartete Isabel darauf, daß die Glocke über der Tür läutete, und machte sich mit einem Ruck wieder an die Arbeit, wenn sie allzulange lustlos auf die Passanten draußen gestarrt hatte. Das schöne Morgenlicht verblaßte und verging. Peader kehrte nicht zurück, und Isabel wußte nicht, ob sie den Laden mittags schließen oder dableiben und ihn geöffnet halten sollte. Sie glaubte, Peader müsse jeden Moment wiederkommen, und fuhr mit einem Tuch über die saubere Ladentheke in dem vergeblichen Versuch, den Staub der Enttäuschung fortzuwischen, der sich bereits auf ihr Herz gelegt hatte.

An jenem ersten Tag war Peader bis sechs Uhr abends noch immer nicht zurück, und als Isabel den Laden verließ und die Tür hinter sich zusperrte, schwach vor Hunger die Straße entlanglief und bei der Kathedrale zu dem Haus abbog, in dem sie wohnte, war sie nicht mehr das Mädchen im gelben Kleid, das im Vorübergehen den Duft der ersten Liebe verströmte. In den vergangenen acht Stunden hatte sie kein Stück verkauft und mit niemandem ein Wort gesprochen. Den Mann, um dessentwillen sie in Galway geblieben war, hatte sie kaum zu Gesicht bekommen. Während sie abends auf ihn wartete, schrieb sie einen Brief nach Hause: Gerade habe sie ihren ersten Arbeitstag hinter sich, es sei aufregend und anstrengend, die Kundschaft zu bedienen, Wolle auszusuchen, Tuch abzumessen… Auf halbem Weg ließ ihre Phantasie sie im Stich, und sie füllte den noch verbleibenden Raum mit einer eingehenden Beschreibung ihres Zimmers. Isabel sah den Brief durch, fügte einen Extragruß für Sean an und steckte ihn in den Umschlag, den ihre Mutter zwei Tage später öffnete; sie las ihrem Mann und ihrem Sohn die Zeilen laut vor und erkannte zwischen ihnen die Schatten der Wahrheit.

Für Isabel sollte es der erste Sommer nach dem Ende ihrer Kindheit werden, ein Sommer, dessen lange, leere blaue Tage am Schaufenster wie auf einer Leinwand vorbeizogen, der Sommer, in dem sie erstmals die verschlungenen Wege ihres Herzens entdeckte. Peader kam und ging durch ihre Tage und Nächte so unvermutet, wie Sonnenschein oder Mondlicht hinter einer Wolke hervorbricht. Die Erwiderung seiner Liebe hatte ihm einen tiefen Schock versetzt und plötzliche Anwandlungen von Ruhelosigkeit und Zorn in ihm aufgerührt, die er nicht begriff. Wenn Isabel sagte, daß sie ihn liebte, mochte er ihr nicht glauben; wenn sie lächelnd durch den Raum ging, wollte er am liebsten fort. Und dennoch liebte er sie nach wie vor. Jawohl, sagte er im Streit zu seiner Mutter, stand an der Tür zu ihrem Zimmer und polterte dann in stummer Wut die Treppe hinunter, unfähig, ein Wort herauszubringen, die Fäuste ballend und wieder öffnend, während er mitten im Laden stehenblieb und das Mädchen anstarrte, dessen Augen bei seinem Anblick aufleuchteten, wie er es nie zuvor gesehen hatte. Er schaute Isabel an, als sei sie ihm ein völliges Rätsel, und sie ging zu ihm, lächelte und streckte ihm die Hand hin, deren Berührung ihn erschauern ließ. Was war es nur? Was war geschehen? Er ertrug es nicht, daß sie sich an ihn schmiegte, und wandte sich ungeduldig ab, eilte mit einem schroffen Gruß aus dem Laden und ließ Isabel für Stunden im hoffnungslosen Rätsel der Liebe gefangen zurück.

Tag für Tag fuhr Peader O'Luing wie in einem Streifenwagen auf Einsatz aus Galway heraus und raste durch die luftige Leere des nördlichen Connacht, um mit den Abgründen seiner Empfindungen zu ringen. Liebte er sie am Ende gar nicht? Das war unvorstellbar. Oben im Zimmer seiner Mutter hörte er sich an, als ob ein Leben ohne Isabel für ihn jeden Sinn verlieren würde. Und doch, sobald er herunterkam und sie im Dämmerlicht des Ladens erblickte, klickte und rotierte etwas in der komplizierten Maschinerie seines Herzens, und er fühlte sich abgestoßen. Noch begriff er nicht, daß es tatsächlich ihre Liebe zu ihm war, die er nicht ertrug, und daß seit dem Augenblick, in dem Isabel sich ihm damals zum erstenmal hingegeben hatte und damit von den Sternen, zu denen er sie emporgehoben hatte, zu ihm hinuntergestiegen war, eine spöttische Stimme aus seiner Kindheit ihm wieder die unerschütterliche Überzeugung einflüsterte, daß er ein Dummkopf und Nichtsnutz war und es nichts Dümmeres und Nichtsnutzigeres gab, als ihn zu lieben. Noch verstand Peader nichts von alledem. Erst drei Jahre und achtundsechzig Tage später kam ihm die volle Erkenntnis und, noch berauscht von Power's Whiskey, der ernüchternde Ausblick auf das unausweichliche Elend seines restlichen Lebens. An jenem Tage glaubte er noch, es läge an etwas anderem; er gab nicht seinem Vater die Schuld, sondern blickte auf Isabel, seine wilde Inselschönheit, und sah nur eine kleine Verkäuferin: Sie war gewöhnlich, nichts Besonderes, ein Mädchen, wie seine Mutter eines gewesen sein mochte, und sogleich, während Isabels Gesicht sich noch erhellte angesichts der seltsam ulkigen Haltung, in der er dastand, verspürte Peader den Drang, von ihr fortzueilen, wegzukommen und frei durchzuatmen. Er parkte das Auto irgendwo und ließ den Tag verstreichen, starrte aus dem heruntergekurbelten Fenster auf die violetten Umrisse der Berge, während Isabel inmitten der von Staub durchwirbelten Lichtstrahlen zurückblieb, ihr Stirnrunzeln von der Ladentheke wegpolierte und wartete, nur wartete, daß er zurückkam.

Als er an diesem Sommerabend die gewundenen Bergstraßen wieder hinunterfuhr, ließ er die Dämonen in seinem Inneren hinter sich und brauste in die Stadt, neu beseelt von der Schönheit dieses Mädchens. Er stieg aus dem Wagen und stürmte die Straßen von Galway entlang, wieder mit jenem wütenden Verlangen, ihr nahe zu sein, ihre Lippen zu küssen und das Gesicht zu berühren, dessen zunehmende Blässe er nicht bemerkte. Er öffnete die Tür, und die Glocke bimmelte. Isabel sah nicht auf. Sie war zu stolz und zu verletzt, doch ihre Finger zitterten, als sie zum fünfzehntenmal die gleiche Bahn von braunem Tweed zusammenlegte.

»Es tut mir leid«, sagte er, »Herrgott, Isabel, es tut mir so leid.«

Sie standen einander im Laden gegenüber, in der angespannten Stille, die zu einem vertrauten Bestandteil ihrer Beziehung werden sollte – jener Moment zwischen Kränkung und Vergebung, die vertickenden Sekunden des angehaltenen Herzens, bevor Isabel ihren Stolz überwand und zu ihm hinsah.

»Ich bin ein Idiot«, sagte er, grinste und streckte die Arme nach ihr aus, bis sie kam, ihn anlächelte und ihm vergab angesichts der plötzlichen Erleichterung, daß ihr Herz noch nicht gebrochen war. Sie gingen aus der Tür, ließen sie hinter sich zufallen und schritten eilig, einander fest bei der Hand haltend, durch die leeren Straßen. Noch immer schien die Sonne auf Galway herab. Die Luft war bewegt und frisch wie am Meer. Aus einer steinernen Gasse drang Fiedelmusik, ein schwungvoller Reel, und Isabel und Peader tanzten ein paar Schritte, auseinander und wieder zusammen, eilten an dem Musikanten vorbei, die Gasse hinunter und fort, nur fort von der gedrückten Stimmung jenes Tages.

»Ich hätte Blumen mitbringen sollen.«

»Das hättest du.«

»Ich meine es ernst.«

»Ich auch.«

»Also, dann besorge ich Blumen für dich.«

»Und wo willst du sie noch herbekommen, um diese Zeit?«

»Setz dich hierher und warte.«

Er blieb nicht länger als zehn Minuten fort. Isabel schaute vom Long Walk auf die stille Oberfläche des Claddagh, in dem sich der Umriß eines blauen Bootes spiegelte; vor ihrem inneren Auge sah sie ein Meer, so ruhig, daß sie über das Wasser heimgehen konnte. Währenddessen lief Peader zurück in die

Stadt. Er mußte etwas unternehmen, um sie zurückzugewinnen, dachte er. Das Gefühl, sich seinen Platz in ihrem Herzen neu erobern zu müssen, erfüllte ihn mit Wohlbehagen, und er eilte zurück durch die Straßen, riß ganze Fäuste voll später Ringelblumen, Lobelien und Petunien aus Blumenkästen vor Schaufenstern und aus den niedrigen Trögen, welche die Stadtverwaltung an den Straßenecken aufgestellt hatte. In zehn Minuten war er mit einem angewelkten Blumensortiment zurück. Er überreichte es Isabel, und sie lachte, roch einmal daran und warf die Blüten dann in die goldenen und silbrigen Kräusel des Wassers.

»Warum hast du das getan?«

Isabel biß sich auf die Unterlippe und warf ihm von unten einen Blick zu. Sie war wieder das Mädchen von der Insel, das Mädchen, das wie ein funkelndes, blitzendes Messer sein Herz durchfuhr, das Mädchen, das ihn nicht liebte, in das er jedoch bis zum Wahnsinn verzweifelt verliebt war, das Mädchen, das etwas Wildes, Ungezähmtes an sich hatte und ihm nun zur Antwort gab: »Um zu sehen, ob du Blumen holst, wenn ich darum bitte.«

Als Peader Minuten später ins Wasser eintauchte, zerriß die goldene Sonnenbahn, die über die Oberfläche zur Insel führte. Die Blumen tanzten auf den Wellen, und Isabel stand da, klatschte in die Hände und lachte, für eine Weile alles vergessend und bis zum Hals hinunter errötend bei dem Anblick der tropfnassen Blüten, die eine nach der anderen wieder zum Strauß gefügt wurden und ihr bewiesen, daß sie beide trotz allem einander liebten.

## 15

Es war August, als der Brief kam. Margaret Looney paßte ihn ab und nahm den braunen Umschlag am Pier entgegen wie eine bittere Medizin, von der sie wußte, daß sie vonnöten war. Statt heimzugehen, trug sie den Brief ungeöffnet mit sich an der Nordküste entlang, bis zu den schwarzen Felsspitzen, die in die hauchzarte Gischt des blauen Meeres hineinragten. Tröpfchen spritzten an ihre bloßen Beine, während sie dem Brief entnahm, daß Isabel in zwei Fächern nicht bestanden hatte. Sie las das ganze Zeugnis durch, warf die erläuternde Anmerkung der Nonnen, Isabel habe seit Weihnachten nicht mehr mitgearbeitet, in die Flut und fragte sich, wie sie dies ihrem Mann beibringen sollte.

Der Tag war blitzblau, klar und wolkenlos. Jenseits des halbrunden weißen Strands tummelten sich Kinder im Meer, und Muiris Gore, an die schwarze Unterseite eines umgedrehten Weidenboots gelehnt, sah ihnen zu. Als seine Frau ihn entdeckte, hatte sie sich immer noch nicht entschieden, wie sie es ihm sagen sollte. Sie ging langsam den Pier entlang und hinunter zum Strand. Der Sand sammelte sich in ihren Schuhen, und sie zog sie aus, lief barfuß durch die kühle Klammheit jener Küstenlandschaft, die zu ihrem Gefängnis geworden war. Es würde ein schwerer Schlag sein, dachte sie. Ich werde es ihm erzählen müssen, und damit bricht sein letzter Traum endgültig zusammen – seine Hoffnung und sein Glaube, daß ihm in irgendeiner Weise mit Isabel das gelungen sein könnte, was ihm selbst im Leben verwehrt blieb. Ich werde ihm das letzte bißchen Liebe aus dem Herzen reißen, dachte sie und näherte sich ihm, den Brief in der lose herabhängenden Hand, ohne daß er sie bemerkte. Sein Blick war auf die Kinder im Meer geheftet. Er trug das alte Tweedjackett, das sie schon ein dutzendmal geflickt hatte und das er anderen, besseren vorzog, so daß es in den Augen seiner Frau fast wie seine zweite Haut erschien. Als Margaret Gore die letzten Meter durch den Sand lief, verspürte sie plötzlich den Wunsch, laut zu rufen, damit er sich überrascht umwandte und sie an seiner Seite fand, aus keinem anderen Grund, als nur in den braunen Whiskeygeruch seiner Jacke einzutauchen und zu warten, daß er die Arme um sie legte. Bei ihren letzten Schritten wünschte sie den Brief weit fort, lief durch eine einfachere Welt, in der die Kinder auf ewig unter dem blauen Sommerhimmel im Meer schwammen und sie und Muiris Gore nur Träume zeugten.

Ihr Mann drehte sich um, als ihre Schritte verstummten. Einen Meter von ihm entfernt stand sie regungslos im Sand. Sie konnte sich nicht rühren. Ich werde es ihm nicht erzählen, dachte sie, nein, ich werde es ihm nicht erzählen.

»Erzähl es mir«, sagte er.

Drei Wochen später begab sich Margaret nach Galway, um mit eigenen Augen das Gesicht jenes Mannes zu sehen, der das Herz ihrer Tochter gestohlen und die Seele ihres Gatten in das stumpfe, schale Gold der Flasche hatte versinken lassen. Seit den Prüfungen hatte sie von Isabel weder einen Brief bekommen noch Antwort auf die drei Aufforderungen heimzukehren, und als sich Margaret, das Kinn stolz über den hochgeknöpften Mantel gereckt, von der Fähre in das Lärmen und Treiben der Stadt begab, gedachte sie, ihrer Tochter vor allem vorzuhalten, daß sie ihrem Vater das Herz gebrochen habe.

Die ungewohnte Hektik der Stadt versetzte sie in Aufregung. Der ständige Verkehr verunsicherte sie, sie spürte die Autos beklemmend nah vorbeifahren, wenn sie an der Außenseite des schmalen Gehwegs lief, und hielt sich daher dicht bei den

Schaufenstern, allerdings nahezu ohne einen Blick für die Dinge übrig zu haben, um welche die Liebe sie so rücksichtslos gebracht hatte. Den Kopf schräg gelegt, marschierte sie weiter und suchte über sich das Schild von O'Luing's Geschäft. Zwei Seelen wohnten in ihrer Brust. Ihre Tochter war verliebt, und aus der wohlerhaltenen Erinnerung an die Zeit ihrer eigenen jungen Liebe in Donegal wußte sie, daß Isabel vielleicht die wichtigsten und leidenschaftlichsten Augenblicke ihres Daseins durchlebte. Nur das zählte, jene Sommertage in Galway, in denen das Herz ihrer Tochter heftig pochte und der graue Stein der Insel wie die Kindheit tief in ihrem Gemüt versank, um dort schwach vor sich hin glimmend zu warten, bis Isabel eine alte Frau geworden war und die Erinnerung mächtiger wurde als ihr Leben. Das Mädchen war verliebt, sie hatte für nichts anderes Gedanken, hielt die Mutter sich vor. Und dennoch.

Margaret Gore überquerte die Shop Street. War es nicht irgendwo hier?

Und dennoch hatte sie drei Wochen lang Tag um Tag zugesehen, wie das Herz ihres Mannes langsam und qualvoll zerbrach. Als der Brief mit den Prüfungsergebnissen kam, hatte sie an der Küste, eingedenk ihrer Rolle als Ehefrau, allen Mut zusammengenommen und Muiris erzählt, daß Isabel verliebt war. Da die Erinnerungen sie selbst so aufwühlten, hatte Margaret geglaubt, jene letzten Reste einer süßeren Vergangenheit müßten auch in den leeren Weiten der Seele ihres Mannes etwas aufrühren, sie erfüllen, umtreiben, in ihr emporstreben und auf sicheren Grund stoßen. Was zählte alles andere dagegen, hatte sie sich gefragt und geantwortet: nichts. Und wenn Isabel eben nicht zur Universität ging, sondern sich verliebt hatte und einen Ladeninhaber aus Galway heiraten würde? Solange sie glücklich ist, Muiris, solange sie nur glücklich ist? Das Wagnis war fehlgeschlagen. Margaret hatte das Gewicht der Hoffnung unterschätzt, das ihr Mann siebzehn Jahre lang auf den Schultern seiner Tochter hatte ruhen lassen, doppelt schwer, seit Sean seinen ersten Anfall hatte und für immer ans Haus gefesselt schien.

(Muiris hatte nicht die gleichen Erinnerungen an die Liebe wie seine Frau. Bis zu jenem Augenblick an der Küste hatte er weder Eitelkeit noch Ehrgeiz gänzlich abgeschworen, blickte noch immer vorwärts, über die Wellen hinweg, die an sein Leben schlugen. Doch dann, aus jenem denkwürdigen, strahlend heiteren Himmel, traf ihn der Schlag. Brach ihn entzwei. Er war ein völliger Narr gewesen. Seine Frau fingerte an dem ausgebesserten Saum seines Jacketts herum, sie sprach so leise, daß ihre Stimme in seinen Ohren klang wie das Rauschen des Meeres. Das Meer raunte es ihm zu, und zum Meer ging er an jenem Augustabend, schon durchwärmt von Whiskey, stolperte über die Felsen zu jener Stelle, wo Isabel für Sean getanzt hatte und die Welt zum erstenmal aus dem Lot geraten war. Damals hatte er die Botschaft nicht wahrgenommen, nun erkannte er sie, den Hals einer im Mondlicht aufblitzenden Flasche umklammernd. Er war ein eitler, gottverdammter Narr; morgens fand ihn ein Kind der Hallorans schlafend auf den Felsen. Eine Woche lang konnte er den Nachbarn nicht ins Gesicht blicken. Die anderen Klosterschülerinnen von der Insel hatten die Prüfung bestanden, drei würden vermutlich an der Universität angenommen werden. Aber die Tochter des Lehrers war durchgefallen. Er blieb im Haus, in der Obhut seiner Frau, die gleich ihm spürte, wie der Vorschlaghammer des Lebens hin und her schwang und auf die zusammenstürzenden Wände seines törichten Herzens eindrosch.)

All dies ging Margaret durch den Sinn, während sie mit schräg geneigtem Kopf und vorgerecktem Kinn durch die Shop Street ging. Ihrer Ansicht nach lief alles auf diesen Kerl hinaus, diesen O'Luing, der wie ein sich allmählich zusammenbrauender

Sturm über ihre Familie gekommen war. In ihrer Vorstellung war er stark und romantisch, ein Mann aus Galway mit schwarzen Locken und mächtigem Brustkorb, melodiöser Stimme, möglicherweise einem sinnlichen Mund und tiefblauen Augen. Je besser er aussah, desto leichter wurde der Kampf in ihrem Inneren, und als Margaret zehn Schritte von dem Geschäft entfernt an Peader vorbeilief, hätte wohl kein Einwohner Galways der Ausgeburt ihrer Phantasie mehr das Wasser reichen können. Sie würdigte ihn im Vorübergehen keines Blickes, und er war es, der ein zweites Mal über die Schulter zu ihr hinüberblickte, bevor er weitereilte, fort von Isabel und dem Geschäft, und sich den ganzen Morgen fragte, wessen Mutter oder Tante sie wohl war.

Es war ein Besuch voller Überraschungen. Margaret fand den Laden und war überrascht. Sie trat zurück, überquerte die Straße, um nachzusehen, ob er nicht aufgegeben war und ihre Augen ihr einen Streich gespielt hatten, als sie den Namen O'Luing über dem uralten, düsteren braunen Geschäft entdeckten, aber nein. Es überraschte sie, daß keine Kunden darin waren. Und es überraschte sie noch mehr, daß es in den letzten zehn Jahren welche gegeben haben mußte. Der eigenartige, säuerliche Geruch, der ihr entgegenschlug, als sie die Tür aufstieß, die schrille Glocke, das plötzliche Dämmerlicht, die glattpolierte Ordnung der nüchternen Einrichtung, die in krassem Gegensatz zu dem äußeren Erscheinungsbild stand, die offenen, aber unberührten Tuchballen, zum Einsatz bereit wie frisches Fliegenpapier, der makellos saubere Dielenboden, über dem Staubwolken wirbelten und niedersanken, die soeben nach einem Streit wütend in die Luft emporgefegt worden waren – doch was sie am meisten überraschte, war der Ausdruck im Gesicht ihrer Tochter.

Binnen der ersten halben Minute wußte Margaret zweierlei:

Ihre Tochter war verliebt, und sie war nicht glücklich. Noch immer unentschlossen und innerlich zerrissen, schritt sie über den Dielenboden. Doch als Isabel sich in ihre Arme warf und ihr Gesicht fest an den rauhen Tweedmantel ihrer Mutter preßte, wußte Margaret, auf welche Seite sie gehörte. Sie öffnete den großen grünen Kragenknopf ihres Mantels und ließ das Kinn sinken. Das Mädchen schmiegte sich an sie, und bevor Isabel sich wieder von ihr löste, begriff ihre Mutter alles. Sie benötigte von ihrer Tochter nur noch die Einzelheiten.

»Erzähl es mir«, sagte sie.

Als Mutter und Tochter waren sich Margaret und Isabel Gore nie sonderlich nahegekommen. Immer standen wie verlorene Inseln die beiden Männer, Muiris und Sean, zwischen ihnen, die sie umsorgten und umgaben wie ein stilles Meer. Als Isabel nach Galway ging, vermißte sie nicht die Mutter, sondern Vater und Bruder. Sie brauchte das Gefühl, gebraucht zu werden. Und Margaret vermißte die Träume und Hoffnungen ihres Mannes, die mit ihrer Tochter davongegangen waren. Nun, im düsteren Erdgeschoß des O'Luingschen Wolle- und Tweedgeschäfts, begegneten sich Mutter und Tochter erstmals von Frau zu Frau. Sie saßen auf harten Holzstühlen hinter der Ladentheke, und während das kühle herbstliche Licht hinter den Wolken des westlichen Himmels hervorkam und wieder verschwand, erzählte Isabel ihrer Mutter von ihrer Liebe. Es gab keine Erklärung dafür, sagte sie. Er glich in nichts dem Mann ihrer Träume, und dennoch konnte sie nicht anders. Manchmal, wenn sie zornig auf ihn war, weil er verschwand, ja sogar abends nicht wiederkam und sie allein heimgehen mußte, konnte sie sich nicht vorstellen, ihn je wiederzusehen. Bis etwas geschah. Immer geschah etwas. Er kam vorbei. Sie sah ihn an, sie liebte ihn. Was konnte sie dagegen tun? Er war wundervoll und witzig und würde alles für sie tun. Während Isabel redete, zum erstenmal all die monatelang unausgesprochenen Gefühle in Worte faßte, hörte ihre Mutter zu, nickte und versuchte die Traurigkeit zu verbergen, die in ihr zu wachsen begann. Sie hoffte, ihre Tochter würde verstummen, bevor ihr die Tränen aus den Augen quollen, denn in jener guten Stunde, in der Isabel vor ihrer Mutter ihr Herz ausschüttete, wie sie es nie wieder tun sollte, wußte Margaret mit Bestimmtheit, daß diese Liebe unglücklich enden würde. Sie hörte zu und sagte nichts, während im Schlafzimmer oben Maire Mor den Kopf aus dem Bett reckte und ebenfalls wortlos lauschte.

»Du bist noch sehr jung, Isabel«, sagte sie schließlich. »Du solltest... nun, hat er gesagt, daß er dich liebt?«

Es war hoffnungslos, die Mutter wußte es und konnte ihre Tochter dennoch nicht vor dem warnen, was sie erwartete. Als sie später durch die merklich kühleren Straßen zur Fähre zurückging, sagte sich Margaret, sie habe in ihrer Aufgabe als Mutter versagt, sei zu sehr Freundin als Beraterin gewesen, hätte Isabel drängen sollen, vorsichtiger zu sein, sich zurückzuhalten, jenen Teil ihres Herzens zu bewahren, den sie, wie Margaret wußte, bereits verschenkt hatte. Aber es war hoffnungslos, ganz und gar hoffnungslos. Wie konnte sie ihrer Tochter, ihrem eigenen Ebenbild, zuraten, dem einen im Leben abzuschwören, das ihr selbst mehr als alles andere bedeutet hatte – der verzauberten Zeit der ersten Liebe?

Das Licht war stumpf geworden, und Margaret hatte zugehört. Bevor sie sich erhob und den obersten Mantelknopf wieder schloß, hatte sie sich entschieden, den Lehrer nicht zu erwähnen. Isabel hatte im Augenblick weder Prüfungen noch die Universität im Sinn, sondern eine Art Kaufladenehe; sie würde weiter im Geschäft arbeiten, dies und das verändern, streichen, neue Regale anbringen, und während sie sprach, sah ihre Mutter den steten Strom von Kunden vor Isabels unschuldigen und hoffnungsvollen Augen vorbeiziehen. Sie stand auf, und sie umarmten sich. Margaret bat Isabel, nach Hause zu schreiben, und schritt dann, den Mantel fest über der Brust geschlossen, aus dem Laden – zum ersten- und letztenmal in ihrem Leben, wie sie annahm. Sie hörte das Glöckchen bimmeln, als die Tür hinter ihr zufiel, und ließ die Tränen ungehemmt fließen, während sie ihrem vorgereckten Kinn die Straße entlang folgte. Isabel stand im Laden und griff nach dem Besen.

So viel hatte sie ihrer Mutter erzählt – bis auf das eine Geheimnis, die verworrene Verbindung in ihren Gedanken zwischen Peader und einer noch immer lebendigen Erinnerung. Denn als Peader sich ihr gegenüber kalt zeigte und aus dem Laden ging, hatte Isabel das Gefühl, daß sie nichts anderes verdiente; es war die unvermeidliche Vergeltung für das, was sie vor vielen Jahren in ihrem Bruder ausgelöst hatte, es war Gottes Strafgericht.

Als ihre Mutter gegangen war, senkte sie unter dem Gewicht jener Schuld den Blick zu Boden, fegte wie wild und sah zu, wie der unerbittliche Staub ihres Lebens aufgewirbelt wurde, der noch drei Jahre und achtundzwanzig Tage später fallen sollte, als der Fremde in der Tür stand.

# TEIL 4

## 1

Es gibt keine Zufälle. Davon schien mein Vater mehr oder weniger überzeugt zu sein; das planlose Chaos seines Lebens betrachtete er schlicht als Ordnung einer anderen Sorte. Wer an Gott glaubt, für den gibt es keinen Zufall, sagte er zu mir. Die Rinder, die ausgebrochen waren und bis auf zwei all unsere Bilder ruiniert hatten, waren nicht die Werkzeuge des Mißgeschicks oder des launischen Schicksals. Sie waren Wegweiser, Träger von Botschaften, und es war nur eine Frage der Zeit, bis mein Vater herausfand, was sie ihm hatten sagen wollen. Daß drei Wochen nach unserer Rückkehr aus dem Westen mein Onkel John in unserem Haus auftauchte, war ebenfalls nicht nur ein glücklicher Zufall. Zunächst einmal war er gar nicht mein Onkel John, sondern Mr. John Flannery, der ehemalige Kollege meines Vaters im Staatsdienst, und als er in jenen ersten, frischen Herbsttagen den sauberen, aber leeren Flur unseres Hauses betrat, wußte er wohl selbst nicht, welche Rolle ihm damit zufiel.

Ich sah es als Glücksfall an, doch für meinen Vater war es schlicht die nächste Offenbarung der göttlichen Ordnung. Als Mr. Flannery auf einem der harten Holzstühle mit gerade Lehne im Atelier saß und hörte, was mit den Bildern geschehen war, mochte er es kaum glauben. Zweierlei wurde ihm sofort klar: Dieses Unglück, denn so sah er es, war ein Zufall, wie er nur einmal im Leben vorkam, und mein Vater glaubte mit solcher Leidenschaft und Zuversicht an die Bilder, daß er entweder komplett verrückt oder ein Genie sein mußte. Unser Gast setzte sich zurück und nippte an dem starken Tee ohne Milch, den ich ihm gebracht hatte, starrte zu meinem Vater hinüber und wartete darauf, seine Frage anzubringen.

Es entsprach den Überzeugungen meines Vaters, sich über das plötzliche Hereinschneien seines alten Freundes nicht zu wundern. Er hatte Mr. Flannery wie bei seinen wenigen früheren Besuchen willkommen geheißen, ohne zu stutzen oder sich zu fragen, mit welcher Absicht er gekommen sein mochte. Er ging davon aus, daß die großen, grandiosen Entwürfe der göttlichen Ordnung auf verschlungeneren Wegen offenbart würden, und war daher einigermaßen verdutzt, als Flannery sagte: »Ich hatte eigentlich gehofft, ein Bild kaufen zu können.«

Mein Vater sagte nichts. Mr. Flannery erklärte sich. Er war Mitglied einer nationalen Organisation zur Förderung irischer Kultur und hatte den Auftrag, ein Gemälde für eine Preisverleihung zu erstehen. Ich horchte an der Tür und wartete auf neue Katastrophen, bis ich nach langem Stillschweigen meinen Vater antworten hörte: »Es sind nur zwei, die hier drüben, schau.«

Mr. Flannery schaute. Ich konnte hören, wie er schaute. In der Stille fühlte ich, wie der leise Zauber dieser wunderbaren Bilder seine Gedanken gefangennahm, ihn das Meer spüren und riechen ließ, das in ihnen schäumte, mit seiner Ruhelosigkeit und Schönheit, in der mein Vater Gottes Wesen widergespiegelt sah. Mr. Flannery war überwältigt. Ich hatte nichts anderes erwartet, denn in den Wochen seit unserer Rückkehr hatte ich nach der Schule meinen Vater weiter an den Bildern arbeiten sehen und wußte, daß sie, um das mindeste zu sagen, etwas Außergewöhnliches waren. Vielleicht ließen sie sich keinen festgefügten Kategorien von Kunst zuordnen, aber in dem wilden Rausch jener Farben lag unzweifelhaft etwas Besonderes. Mein Vater wußte es ebenfalls. Er hatte es schon in seiner Hand gespürt, als er den Pinsel führte. Es war ihm damals bereits klar, daß er sein ganzes restliches Malerleben lang immer nur noch jene Ansichten vom Meer hervorbringen würde, wieder und wieder, um mit jeder Leinwand die Augenblicke an der Westküste bei Clare wieder heraufzubeschwören, in denen er glaubte, sein Pinsel bewege sich unter dem Antlitz Gottes. Als Mr. Flannery sprach, saß ihm ein dicker Kloß in der Kehle.

»Ja, die haben etwas«, sagte er.

Mein Vater gab keine Antwort. Ich stellte mir vor, daß auch er die Bilder voll Erstaunen betrachtete.

»Wieviel sollen sie kosten?«

Ich fühlte, wie meine Mutter die Treppe heruntergeeilt kam, um die Antwort zu vernehmen. Vor mir sah ich das plötzliche, gloriose Ende allen Elends, den endgültigen Sieg über Armut, Zweifel und die Härten des Lebens; Gott begann uns für all das zu entlohnen. Dann antwortete mein Vater.

»Sie kosten nichts«, sagte er.

»Nein, nein, William, was willst du dafür haben?«

»Gar nichts, oder sie sind nicht verkäuflich.«

Meine Hochstimmung verflog. Ich kannte den Ton in seiner Stimme. Meine Mutter kannte ihn ebenfalls, und selbst Mr. Flannery wußte genug, um nicht noch einmal nachzuhaken. Als einziges Zugeständnis erklärte mein Vater sich bereit, nur ein Bild fortzugeben; er bestand darauf, daß sein alter Freund es selbst aussuchte, und schnitt innerlich eine Grimasse, als dieser unverzüglich auf sein Lieblingsgemälde deutete. Mit einem Lächeln parierte er den Schlag und griff nach der Leinwand. Er wollte nichts weiter davon hören, stand mitten in seinem leeren Atelier, nur von einem dünnen Fädchen Überzeugung gehalten, als Mr. Flannery ihn ein letztes Mal bedrängte.

»Bist du ganz sicher, William?« fragte er. »Es scheint mir nicht richtig zu sein. Ich habe das Geld dabei, hier, willst du es nicht nehmen? Oder hör zu, gib mir etwas anderes, hm?«

Eine Pause, in der ich das Ohr an das Türholz preßte und fast das Rauschen jener fernen See zu vernehmen meinte, dann:

»Nein.«

Ein paar Augenblicke später war das Bild aus dem Haus. Ich sah von meinem Schlafzimmerfenster zu, wie Mr. Flannery es, in braunes Papier eingeschlagen, zu seinem Auto trug. Mein Vater schloß die Eingangstür und ging wieder in sein Atelier. Er setzte sich auf den Stuhl, schaute das letzte Gemälde an und lachte.

## 2

Es traf Muiris Gore unerwartet. Wie ein Wink von oben, sagte er im Pub zu zwei Männern, die mit ihm feierten. Als der Brief eintraf, las seine Frau ihn wie gewöhnlich vor ihm. Es zählte, wie er wußte, zu ihren kleinen Freuden, als erste die Post zu lesen und nur durch Lächeln oder Stirnrunzeln kleine Hinweise zu geben, die er ihr vom Gesicht ablas; sie sprach kein Wort, bis sie fertig war und er »Na?« fragte und sie »Hier« sagte und ihm den Brief gab. Während er las, sann seine Frau über die Neuigkeiten nach. Waren sie unerfreulich, sanken sie still und rasch in unerreichbare Tiefen ihrer Seele, und auch wenn ihr Mann im Lesen innehielt, sagte sie nichts, schluckte den Kummer herunter, der ihr in der Kehle saß, stand vom Tisch auf und wusch sich die Hände. Waren es gute Nachrichten, so wie dieses Mal, dann drängte es sie danach, sie hervorzusprudeln, sie begann unterdrückt zu kichern, versuchte, sich im Zaum zu halten, bis Muiris fertig gelesen hatte und mit einem Lächeln aufsah, das sie von den Zehen aufwärts wärmte und ihr ein befreites Lachen entlockte.

Doch diesmal lächelte Muiris nicht; er runzelte die Stirn. Unverständnis und Verwirrung wandelten sich zu Staunen, als er das Blatt Papier sinken ließ, zu seiner Frau hinblickte und zum erstenmal begriff, daß sie schlichtweg ein Engel war.

Wie konnte er es sich sonst erklären? Zu einem landesweiten Wettbewerb für irische Dichtung hatte sie eines seiner alten Gedichte eingesandt, und er hatte gewonnen. Die Preisverleihung fand in Dublin statt.

Zwei Wochen später legte Muiris mit der Fähre ab; zur Schonung seines guten Anzugs saß er in der offenen Kabine und bemerkte, daß die salzige Luft den Glanz seiner Schuhe bereits stumpf werden ließ. Er beschloß, seine Tochter nicht im Geschäft aufzusuchen. Es war nicht die richtige Zeit, um mit Isabel zu sprechen, dachte er, setzte sich in ein Raucherabteil und ließ das Land in einer dichten, weißen Wolke des Vergessens an sich vorüberziehen. An jenem Abend nahm er an der Preisverleihung im Rahmen eines festlichen Abendessens teil. Als der Cathaorlach, Sean O'Flannaire, sein Gedicht vorlas, dachte Muiris zurück an seine Frau auf der Insel, an das schillernde Lächeln in ihren Augen. Er schluckte schwer, erhob sich zu einer Verbeugung und war plötzlich wieder in Liebe zu der jungen Margaret Looney entflammt, während er als Preis ein Gemälde des westirischen Meeres von Mr. William Coughlan entgegennahm.

Am folgenden Morgen bestieg Muiris Gore in Dublin den Gegenzug, saß am Fenster, das in braunes Papier eingewickelte Gemälde neben sich, und begann auf der Rückseite einer Rechnung des Haushalts- und Eisenwarengeschäfts Nesbit & O'Mahony mit seinem ersten Gedicht seit dreizehn Jahren.

## 3

Es gibt kein Verstreichen von Zeit, nur ein Anwachsen von Schmerz; an dieser Lebensüberzeugung hielt mein Vater fest. Zeit existiert nur für den, der sie messen kann. In unserem Haus war aus den Batterien der Uhr auf dem Küchenfenster schon lange die Säure der Zeit ausgelaufen, und so lebten mein Vater und ich wie unter einer Art Zauberbann, in dem gelegentlich abgestorbene Blätter vor der Tür raschelten oder vom Fenster aus plötzlich ein übermütiger Frühlingsschauer zu sehen war. Nach unserer gemeinsamen Reise in den Westen schien mein Vater nicht mehr an eine Rückkehr dorthin zu denken. Es war, als hege er die Überzeugung, selbst das großartigste Bild, das er je zustande bringen mochte, würde noch von Gott zertrampelt und durchlöchert werden. Statt dessen zog er sich in sein Zimmer zurück und brütete bei abgeschaltetem Licht über der niederschmetternden Erkenntnis seines Versagens. Ich kann mir vorstellen, daß meine Mutter ihn dort besuchte. Er nahm keine Bilder mit heraus, um sie mir zu zeigen. Sein Schmerz wuchs.

Manchmal, wenn wir beim Tee saßen und es abends länger hell blieb, lud er mich mit einem Blick aus seinen glänzenden Augen Richtung Tür ein, mit ihm spazierenzugehen. Was wir dann auch taten. Stets im Eilschritt, stets zu rasch für ein echtes Gespräch. Mein Vater unterhielt sich nicht, er gab Sätze von sich.

»Das Leben ist ein Rätsel, wir können es nicht verstehen. Wenn man das einmal akzeptiert, ist es weniger schmerzhaft.« Eine Pause, und dann: »Oder sollte es zumindest sein.«

Wir stürmten in stummer Entschlossenheit, beladen mit unserem eigenen Schmerz, dahin, trugen ihn um die Ausläufer der äußeren Vorstädte herum, als könne das Laufen ihn lindern wie eine Salbe, als würde alles besser aussehen, wenn wir erschöpft waren. Doch dem war nicht so, und mein Vater, der bereits alt wirkte, als ich zwölf war, kehrte jedesmal als Greis nach Hause zurück. Er ging in sein Zimmer und setzte sich; der Atem pfiff durch seine papierdünne Brust, und er starrte auf Bilder, die er nicht malen konnte. Wo war Gott jetzt?

Sechs Sommer zogen an uns vorbei, ich bekam zum letztenmal Schulferien, aber wir fuhren nirgendwohin. Morgens lagen wir im Bett und warteten auf ein Zeichen.

Doch es kam keines.

Wie ich genau in den Staatsdienst eintrat, weiß ich nicht mehr mit Bestimmtheit. Vielleicht war Mr. Flannery daran schuld. Oder mein Vater. Die Schule war zu Ende. Ein Lehrer nach dem anderen trat vor die Klasse und warnte uns vor dem Leben. Ich las die Prüfungsergebnisse und schickte eine Bewerbung ab. Zu dem Vorstellungsgespräch in der Stadt trug ich meine grauen Hosen und einen alten Schulblazer mit abgeschnittener Brusttasche. Mein Vater dachte wohl, ich ginge auf eine Party. Amüsier dich schön, sagte er vom Atelier aus; er kam nicht heraus, um mich zu mustern, und ich ging nicht hinein, um mich anschauen zu lassen. Irgendwie ahnte ich, daß es besser war, ihm nichts davon zu erzählen. Zwei Monate nach Schulende hatte er weder eine Vorstellung, was ich weiter tun sollte, noch schien es ihn groß zu kümmern. Er sagte niemals: »Raus aus dem Bett« oder: »Such dir eine Arbeit« oder: »Mach etwas aus deinem Leben.« Er ließ mir einfach freie Hand und setzte damit vielleicht die mächtigste Geheimwaffe ein, über die er verfügte. Er ließ das Leben auf mich einstürmen, ohne daß ich darauf gefaßt war, und am Morgen des Vorstellungsgesprächs erwachte ich unversehens mit dem Gefühl, daß mein und nicht sein Leben aus dem Ruder gelaufen war. Ich mußte etwas tun. Und während mein Vater im Atelier pinselte und lasierte, um die Malversuche des Vortags zu tilgen und letztlich wiederum zu scheitern, schritt ich aus der Tür in das geheimnisvolle Labyrinth, dessen Biegungen und Gabelungen er bereits hinter sich gelassen hatte.

Es war ein herrlicher Spätsommermorgen, ein Tag so voller Licht und Hoffnung, daß es schien, als wolle der Sonnenschein sich einen Platz im Gedächtnis einbrennen. Der Tag, an dem für mich ein neues Leben begann, der Tag, dessen Sonnenstrahlen die Stadt leuchten und erglänzen ließen wie die blitzenden Türme und Zinnen eines mittelalterlichen Traumbildes, jenen Ort, der mit seinen beiden Kathedralen und den grüngedeckten öffentlichen Gebäuden entlang der Windungen des Flusses unter mir all die Erregung einer neuen Entdeckung verhieß. Ich saß oben im Bus ganz vorne, ließ mich durch die wechselnden Spiegelungen des gleißenden Sonnenlichts tragen und gab mich für eine Weile der Vorstellung hin, etwas Außerordentliches stünde bevor. Ein Neuanfang, von dem das leuchtende Blau Kunde gab. Ich erinnere mich, wie meine Hoffnung jenen Morgen sonnig überstrahlte. Ich bemerkte weder die verlorenen und starren Gesichter rings um mich noch den Verkehr, der an Kreuzungen zusammenlief und den trägen Fluß der Fahrzeuge noch mehr zum Stillstand brachte, alles auf einen Punkt zu, wie ein Begräbniszug, der sich der Stadt näherte. Ich bemerkte auch nicht, wie irgendwo hinter uns etwas mit einem leisen Klicken ins Schloß fiel, als wir die Treppe herunterkamen und durch das Licht eilten, hinter Bürotüren verschwanden, in denen sich der Sonnenschein spiegelte, und Kindheit und Unschuld für immer hinter uns ließen. Ich hatte alle Sinne nur auf den Neubeginn gerichtet, der für mich verzeichnet war, und begab mich aus der großen, erschreckenden Leere jener Spätsommertage in das Gebäude mit soviel Hoffnung und Erwartung im Herzen, wie ich sie nie wieder verspüren sollte.

Als man mir einen Monat später eine Stellung anbot, nahm

ich sie wie selbstverständlich an. Dies war meine Aufgabe. Ich würde im Staatsdienst arbeiten und Geld verdienen und das Haus in Schuß bringen und die Rechnungen bezahlen und für Heizung und Essen sorgen, während mein Vater die Bilder vollendete, die zu malen seine Lebensaufgabe war. Es paßte alles fugenlos zusammen, und nur die Frage, wie ich es meinem Vater sagen sollte, bereitete mir Schwierigkeiten.

Ich beschloß, die beste Gelegenheit dazu sei beim Teetrinken. Jeden Abend um schätzungsweise sechs Uhr klopfte ich an die Tür des Ateliers, und mein Vater hielt mit dem, was er tat oder nicht tat, inne. Er ging langsam in die Küche hinüber, reckte den Kopf über seinem langen Hals und kniff die Augen zusammen. Als hätten wir uns verabredet, fand auch ich mich dort ein, und wir setzten uns zu Brot, Butter und Marmelade, ächzend wie Schwerarbeiter, butterten uns durch das Schweigen und schauten durch das vorhanglose Küchenfenster auf das Haus an der Rückseite des Gartens. Mein Vater stippte sein Brot in den Tee, eine neue Angewohnheit, seit er im Frühsommer zwei Zähne auf seinem Toast gefunden hatte. Er schaute in meine Richtung und zerkaute bedächtig die breiige Masse. Zunächst mußte ich ihm mitteilen, daß ich mich überhaupt beworben hatte.

»Ich habe Neuigkeiten«, verkündete ich.

»Man hat dir eine Anstellung angeboten, Nicholas«, sagte er. »Nimm sie, wenn du meinst, daß sie das richtige für dich ist. Tu, was du für das Beste hältst.«

Und das war alles. Er sprach so ruhig und sachlich, so voll stillem, wohlmeinendem Verständnis, daß ich es für der Weisheit letzten Schluß hielt. Ich fragte nicht, woher er Bescheid wußte. Mein Vater war kein Mensch, dem man Fragen stellte, und als ich an jenem Abend meine Zusage abfaßte, kam mir die Erkenntnis, daß wohl die ganze Zeit über seine Hand auf meiner Schulter geruht haben mochte.

An einem Montag trat ich an. Man wies mir die eine Hälfte eines großen Mahagonipultes zu und MacMahon die andere. Wir waren untere Angestellte, trugen billige marineblaue Anzüge, weiße Hemden mit steifen Kragen und eine von drei Krawatten, die bis Dienstag bereits Fettflecken von den Resten des Kantinenessens aufwies. In einem endlos langen, rechteckigen Raum saßen wir sechzehn Anfänger einander an identischen Mahagonipulten gegenüber. Unsere Rasierwasser mischten sich. Wir schlugen Akten in grünen Pappdeckeln auf und vertieften uns stundenlang in die unlesbare Öde staatlicher Vorgänge. Die Uhr tickte. Hinter den hohen Fenstern am Ende des Raumes kam und ging das Licht. Erkältungen und Hustentropfen läuteten den Herbst ein. Jeden Morgen regnete es. Ich fuhr mit dem Fahrrad und erreichte das Stadtzentrum, über und über mit schwarzen Spritzern besudelt, das Gesicht vom Regen triefend. Von der großen Fußmatte hinter der Eingangstür führten die Abdrücke nasser Überschuhe als glitschige, schwarze Spur zur Treppe. Etwa auf halbem Weg hinauf waren die Verkünder des morgendlichen Wetters getrocknet, und wenn man durch die schwere Tür in das lange, blaßgrüne Büro hineinschlüpfte, war nichts mehr davon übrig, keine Spur von Wind oder Regen, nur noch jede Minute das stille Weiterrücken der Uhr, mit dem man sich durch die verstreichende Zeit bewegte, und das Aufschlagen der ersten Akte. Teepause, Mittagessen, um drei Uhr der Gang zum Archiv, Zigarettenstummel auf nicht weggespülten Urinlachen in der Männertoilette, wieder hinauf mit der Akte, die man nicht brauchte, hinsetzen und erneut den Schmerz im Gesäß verspüren, bis der erste Mutige um eine Minute vor fünf aufstand und den Mantel anzog.

Der Herbst verstrich in jenem langen Raum wie ein einziger Moment meines Lebens. Es war klamm, und der Geruch von feuchten Socken hing in der Luft. Kläglicher Höhepunkt war der Freitagmittag mit Dunkelbier als flüssiger Nahrung; danach kehrten wir alle sechzehn erst spät in das schläfrige, öde Rechteck zurück, versteckten am Nachmittag unsere hochroten Köpfe hinter Akten und warteten auf den Feierabend.

McCarthy war unser aufsichtführender Beamter. Er mußte sich mit niemandem einen Schreibtisch teilen, sondern saß ganz vorn an seinem eigenen. Sein Anzug, hieß es, kam aus Italien. Er redete uns mit »Mister« an und betrachtete uns zuweilen mit einer solch starren Seligkeit, als wäre für ihn das Kritzeln und Klecksen unserer Federhalter unter seinen wachsamen Augen gleichbedeutend mit dem geheimen inneren Treiben des Staates selbst. Er konnte uns ewig so anstarren, und während er das tat, ließen wir die Feder noch rascher über das Papier gleiten, als beherrschten wir die Kunst des Schönschreibens bis zur Vollendung, und blätterten belanglose Seiten hin und her, wie um in ihrer Leere die Runen der Zeit aufzuspüren. In unregelmäßigen Abständen erhob sich Mr. McCarthy und schritt aus dem Büro; im Vollgefühl der ihm übertragenen Wichtigkeit verließ er mitsamt seinen imposanten Revers zu wichtigen Staatsgeschäften den Raum. Wir brauchten etwa sechs Monate, um zu begreifen, daß er meistens nur zur Toilette ging und das Kämmerchen der Aufsichtsbeamten nur deshalb so häufig aufsuchte, damit sich kein Staub auf seinem Anzug ablagerte. Jedenfalls schoben wir, sobald er ging, die Stühle zurück, lockerten den Griff, mit dem das Leben uns im Zaum hielt, und warteten, den Blick zur Tür gerichtet, die Federn bereit, auf seine Rückkehr.

Jeder Herbst war klamm und naß. Blätter ballten sich im Rinnstein zusammen oder tanzten mit geisterhaften Hüpfern vor der Hintertür, während mein Vater und ich uns zum Tee setzten. Der Winter kam rasch. Die Straßen wurden zu Eisflächen, und im Januar fuhr ich morgens so langsam in die Stadt, daß jede Drehung des Rades unter mir ein weiteres, unmeßbares Fetzchen meines Lebens abzuhobeln schien, bis ich um Wochen gealtert und müder als bei meinem Aufbruch am frischen, klirrend kalten Morgen im Büro ankam. Die Tage verstrichen, abends hing dicker Qualm aus Kohleöfen in der Luft, Nebelschwaden, die im gelben Licht der Straßenlaternen kreiselten und die Sterne verhüllten. Als es Frühling wurde, nahm ich kaum Notiz davon. Es war keine Tropfspur mehr auf den Treppen zum Büro, der Himmel, der an den hohen, geschlossenen Fenstern über McCarthys Kopf vorbeijagte, malte wie mit Pinselstrichen die rasch wechselnden Farben des Tages nach. Einen Augenblick lang blieb er tiefblau, still und wolkenlos, und es war Sommer. Wir starrten hinauf zu jenem Fleckchen Verheißung, das im Fenster schwebte, senkten dann die Köpfe, tauchten unsere Federn ein, und es war wieder Herbst.

Eines Morgens rief mich McCarthy zu sich. Seine Erscheinung war von äußerster Akkuratesse. Wer neben ihm stand, kam nicht umhin, seine untadelige Rasur, sein sorgfältig gekämmtes Haar und seinen makellosen Anzug zu bemerken. Er saß stets so, daß er die Bügelfalten seiner Hose nicht ruinierte; nur das letzte Eckchen seines Hinterteils ruhte auf der Sitzfläche, und er beugte sich zu seinem Schreibtisch vor, wie auf dem Sprung, an die Arbeit zu gehen oder plötzlich hochzufahren, durch den Raum und aus der Tür zu marschieren, faltenlos, perfekt gebügelt. Er war der richtige Mann am richtigen Ort; das wirre, wilde Chaos, welches das Leben ihm hingeworfen hatte, war unter seinen Händen zu der einen, untadeligen Bügelfalte seiner Arbeit geglättet worden. Er sah mich an und senkte die Stimme zu einem Flüstern.

»Ich habe eine Unterredung Ihretwegen geführt«, sagte er und glitt auf seinem Sitz noch weiter vor, bis seine Knie die meinen berührten. »An oberster Stelle.«

Im unablässigen Glanz seiner braunen Augen sah ich, wie er mein Leben nahm und faltete, es in Form bügelte und mir wieder aushändigte.

»Eine Anfrage«, flüsterte er, schob die Hände zwischen seine Beine und ließ sie dort, nickte, nickte einfach nur, während er dem jungen Mann ins Herz sah, der wie ein Stern in die perfekte Ordnung der staatlichen Galaxien aufsteigen sollte.

»Eine vielversprechende Anfrage, Mr. Coughlan«, flüsterte er und warf plötzlich einen wachsamen Blick auf die über ihre Schreibarbeiten gebeugten Köpfe. »Sehr vielversprechend«, sagte er aus der Falte seines Mundes heraus, während seine Augen frei im Raum umherschweiften.

Danach saß ich wieder an meinem Schreibtisch, schaute auf die Uhr, griff zur Feder und ließ sie in der Luft schweben. Das Licht schwand hinter dem Fenster dahin, ich sah auf die Akte vor mir und stellte, wiederum aufblickend, plötzlich fest, daß drei Jahre meines Lebens vergangen waren.

## 4

Zu Beginn jener Woche, in der Isabel Peader O'Luings Heiratsantrag entgegennahm, stand sie mit einem Besen mitten im Laden und lauschte nicht zum erstenmal auf die Stimme des Zweifels. Drei Jahre waren vergangen. Maire Mor war tot, und die Führung des Geschäftes war mehr oder weniger ganz in Isabels Hände übergegangen. Sie hatte es gewienert und herausgeputzt, die Regale erneuert, den Bestand gelüftet und die alten Tweedballen in den Hinterhof geworfen, wo die Motten der Zeit mit einem feinen *Pfffhmp* aus ihnen entwichen. Doch nach wie vor blieb von Montag bis Samstag in O'Luings Wolle- und Tweedgeschäft die Kundschaft aus; den Großteil der Lieferungen erledigte Peader mit seinem roten Ford, und der Laden blieb das bräunliche, stumme Reich der Geister der Familie O'Luing.

Im Lauf der drei Jahre hatte Isabel sich daran gewöhnt. Liebe, stellte sie fest, war wie alles andere. Sie wurde zu einer Gewohnheit des Herzens. Man gab sich ihr hin und folgte ihr dann Tag um Tag, spürte immer tiefer den unveränderlichen Pfaden der Gefühle nach. Jeden Morgen erwachte sie in der Wohnung und ging durch Galway, schloß den Laden auf und erwartete nicht mehr als einen höchst flüchtigen Kuß von Peader, wenn er die Treppe herunterkam und sie leicht umarmte, bevor er hinausging. Diese Liebe war nun einmal so. Isabel hatte nichts anderes verdient. Ihre Gefühle hatten allmählich ein Muster geschaffen, nach dem sie lebten – die Kühle am frühen Morgen und dann die aufflammende Liebe am Abend und in der Nacht, die sie wie Fremde zusammenkommen ließ, bis sie Stunden später auf dem Rücksitz des Autos unter dem erschöpften Mond des frühen Morgens einander den Atem ins Gesicht hauchten. Peader wollte nicht, daß sie bei ihm einzog. Als seine Mutter starb, sah Isabel das schlechte Gewissen wie eine Welle über ihm zusammenschlagen. Einen Monat lang war er außer sich vor Zorn. Er nahm es seiner Mutter übel, daß sie gestorben war, so als sei dies ihre letzte verzweifelte Bemühung gewesen, ihm ihren Willen aufzuzwingen und sich an die Stelle des Mädchens zu drängen. In der Nacht der Totenwache trank er elf Pints, sieben Jamesons und zwei Gläser Wodka, tanzte mit der ganzen Gesellschaft vom Pub zur Ladentür herein und stürzte in einer Lache von Erbrochenem auf dem Fußboden zusammen. Am Morgen wusch Isabel ihm das Gesicht. Für sie war er ein verletzter Vogel mit gebrochenen Schwingen, den sie wieder zum Fliegen zu bringen vermochte, und sie glaubte, ohne seine Mutter würden sie zumindest die Gefilde eines etwas gesicherteren Glücks erreichen können. In der Woche nach der Beerdigung erschien ihr Peader unbeschwerter und glücklicher, als sie ihn je erlebt hatte. Er drückte fest ihre Hand, bevor er morgens den Laden verließ. An den ersten Juniabenden ging er unter dem blauen Baldachin des Himmels mit ihr tanzen.

Dann, um die Mitte des Sommers, brach das schlechte Gewissen durch. Sie stellte ihm morgens eine Frage, und er schrie sie an. Sie warf ihm vor, er sei nicht fair, und er versetzte ihr mit der flachen Hand einen Hieb auf die Wange.

Der brennende Schmerz ließ den ganzen Tag über nicht nach. Sie saß hinter der Ladentheke und weinte, rieb mit den Fingern über die immer stärker glühende Stelle und versuchte, Haß in sich zu finden. Nein, sie konnte ihn nicht wirklich hassen, ihr Zorn verloderte zu rasch, und im Verlauf von sechs stillen Stunden, in denen sie gefangen in der Falle der Liebe auf und ab lief, begriff sie nur, daß es nicht zu begreifen war. Sie war hineingeraten und kam nicht wieder heraus. So unbekümmert sie als Schulmädchen durch die Tür in sein Leben getreten war, so wenig konnte sie es nun wieder leichthin hinter sich lassen. Sie mußte bleiben, sagte sie sich, und faßte dann unvermittelt den Entschluß, ihn zu verlassen. Sie drehte das vom Wetter ausgeblichene Pappschild an der Eingangstür um und betrachtete für einen Augenblick die Inschrift GESCHLOSSEN in trübem, flüchtigem Triumph, den niemand sonst bemerkte. Sie wandte sich um und schaute auf die Tuchballen in Graubraun und Mausgrau, die sie plötzlich zu ersticken schienen. Zunächst wollte sie nur einen herausziehen, um ihren Zorn an etwas auszulassen. Doch im nächsten Augenblick hatte sie ein halbes Dutzend heruntergerissen und rollte die großen Tweedbahnen über den Ladentisch und durch das ganze Geschäft. Sie nahm die Registrierkasse und schmetterte sie zu Boden, wobei die Glocke zu Bruch ging und die Münzen wild durcheinanderklirrten. Noch immer empfand sie keinen Triumph, kein Gefühl von Befreiung. Der Laden war jetzt lediglich ein heilloses Durcheinander, jedoch nicht so zerstört oder nicht wiederzuerkennen, daß er Isabels zerrissenes Herz widergespiegelt hätte. Es war nicht genug; sie nahm ihren Mantel und ging hinaus auf die Straße. Was konnte sie tun? Was konnte sie tun, um es ihm zu zeigen? Um das furchtbare Gefängnis einzureißen, das ihr Herz um sie errichtet hatte? Er war nicht das, was sie wollte. Er war so vieles nicht, und dennoch. Sie ging die Shop Street entlang, unschlüssig, wohin sie sich wenden und ob sie je zurückkehren sollte. An der Brücke spürte sie die frische Meeresluft. Sie lief weiter, die Seepromenade entlang, und fühlte, wie hoffnungslos weit entfernt sie von den Spaziergängen am Meer auf der Insel ihrer Kindheit war. Was konnte sie tun? Ein Wagen hielt an, und ein Mann fragte mit deutschem Akzent nach der Straße Richtung Spiddal. Sie setzte sich neben ihn. Aus dem Radio tönte Fiedelmusik.

Sie spielte auch, als er Isabel zwei Tage später nach Galway zurückbrachte, sein Körper noch warm und in Aufruhr von ihrem, und sie zum letztenmal fragte, ob sie nicht mit ihm nach Donegal fahren wollte.

Isabel ging zurück zum Laden in dem Wissen, daß sie von Peader O'Luing nicht loskam; ihre Liebe zu ihm war ein Wust aus Widersprüchlichkeiten und Schuldgefühlen, aber sie würde nie wieder zulassen, daß er sie schlug.

Sein Wagen stand in der Straße vor dem Laden. Das Schild GESCHLOSSEN hing noch immer an der Tür. Isabel wollte gerade aufsperren, als Peader öffnete. Der fade Geruch und die stickige Luft im Inneren trafen sie wie ein Schlag. Die Tuchballen waren nicht fortgeräumt. Er stand da, hoffnungslose Zerknirschung im Blick, und deutete stumm auf den verwelkten Strauß Tulpen, den er zwei Tage zuvor für sie gekauft hatte. Beweise seiner Reue, die er nun wie Kronzeugen vorwies.

Isabel nahm ihm die Blumen ab, begegnete seinem erwartungsvollen Blick und ließ sie zu Boden fallen.

»Für wen hältst du mich?« fragte sie ihn völlig ruhig.

»Ich liebe dich.«

»Für wen hältst du mich?« wiederholte sie.

»Es tut mir leid.«

»Du hast mich geschlagen.«

»Herrgott, Issy.«

»Du hast mich geschlagen, weil du mich haßt.«

»Es tut mir so leid. Es tut mir so verdammt leid, Issy. Herrgott noch mal.«

»Wie soll ich mir jetzt vorkommen?« fragte sie in sein halb abgewandtes Gesicht. »Soll ich mir fabelhaft vorkommen, wegen denen da?« Sie hob die welken Blumen auf und hielt sie ihm unter die Nase. »Soll ich denken, daß damit alles in Ordnung ist? Soll ich das denken, Peader?«

Unter dem Ansturm der Qual zögerte Peader einen Augenblick. Sein Vater stand hinter ihm und lachte. Peader spürte, wie sein Gesicht brennend rot wurde, dann bedeckte er die Augen mit den Händen, schrie laut vor Wut über die Geistererscheinung und fiel auf die Knie.

»O Gott!«

Darauf war sie nicht gefaßt; in der Maschinerie der Liebe schnappte etwas ein und ließ den Film zurücklaufen, dort, in dem verwüsteten Laden an jenem Sommermittag, ließ Isabel in ebendem Augenblick zu Peader zurückfinden, als sie seine dürftige Liebe hätte hinter sich lassen können.

»Haßt du mich?« fragte er sie.

Es war ein Moment, der immer wiederkehren sollte, sich wieder und wieder in den Kammern ihres Gemüts abspulte. *Haßt du mich?* Wie er dastand, mit seinen dicken Lippen und dem zerknirschten Gesichtsausdruck, himmelweit entfernt von dem Prinz ihrer Träume; und doch hielt sie ihn nur Augenblicke später in den Armen, erlebte die Welt neu mit der furchteinflößenden Zärtlichkeit, die aus Kummer erwächst, und versank in verzweifelte Küsse, die darauf brannten, das Paradies neu zu erschaffen.

## 5

Isabel ließ Peaders Heiratsantrag eine Woche lang in der Schwebe. Sie schrieb einen Brief an ihre Mutter und beschloß dabei, zum erstenmal ihre Gefühle für Peader zumindest teilweise schriftlich niederzulegen. Da sie fälschlicherweise glaubte, Margaret Looney würde die Widersprüchlichkeit der Beziehung nicht verstehen, beschrieb sie nur die rosige Seite. Sie gedachte damit den Boden zu bereiten, den Eltern allmählich die Vorstellung einer Heirat nahezubringen, die, wie sie wohl wußte, ihren Vater vollends zerschmettern würde. Außerdem mochte es rasch dazu kommen; sie fürchtete, schwanger zu sein.

Als Margaret den Brief bekam, erfaßte sie sofort seine wahre Bedeutung und wußte, daß vielleicht schon bald eine Hochzeit anstand. Muiris war drinnen und überarbeitete den neunten Entwurf eines neuen Gedichtes, als sie von der Türschwelle aufs Meer blickte und überlegte, wie sie es ihm sagen sollte. Sie hatte Angst, den dünnen Faden des Glücks zu zerschneiden, den er nun in seiner Arbeit gefunden hatte, und steckte den Brief in ihren Morgenmantel, bis sie zu einer Entscheidung gekommen war. Später am Abend, als ihr Mann aus dem Haus gegangen war, setzte sie sich zu Sean, der Fernsehen schaute. Er war zu einem dünnen, bleichen Mann herangewachsen, seine Kindheit war davongeschwommen wie eine Flasche im Meer und mit ihr seine Liebe zur Musik. Kein Funke schien mehr in ihm zu glühen, und er lebte fort, stumm wie eine Insel in den weiten, unerforschlichen Ozeanen seines getrübten Gemüts. Er würde nie von zu Hause fortgehen, und seine Mutter umsorgte ihn ohne Bedauern; in seinem hoffnungslos rätselhaften Zustand sah sie einen weiteren Beweis für die Steine, die sich der Liebe in den Weg legen. Sie war nicht sicher, ob Sean den Fernsehsendungen wirklich folgte oder nicht, doch immerhin schienen sie ihm einen gewissen Frieden zu bescheren, und so hing er Abend für Abend da, den Kopf zur Seite geneigt, und starrte auf die Bilder aus anderen Welten. An jenem Abend öffnete Margaret, ohne recht zu wissen warum, den Brief und teilte ihm mit, er komme von seiner Schwester. Während Sean weiter auf den Bildschirm starrte, las sie ihm den Inhalt vor.

Er zeigte keine Reaktion, und Margaret nahm an, daß die Nachricht an ihm vorbeigegangen war. Am folgenden Tag jedoch kam Dr. Connell und sagte, Seans Zustand habe sich verschlechtert. Muiris und Margaret standen in der Küche und blickten auf ihren Sohn, der unter der Decke in seinem Sessel saß; beide sahen klar und deutlich das kunstvolle, verschlungene Netz, in das er sich einspann. Er wies die Nahrung zurück, rollte sich zu einer Kugel zusammen und blickte starr in eine kummervolle Ferne. Nicht zum erstenmal wurde den Eltern geraten, ihn aufs Festland in Pflege zu geben, und nicht zum erstenmal weigerten sie sich. Es erscheine ihr nicht recht, sagte Margaret, ihn fortzuschicken, als sei er ein Schandfleck. Er sei ihr Sohn und würde bei ihnen auf der Insel bleiben, solange sie dort lebten. Muiris ging hinaus in den kleinen Vorgarten und ließ Nachbarn ein, die dem Patienten einen Besuch abstatten wollten. Es fiel ihm nicht leicht, die Schar mitfühlender Seelen zu ertragen, jene kleine Versammlung von Teetrinkern und Betenden; so ging er statt dessen hinaus in den Nieselregen und formte seine Verzweiflung zu den ersten Worten und Sätzen eines neuen Gedichts. Er sah zu, wie Meer und Regen das Festland fortrückten, und warf sein Gebet, es möge etwas geschehen, aus wie eine Angelrute, flehte darum, daß nicht Willkür die Welt regierte und eine unendliche, göttliche Majestät ihm Antwort gab.

Auch nach einer Woche ging es Sean nicht besser. Wenn überhaupt eine Veränderung spürbar war, so schien er nur noch weiter in eine unbekannte Welt zu entschwinden, und seine Mutter beschloß, Isabel in einem Brief davon zu unterrichten. Er erreichte das Geschäft an jenem Morgen, als Isabel endgültig Antwort auf den Heiratsantrag geben sollte. Sie riß den Brief auf, sperrte den Laden zu und fuhr mit der Fähre heim.

Als ihr Vater sie abholte und ihre Hand ergriff, um ihr auf den Pier zu helfen, kamen ihm plötzlich die Tränen, die er mit Husten und kräftigem Schlucken verdrängte. Sie ging an seiner Seite, eine strahlend schöne Frau, den Kopf hoch erhoben und das unbedeckte Haar in alle Richtungen fliegend. »Wie geht es ihm?« fragte sie, und als er antwortete, sah er ihr Gesicht an jenem Nachmittag vor sich, als sie Sean von den Klippen heimgebracht hatte. Die Leben seiner Kinder flatterten wie Laken an der Leine seines bis zum Zerreißen angespannten Gemüts. Dies nun würde sie zusammenbringen, dachte er. Es war so etwas wie ein Familiengeheimnis, ein seltsames Band, denn obgleich weder Muiris noch Margaret jemals wieder mit ihrer Tochter über jenen unglückseligen Tag gesprochen hatten, war er doch stets gegenwärtig, wenn sie alle beisammensaßen.

Vater und Tochter gingen schweigend heim, leise schwankend unter der Bürde ihres Lebens. Muiris entwarf in Gedanken ganze Ansprachen, einleitende Sätze, vorsichtige Annäherungen an das tückische Gelände von Isabels zweitem Leben auf dem Festland, brachte es aber nicht über sich, sie zu äußern. Warum eigentlich nicht, dachte er; warum kann ich nicht mit ihr darüber sprechen, einen Anfang machen. Ihm kam ein Satz in den Sinn, er legte ihn sich in Gedanken zurecht – und ließ ihn mit dem Wind verfliegen. Es war hoffnungslos. Was immer es genau war, er konnte diese warme, aber wortlose Verbundenheit zwischen ihnen nicht aufs Spiel setzen, und als sie zum Haus kamen und Margaret die Tür öffnete, erkannte er, daß das, was nun zwischen den beiden geschah, ihm für immer verwehrt bleiben würde.

Isabel schmiegte sich eng an ihre Mutter, fügte sich nahtlos ein wie ein Puzzlestück.

»Es geht ihm nicht gut, Isabel«, sagte Margaret und trat ein paar Schritte zurück, während ihre Tochter in Seans Zimmer ging. Da Muiris dabeistand, als Zeuge der tiefen Zärtlichkeit, die Isabel ihrem Bruder entgegenbrachte, konnte Margaret Looney ihrer Tochter noch nicht mitteilen, daß sie fürchtete, einen Fehler gemacht zu haben, indem sie ihrem Sohn Isabels Brief vorlas. Jetzt war nicht die Zeit für Erklärungen; Mutter und Vater sahen stumm und starr zu, wie Isabel den Kopf ihres Bruders in ihre Arme bettete und ihm eine Begrüßung zuflüsterte, von der sie nicht wußte, ob sie ihn erreichte.

Der Sturm heulte um die Fenster, die Nacht brach herein. Als Isabel zum Abendessen in die Küche kam und Muiris zur Tür hinaus in den tosenden Wind verschwand, mit zügigem Steuerbordkurs in Richtung Pub, fragte Margaret ihre Tochter zum erstenmal nach ihrem Befinden.

»Mir geht es gut.«

»Ist es so schwer, es mir zu sagen?«

»Was zu sagen?«

»Daß du ihn vielleicht heiraten willst.«

Isabel löffelte ihre Suppe; die Stimme ihrer Mutter war so leise, daß Sean im angrenzenden Zimmer sie nicht hören konnte.

»Er hat mich darum gebeten.«

»Das weiß ich. Das weiß ich. Und was hast du ihm geantwortet?«

»Nichts.«

»Aha.«

»Ich sagte, ich würde ihm in einer Woche antworten.«

»Und wann ist das?«

»Heute.«

»Du bist dir also nicht sicher?«

Sobald sie dies gesagt hatte, wußte Margaret, daß sie weiter vorgedrungen war als beabsichtigt, daß ihre eigene verzweifelte Sehnsucht nach ihrer Tochter durch den Raum huschte und gleich wie ein Dämon über das Hereinbrechen von Kummer und falschen Entscheidungen zu heulen beginnen würde. Warum, warum nur hatte sie damals diese Liebe nicht unterbunden, als sie noch die Chance dazu hatte?

»Ich bin mir nie sicher«, antwortete Isabel schlicht. »Manchmal bin ich es, und am nächsten Tag weiß ich gar nichts mehr. Dann frage ich mich, ob ich mir eigentlich je über irgend etwas im klaren bin.«

»Du mußt dir doch sicher sein können, was du für ihn empfindest.« Wieder spürte Margaret in ihrem Beharren die Alarmglocken läuten.

»Kannst du das? Ich nicht.«

»Dann solltest du ihn nicht heiraten.«

Da, es war heraus; sie hatte die Worte ausgesprochen, die ihr vielleicht ihre Tochter nehmen konnten; schon sah sie sich als Schwiegermutter des Mannes, als jene mißbilligende Person dort auf der Insel, die er niemals würde besuchen wollen. Schon jetzt war sie seine Feindin, und sollte ihre Tochter sich für ihn entscheiden, schien es kein Zurück zu geben; denn der Teil von Isabel, der Peader liebte, mußte die Mutter notwendigerweise hassen. Sie haderte noch mit der Erkenntnis, wie hoffnungslos ihre Lage war, als Isabel ihr mit einer Frage antwortete.

»Warst du dir denn sicher?«

»Ja«, sagte sie rasch, flog in Gedanken zurück nach Donegal und war wieder das Mädchen, das mit dem Brief im Korb die Straße entlanglief, erinnerte sich wehmütig, wie beflügelt, beschwingt sie heimgegangen war, nachdem sie ihn gesehen hatte.

»O ja, das war ich«, sagte sie, »und so sicher mußt du dir auch sein, Isabel, bei allem, was dir noch bevorsteht. Du brauchst diese Gewißheit. Denn es wird Prüfungen geben, und wenn es soweit ist, mußt du mit Bestimmtheit wissen, daß er der Richtige war.«

Im Nebenzimmer stöhnte Sean auf, ein spinnwebfeiner Ton, aber Isabel stand auf, um zu ihm zu gehen.

»Ich weiß es nicht«, sagte sie und entfernte sich.

## 6

Am folgenden Morgen zog der Regen fort, und Isabel schob Sean in seinem primitiven, klapprigen Rollstuhl hinaus. Die Straßen der Insel glichen eher uralten Pfaden und schüttelten ihn ordentlich durch, während sie vom Haus weg auf den breiten Bogen des Meeres zuhielten. Er saß schweigend, in sich zusammengeknickt da, und Isabel spürte beim Schieben sein totes Gewicht, hatte zu kämpfen, kaum daß sie aus dem Dorf heraus waren. Dennoch bugsierte sie ihn weiter voran, fort von ihrem Heim, um seinet- wie um ihretwillen. Als sie an jenem Morgen erwachte, hatten im ganzen Haus plötzlich drängend die Fragen des vergangenen Abends widergehallt. Sie hatte nachts in ihrem alten Bett gelegen und das Fenster geöffnet, um das Raunen der nächtlichen See zu vernehmen. Es waren keine Sterne zu sehen gewesen, und die Schatten der vorbeiziehenden

Wolken schwebten dahin wie dumpf brütende Geister. Sie schlief unruhig, und beim Frühstück wandelte sich das Gefühl, an einem Abgrund ihres Lebens zu stehen, auf einmal in den drängenden Wunsch, mit Sean ans Meer zu gehen.

Sie ließen die Häuser und die morgendlichen Grüße hinter sich, zwei stumme Figuren, Bruder und Schwester, die die gleiche Strecke durchmaßen wie vor vielen Jahren, als der Unfall geschehen war und Isabel erstmals das Gefühl hatte, all ihre Träume seien von nun an der Zerstörung preisgegeben. Sie war zornig auf sich, weil sie nicht wußte, was sie in bezug auf Peader tun sollte, und verachtete sich für die Geringfügigkeit ihrer Sorgen, sobald sie auf ihren Bruder im Rollstuhl blickte. Das Leben, dachte sie, ballte sich als sinnloser Wust um sie zusammen, und all die Erregung, das Staunen ihrer Mädchenzeit auf der Insel war nun verebbt: Sean war nicht wieder gesund geworden, Peader erschien ihr wie ein buntbemalter Liniendampfer, halb im Wasser versunken, mit einem häßlichen Leck, das offenbar sie zu beheben hatte. Die beiden schienen in ihren Gedanken eng miteinander verbunden; wenn sie Peader heiratete, vielleicht…

Langsam bewegten sie sich auf die Klippe am äußersten Rand der Insel zu. Isabel war nicht sicher, ob Sean sich überhaupt an den Unfall erinnerte. Gewiß war er seit Jahren nicht mehr dortgewesen, und obwohl seine Schwester den Grund nicht genau hätte erklären können, drängte es sie an diesem Morgen in Begleitung von Sean mit aller Macht dorthin. Die Möwen flogen von ihren Plätzen unterhalb der Kante auf und lachten heiser über ihren Köpfen, während Isabel sich mühte, den Rollstuhl über die Steine zu schieben. Der Himmel war von Wolken durchzogen, und der Wind machte die Luft gläsern. Die Seevögel schwebten und stießen herab, schraubten sich dann wieder in schönen Schwüngen aufwärts, als folgten sie den unsichtbaren Spuren von Gottes Herzen. Atemlos und hochrot im Gesicht ließ Isabel die Bremsen des Rollstuhls einrasten und setzte sich auf die Felsen, ihr verknotetes Haar im Mund, bevor sie es freischüttelte und ihren Bruder ansah.

»Weißt du, wo wir hier sind?« fragte sie ihn. »Das ist die Stelle, wo wir an jenem Tag nach der Schule waren.« Sie blickte aufs Meer hinaus. »Von dem Tag an ging alles schief.« Sean rückte in seinem Sitz zur Seite und hielt den Blick auf den fernen Horizont geheftet.

»Danach ging es mir nie mehr richtig gut. Genau wie dir. Ich wünschte nur, du wärest wieder wie früher, weißt du das? Daß es dir einfach besserginge und du aufstehen könntest und sagen ›Na, wie steht's, Mädel?‹ oder sonst etwas, und dann würden wir nach Hause gehen, und ich könnte dir von Peader erzählen, und du würdest mir helfen. Das würdest du bestimmt.«

Sie ließ die Worte im Wind verstreichen und saß eine Weile da, bis ihr plötzlich aufging, daß sie in Erwartung eines Wunders hergekommen war. Darauf harrte sie, auf den Augenblick, in dem Gott noch einmal an den Klippen vorbeischwebte und Sean mit einem Nicken seine Gesundheit wiederschenkte. Denn in jenem Augenblick würde der Riß in ihrem Leben heilen, und die Ehe mit Peader wäre der siebte Himmel, von dem sie einst geträumt hatte. Es würde das Zeichen sein, auf das sie wartete.

»Du weißt, daß er mich gebeten hat, ihn zu heiraten«, sagte sie. »Ich weiß, daß du es weißt. Mutter denkt, daß es dir deswegen jetzt so viel schlechter geht. Stimmt das, Sean? Ich weiß nämlich noch gar nicht, ob ich ihn heirate. Ich habe mich noch nicht entschieden. Weiß auch nicht, ob ich es je tun werde. In mancher Hinsicht liebe ich ihn und in anderer nicht. Überhaupt nicht. Das heißt wohl, ich sollte ihn nicht heiraten. Was meinst du?«

Sean rührte sich nicht, und Isabel sprach nicht weiter, wartete nur in dem langsam dahinziehenden Morgen und hielt am unveränderlichen Horizont des westlichen Meeres Ausschau nach einem Zeichen von Gottes Näherrücken. Seit ihrem Fortgang von der Insel besuchte sie die Kirche nicht mehr und sprach auch keine förmlichen Gebete. Dennoch glaubte sie daran, daß es irgendwo in den unerforschten Weiten des Himmels einen Gott gab, der in ebenjenem Augenblick das Leben eines ahnungslosen Unschuldigen heimsuchte. Es war Aberglaube ebenso wie Glaube, der sie dort am Rand der Klippe festhielt, in der Hoffnung auf ein Zeichen, auf etwas, das den Knoten ihres Lebens auflöste. Eine Stunde verging. Und noch eine. Ihnen wurde kalt. Selbst die Möwen gaben auf und flogen fort. Komm schon, komm schon, komm schon, drängte Isabel in stummem Flehen, der Himmel möge zerreißen und Gnade auf sie herabregnen lassen. *Komm schon, komm schon.*

Es kam nichts außer dem Nachmittag und dem Hunger und den Geistern der Verzweiflung. Sean gab keinen Laut von sich und saß regungslos da, den Blick in einer Art seliger Entrückung ins Leere gehend, als umschwebten ihn die Engel von allen Seiten.

## 7

Isabel gab Gott jede Chance. An jenem Nachmittag zog sie den Rollstuhl hinter sich her nach Hause, so daß Sean den Schauplatz rückwärts fahrend im Blick behielt, und schwor sich, wieder mit ihm dorthin zu gehen, sofern am folgenden Tag schönes Wetter war.

Und so geschah es.

Es war eine Art Mahnwache, und in jener Woche, die Isabel

daheim verbrachte, sah ihre Mutter jeden Morgen zu, wie sie Sean in die Decke wickelte und mit ihm aus der Haustür davonschob. Margaret ahnte, was vorging, und litt schweigend angesichts des verzweifelten Aufruhrs von Liebe und Hoffnung im Herzen ihrer Tochter. Sie wußte, daß auch dies zum traurigen Rätsel des Lebens gehörte – das unlösbare Geheimnis, warum die Dinge so sind, wie sie sind, und warum wir uns bemühen, die Ereignisse zueinander in Beziehung zu setzen, ihnen noch so an den Haaren herbeigezogene Bedeutungen überzustülpen. Sie verstaute Plätzchen unter der Decke und sagte nichts, weil sie wußte, daß Isabel nicht anders konnte, und das menschliche Bedürfnis, einem anderen zu Hilfe zu kommen, mächtiger war als Feuer. Sie sah die beiden um die Mitte des Vormittags fortgehen, kniete beim Herd nieder und sprach ihr eigenes Gebet.

Wenn Isabel und Sean am Schulhaus vorbeikamen, gab Muiris den Schülern eine Aufgabe und blickte aus dem Fenster. Ihr Anblick zerriß ihm das Herz, denn er spürte Isabels verzagte Hoffnung so lebhaft in sich wie damals, als der Unfall wie ein Blitz in sein Leben eingeschlagen und er sich im flehentlichen Gebet die Knie seiner Hosen durchgescheuert hatte. Nun schmerzte die Wunde um so stärker, da er wußte, daß ihre Wünsche und Gebete fruchtlos waren und jede neue Mahnwache am Rand der Klippen ihr unschuldiges Herz ein Stück weiter zerriß. Er wünschte, es möge etwas geschehen, nicht nur wegen Sean, sondern nun auch um ihretwillen; und solange sie fort waren, schwirrten ihm während des Unterrichts halb ausgesprochene Gebete durch den Kopf, er möge tot umfallen und sein Sohn dafür aufstehen und wieder laufen können.

Die Schüler beendeten ihre Aufgaben, während der Lehrer sich in Gedanken verlor. Sie kritzelten auf die Pulte oder feuerten tintenbeschmierte Papiergeschosse ab, von denen einige mit einem kleinen, schmatzenden Geräusch gegen das Gemälde an der Rückwand prallten, dem Isabel den Titel *Der Schatz* gegeben hatte, jenem großflächig in Eiche gerahmten wildbewegten Seestück des Malers William Coughlan.

In der Klasse herrschte bereits einiger Tumult, bis Muiris sich endlich von den Gedanken an Sohn und Tochter losriß. Er ließ den Blick wie eine Peitsche durch den Raum schnellen und erwog über die gebeugten Köpfe hinweg alle Arten von Händeln mit Gott. Der Tag nahm kein Ende, die Wolken ballten sich allmählich unheilschwanger zusammen, und die See schäumte ohne Unterlaß. Es gab keinen Ausweg, und in solchen Augenblicken empfand Muiris es als besonders bedrückend, auf einer Insel gefangen zu sein. Es war, als sei die See ringsum das unerbittliche und unergründliche Herz des Lebens selbst, in das seine Fragen wie Steine eintauchten und versanken. Er wünschte, er hätte eine andere Perspektive vor Augen, und wies die Klasse unvermittelt an, die Federhalter beiseite zu legen und der Geschichte von Moses' Zug durch das Rote Meer zu lauschen. Obwohl er sie den älteren Schülern bereits einmal erzählt hatte, konnte er sich während des Sprechens einen Augenblick lang wirklich vorstellen, wie das Meer den Weg zum Festland freigab; er spürte die unglaubliche Bedrängnis und die Macht der Gebete, die das Wasser wie mit einem Messer durchschnitten und teilten. Er sah seine Kinder am Rand der Klippe, wo der Rollstuhl im rasch wechselnden Licht aufblitzte und Isabel um ein Zeichen bat, und dann plötzlich die Erhabenheit, den Augenblick, *stellt euch das vor*, sagte er, *stellt euch das vor*, auf seinem hohen Stuhl vorgebeugt und mit einer weiten Gebärde auf den Atlantik deutend, der ihr Leben säumte, wobei er die Hand so weit vorstreckte, daß Cronin und O'Flaherty sich vom Sitz erhoben, um voller Erwartung aus dem hohen Fenster zu spähen.

»In ebenjenem Moment«, sagte er mit verzerrtem Gesicht angesichts des ihm abverlangten Übermaßes an Glauben, »als alles sich gegen sie zu wenden schien, es so hoffnungslos wie überhaupt nur vorstellbar aussah, die Welt sich ihnen als gottlose Finsternis zeigte, in der sie nichts als Blutvergießen und Schrecken erwartete, genau da, ihr Mädchen und Buben, teilte sich das Meer, und sie waren gerettet.«

Er schloß die Schule früh und saß allein in dem leeren Gebäude, hörte das aufgeregte Krähen der Kinder verklingen und blickte auf das sich verdüsternde Meer. Es war kühler als am Nachmittag zuvor, und doch hatte er Isabel und Sean noch nicht von den Klippen zurückkommen sehen. Er saß an seinem Platz und spürte ohne Anlaß die Furcht in sich aufsteigen, etwas Schreckliches könne geschehen sein. Neben dem Fenster stand ein verschlossener Schrank, zu dem er sich nun wandte, um eine Flasche daraus zu entnehmen und sich ein halbes Glas Whiskey einzuschenken. Er trank es im Stehen neben dem Gemälde, das ihn an die Liebe seiner Frau gemahnte, und versuchte die Furcht abzustreifen. Warum nur, fragte er sich, hatte er das Vorgefühl einer Tragödie? Er konnte es nicht genau bestimmen, und statt sich zu klären, wurde die böse Ahnung vom Whiskey zu den verschiedensten Formen und Farben verwischt, deren keine der Wahrheit nahekam. Denn weder an diesem Nachmittag noch am folgenden oder sonst irgendwann während der Woche begriff Muiris, daß seine Tochter am Beginn eines neuen Lebens stand und er genau dies fürchtete und nichts sonst. Er wartete, bis es dunkler wurde, und beschloß dann, zu den Klippen zu gehen und seine Kinder heimzubringen. Ja, er würde hingehen und sie holen, er war ihr Vater, er konnte sie sicher aus der Gefahr führen. Alsdann, sagte er zu sich und schwankte durch das Klassenzimmer. Alsdann. Als er die Tür des Schulhauses aufstieß, schrie eine Schar Möwen über ihm, und der Whiskey flammte plötzlich in ihm auf, schmolz die Scherben der Enttäuschung in seinem Inneren für einen Augenblick zu einem spiegelnden, gläsernen

Entschluß zusammen. Er stolperte und riß sich am Riemen, um aufrecht zu bleiben und sich nicht zum Narren zu machen. Alles mögliche konnte passiert sein. Irgend etwas stimmte nicht, er wußte es. Verflixt und zugenäht, jawohl. Er wußte, daß etwas geschehen war, und hielt ungelenk und schwankenden Schrittes auf die ferne Küste zu, von der Vorstellung befangen, die furchtbare, schwerfällige Hand Gottes habe ein weiteres Mal in sein Leben eingegriffen.

Sie könnten beide tot sein, dachte er. Am Ende sind sie längst ertrunken, und ich sitze da in dem verdammten Klassenzimmer. Sie könnten über die Klippe gesprungen sein. Ihr wäre alles zuzutrauen, sie wirkt so – so – verletzt.

Beflügelt vom Whiskey legte er etwa vierhundert Meter in der festen Erwartung einer Katastrophe zurück. Er fühlte sich so entflammt, daß er sich im Laufen vorstellte, die Engel daran zu hindern, seine ertrunkenen Kinder mit sich in den Himmel zu nehmen; ja, er würde sie beide herunterholen und ihre wilden Inselseelen aus jeglichen fernen, strahlenden Himmelsgefilden befreien. Wenn sie mir genommen worden sind, dachte er; wenn sie mir genommen worden sind, dann werde ich es tun, jawohl, das werde ich.

Und dann waren sie da, kehrten zurück wie aus dem Reich des Todes und kämpften sich durch das steinige Gelände. Isabel zog den Rollstuhl hinter sich her, und Sean, die Wangen glühend von einem Tag im Wind, hing zur Seite gelehnt, nur der Kopf war zu sehen, so daß es zunächst schien, als trüge seine Schwester ein Kleinkind auf ihrem Rücken. Es gab keine Tragödie. Nichts Phantastisches oder Todbringendes hatte das Meer geteilt und die Welt verändert, und als Muiris vor ihnen stehenblieb, brach er in Tränen aus. Er legte unbeholfen die Arme um Tochter, Sohn und Rollstuhl und hielt sie umfaßt, ohne wie früher seine Kinder ganz zu umschließen, sie in der unerschütterlichen Festung seiner Umarmung an sich binden zu können; doch er ließ nicht los. Wortlos, tränenüberströmt klammerte er sich an ihnen fest. Er beugte sich herunter und küßte das Gesicht seines Sohnes, hielt es in beiden Händen und ließ es unter dem Ansturm seiner Gefühle erzittern. Herrgott, wie ich dich liebe, dachte er; die schlichten Worte und die Empfindung durchzuckten ihn, ließen ihn die Kluft zwischen der Stärke seiner Liebe und seiner hoffnungslosen Unfähigkeit erkennen, sie jemals wirklich in Worte zu fassen. Muiris hielt die beiden im Arm. Wohl wissend, warum sie Sean zu den Klippen gebracht hatte, preßte er seine Stirn auf den tief gesenkten Scheitel seiner Tochter, als wolle er ihr seine Dankbarkeit aufdrücken wie einen Lorbeerkranz. Vom Whiskey süß berauscht, umarmte Muiris seine Kinder auf dem steinigen Pfad im brausenden Wind des späten Nachmittags, erfüllt von Reue und Liebe und Kummer, die Augen überströmend, an allen Gliedern zitternd, und fühlte sich beiden näher, als es ihm je wieder beschieden sein sollte.

## 8

Am folgenden Tag berichtete Margaret Looney ihrem Mann von dem Heiratsantrag. Muiris ging zur Schule, ohne etwas darauf zu erwidern, und Nora Liathain, die eben ihrer Hühnerschar eine Handvoll Brotkrumen hinwarf, als er vorbeiging, bekam nicht recht mit, daß er geknickt war wie ein Streichholz.

# 9

Isabel blieb eine Woche auf der Insel. Sie sprach mit Sean und wartete auf das Wunder, bis sie nicht mehr glaubte, daß es noch eintreten würde. Dennoch nahm sie ihren Bruder jeden Tag mit zu ihrem gemeinsamen Platz und verknotete den Wust ihres Lebens fester mit seiner Pein. Von allen Händeln mit Gott, die sie in jenen Stunden auf den Klippen erwog, drängte sich einer immer wieder auf: Wenn du nicht willst, daß ich Peader heirate, dann mache Sean gesund. Am Sonntag nach der Messe in der kleinen, vollgestopften Kirche beschloß sie, noch einen Tag abzuwarten und dann nach Galway zurückzukehren. Wenn etwas geschehen würde, dann jetzt, wo immer Sean auch gerade war; sie mußte ihn nicht mehr zu den Klippen bringen, und so ging sie statt dessen in ihr Schlafzimmer und packte ihren Koffer. Aus der kleinen weißen Kommode mit den kaputten Metallgriffen, die ihr Vater so oft zu reparieren versprochen hatte, nahm sie die Gewänder ihrer Mädchenzeit heraus, Röcke und Kleider, die im Schlafzimmer Erinnerungen an ihr früheres Selbst verströmten. Da war sie, Isabel mit zwölf Jahren, wie sie in dem uralten, grünroten Karomuster auf dem Bett saß. Da waren Bücher und Fotografien und allerlei Krimskrams, aufbewahrt in Schubladen, wo sich der Staub der Erinnerung auf sie legte und nun sanft in den Sonntagnachmittag gewirbelt wurde.

Binnen einer Stunde war sie von ihrer Vergangenheit umgeben. Wie verlorene Schätze aus einem Schiffswrack barg sie die Dinge aus den Schubladen und bedeckte das Bett, den harten Stuhl und schließlich auch den Boden damit, verwandelte den Raum in eine Collage ihres Lebens. Je leerer die Fächer wurden, desto mehr erschien es ihr, als setze sie an jenem Nachmittag einen Schlußpunkt; sie war nicht mehr das Mädchen, das die alten Kleider heraufbeschworen, und blickte schon darauf zurück wie auf etwas Fremdes. Sie holte einen Plastiksack und begann, ihn mit ihrer Vergangenheit zu füllen. Sie wollte nichts behalten und stopfte alles wild durcheinander in die Tüte: neben alten Aufsatzheften und Rechtschreibetests auch ihre liebsten Strickjacken, die ihre Mutter dort für eine sonnigere Zukunft verwahrt hatte. Als sie alles verpackt hatte und das Schlafzimmer mit dem schwarzen Plastikberg in der Ecke aussah wie ein planierter Baugrund, sank Isabel erschöpft aufs Bett.

So, dachte sie, das ist erledigt.

Zum erstenmal in jener Woche fiel wieder Regen, so wie immer um halb vier am Sonntagnachmittag, und hüllte die Insel in ein dunkles Tuch. Vom Festland mochte es wohl aussehen, als habe sich der Himmel auf den kleinen, meerumtosten Felsbuckel gesenkt und verströme hinter den grauen Schleiern all jene Rätsel und Geheimnisse, die nur den Inselbewohnern bekannt waren. Der Wind peitschte den Regen an die Vorderfront des Hauses. Margaret beendete den mittäglichen Abwasch und durchquerte die kleine Küche, um das klatschnasse Handtuch auszuwringen, das von innen die Eingangstür abdichtete. Sie sah, daß ihr Mann in die tiefe, behagliche Wärme seines Sonntagsnickerchens versank, und klopfte an die Zimmertür ihrer Tochter.

»Isabel?«

Sie trat ein und bemerkte sofort voller Bestürzung den gepackten Koffer und die Plastiksäcke.

»Ist mit dir alles in Ordnung ? Was tust du da?«

»Ich fahre morgen zurück.«

»Wirklich?«

»Ich habe einen Haufen altes Zeug in die Säcke gepackt. Die Kleider kannst du weggeben und den Rest einfach verbrennen.«

Margaret schaute die beiden Säcken an und nickte zustimmend, obwohl sie genau wußte, daß sie binnen zwei Tagen nach Isabels Abreise alles wieder auspacken, die Erinnerungen an ihr kleines Mädchen in der Hand halten und sie dann in der Mansarde verstecken würde, die als Dachboden diente. Sie setzte sich auf das Bettende.

»Hast du es Dad erzählt?«

»Ja. Ich hielt es für das richtige. Und er freut sich für dich.«

»Er hat kein Wort gesagt.«

»Du kennst ihn. Er braucht seine Zeit. Das ist alles. Es kam recht überraschend, nehme ich an, und ich habe ihm auch erzählt, daß du dir nicht sicher warst.« Margaret blickte zu der ausgestreckten Gestalt ihrer Tochter auf dem zu klein gewordenen Bett. »Bist du dir jetzt im klaren?«

»Ich weiß nicht. Ich vermisse ihn«, sagte sie.

»Ja.«

Isabel antwortete nicht, daß es nun unvermeidlich schien, es kein Zurück mehr gab und ein langer, schicksalhafter Weg sie von den Klippen vor vielen Jahren bis zu jenem Augenblick geführt hatte, in dem sie beschloß, ihr Leben in die Hände von Peader O'Luing zu legen.

Das Licht im Raum war dämmrig und verblaßte zwischen ihnen noch mehr; all die Warnungen und Ratschläge, die Margaret nicht aussprechen konnte, hingen schwer in der Luft, und auf Isabels Gedanken lastete das Gewicht der enttäuschten Erwartungen jener Woche. Es gab nichts weiter zu sagen. Kein Wunder war eingetreten, sie hatte keine Antwort auf ihre Fragen erhalten. Sie verließen gemeinsam den Raum, um Tee zu bereiten und nach Sean zu sehen, und verbrachten den Rest des verregneten Abends in dem Bemühen, jeden möglichen Streit tunlichst zu vermeiden.

Isabel ging vor ihren Eltern zu Bett und bat im stillen ein letztes Mal um ein Zeichen, bevor sie am Morgen mit der Fähre zurückfuhr. Sie hatte erwartet, daß Antworten und Hinweise ihr eher auf der Insel zuteil werden würden als im hektischen Treiben der Stadt; sie wollte sich darüber klarwerden, was sie tun sollte, und blieb daher wach im Bett liegen, hörte ihre Mutter in Pantoffeln in ihr Zimmer gehen und eine Stunde später das Türschloß einschnappen, als ihr Vater aus dem Pub zurückkam. Das Haus wurde still und erzitterte dann leise unter Schnarchen und Schlafgeräuschen und dem kaum wahrnehmbaren Seufzen des Meeres. Sie lag da. Die Plastiksäcke standen noch immer an der Tür, und Isabels Geist war aus ihnen entschlüpft, saß wartend am Fußende des Bettes. Morgen würde er das Zimmer wieder in Besitz nehmen, ihre Mädchenzeit dort in dem ordentlichen, leeren Raum auf bizarre Weise festhalten, wie ein Flüstern des Meeres in einem ummauerten Feld auf der Insel.

Die Nacht war eine einzige Qual, und mit der ersten Dämmerung erhob sich Isabel wie zerschlagen. Sie bewegte sich automatisch und abgestumpft, küßte ihren Vater zum Abschied, als er zur Schule aufbrach, und erwähnte ebensowenig wie er, was sie beide in Gedanken am stärksten bewegte. Sie ging in Seans Zimmer und sprach ein letztes Mal mit ihm, sagte, sie würde in ein paar Wochen zurück sein, und dann würden sie wieder zusammen zu den Klippen gehen. Sie sah ihn von der Seite her an und spürte einmal mehr ihren Kummer über ihn wie einen Dolch im Herzen. Warum? Warum hatte es geschehen müssen? Warum hatte es nicht sie getroffen? Er reagierte mit keiner Bewegung, lag nur da und starrte schläfrig an ihr vorbei, gefangen in den verschlungenen Windungen seiner Gedanken.

»Nun«, sagte Margaret.

»Ja, ich breche wohl besser auf.«

»Wirst du zurechtkommen?«

»Ja, das werde ich.«

Sie standen an der Haustür und ließen den Wind herein. Margaret stieß rasch hervor: »Wenn du mir etwas mitteilen willst, das dein Vater nicht wissen soll, dann schreib es in einem Brief.« Sie sah ihre Tochter an, wartete kurz, ob die Botschaft bei ihr angekommen war, und drückte Isabel dann an ihre Brust. »Male einen kleinen Stern auf die Rückseite des Umschlags«, sagte sie, »dann weiß ich Bescheid.«

Und schon war Isabel wieder auf der Fähre nach Galway, acht Tage nachdem sie zum erstenmal um ein Zeichen des Himmels gebeten hatte. Sie saß oben auf Deck in dem feinen Sprühnebel, getragen vom Klatschen und Wogen der Wellen, und durchdachte die Heirat wieder und wieder. Als das Boot anlegte, war sie in trübe Hoffnungslosigkeit versunken und stand mit ihrem Koffer bereit, erneut in das ungewisse Wirrwarr ihres Lebens einzutauchen, als sie Peader O'Luing wartend am Kai stehen sah. In der linken Hand hielt er einen Strauß Blumen, so fest, daß ihr süßer Saft ihm beinahe über die Finger rann.

Isabel war wie gelähmt. Wie kam er hierher? Wieso hatte er unter allen Tagen ausgerechnet diesen und genau diese Fähre ausgesucht, um sie abzuholen? Der Gedanke, ihre Mutter könnte ihn angerufen haben, huschte ihr durch den Sinn und wurde verworfen. Nein, es mußte etwas anderes sein. Sie betrat das Festland und fühlte, wie sich die dunklen Vögel des Unheils mit ihren Schwingen aus ihrem Inneren hoben. Sie lächelte. Konnte das Lächeln nicht zurückhalten angesichts der Erkenntnis, daß dies endlich das Zeichen war, auf das sie gewartet hatte; hier war er, hielt ihr die Blumen hin, mit seinem halben Grinsen, in dem Verlegenheit und Erleichterung lagen. Sie kam nicht auf die Idee, daß die Verzweiflung ihn trieb, er seit dem Tag ihrer Abreise sich mit dem Echo der spöttischen Stimme seines Vaters herumgequält hatte und nichts die höhnenden Worte in seinem Inneren zum Verstummen bringen konnte als die Rückkehr dieses Mädchens. Sie kam nicht auf den Gedanken, er wäre so verzweifelt gewesen, daß er täglich mit einem Blumenstrauß zu den Docks ging und die einlaufende Fähre erwartete, um zu sehen, ob sie zurückkehrte. Isabel dachte nur, daß dieser Mann wie ein Lichtstrahl in ihr Leben gefallen war, genauso unvermutet und verwirrend wie jener, der vom Gemüt ihres Bruders Besitz ergriffen hatte, als sie damals auf den Klippen spielten. Sie glaubte, jene dürftige Liebe nicht länger verleugnen zu dürfen, in ihr den Sinn ihres Lebens zu erkennen, und wußte, noch bevor er sprach, daß sie am Abend, wenn sie nackt beieinander im Zimmer über dem Laden lagen, ihre Körper nacheinander hungerten und ihre Münder sich vor der Notwendigkeit zu sprechen in Küsse flüchteten, daß sie dann seinen vor einer Woche ausgesprochenen Antrag bereits würde beantwortet und gesagt haben, ja, Peader, ja, ich werde dich heiraten.

## 10

An einem Freitagnachmittag spät im August sprach Gott das zweite Mal zu meinem Vater. Er kam in einem lodernden Streitwagen mit trompetenden Engeln durch die Straßen von Dublin. Seine geflügelten Rosse durchschnitten die goldene Luft mit ihren silbrigen Hufen, und Hosiannas erklangen mächtig und entrückt am wolkenlosen Himmel. Die Majestät Seiner Aura ließ die Erde in ihrem Lauf anhalten, als Er in unser Haus rauschte und meinem Vater verkündete, sein Lebenswerk sei getan. Der Tag streifte seine Gewöhnlichkeit ab wie eine Hülle. Es lagen Gesänge in der Luft, und unsichtbare Chöre ließen *Gloria in excelsis* ertönen, als stünden sie für die Seele Gottes selbst. Der Flur unseres Hauses, durch den Er ging, erstrahlte in purem Gold. Scharen von Tauben kamen wie weiße Segnungen aus dem Nichts hervor und ließen sich im Atelier auf den erstaunten Schultern meines Vaters nieder, der nichtsahnend und unendlich erschöpft in der Erkenntnis dasaß, daß er keine Bilder mehr malen konnte. Die Tür öffnete sich, wie Licht ins Dunkel fällt, und mein Vater stand auf und ließ sich davon streifen. Er sagte nichts; seine hohe, dünne weiße Gestalt wartete wie ein Blatt Papier auf Das Wort, während der Raum sich mit Engeln bevölkerte und ihre feierlichen Trompetenklänge anschwollen, bis seine Ohren zu bersten drohten. Das ganze Haus erstrahlte und schien sich in die Luft zu erheben, war mit seinem leuchtenden Glanz noch von den Bergen rund um Dublin zu sehen, und die Geisterchöre verliehen selbst den Geschäftsstraßen und Einkaufszentren der Stadt eine himmlische Aura, in der die Menschen angesichts der Majestät des Augenblicks innehielten, bezaubert und ohne zu begreifen, was vorging.

Gott betrat unser Haus, und mein Vater erkannte Ihn unverzüglich, als wäre Er sein eigener Vater; geblendet von jenem Augenblick erhob er sich und begriff, daß er die ganze Zeit über darauf gewartet hatte. Eigentlich war er schon seit Monaten, seit dem Moment darauf gefaßt, als er in seinem Zimmer saß und nicht mehr malen konnte. Er hatte die Tage damit zugebracht, zu warten und sich für den Augenblick der Inspiration bereit zu halten. Stunde um Stunde, Tag um Tag hatte er ausgeharrt ohne die mindeste Eingebung, während auch noch das letzte Tröpfchen jener Zuversicht, die einst so machtvoll in seinen Adern pulsiert hatte, aus ihm herausrieselte. In seinen achtstündigen Schweigesitzungen im Atelier peinigte ihn der Gedanke, Gott habe vielleicht nie zu ihm gesprochen und die Trümmer seines Lebens, in denen er sich wiederfand, seien am Ende das Resultat seiner eigenen Narretei. Wo es in ihm einst hell geleuchtet hatte, brannte nun nur noch ein klägliches Flämmchen. Dennoch harrte er aus, ging in das Zimmer und nahm seinen Platz bei dem kümmerlichen Heizstrahler ein, ließ den Tag verdämmern und sah darin die Spiegelung seiner eigenen schwindenden Kräfte.

Und dann jener Nachmittag.

Mein Vater brannte lichterloh, bis an die Grenzen seiner Existenz, seine Finger bebten, ihm sträubte sich das Haar, und er verließ das Atelier, in dem schon der Wink Gottes spürbar wurde. Endlich, endlich war Er wieder da. Gott war zu ihm zurückgekommen. Das Ausmaß seiner verzückten Vision überstieg alle Vorstellung, und für einen Augenblick schwebte mein Vater durch die Luft. Wie eine Motte ließ er sich von der körperlosen Leichtigkeit der Geisterwelt tragen und kreiste mühelos durch den Flur, seine dünne Gestalt nun durchsichtig und frei bis auf die Tauben, die um sein weißes Haar flatterten. Er flog zur Treppe und stieg gelächtergleich über den Wogen der Hosiannas empor. Meine Mutter erwartete ihn oben, mit ausgebreiteten Schwingen und einem Strahlenkranz im Haar; er flog vorbei und riß sie an sich wie ein Bündel weißer Kleider, sie beide als Teil der himmlischen Heerscharen, gefolgt von Gott und den Engelschören, durch alle Räume hindurch, die fahlen, feurigen Erscheinungen wie Kinder hinter meinen Eltern herjagend, während sie durch die Luft brausten und jedes Fleckchen des Hauses mit ihrer Gegenwart streiften. Der himmlische Streitwagen schwebte draußen über dem Garten, die Rösser schnupperten in die Augustluft, erholten sich mit noch bebenden Flanken von der langen, rasenden Fahrt, und ihr Schweiß fiel wie Apfelblüten in das hohe Gras.

Das Werk meines Vaters war getan. Er hatte Sein Wohlgefallen erregt, mit seinem Lebensziel den tieferen Sinn der Welt gespiegelt, der nichts weiter war, als die Großartigkeit Seiner Schöpfung zu verdeutlichen. Glorias ertönten, das Licht erstrahlte in immer stärkerem, goldenem Glanz, bis es, als Gott selbst sich meinem Vater näherte und sie hoch über dem Fenster am Ende der Treppe zusammenfanden, eine solche Intensität erlangte, daß es schmolz und Mund, Augen und Ohren meines Vaters mit der Süße einer alles verzehrenden Umarmung erfüllte, die lieblicher und leuchtender und goldener war als alles andere auf der Welt.

## 11

An jenem Tag wußte nur ich, was wirklich geschehen war. Ich schob die grausige Geschichte beiseite, die man mir auf der Wache erzählte, und verschloß meine Augen vor dem Bild des Mannes, der angeblich vor einem Heizstrahler gesessen und Stück für Stück seine Leinwände darin hatte verschmoren lassen, bis um ihn herum das Haus niederbrannte. Es war ausgeschlossen, ein Alptraum von der Sorte, wie ihn Polizisten auf der Wache in weißen Räumen am Stadtrand erzählen, wo helles Licht auf Becher mit Tee und Milch fällt. Ich hörte zu und vergaß es wieder. Für jene Nacht wurde ich im Bungalow einer Witwe ein Stück weiter an der Straße untergebracht. Doch als ich dalag und auf den Spalt zwischen den Vorhängen starrte, durch den das Licht von der Straße hereinströmte, wußte ich, daß mein Vater, inmitten der Engel über mir, endlich lachte.

Um zwei Uhr morgens schlüpfte ich hinaus und ging heim. Ich verspürte keine Trauer. Noch bevor ich es sah, roch ich das Haus und staunte über die ungeheure, allgewaltige Macht, die an jenem Nachmittag wie ein Sturmangriff über die Straße dahingerast war. Die Nachtluft war schwer von Rauch; er drang in Kleider und Augen, bis die Tränen kamen. Das Haus war eine schwarze Hülse gegen den tiefblauen Himmel. Gelbweiß gestreifte Absperrbänder flatterten in der leichten Brise und warnten vor dem Betreten; als ich mich unter ihnen hindurchzwängte und beim Tor daran dachte, wie mein Vater uns zum erstenmal verlassen hatte und hier hinausgegangen war, umgaben mich bereits die Geister von allen Seiten. Im Vorgarten fand ich die Eingangstür; sie war auf der einen Seite eingeschlagen, auf der anderen verkohlt und lag da wie etwas beinahe achtlos Weggeworfenes, das die Öffnung zum Haus verletzlich und bloß erscheinen ließ. Als ich eintrat, fühlte ich mich veranlaßt, hinter mir ein Zeichen auf der Schwelle anzubringen. Aber da war nichts, und das klaffende Loch über mir, das einst die Decke des unteren und der Boden des oberen Stockwerks gewesen war, den meine Mutter fegte, ließ mich nun den nackten Himmel sehen. Die Sterne waren aus Staub. Druck und Hitze im Haus hatten die Fenster wie eine schwer heimgesuchte Familie auseinanderbrechen lassen, und unter meinen Füßen knirschten Splitter, während ich auf das Atelier zusteuerte.

Es war kaum mehr ein Raum zu nennen; durch das Fenster wehte frei die Luft herein, und das Feuer hatte sich durch Decke und Dach bis in die Nacht hinausgebrannt. Hier war seine Seele entschwebt, dachte ich und schaute in den Augusthimmel empor, so voller Sterne, rein und unbefleckt von allem Wüten des Todes und Unrechts. Er war vollkommen, jener Abend, so still und blau, daß ich unwillkürlich an die Hand denken mußte, die ihn geschaffen hatte, und zum ersten von vielen Malen aufschaute, um meinen Vater inmitten der Sterne zu suchen. Ich saß auf etwas Schwarzem, Metallenem in der Düsternis, wo einst all seine Farben geleuchtet hatten, und sagte einen lateinischen Vers auf. Ich sprach leise und doch laut genug für jenes Ohr, das in meiner Vorstellung immer noch lauschte. Und während die Nacht über mir dahinging und die Kälte in meine Kleider kroch, sagte ich nacheinander alle lateinischen Sätze und Verse auf, die ich kannte, erfüllte die Luft mit den bedächtigen, wohlgewählten Formulierungen einer kaum verständlichen Sprache, die so einzigartig zu der Vorstellung von Gott in all seiner Verworrenheit und Unerforschlichkeit zu passen schien.

Bis zum Morgen blieb ich dort sitzen, in dem verkohlten Haus. Die Geister der Nacht schwebten durch die Fenster ein und aus und hießen mich als Kuriosum an jenem Ort auf halbem Weg zwischen Tod und Leben willkommen, wo ich wie gelähmt saß, unfähig, dem Rest meines Lebens ins Auge zu blikken. Meine Seele, wenn ich denn eine hatte, war so ganz und gar zerrissen, daß ich keinen sinnvollen Gedanken fassen konnte. Ungewißheit legte sich schwer auf das Dunkel.

Was war geschehen? Was hatte es für einen Sinn gehabt, daß mein Vater sein Leben und zu einem Gutteil auch das meiner Mutter dem Werk opferte, jenen Bildern, die zu erschaffen sein innigster Wunsch war und die inmitten des Staubs am Boden zu braunen Flocken zerfallen waren? Ich zog meine Füße hoch und eng an mich heran. Wenn Gott tatsächlich die Straße entlang und in unser Haus gekommen war, konnte Er dann nicht jetzt zurückkehren und mich mitnehmen? Denn die Vorstellung, je wieder aufzustehen, überstieg meine Kräfte. Was sollte ich tun? *Was soll ich jetzt tun?*

Bei Anbruch des Morgens überraschten mich die Vögel. Durch die Fenster kamen sie hereingeschossen und flatterten übermütig, außer Rand und Band, durch das Atelier. Sie suchten sich ein Plätzchen und sangen, völlig unbekümmert und mit solch gnadenloser Fröhlichkeit, daß ich mit einem Rest der herabgefallenen Decke nach ihnen warf. Doch sie ließen sich nicht verscheuchen. Ich schleuderte ihnen einen schwärzlichen Klumpen Putz hinterher und stürzte mich brüllend und mit den Armen wedelnd auf sie. Doch sie flogen lediglich an mir vorbei bis zum anderen Ende des Raumes und nicht etwa durch das Fenster hinaus. Es waren Drosseln und Rotkehlchen und größere Elstern, braune und gelbgesprenkelte Vögel, die sich zu einem Chor zusammenrotteten, Vögel, die ich nicht kannte und die so rasch durch die Luft flitzten, als seien sie Blitzschläge einer entfesselten Macht und keine Lebewesen, wäre da nicht ihr Gesang und die faszinierende Eindringlichkeit gewesen, mit der sie die unübersetzbare und unaufhörliche Musik des Lebens verbreiteten.

Eine Stunde nach Morgengrauen war das Atelier voller Vögel, und ich versuchte nicht länger, sie fortzuscheuchen. Ihr Gesang durchdrang so lieblich die Luft, daß ich den Atem tief in mich einsog und für einen Augenblick meinte, Blüten in meinem Mund zu spüren. Aus meinen Ohren tropfte Honig. Die Vögel landeten auf meinen Schultern und hockten auf meinen Knien, flogen davon und kehrten wieder in jenem endlosen Gesang, der mich nicht verließ. Nun erschien das schwarzverbrannte Gerippe des Ateliers in blassem Rosa, Gelb und Grün. Die Farben ergaben ein verwirrendes Durcheinander; ich hätte sie mit den Augen malen können, so klar und deutlich schälten sie sich heraus, während die Vögel weiter tirilierten. Der dunkle Staub am Boden hellte sich auf, und ein plötzlicher Windstoß vermengte ihn mit der Luft. Alles war Farbe und Musik und flatternde Vögel. Ich stand auf und bemerkte erst, als die Tränen zu Boden tropften, daß ich geweint hatte. Wie betäubt ging ich in den Flur und aus dem Haus, halb in der Erwartung, mich mit einem Taubenschwarm über all die Backsteinhäuser unserer elenden Straße zu erheben. Ich erwartete Zeichen, Deutungen, Bedeutungen, Erleuchtungen und fiel fast in Ohnmacht, als eine Hand sich ausstreckte und meine Schulter packte.

## 12

Engel, so lautete ein Satz meines Vaters, begegnen uns jeden Tag auf der Straße. Sie sind so gewöhnlich wie Vögel, sagte er, und geben sich nur in dem kurzen Augenblick zu erkennen, da sie in unser Leben eintreten. Dieser Argumentation zufolge gab es also einen Augenblick, in dem man wußte, daß man einem Engel und damit einem Einschnitt im Leben gegenüberstand, welcher Art und wie unmerklich und kaum erkennbar sein Eingreifen auch sein mochte. Als ich vor dem Eingang unseres zerstörten Hauses stand und die Hand auf meiner Schulter spürte, erwartete ich zumindest einen Erzengel, wenn nicht Gottvater höchstpersönlich, und war überrascht, einen kleinen, dicken grauhaarigen Mann vor mir zu sehen, der schmerzerfüllt und zugleich entschuldigend dreinblickte. Es war John Flannery. Als ich bei seiner Berührung fast in Ohnmacht fiel, umfaßte er meinen Rücken und drückte mich an seinen kleinen rundlichen Leib. Zum Zeichen des Beileids preßte er mich ein paarmal heftig an sich. Seine grauen Augen hefteten sich auf mich und schienen nahezulegen, nicht über die Geschehnisse zu sprechen, da wir auf einer unterbewußten Ebene sowieso beide Bescheid wußten, und statt dessen lieber in seinen Wagen einzusteigen und Tee trinken zu gehen.

Einem Engel so unähnlich wie nur möglich, führte er mich, die Hand noch immer fest auf meinem Rücken ruhend, aus dem Garten. Wir setzten uns in sein Auto, und er zündete sich vor dem Losfahren eine Zigarette an. Einen Moment später wurde ihm schlagartig das Unpassende seiner Handlung bewußt, als die Rauchwolken von ihm zu mir trieben; während des Fahrens wedelte er sie hektisch fort, als wolle er damit die furchtbare Wirklichkeit des Feuers aus dem Fenster verbannen. Ich sagte nichts.

Ich saß im Auto und ließ mich von ihm davonfahren. Was sollte ich tun? Ich sah zu, wie die Straße unter den Reifen dahinglitt, und blickte auf die Fassaden all der langweiligen, gewöhnlichen Häuser, vor denen fast nur Frauen mit ihren Sprößlingen zu sehen waren, die einkaufen gingen und Kinderwagen durch den endlosen Kreislauf eines Tages nach dem anderen schoben. Wie schal und öde das alles wirkte, die Zufälligkeit ihres Kommens und Gehens unweit unseres Hauses, in dem Gott zu Besuch gewesen war. Um Gottes willen.

Mein Engel war Junggeselle. Im Laufe seines Lebens, allein in einem Haus in Drumcondra, hatte er sich ein Sortiment guter Manieren zugelegt, das man so leicht nirgendwo anders hätte finden können, und daher wußte er, daß es bei Opfern von Tragödien, deren Vater im Wohnzimmer zu schwarzer Asche verbrannt war, das einzig Angemessene war, zu schweigen und dem überlebenden Sohn mitunter gewichtig zuzunicken. Ohne etwas zu sagen, nur bei einer roten Ampel ein Blick zur Seite und zweimal ein leichtes Heben und Senken des Kopfes; als wolle er sagen: O ja, mein Freund, ich weiß wohl, wie schwer es ist, und weißt du, woran du erkennst, daß ich es weiß? Weil ich weiß, daß es zu schwer ist, um überhaupt in Worte gefaßt werden zu können, verstehst du? Und dann geht die Fahrt weiter.

So legten wir Meile um Meile zurück. Ich wußte nicht recht, wohin wir eigentlich fuhren, außer daß Tee im Gespräch gewesen war und meine Kleider nach Vögeln rochen. Wir fuhren zurück durch die Stadt, blieben im Stau stecken, saßen stumm nebeneinander und tauschten gelegentlich tapfer ein kleines Nicken aus, bis wir in die Vororte auf der anderen Seite schnurrten. Langsam ging mir auf, daß man von mir erwartete zu vergessen. Ich sollte einen neuen Anfang machen, ausgehend von der bewiesenen Gleichung: Zurückgelegte Strecke multipliziert mit Begleitung ergibt getilgten Kummer. Doch es war hoffnungslos, ich hatte Asche auf den Schuhen, und so vieles war tot, was zu mir gehört hatte: mein Vater zur Gänze und auch meine Mutter, zur Gänze tot. Was war noch übrig? Ich saß zusammengekauert in dem beißenden, verbrannten Geruch nach Tragödie und fuhr um die Mitte des Vormittags bei Mr. Flannerys Haus vor wie eine mühsam aufrecht gehaltene Leiche. Er stellte den Motor ab, starrte vor sich auf das Garagentor und nickte bedächtig. Dann öffnete er mir die Autotür und streckte erneut die Hand aus, um mich an der Schulter zu fassen. Zusammen betraten wir den Flur eines Hauses, das fast bis aufs Haar dem unseren glich, nur daß hier alles ordentlich war und der Geruch von Duftzerstäubern ein Leben voll enttäuschter Liebe verriet.

»Also Tee«, sagte Mr. Flannery, seine ersten Worte in der verflossenen Stunde, und ließ mich im Wohnzimmer zwischen den beiden Kissen sitzen. »Es sei denn ...« Sein Kopf schaute wieder herein, in der Hand hielt er eine Whiskeyflasche. »Nein, nein, Tee.« Er nickte zu seinem eigenen Entschluß und verschwand.

Daß er der Engel in meinem Leben war, ging ihm wohl nicht auf; nur ich hatte es bis dahin bereits begriffen. Er hatte keine Ahnung von den Zahnrädern und minutiösen Mechanismen des Lebens, die ich damals zum erstenmal erahnte. Er wußte nicht, was ich allmählich erkannte: daß der Sinn im Handlungsablauf, in der Form versteckt lag und die Frage, wie und wem wir im Verlauf unserer alltäglichsten Verrichtungen begegneten, sich so kunstvoll und wunderschön in ein größeres Muster einfügte, daß wir nur noch den Zeichen folgen mußten – so wie ich Mr. Flannery gefolgt war. Denn sonst war alles Willkür und Zufall, und die untröstliche Wahrheit über die Coughlans lautete, daß es nie einen Ruf von Gott gegeben und mein Vater völlig sinnlos unser Leben ruiniert und meine Mutter getötet hatte. Das konnte nicht wahr sein. Es gab einen Grund, einen Sinn, und wie ich da auf dem Sofa saß, in meinen rußbefleckten

Kleidern, und auf den Tee wartete, wußte ich, daß Mr. Flannery das nächste Rädchen im Getriebe war. Ich sagte mir, daß ich nur den Zeichen folgen müsse. Irgend etwas gibt es, das ich als nächstes tun soll.

»Manch einer trinkt ihn gern mit Honig. Ich nicht. Nun ja, da sind wir also. Hier.« Er stellte ein Tablett vor mich hin und setzte sich in den Sessel gegenüber, die Hände zwischen den Knien zusammengepreßt.

Eine Stunde verging. Vielleicht waren es auch zwei, ich bin mir nicht sicher. Der Tee war kalt, bis ich ihn trank. Ich hob die Tasse an und setzte sie eine Ewigkeit später wieder ab. So schien es zumindest. Denn aus dem Augenblick, in dem ich die Tasse hielt, wurden zwei, bald zehn, dann zwanzig. Und ebenso wurden die Tage nach dem Tod meines Vaters zu Wochen und Monaten, im vertrauten, unaufhörlichen grausamen Verstreichen der Zeit, die uns voranträgt, selbst wenn wir stillsitzen. Es ist nicht die Zeit, die vergeht, sondern der Schmerz, der wächst. Ohne es recht zu bemerken, war ich bei Mr. Flannery eingezogen; es schien keine Absicht dahinterzustecken, eher war es, als sei ich der vorderste Bauer in einem längst aufgegebenen Schachspiel, eine Figur, die an ihrem Platz belassen, zwischen Verheißung und Niederlage auf der Strecke geblieben war, während der Staub sich auf sie legte. Ich wohnte oben im Gästezimmer gegenüber dem Bad. Mir stand eine Garnitur sauberer, gebügelter Handtücher zur Verfügung, und ich konnte nach Belieben vormittags und nachmittags unten in einem der beiden Wohnzimmer sitzen, während mein Gastgeber im Büro war. Bevor er ging, stapelte er ganze Stunden mit Mozart und Bach auf dem Plattenwechsler, und ich erwachte zu den Klängen von Cembalo oder Klavier, lag unter der Bettdecke und fragte mich, wie es mit mir weitergehen sollte.

Die staatliche Zuteilungsrate für Trauerangelegenheiten beträgt fünf Arbeitstage; in fünf Tagen also sollte ich den Nachlaß meines Vaters ordnen und seine Papiere sichten. Danach wurde ich an meinem Schreibtisch zurückerwartet, wo der freie Platz, den ich in dem Raum hätte einnehmen sollen, McCarthy so zur Weißglut trieb wie eine leere Patronenkammer in seinem Revolver. Da es keine Papiere zu sichten gab und Mr. Flannery sich um den Rest kümmerte, blieb ich zu den Klängen von Bach im Bett; legte mich zurück in die Musik und hörte in den Pausen zwischen den Sätzen draußen die ersten Blätter fallen. Nach zwei Wochen, vielleicht auch später, erschien McCarthy höchstpersönlich. Sein blauer Wagen leuchtete in der Zufahrt auf; er versperrte ihn und blickte einen Augenblick darauf, bevor er sich dem Haus zuwandte. Unter Einsatz seines staatsdienstlichen Gangs bewegte er seinen Anzug mit den eckigen Schultern bis zur Türglocke. Ich sah von oben auf ihn herunter, auf das perfekte C seines gekämmten Haares, und hörte, wie sein entschlossenes Läuten sich störend in ein Allegro mischte. Er trat zurück. Schaute auf seinen Wagen, der noch da war und auch immer noch glänzte. Sie lächelten einander zu. Dann drehte er sich um und betätigte erneut die Türglocke, ließ sie wie ein Messer durch die Musik fahren und hielt sie so lange fest, bis er sicher war, daß ich sie gehört hatte. Er war während der Arbeitszeit unterwegs und wußte, sobald er seiner Abteilung den Rücken kehrte, wurden dort fünfe gerade gelassen; deshalb wollte er bald zurück sein. Doch zunächst wünschte er mich zu sprechen. Er klingelte zum drittenmal und klopfte zusätzlich. Dann trat er zurück und schaute am Haus empor. Als er mich vom mittleren Fenster im ersten Stock auf ihn herabstarren sah, verließ ihn seine Selbstsicherheit für einen Augenblick, und er wedelte ein wenig mit der rechten Hand, als gäbe er Signale von einer weit entfernten Küste. Ich winkte zurück. Das brachte ihn kurzzeitig aus der Fassung. Eine Frau mit einem Kind kam am Tor vorbei;

er wirbelte automatisch herum, um nach seinem Wagen zu sehen, und wandte sich mit plötzlicher Dringlichkeit wieder zu mir empor. Mit weitausholender Gebärde winkte er mich zu sich herab, formte die Worte zunächst mit dem Mund, als sei ich taub, und schrie mir dann kurz angebunden zu: »Kommen Sie herunter, öffnen Sie die Tür!«

Ich tat nichts dergleichen. Statt dessen schaute ich von oben zu, wie er immer mehr in Rage geriet, fortging und zurückkam, läutete, klopfte und mir messerscharfe Blicke zuwarf. Ich konnte in seinem Gesicht lesen wie in einem vertrauten Buch: Ich bin bitter enttäuscht von Ihnen, bitterlich. Sie, von dem an höherer Stelle die Rede war, Mr. Coughlan, Sie lassen mich so schmählich im Stich. So überaus schmählich. Öffnen Sie die Tür!

Ich schüttelte nicht einmal den Kopf. Mein Vater hatte einmal zu mir gesagt, daß bei längerer, genauer Beobachtung das menschliche Verhalten alsbald nichts so sehr gleicht wie dem willkürlichen Hin und Her von Insekten auf einem Teller mit Weintrauben. Jetzt plötzlich ging es mir auf: Da war er, der behäbige Käfer, der kreuz und quer über die Eingangsmatte lief und keine Sekunde lang verstand, daß ich aus einer anderen Welt auf ihn herabblickte. McCarthys Geduld hatte vier Minuten Laufzeit; noch einmal ging er die ganze Palette durch, klingelte, trat zurück, umrundete die Weintrauben, warf mir strafende Blicke zu und gab schließlich auf. Als er endlich abzog, schickte ich ihm das gleiche leichte Winken hinterher, mit dem wir begonnen hatten, und sah mit ihm meine Laufbahn im Staatsdienst entschwinden.

Schlagartig befiel mich ein Hochgefühl und der Schwindel des freien Falls. Ich stand auf und wanderte im Haus umher; wie angenehm es war, einfach nichts zu tun, ganz nach Laune zu sitzen oder zu stehen, den Atem anzuhalten oder auszulassen. Vor mir war nichts: Ich hatte weder Arbeit noch Geld und nur eine vorübergehende Unterkunft. Als Onkel John abends heimkam und sich mit mir zum Tee setzte, teilte ich ihm mit, daß ich meine Arbeit nicht wiederaufnehmen würde. Ich wartete auf ein Zeichen.

Er war ein geduldiger Mensch und deckte mich mit Kopfnicken ein wie mit einem Sortiment von Plätzchen. Als der Tee ausgetrunken war, setzten wir uns in dem langen Wohnzimmer in weit voneinander entfernte Sessel, und die Musik plätscherte über uns hin. So verharrten wir eine Weile wie in der Erwartung, daß sich jeden Moment eine Unterhaltung einstellen werde. Als dies nicht der Fall war, blieben wir weiter sitzen, bizarre Gestalten in einem abendlichen Vorort, die auf die Musik lauschten und warteten, daß das Blatt sich wendete. Onkel John stand das eine Stunde lang durch, entkorkte dann die Whiskeyflasche, öffnete seine Aktentasche und entnahm ihr Papiere mit Zahlenreihen, die er durchging, bis sie sich mit den Partituren von Sonaten und Klavierkonzerten mischten und ihn in den sicheren Hort seines Junggesellendaseins zurückverfrachteten. Die Abende senkten sich um uns wie schwere Vorhänge, und Schritt für Schritt wurde ich unsichtbar.

Ich verbrachte Herbst und Winter in dem Haus und wartete die ganze Zeit darauf, daß Gott zu mir sprach. Das kleine Getriebe des Lebens drehte sich ohne mich weiter. Als das Wetter rauh wurde und der Qualm der Kohleheizungen die Nachtluft trübte, kam mir der Gedanke, daß Gott mich vielleicht nicht im Haus aufsuchen würde; ich mußte hinaus und unterwegs auf zufällige Begegnungen gefaßt sein. Jeden Abend nach dem Tee also, wenn mein Engel in das Wohnzimmer ging und mit einem Streichholz das Feuer entzündete, zog ich einen Mantel an und begab mich hinaus in den Hagelsturm, wo Er mich erwarten mochte. Was sollte ich tun. Was kam als nächstes?

Sag es mir.

Die Straßen lagen verlassen, und die zugezogenen Vorhänge vor den Fenstern schirmten die heimeligen Häuser von der Welt ab. Autos tasteten sich endlos durch das Dunkel, ohne je anzukommen, strebten wie Wesen im Fegefeuer ruhelos voran durch das verschlungene Netz der Straßen am Rande der Stadt. So viele hatten irgendein Ziel; vielleicht würde, wenn ich langsamer ging, ein Auto anhalten. Vielleicht stieß ich auf eine Panne. Vielleicht, ja was? Worauf hoffte ich? Ich kann es eigentlich nicht sagen; auf etwas, das mir den Umriß dessen zeigte, was vor mir lag, das die Zufälligkeit fortwischte und mir einen klaren Sinn und Zweck offenbarte.

So lief ich durch die Nacht, schlängelte mich hin und her durch Alleen, schmale Wege und Sackgassen, bis ich mich vor Flannerys Haus wiederfand. Ich sperrte auf und ging zu Bett. Am folgenden Abend brach ich erneut auf, ließ das leere Kreisen um die Vorstadtstraßen zur Routine werden, streifte durch das Nichts, in dem kein Gott das Wort an mich richtete. Ich wanderte mich durch den Februar; im März, als es schneite und überfror, schlitterte ich hinaus für den Fall, daß dies ein Test war und das Eingreifen des Schicksals unmittelbar bevorstand. Im Dunkel jener Nacht rührte sich nichts; dieses eine Mal waren die Straßen leergefegt, und ich konnte mitten auf ihnen rutschen und dahingleiten wie der erste Mensch in einer neuen Welt.

Die Laternen erleuchteten die verschneite Straße wie eine Landebahn. Zunächst machte ich ganz kleine Schritte, mit flachen, schleifenden Bewegungen, bis ich ausglitt und es mir den Kopf nach hinten riß. Ich fühlte mich unbeholfen und erwartete, jeden Moment hinzufallen. Die Straßen der Stadt in ihrer leeren Weiße waren schön und still. Schlaf umgab sie von allen Seiten, und die graue Welt war unter dem Eis verschwunden. Sterne glitzerten zu meinen Füßen. Ich brauchte eine Stunde, um eine halbe Meile zurückzulegen. Es machte mir nichts aus.

Ich lief in der Mitte der Landebahnstraße und wußte, daß jeden Moment ein Flug ankommen konnte. Mein Fuß glitt aus, doch ich fiel nicht, und einen Augenblick später schien es, als liefe ich nicht mehr, sondern glitte auf Kufen zwischen den Laternen dahin. Ich legte Tempo zu, gab wackelig Schwung und schoß mit ausgebreiteten Armen übermütig voran. Und weiter. Die Straße entlang, ein paar kleine kräftige Anschubser, und dann das mühelose Dahingleiten auf den Kufen. Es raubte mir fast die Sinne; das Eis machte mich federleicht, die Häuser flogen vorbei, und mit jedem Mal wurde ich schneller, flutschte durch die Straßen von Dublin, die Arme wie Flügel ausgebreitet und mit wehenden Mantelschößen. Ich kurvte rund um Kreisverkehr und wieder heraus, über Stoppschilder und Vorfahrtszeichen, mit fest geschlossenen Augen. Laß mich in irgendwas hineinrauschen, laß die Welt mit mir zusammenstoßen, ganz wie es ihr beliebt, jetzt, jetzt!

Aber es geschah nicht. Ich flitzte weiter durch die leeren Vororte, die Kälte des Eises drang durch die dünnen Sohlen meiner Schuhe, so daß ich an mir herunterschauen mußte, um sicherzugehen, daß meine Füße noch da waren. Ich fuhr auf einem Bein, versuchte es andeutungsweise mit Bögen und Drehungen, um vielleicht doch zu fallen, blieb aber aufrecht, eine große, wacklige Gestalt, die durch die Weiße der Nacht glitt. Es schien, als habe man die Stadt für mich freigeräumt, habe sie wie ein Bühnenbild für das unbedeutende Drama hergerichtet, in dem ich plötzlich erkannte, daß ich allein war. Mitten im Dahinschweben traf es mich erstmals wie ein Schlag: Ich hatte keine Freunde, und mein Vater war tot. Eine blasse, gallertartige Übelkeit drehte mir den Magen um. Mein Vater war tot. Ich war allein. Regungslos ließ ich mich vom Eis bergab tragen, spürte meine Beine von den Knien abwärts nicht mehr. Mein Vater war tot; als wäre mir ein Glied amputiert worden, das nun, lange da-

nach, zu schmerzen begann. Ich geriet auf dem Eis ins Wanken und schlug dann der Länge nach hin.

## 13

Wie lange ich dort lag, kann ich nicht sagen. Blut von einer Stirnwunde sickerte auf das Eis, breitete sich langsam aus. Meine Füße waren völlig taub; in meiner Stirn pochte und stach es wie von tausend Nadeln, als ob winzige Wesen mit scharfen Zähnen sich in sie hineinbohrten. Mein rechtes Auge blickte auf die Straße, die Eisplatten kühlten die Tränen. Ich lag da und konnte mich nicht rühren, starrte auf das lange, gefrorene weiße Band, bis ich endlich die Gestalt eines Mannes näher kommen sah. Vielleicht war es ein Traumgespinst. Er war noch eine Meile entfernt, bewegte sich aber mit einer lang aufgeschossenen, eckigen Zielstrebigkeit auf mich zu, die den Schnee zu nichts werden ließ. Eine Meile, eine halbe, und dann war er plötzlich beinahe direkt über mir, wie bei einem Zeitsprung im Film.

Es war mein Vater. Unversehrt vom Feuer, mit blühendem Angesicht, strahlte er auf den Schnee herab. Es war eine solch wundersame Nacht, daß er sich zu einem Spaziergang vom Himmel herab entschlossen hatte, während meine Mutter oben aufräumte.

Seine Finger legten sich warm auf die Wunde an meiner Stirn. Seine unglaublich blauen Augen richteten sich wie Scheinwerfer auf mich, und ich spürte, wie mich ein Stromstoß bis in die Zehen durchzuckte. Dad, wollte ich sagen, Dad, halt mich fest, bitte, laß mich nicht los. Ich will mit dir gehen.

Und dann legte er sich neben mich auf die Straße. Ich hatte ihm soviel zu sagen und brachte doch keinen Ton hervor. Alle

Worte schmolzen dahin wie Schnee auf meiner Zunge, und wir blieben schweigend liegen, den Blick auf die Sterne gerichtet. Zeit mochte vergangen sein, doch der Schmerz wurde nicht größer, und während ich still in jener frostigen Nacht lag, begann ich plötzlich mit den Augen meines Vaters zu sehen: den weißgesprenkelten Himmel mit den leuchtenden Sternen, seine chaotische, vom Schnee eingefrorene Erhabenheit, seine endlosen Wunderwerke, das hauchzarte, stille Rieseln des Schnees von hohen Fichtenzweigen herab, feingemahlenes Licht, das nun einfiel, als sei eine unsichtbare Hand vorbeigewischt, Licht, das den Himmel durchwob, den Zusammenhalt der kühlen Luft, erschaffen, komponiert wie Musik und glitzernd wie Silber.

Ich lag neben ihm und schaute, sah die Welt in unendlichen Einzelheiten und Formen, jeder Stern, jede Schneeflocke haarscharf umrissen, voll Schönheit und Majestät. Dann wandte ich mich meinem Vater zu.

Doch er war fort.

## 14

Träume, davon war mein Vater überzeugt, sind unser anderes Selbst, das zu uns spricht. Er äußerte sich nie deutlich darüber, wo dieses andere Selbst eigentlich war, wie es genau lebte und was es zum Frühstück aß, aber es existierte und sprach zu uns in Bildern, während wir schliefen. Er erzählte mir das in meiner Kindheit, während er ein Bild mit dem Titel *Bruchstück eines Traums* malte. Ich konnte nichts darin erkennen, nur Blau und Grün und vielleicht noch ein Monster, falls es überhaupt Monster gab. Doch noch Wochen danach, wenn ich oben im Bett lag und auf den Schlaf wartete, war ich weitsichtig genug,

neben mir auf dem Kissen Platz für einen Traum zu lassen. Mein anderes Selbst war ein ziemlich hoffnungsloser Fall, was das Sprechen in Bildern anging. Es war noch nicht einmal in der Schule. Was immer es von sich gab, war ein völliger Wirrwarr, der keinen Sinn ergab. Es machte ins Bett. Es wurde von Gestalten gejagt, die wie Spritzer von Ölfarbe durch die Gegend huschten und beim Weg nach oben Kleckse auf der Treppe hinterließen. Seine Mutter war ein Staubsauger. Nach einer Weile beschloß ich, dieses andere Selbst vollständig zu ignorieren, und schlug morgens mit dem beklemmenden Gefühl die Augen auf, verbotenerweise die Nacht völlig ausradiert zu haben.

Am Morgen nach dem Schneespaziergang wachte ich auf, als Onkel John leise aus der Tür schlüpfte, um zur Arbeit zu gehen. Eine Weile verharrte ich zwischen Schlaf und Wachen und versuchte ganz gegen meine Gewohnheit, mich an die Ereignisse der Nacht zu erinnern. Wie war ich heimgekommen? Ich setzte mich im Bett auf und schaute aus dem Fenster: Die Welt war geschmolzen. Der Schnee war in einer einzigen schnellen Bewegung hinweggerafft worden wie ein Zaubertuch, und darunter kam wieder die graue Welt zum Vorschein. Die Doppelhäuser auf der anderen Straßenseite ließen morgendliche Rauchfahnen aufsteigen und zeigten mit ihren offenen Toren an, daß die Autobesitzer sich bereits auf den Weg in die Stadt gemacht hatten. Schwaden von Abgasen verpesteten die Luft. Ich öffnete das Fenster, und der Verkehr drang herein, durchzog mit seinen Geräuschen und Gerüchen den Raum. Nichts war ungewöhnlich oder unheilschwanger. Wieviel leichter wäre es gewesen, wenn es ein klares Zeichen gegeben hätte, eine Schrift in einem welligen Fleckchen Schnee, ein Muster in den Wolken? Statt dessen herrschte nur das geistlose Nichts, der gewöhnliche, fade Lauf der Zeit, jener Welt, wie wir sie kannten.

Dennoch wußte ich plötzlich, was zu tun war.

Als John Flannery an jenem Abend heimkam, bat ich ihn um tausend Pfund.

»Verzeihung, wie bitte?«

»Ich brauche das Geld. Ich möchte verreisen.«

»Nun, Nicholas …«

»Nicht alles für die Reise. Ich möchte das Bild zurückkaufen. Das Bild, das Sie als Preis gestiftet haben.«

Er setzte sich mir gegenüber an den kleinen Küchentisch und stellte seine Teetasse ab. Er trug noch seinen Büroanzug. Die Augen auf sein Brot mit Butter gesenkt, ließ er mir nur den Anblick seines kahlen, alten Schädels. Darin kreisten die Erinnerungen an jenen Tag, an dem er das Bild von meinem Vater bekam, und führten weiter zurück durch die Gänge bis zu jener Zeit, in der er William Coughlan kennenlernte, all die aufgewühlten Tage seines Werbens um meine Mutter und die Leere im Büro an jenem Tag, als er für immer fortging. Damit verglichen war sein eigenes Dasein ein Stilleben, und in den paar Momenten, die er mir mit gesenktem Kopf gegenübersaß, sah ich, wie die Traurigkeit sich auf ihn legte.

»Ja. Ja«, sagte er endlich und nickte. »Vielleicht bekommst du es ja zurück. Es wäre nur richtig. Ich werde dir sagen, wo es ist.«

Am folgenden Morgen nahm ich den Zug nach Galway. Onkel John verabschiedete mich am Bahnhof mit einem Handschlag und weiterem Nicken.

»Du gleichst so sehr deinem Vater«, sagte er. Er trat zurück, musterte mich und nickte wieder, wie in Übereinstimmung mit einer inneren Stimme, die Engel leitete. Und dann war er fort, verschwand im Verkehrsgewühl und ließ mir zweierlei da: seinen Glauben an eine gute Welt und tausend Pfund.

An jenem Morgen fuhr ich zum zweitenmal in meinem Leben mit dem Zug quer durchs Land nach Westen. Nichts hatte sich geändert; noch immer war mein Vater irgendwo in den

Waggons weiter vorne, und ich machte die Reise, um ihn zurückzubringen. Doch nun hatte ich ein Stück Papier dabei, auf das der Name eines Lehrers in einem Inseldorf gekritzelt war. Immer wieder entrollte ich es und knäuelte es zusammen, während der Zug mit ruhiger, eiserner Entschlossenheit über die sanften grünen Felder dahinschnurrte. Wer war er, dieser Muiris Gore, der Dichter mit William Coughlans Gemälde? Was hatte er damit angefangen? Wußte er es zu schätzen, hatte er es überhaupt noch? Ich hatte nie von ihm gehört. Allein die Vorstellung eines einzigen Schullehrers auf einer Insel war so mit Romantik befrachtet, daß sie mir unwirklich erschien. Wie war es, dort zu leben? Ich erinnerte mich an das Meer bei Clare, seine zügellosen Launen, seine Größe, das blauweiße Durcheinander, das mich um ein Haar mit fortgespült hätte. Eine Insel dort? Es erschien so fremdartig wie im Märchen, und je mehr ich darüber nachgrübelte, die klopfende Wunde auf meiner Stirn gegen das kühle Fenster preßte, desto mehr erschien mir der silbrig glänzende, eiserne Zug, der mich nach Westen trug, wie ein Feldzug von Rittern auf dem Weg zu einem sagenumwobenen Königreich.

Die Plastiksandwiches brachten mich wieder in die Realität zurück. Ein Jüngling, der weniger Jahre zählte als ich, schob einen Imbißwagen durch den Gang, hinter sich eine Schlange von Passagieren auf dem Weg zur Toilette. Beim Rasieren hatte er sich die Pickel aufgeschabt. Er verkaufte mir ein Sandwich mit Schinken und Käse, und ich gab ihm eine von Mr. Flannerys Zwanzigpfundnoten. Zu den Plastiksandwiches gab es Plastikfrüchtebrot und lauwarmen, wäßrigen Tee. Die Frau unmittelbar hinter dem Imbißwägelchen versuchte sich durchzudrängen, doch der Jüngling ließ sich auf nichts ein. Niemand kam an ihm vorbei, bis er am Ende des Waggons angelangt war. Darin lag seine alltägliche Macht; der Moment, in dem er mit seinem dünnen, billigen weißen Hemd und der scharlachroten Krawatte die Bremse löste und die Klogänger ein paar Schritte weiter durch den Zug lotste, um dann erneut stehenzubleiben und mürrisch eine weitere Bestellung entgegenzunehmen. Als er mit dem Waggon durch war, überquerten wir den Shannon; ich fragte mich, ob das seinem vorgefertigten Plan entsprach, ob er seine Tage danach maß, denn die Reise selbst war für ihn ohne jede Bedeutung. Er kam nie irgendwo an, sondern hetzte nur durch die Landschaft hin und her wie ein Hase, sauste zwischen Dunkelheit und Dunkelheit über die Felder dahin. Ich war genau wie er, dachte ich. Bis heute. Heute rase ich einem Ziel entgegen, dachte ich, an dem ich aussteige und mich dem Zufall überlasse. Denn es gab für mich nichts mehr zu tun; ich spürte, daß ich das Bild zurückholen mußte, bevor ich mein eigenes Leben beginnen konnte. Ich mußte es finden, mich davorsetzen und es anschauen, so lange, bis ich die Vision sah, die mein Vater gesehen hatte, und die Stimme hörte, die er gehört hatte; bis ich wußte, daß die Welt eine Ordnung und einen Sinn hatte und das letzte Überbleibsel seiner Malerei nicht ohne Bedeutung war. Und bis ich es fand, würde ich nicht wissen, was als nächstes kam. Je mehr ich darüber nachdachte, desto sicherer war ich mir: Das Bild hatte nicht umsonst überlebt. Es war ein Schlüssel, nur es allein hatte all die Schicksalsschläge in unserem Leben überstanden. Und so saß ich da, während feuchte Felder vorbeizuckten und uns Rinder aus dem Morast vor den Hecken einen kurzen Blick zuwarfen, im hämmernden Rhythmus der Gleise, durchquerte das Land mit dem Geist meines Vaters und gab mich der Vorstellung hin, der Name Muiris Gore kündige den nächsten Wendepunkt an.

# TEIL 5

## 1

Am Morgen von Isabels Hochzeit ermahnte Margaret Looney ihren Mann, sich nur ja zu benehmen. Am Abend zuvor waren Muiris und Peader sich zum erstenmal begegnet, auf einer Party in Coman's Inselkneipe; sie begann als formelles Abendessen, zu dem Padraig rote Papierservietten und zwei Garnituren Besteck deckte, verlagerte sich aber bald vom Tisch zur Bar, wo die Männer standen und Fußball im Fernsehen schauten, während Isabel über die leeren Plätze hinweg zu ihrer Mutter und zu Sean blickte. Zwischen Abendessen und Tanz entstand eine Pause. Peader fühlte sich unbehaglich unter den Inselbewohnern, bis der erste ordentliche Schluck sie ihm freundlicher erscheinen ließ. Dann lachte er lauter, als ihre Witze es eigentlich verdient hatten, und wagte sich, mit dem dünnen Schutzpanzer des Whiskeys gerüstet, in ihre schwitzige Gesellschaft.

Muiris fand ihn abscheulich. Er kam ihm vor wie ein hoffnungsloser Trottel, ein großer, schwächlicher Kerl mit einem schwabbeligen Kinn. Selbst als die Musik aufspielte, schien er nicht tanzen zu wollen; er stand mit dem Ellenbogen an die Theke gelehnt und schaute sich um, während auch noch der letzte schüchterne Jüngling sich vorwagte und um einen Tanz mit der Inselschönheit bat. Seit die Musik spielte, erschien der Kerl Muiris noch stoffeliger als zuvor, und schließlich trat er zu ihm hin, um herauszufinden, welches Kaliber er eigentlich war.

Durch die Fiedelklänge hindurch fragte er Peader, ob er nicht tanzen wolle. Das schwammige Kinn klappte herunter, sein Gegenüber grinste und schüttelte den Kopf. »Nein, danke«, sagte er. Er hob ein Bierglas und blickte hinein, bis die Flüssigkeit den Weg in seinen Mund fand. Was sollte Muiris darauf erwidern? Am liebsten hätte er mit Fäusten auf seinen Rücken getrommelt; etwas an ihm, seine Schwerfälligkeit, seine grummelnde Teilnahme am Vorabend seiner eigenen Hochzeit, weckte in dem Lehrer den Wunsch, ihn zu provozieren. Seit seiner Ankunft auf der Insel hatte er kaum zu erkennen gegeben, ob er Isabel nun eigentlich liebte oder nicht. Sie hakte ihn unter, statt seine Hand zu halten, und er grinste den Vorübergehenden zu. Was fand sie nur an ihm? Wie konnte sie ihn selbst Seamus Beg vorziehen, dem kleinen blauäugigen Burschen, der in der Inselschule neben ihr gesessen hatte und sie jetzt im Tanz herumwirbelte?

»Liebst du meine Tochter?« Die Frage schoß aus Muiris heraus, bevor er recht überlegt hatte. Die beiden Joyces spielten direkt neben ihnen einen Reel, und Peader verstand ihn nicht.

»Was war das?«

»Du... Komm mit. Komm mal eine Minute mit hinaus.«

Und in dem Augenblick, während Margaret Looney ein Stäubchen Kummer aus ihrem Auge wischte, zog Muiris Peader hinaus in die Nacht. So plötzlich an der frischen Luft schienen die Sterne zu schwimmen. Horans blaues Boot unten am Pier sah aus, als schwebe es über dem Wasser. Es dauerte einen kleinen Augenblick, bevor alles wieder im Lot war. Muiris blinzelte und spürte die Kühle der Nacht an seinen Ohren. Das war sein Moment, jetzt wollte er Klarheit. Er verlangte das Unmögliche – eine Bestätigung von dem Rüpel, der da vor ihm stand. Er reckte seinen rechten Zeigefinger empor.

»Ich will, daß du's mir sagst. Sag mir, warum ich zulassen soll, daß du Isabel heiratest.« Nun war er damit herausgeplatzt und spürte in der Nachtluft sofort den Tadel seiner Frau. Peaders Gesicht verzog sich, er lüpfte höchst wirkungsvoll die Brauen und runzelte sie tief über seinen Augen, trat dann zurück, stieß ein wenig Luft durch den Mundwinkel aus, ließ die Brauen wieder hochwandern, um zu zeigen, daß es ihm ernst war, und blickte grinsend aufs Meer hinaus. Der Tonfall der Frage hatte ihn so überrumpelt, daß er sie als Angriff betrachtete. Er spürte die Hand des Lehrers auf seinem Arm, die ihn antwortheischend zu sich umdrehte, und als er Muiris Gore ins Gesicht schaute, erblickte Peader darin seinen eigenen Vater. Er schüttelte die Hand ab.

»Dabei hast du gar nichts zu sagen«, entgegnete er und ging an ihm vorbei in Richtung Bar, mit wachsender Genugtuung, es seinem Vater endlich gezeigt zu haben.

»Moment mal. Warte, ja? Herrgott, warte einen Augenblick.«

Muiris hatte ihn am Jackett festgehalten und sah die Sterne wirbelnd und blitzend im Meer versinken, als eine Hand ihn zurückschubste und er seitwärts zu Boden fiel. Die Kieselsteine drückten sich in seine Wange, und der Himmel war riesengroß.

Es war kein Hieb, und Peader hatte ihn auch keineswegs niederschlagen wollen. Sobald er den Lehrer zu Boden gehen sah, half er ihm wieder auf, doch drei weitere Männer waren ebenfalls herausgekommen und vor ihm zur Stelle gewesen. Das ganze Pub folgte ihnen, und es wurde viel Aufhebens um Muiris gemacht, bis er wieder aufrecht stand. Margaret eilte zu ihm hinaus, zugeknöpft und doch deutlich verärgert.

»Mit mir ist alles in Ordnung, wirklich, ich bin nur ausgerutscht. Die Steine sind naß.«

Es wurde ein wenig gewitzelt, über den Lehrer und seine Trinkgewohnheiten, und die Ratschläge, die er dem Mann aus Galway gegeben haben mochte, dann begab sich die Menge wieder nach drinnen.

Margaret Looney wußte, daß mehr dahintersteckte, wagte jedoch nicht zu fragen, was. In jener Nacht lagen Muiris und sie schlaflos im Bett und fühlten sich wie Mutter und Vater des Verderbens. Muiris erwähnte den Vorfall mit keinem Wort, drehte sich statt dessen zur Seite und sah der Wahrheit ins Gesicht, daß er, was seine Tochter anbetraf, nichts mehr zu sagen hatte. Sie würde diesen Mann heiraten und ihr Vater für den Rest seines Lebens den Kummer über ihren Verlust pflegen. Es war ein neuer von vielen Schlägen, an die sie sich im Laufe ihres Lebens gewöhnt hatten. Warum sollte es mit Enttäuschungen und Mißgeschicken nun ein Ende haben, dachte er; nein, ich muß am Morgen aufstehen und die letzte Hoffnung auf Glück in dieser Familie begraben. Binnen eines Jahres wird sie ihn hassen, und mich dazu, weil ich sie nicht aufgehalten habe, und stets wird sie diese Wahl wie eine schwärende Wunde mit sich herumtragen. Aber was kann ich tun?

Margaret Looney wälzte sich im Bett herum. Sie wußten beide, daß der andere wach lag, vermochten aber nicht zu sprechen. Denn wenn sie ihrer Enttäuschung Ausdruck verliehen, das war ihnen klar, dann würde die Hochzeit hier nicht stattfinden, sondern Isabel vermutlich durchbrennen und irgendwo anders heiraten. Es blieb ihnen nichts übrig, als es geschehen zu lassen, so als wäre das Ganze eine in Zeitlupe abrollende Tragödie voller Schrecken und Verlust, die immer wieder auf der Zimmerdecke im Licht der Sterne durchgespielt wurde, während sie im Bett lagen. Margaret rückte an Muiris heran und umarmte ihn von hinten. Er drehte sich nicht um, legte aber seine Hand über ihre Finger, und so blieben sie liegen, wortlos, wach, und schauten ins Dunkel, während der bittere Duft ihrer Verzweiflung durch das offene Fenster in die salzige Nachtluft hinauswehte.

Als Margaret morgens vor ihm aufstand, war Isabel bereits in der Küche. Sean ging es nicht gut; er hatte sich in die hinterste Ecke seines Bettes verkrochen und wehrte alle Versuche ab, ihn zum Aufstehen zu bewegen.

»Na, die Hochzeit findet trotzdem statt«, sagte Isabel zu ihm, ging zurück in die Küche und spürte die düstere Stimmung des Hauses wie Bleigewichte in ihren Schuhen. »Morgen, Mutter. Vermutlich wolltest du heute auch nicht aufstehen?«

»Was redest du da. Du heiratest doch heute, mein Liebes. Das ist der glücklichste Tag meines Lebens.« Margaret hielt eine Sekunde inne; wie hatte sie das sagen können? Dann klatschte sie einmal in die Hände, um die Vorstellung in Gang zu bringen, und sagte: »Jetzt komm, wir haben eine Menge zu tun.«

Von diesem Augenblick an erwachte das Haus und summte aufgeregt wie ein Bienenstock angesichts der bevorstehenden Hochzeit. Margaret weckte Muiris, legte ihm Anzug und Hemd zurecht, wählte eine passende Krawatte dazu und brachte ihm dann Tee ans Bett. Er war erst im Morgengrauen eingeschlafen und setzte die Füße auf den kalten Boden, als prüfe er die Erde zum erstenmal. Konnte er stehen? Konnte er gehen? Margaret beobachtete ihn von der Schlafzimmertür aus, während er am Fenster stand.

»Es ist der Hochzeitstag deiner Tochter«, sagte sie und nagte an ihrer Unterlippe. »Du wirst dich nicht zum Narren machen.«

Dann ging sie, um Sean zu füttern, und versuchte erfolglos, ihn mit Schmeichelworten zum Aufstehen zu bewegen; zurück in der Küche traf sie auf Nora Liathain, ihre nächste Nachbarin, die in der ganzen Nacht den säuerlichen, gelben Atem der Verzweiflung gerochen hatte, der aus dem Haus drang. Als Witwe labte sie sich an jeder Art von Kummer. Sie fühlte sich nicht mehr allein, wenn andere in Schwermut versanken, und fand Trost in dem Wissen, daß der Verlust ihres Ehemannes, des prächtigen Liam, nicht die einzige haarsträubende Tragödie war, mit der Gott die Insel heimsuchte. Margaret empfing sie an der Tür.

»Alles in Ordnung bei euch?«

»Alles wunderbar, Nora.«

»So. Ja, gut.« Sie schwieg und schnupperte. »Großer Tag heute. Ja, ja. Kann ich irgendwas helfen? Ist's recht, wenn ich auf einen Sprung hereinkomme und ein Wörtchen mit Issy rede?«

»Weißt du, Nora, wir sind so beschäftigt, daß wir nicht mal Zeit für einen Schwatz haben.«

»Wahr und wahrhaftig?«

»Ja.«

»Dann schau' ich später noch einmal vorbei.«

»Sehr schön, Nora. Danke.«

»Oh, nichts zu danken. Und wenn was ist, sag nur Bescheid.«

»Werde ich. Danke, Nora.«

Sie war fort, aber es würden noch andere kommen. Margaret wußte, daß die Hochzeit an einem hauchdünnen Faden hing; ihretwegen brauchte sie nicht stattzufinden, doch um ihrer Tochter willen nahm sie es auf sich, das Haus von allem und jedem freizuhalten, das den Tag möglicherweise ruinieren konnte. Sie handelte wie in Trance, so als sei die Hochzeit eine Art Nummernprogramm; und sie konzentrierte ihre ganze Willenskraft an diesem traurigen Morgen darauf, schlicht eines nach dem anderen zu erledigen, den nächsten und alle folgenden Punkte des vorgefertigten Plans abzuhaken. Nur so konnte sie es durchstehen. Als sie bei ihrer Tochter im Schlafzimmer saß und Isabels Haar bürstete, kam Pater Noel und setzte sich mit Muiris in die Küche.

»Na, wie geht's uns denn heute morgen?« hörte sie seine dünne Stimme zur Begrüßung ausrufen. Während sie mit der Bürste hinter Isabel stand, lauschte sie angestrengt, ob Muiris wohl etwas sagte, was alles zuschanden machte. Sie bürstete in langen, bedächtigen Strichen, neigte sich leicht zur Tür, jede Sekunde auf den Schlag gefaßt, daß der Priester hereinkam und Isabel ins Gesicht fragte: Ist das wahr, ihr liebt einander nicht?

Nach einer Viertelstunde hörte sie, wie ein Glas auf dem Kiefernholztisch abgestellt wurde, Lederschuhe auf dem gefliesten Flur quietschten und der Priester sich dem Schlafzimmer näherte. Er klopfte so behutsam an die Tür, daß es wie ein ungebührliches Eindringen wirkte: der Junggeselle im Gemach der Frauen.

»Gottes Segen.«

»Kommen Sie herein, Pater«, sagte Margaret.

»Ach nein«, erwiderte er und war schon in der Tür.

»Wie geht es uns?«

»Gut«, antwortete Isabel, was allerdings in dem lauteren »Wunderbar, Pater« ihrer Mutter unterging.

»Schön. Sehr schön«, sagte er und verharrte für eine Weile, den Kopf hereingereckt und die Füße auf der Schwelle. Er hatte von dem Vorfall letzte Nacht bei Coman's gehört; überall wurde gemunkelt, die Hochzeit werde nicht stattfinden. Gerüchte aller Art flatterten auf der Insel umher; und so verweilte er, mit seinen sanften Augen und dem weichen, rosigen Gesicht, länger als schicklich auf der Schwelle und wartete auf den Hieb, der ihm schmerzhaft die Wahrheit enthüllte. Doch er blieb aus. Und er dankte Gott im stillen dafür. Wie schön das Leben doch war, wenn alles so glatt ablief wie hier, dachte er. Er brachte ein Lächeln und ein Segenszeichen zustande, quietschte dann zurück durch den Flur und wieder hinaus in die sichereren Gefilde der Meeresluft.

»Was hast du ihm gesagt?« fragte Margaret.

»Daß der Wind wohl allmählich auffrischt. Und jetzt werde ich mich rasieren. Ist dagegen etwas einzuwenden?«

»Hast du etwa schon getrunken?«

»Was?«

»Ich weiß es.«

»Nächsten Samstag beichte ich es dem Priester. Und jetzt gehe ich mich rasieren.«

Der Lehrer zog im Gehen den Pullover aus, den er für den Priester übergestreift hatte, und ließ ihn bei der Badezimmertür zu Boden fallen.

»Mein Leben … mein Leben besteht darin, das bißchen aufzuheben, was du mir hinwirfst«, rief seine Frau ihm nach.

Er schloß die Tür vor ihr und hielt sie zu, bis er sie zu Isabel zurückgehen hörte. Dies war ein sicherer Ort. Muiris ließ das warme Wasser laufen und sah zu, wie sein Gesicht in dem beschlagenen Spiegel verschwand; wie furchtbar aufgedunsen und fleckig seine Haut geworden war, ein Wirrwarr von Falten, die Augen blutunterlaufen, kein schöner Anblick, kein Heiratskandidat mehr, dachte er und tauchte den Rasierer ins Wasser. Laß etwas geschehen, laß etwas geschehen, betete er immer wieder in Gedanken, während seine Hand über die schlaffe Haut an seinem Kinn fuhr und draußen die Möwen zu kreischen begannen. Sie kündigten Regen an. Er haßte Regen an Samstagen mehr als an Schultagen, fühlte mit den Kindern, als hätte man ihnen einen Ball weggenommen. Dennoch würden alle zur Hochzeit erscheinen. Alle würden sie dasein, um dabei zuzuschauen. Er fuhr mit dem Finger über die glattrasierte Bahn und preßte ihn gegen seinen Wangenknochen, um schmerzhaft zu spüren, wie tief er gesunken war.

»Au!«

Er klatschte sich kaltes Wasser ins Gesicht, ließ es in das Waschbecken tropfen und stand da, unfähig, sich zu rühren. Er war ein Feigling. Hatte Angst, seine Tochter zu verletzen. Hatte Angst, ihr offen zu sagen, daß der Mann nichts taugte, und damit ihren ewigen Haß zu riskieren. Er hatte Angst vor dem, was er glaubte tun zu müssen, stand da und starrte sich im Spiegel an, betete, daß etwas geschähe, was ihn der Verantwortung enthob.

»Wie lange soll das noch dauern?« Es war Margaret, die seinen Anfall von Schwäche ahnte und unerschütterlich in ihrer Entschlossenheit verharrte, die Maschinerie des Hochzeitsablaufs in Gang zu halten. »Willst du den ganzen Tag im Bad verbringen?«

»Nur noch eine Minute.«

»Du bist schon eine Ewigkeit da drin.«

»Das bin ich«, flüsterte er, hörte, wie ihre Schritte sich entfernten, und wandte sich wieder seinem Spiegelbild zu. *Fecken eejit*, verdammter Narr, dachte er, du verdammter Narr. Sperrst dich ein an dem Tag, den du dir so schön vorgestellt hast. Für wen hältst du dich eigentlich? Er ist in Ordnung. Sie wird schon zurechtkommen. Es ist ihre Wahl, vertraue ihr. Er gefällt dir nicht, aber das war nur der erste Eindruck. Was weißt du schon von ihm? Der Bursche wird nervös gewesen sein hier draußen in unserer Gesellschaft. Muß sich erst mal fangen. Denkt wahrscheinlich, wir haben uns alle gegen ihn verschworen, lassen ihn keine Sekunde aus den Augen. Zieh dein Hemd an. Er macht sich schon noch, du wirst sehen.

Der beschlagene Spiegel zeigte ihm durch die Tröpfchen hindurch sein rasiertes Gesicht, doch als Muiris sich vom Waschbecken fortwandte und das Badezimmerfenster öffnete, wurde er das Gefühl nicht los, daß ihm aus seinem tiefsten Inneren etwas Kostbares geraubt wurde.

Unten in Isabels Schlafzimmer horchte seine Frau auf das Klicken des Schlosses und das Öffnen der Tür. Als er herauskam, stieß sie einen Seufzer aus und überspielte ihn mit einem Husten für den Fall, daß ihre Tochter ahnte, an welch hauchfeinem Faden die Hochzeit in der aufgeladenen Atmosphäre hing. Sie bearbeitete Isabels Haar, als striche sie über eine Lyra am Fluß des Vergessens; wieder und wieder fuhr die Bürste herab, bis Isabel ihr aufzuhören gebot. Sie stand auf, und ihre Mutter sah, wie unglaublich schön sie war. Margaret kamen die Tränen, ihr Kinn zitterte, und um der Schwäche Einhalt zu gebieten, rief sie: »Bist du raus da? Bist du draußen?« Und rauschte aus dem Zimmer, als sei ein unhörbarer Befehl an sie ergangen.

Der Morgen in dem Häuschen lief ab wie eine überdrehte Uhr; die Hochzeit war auf zwei Uhr angesetzt. Die Zeremonie schien noch unendlich weit weg zu sein und rückte doch sprunghaft näher, als verstreiche die Zeit nicht glatt und gleichmäßig, sondern in unvermuteten Hüpfern, um dann wieder stillzustehen. Es war zehn Uhr; Muiris kam aus dem Badezimmer. Um die Mittagszeit, als die Angelusglocken im Radio ertönten, fand Margaret einen Fleck auf dem Brautkleid. Wie konnte so etwas geschehen? Und doch, da war er; das aus Galway angelieferte Kleid lag auf Isabels Bett, befreit von seiner Umhüllung aus Plastik, und wies ganz deutlich einen bräunlichen Klecks auf der rechten Seite unterhalb der Hüfte auf. Er hatte die Umrisse der Insel.

»Scheiße!« Isabel wandte sich dem Fenster und der klatschenden Brandung zu. »Scheiße.« Wenn dies ein Zeichen sein sollte, hatte sie mehr erwartet.

»Wir können es noch retten«, sagte Margaret in dem Versuch, das böse Omen zu verschleiern.

»Schau es dir doch an.«

»Keine Sorge, Issy. Den kriegen wir schon raus.«

Um halb zwei waren Mutter und Tochter noch immer über den Fleck gebeugt, bearbeiteten ihn mit Wasser und Essig, mit Natronlauge und Salz. Endlich, zwanzig Minuten vor Beginn der Zeremonie, lichtete sich die Verfärbung, verbreitete aber im folgenden einen unvergeßlichen, beißenden Essiggeruch, den jeder Kirchenbesucher dieses Tages als Vorboten einer unseligen Ehe betrachtete. Während die Frauen in Isabels Zimmer waren, saß der Vater der Braut mit seinem stummen Sohn im hinteren Schlafzimmer. Sie hörten nichts als das Geschrei der Möwen und das anschwellende Brausen der ruhelosen See. Die Brautjungfern, Sheila und Mary O'Halloran, waren eingetroffen und standen in der leeren Küche, naschten von dem gebackenen Schinken und nährten in sich die Überzeugung, daß das Ereignis nicht stattfinden würde. Dann sprang die Zeit vorwärts: Es war zwei Uhr, und Isabel trat, ihre Mutter im Gefolge, aus dem Zimmer, mit makellosem Kleid und Lichtpünktchen in ihrem sorgfältig gebürsteten Haar. Sie war bereit. Nora Liathain kam herüber, um bei Sean zu bleiben und Trost in den wirren Brocken seiner Traurigkeit zu finden. Sie drückte Isabels Hand mit bräunlichen, gekrümmten Fingern, die sich wie Dornen anfühlten, und trat dann zurück, um zuzusehen, wie die Prozession sich in Gang setzte.

Sie führte vom Haus bis zur Kirche. Muiris öffnete die Tür, und ihm war, als ließe er die Welt hinaus; wacklig und unsicher überschritt er die geflieste Schwelle. Seine Tochter hielt seinen Arm umklammert. Margaret ging mit den Brautjungfern hinter ihnen; die kleine farbenfrohe Gruppe, deren Kleider in der frischen Brise flatterten, trat aus der Tür und begab sich auf den Felspfad zwischen den Mauern. Es war ein kurzer Weg, und niemand sprach. Sie bewegten sich wie in Trance, starrten voraus auf die steinerne Kirche und fragten sich, jeder auf seine Weise, ob wohl etwas geschehen würde. Wenn ein Zeichen oder sonst etwas zu erwarten war, dann doch gewiß jetzt.

Der Wind verbreitete den Duft von Essig und Parfüm. Muiris spürte die Wunde auf seiner Wange brennen und die Hand seiner Tochter, die ihn fest am Arm faßte. Wollte sie etwas von ihm? Wollte sie, daß er sie durch die Tür führte oder daran vorbei? Er vermochte sie nicht anzusehen und trug ihre Schönheit auf seinem Arm wie ein überwältigendes Blumenbukett, das bald dahinschwinden würde. Als sie die Kirchentür erreichten, hörten sie die Musik und spürten, wie ihnen der heiße Atem der versammelten Menge entgegenschlug. Allgemeines Gezischel, ein Hin und Her von Blicken und kaum wahrnehmbar das Aufseufzen gepeinigter Herzen beim Anblick der schönsten Frau der Insel, die nun vortrat, um den Fremden zu heiraten.

Es war nichts zu ändern. Noch als er seine Tochter durch den Gang geleitete, wartete der Lehrer auf irgend etwas, einen spektakulären Zwischenfall, daß die Kirche in Flammen aufging oder das Dach davonflog. Er hielt den Blick streng geradeaus auf das Tabernakel gerichtet, durch Pater Noels strahlendes Lächeln hindurch. Er hörte das Hochzeitskleid rascheln wie ein kleines Feuer und das Quietschen der neuen Schuhe auf dem polierten Boden.

Jetzt.

Jetzt. Was auch immer? Irgend etwas?

Aber nichts geschah. Im nächsten Augenblick löste sich das Bukett von seinem Arm, und die Hochzeit nahm ihren Lauf.

## 2

Am Morgen, nachdem das frischgebackene Ehepaar die Fähre nach Galway genommen hatte, um die Flitterwochen in Connemara anzutreten, verloren sich die Inselbewohner in bittersüßen Träumen von der schönsten Frau unter ihnen, die nun fort war. Die Träume waren schwer wie verknäuelte Decken und brachten sogar die Esel, die am Strand entlangzogen, zum Straucheln. Nur Nora Liathain war schon wach. Sie hatte der Feier nicht beigewohnt und statt dessen abends immer wieder im Haus des Lehrers nach Sean gesehen. Jede Minute hatte sie damit gerechnet, daß irgend etwas die Hochzeitszeremonie sprengen, daß es zu Gewaltausbrüchen kommen würde. Als dies nicht der Fall war, nahm sie die Enttäuschung wie eine versteckte Eiterpustel hin, die, so tröstete sie sich, eben später aufbrechen würde.

Ganz gewiß würde sie das.

Sie putzte eben ihr Küchenfenster von innen, als sie einen Fremden vom Fähranleger heraufkommen sah. Sie rieb ein kreisrundes Stück Glas frei. Sah ihn und spürte, wie es in der Eiterpustel pochte. Mit einem Satz war sie bei der Tür. Es war ein großgewachsener junger Mann mit hoher Stirn und vorgebeugten Schultern. Als er die Häuser erreichte, rief ihm die Witwe einen Gruß auf irisch entgegen und fügte rasch hinzu: »Hallo.« Sie sah ihn auf sich zusteuern. »Sieht nach Regen aus«, verkündete sie fröhlich die freudlose Nachricht über das kümmerliche Gestrüpp ihres Gartens hinweg, die Hände in den Taschen ihres Morgenrocks.

Er blieb auf der holprigen Straße stehen.

»Suchen Sie jemanden?«

»Allerdings. Ja, den Lehrer …«

»Geht es um seine Tochter?« fuhr sie dazwischen, bevor er fertig sprechen konnte; da war es, die Eiterpustel stach wie verrückt. Sie wußte Bescheid.

»Was? Nein, äh …«

»Geht es um Isabel?« fragte sie, und ein schmales Lächeln zuckte um ihre Augen. »Es ist bloß so, daß sie geheiratet hat. Gestern. Sie kommen zu spät.« Sie machte eine Pause, um den Schock wirken zu lassen; wartete darauf, sein Herz hier vor ihr brechen zu sehen und ihn sodann mitsamt seinem Trübsinn in die Reihen der Kummerbeladenen aufzunehmen. Doch er ließ keine Anzeichen erkennen.

»Isabel?« fragte er.

»Dabei liebt sie ihn überhaupt nicht. Das wußte ich sofort.

Wie wir alle. Hat es vielleicht nur getan, um Sie zu ärgern. So ist sie eben. Wild wie das da.« Sie nickte zum Meer hin, und der Mann wandte sich ab, um es zu betrachten. Die Fähre war auf dem Rückweg zum Festland und verschwand allmählich in der grauen Ferne.

»In welchem Haus wohnen die Gores?«

»Sie schlafen. Sie schlafen alle noch. Ich bin als einzige wach. Mein Mann ist tot, warum sollte ich also schlafen?«

»Das tut mir leid.«

»Sie sind in sie verliebt, und sie ist fort. Aber sie ist nicht tot. Das ist immerhin etwas«, sagte die Witwe, warf ihm das Häppchen Trost zu wie einen Brotkrumen und beobachtete mit leisem Wohlbehagen seinen hoffnungslos verwirrten Gesichtsausdruck.

»Welches Haus, sagten Sie …?«

»Das da. Da wohnen sie. Aber das Mädchen ist fort, sage ich Ihnen.«

»Danke.« Er trat von ihr zurück auf den schmalen Pfad zum Haus des Lehrers.

»Sie kommen zu spät«, rief sie ihm nach, aber er drehte sich nicht um. »Immer kommt alles zu spät!« schrie sie für den Fall, daß er etwa noch ein Fünkchen Hoffnung in sich trug, während er durch das kleine Tor schritt, den Gartenweg entlangging und dreimal entschlossen an die Haustür klopfte.

## 3

Isabel war eingesperrt und versuchte herauszukommen. Durch die Wände des langen hölzernen Flurs strömte Wasser ein, und Muiris rannte an ihnen entlang, auf der Suche nach dem Ausgang. Doch da war keine Tür, nur das Hämmern ihrer

Fäuste auf dem Holz, mit dem sie ihn zur Rettung herbeizuholen versuchte. Er kroch weiter, fuhr mit den Händen über das rauhe Holz und spürte, wie sich Splitter in seine Fingerspitzen bohrten. Noch immer rief sie nach ihm. Verzweifelt schrie er ihren Namen, um sie wissen zu lassen, daß er in der Nähe war. Aber wo war sie? Wo war die Tür? Es war düster und schaukelte, ein grauer Schleier lag über allem. Er drehte sich um, schaute zurück, doch es sah überall gleich aus.

»Isabel? Issy? Issy?«

Immer noch das Hämmern ihrer Fäuste auf dem Holz: einmal, zweimal, dreimal.

Und dann geriet alles ins Wanken, das Holz löste sich auf, der Flur zerbarst in helles Licht, das wie spitze Nadeln in die Iris seiner Augen stach, als Margaret ihn wachrüttelte: »Die Tür. Die Tür. Da ist jemand, Muiris.«

Wie betäubt blickte er in die Welt. War sie wirklich vorhanden? Einen kurzen Augenblick meinte er, es sei noch der Morgen der Hochzeit und nicht schon der folgende. Dann bewegte er den Kopf und spürte Hufe gegen seine Schläfen donnern.

»Muiris! Geh schon.«

Wieder klopfte es dreimal; er beschirmte die Augen mit der Hand, wie um einen Schlag abzuwehren, und fuhr aus seinem hitzigen Traum empor. Wer konnte an diesem Morgen der Welt schon mit Hoffnung entgegentreten? Warum war es nur so hell? Als Muiris mit den Zehen den kalten Boden berührte, wußte er, daß er die Welt zum Stillstand bringen mußte, oder er würde aufstehen und sofort umfallen. Das Licht war gnadenlos und unwirklich, der Spalt zwischen den Vorhängen ein gerader Streifen von blendendem Weiß, dem er den Rücken zukehrte. Nein, lieber nicht hinausschauen. Er ging im Pyjama aus dem Schlafzimmer, auf alles gefaßt. Denn wer auf der Insel würde an jenem Morgen schon wach sein? Wer wußte nicht, daß Muiris nicht gestört werden durfte?

Oder vielleicht doch. Der Gedanke, daß das Eheleben seiner Tochter nur eine Nacht überdauert hatte, durchzuckte sein Hirn; zuzutrauen war es ihr. Er öffnete die Tür in der Erwartung, Isabel zu sehen, und fand statt dessen Nicholas Coughlan vor.

»Mr. Gore?«

»Wer sind Sie?«

»Ich bin wegen eines Gemäldes gekommen.«

Der Lehrer war völlig verdutzt; die Morgenluft blies ihm den Schlaf aus dem Hirn, dennoch blieb die Welt ohne Sinn und rechten Zusammenhalt. Der blaue Himmel mit den grauen Wolken, die Eselherde der Insel, die dem Fremden vom Strand herauf gefolgt war und nun wie ein Chor am Gartentor aufgereiht stand, Noras Spähauge am Fenster des Häuschens gegenüber. Und das Gemälde, welches Gemälde? Er stand da, sagte nichts und blickte auf den jungen Mann vor sich.

»Ich bin Nicholas Coughlan«, sagte er. »Mein Vater hat ein Bild gemalt …«

Die Witwe versuchte mit ihren grauen Augen zu erkennen, was vor sich ging; Muiris griff den Besucher abrupt bei der Schulter und zog ihn vorwärts. »Kommen Sie herein. Kommen Sie herein.« Die Kälte kroch ihm an den Beinen herauf. »Hier, setzen Sie sich, ich hole nur etwas, bin gleich wieder da.«

Nicholas saß in der Küche, in der noch verstreut die Überreste der Hochzeitsvorbereitungen lagen, Bänder, Nadel und Faden, Scheren, abgeschnittene Stengel von Nelken, mit Wasser benetztes Zellophan und das restliche Viertel des Hochzeitskuchens, das Margaret im beschwipsten Mondlicht heimgetragen und zu nah an der Tischkante abgestellt hatte. Was vom Boden noch hatte gerettet werden können, wirkte wie nach einem Großangriff.

»Jetzt.« Muiris kam zurück, mit Hosen und Socken bekleidet und das Pyjamahemd lose darüber, was ihm ein leicht zerfleddertes Aussehen verlieh. Er griff nach dem Wasserkessel. »Hier sieht es furchtbar aus, aber jetzt machen wir erst einmal einen Tee.« Er wartete, bis Wasser kam, und sprach es dann zum erstenmal in seinem Leben aus: »Gestern hat nämlich meine Tochter geheiratet.«

»Ich verstehe. Meinen Glückwunsch.«

Der Lehrer hielt den Kessel in der Luft, verweilte in Gedanken zwischen dem Fortgang seines Lebens und den aufwallenden Erinnerungen an die entschwundene Tochter. Meinen Glückwunsch; es klang ihm wie Spott in den Ohren. Er blinzelte kurz, um nicht umzufallen, und sagte: »Glückwünsche sind hier nicht angebracht.«

»Muiris!« Margaret Looney trat in die Küche, als wolle sie ihr Leben vor dem Zusammenbruch retten. Im Morgenmantel schritt sie zu ihrem Mann und nahm ihm den baumelnden Wasserkessel aus den Fingern, ohne den Fremden eines Blickes zu würdigen. Das Wichtigste zuerst; zunächst mußte sie die Welt in Gang halten, ihren Mann aufrichten und die geflügelten Schatten der Verzweiflung verscheuchen, die sie um seine Schultern flattern sah. Er mußte durchhalten; sie waren nicht soweit gekommen im unendlichen Kampf des Lichts gegen das Dunkel der Insel, um jetzt in Trübsinn zu versinken. Sie war wild entschlossen; sein Herz war gebrochen, na und? Durchhalten lautete die Devise.

»Morgen allerseits.« Sie nickte Nicholas zu. »Muiris, weckst du bitte Sean zum Frühstück?«

Der Lehrer ging hinaus, und seine Frau schnitt Brot auf. »Es ist von gestern, ich bin heute morgen noch nicht zum Backen gekommen.«

»Danke vielmals, aber ich brauche nichts …«

»Tee und eine Kleinigkeit dazu gibt es sowieso.«

Beim Sprechen sah sie ihn nicht an. Sie fuhr mit den Armen über die Arbeitsfläche, sammelte die Reste von Blumen und Zellophan ein und warf alles miteinander in den Mülleimer. Nur keine Pause, weitermachen. Sie wischte ringsum sauber und grub die Zähne in die Unterlippe, bis ihre Hand bei der Fotografie von Mutter und Tochter auf dem Fensterbrett innehielt. »Kennen Sie eigentlich Isabel?« fragte sie.

»Wie bitte?«

»Das ist sie«, sie nahm das Bild und gab es ihm. »Meine Tochter.«

Es war nichts; eine ganz natürliche Geste, an die sie sich aber später erinnern sollte, als alles sich wendete und sie sich fragte, was wohl geschehen, wie anders der Lauf der Welt weitergegangen wäre, wenn sie ihm nicht das Bild gezeigt hätte.

Er sah es an und gab es zurück, noch ohne zu ahnen, welcher Keim oder Traum daraus zu ihm geweht war und schon jetzt sein Leben in den Händen hielt. Sie war eine schöne Frau auf einem Bild, mehr nicht.

»Das ist unser Besuch. Und das ist Sean, mein Sohn.« Muiris fuhr Sean mit seinem Rollstuhl herein, und Nicholas streckte die Hand aus. Sean regte sich nicht, und Nicholas berührte nur flüchtig seine schlaffen Finger. Der Rollstuhl wurde neben ihn an den Tisch geschoben.

»Ich mache Tee.«

»Setz dich hin«, befahl Margaret und strich Butter auf dreieckige Graubrotscheiben, während der Kessel zu pfeifen begann. Die drei Männer saßen einen Augenblick stumm unter dem Ansturm ihrer Willensstärke, dann erklärte ihnen Nicholas, warum er gekommen war.

»Mein Vater ist tot«, begann er, steuerte damit seinen Teil zu ihrem eigenen Kummer bei und erzählte ihnen die grausige Geschichte jenes Nachmittags in Dublin wie eine schaurige Fabel oder ein Volksmärchen, etwas aus uralter Zeit, das nichts mit den faden, abgeschmackten Alltagsdramen gemein hatte. Die Gores sagten nichts dazu. Sie saßen da und staunten ihn an, vergaßen den Tee und das Brot vor ihnen, weil die Geschichte sie in Bann schlug. In seiner Erzählung lag etwas, das ihnen beiden sogleich grauenvoll vertraut erschien: der Augenblick, in dem William Coughlan zu malen begann, der Tag, an dem die Mutter des Jungen starb, und die Art, wie der Vater zu Tode gekommen war, fanden allesamt in ihren stillen Gemütern Widerhall in der Erinnerung an jenen verhängnisvollen Moment, als Seans Krankheit zum Ausbruch gekommen war; wie ein Leben, noch bevor das Licht des Tages verlosch, völlig zerrüttet werden konnte.

Nicholas erzählte die Geschichte, und der Tee wurde kalt. (Draußen in ihrem Garten, sinnlos vor sich hin werkelnd, neigte sich Nora Liathain westwärts und lauschte auf eine Explosion. Gewiß war dies der Liebhaber des Mädchens; mußte nun nicht in jedem Augenblick eine Tragödie auf das Haus herniederfahren? Vielleicht würde es Jammerrufe, Aufschreie und Tränen geben; damit kannte sie sich aus. Sie waren ihre vertrauten Begleiter. Vielleicht würde sie das Phänomen des Verlustes noch besser verstehen, wenn alle, mit denen sie in Berührung kam, weinend darunter zusammenbrachen. Sie wartete in der salzigen Brise an der tiefliegenden Küste und sah Pater Noel seine Sünden in whiskeybeschwingten Schlangenlinien zur Kirche tragen.)

Als Nicholas zum jüngsten Teil der Geschichte kam, berichtete er der versammelten Familie ohne Zögern, daß er seinem Vater kurz nach dessen Tod auf einer verschneiten Straße in Wicklow begegnet war. Er erzählte es ohne Übertreibung oder Kommentar, als wäre es das Natürlichste auf der Welt, und vielleicht deshalb kam es Muiris und Margaret auch genauso vor. Sein Vater hatte ihn nicht angewiesen, das Gemälde zurückzubringen, sagte Nicholas. Doch als er am nächsten Tag erwachte, sei es ihm klargeworden, daß dies seine Aufgabe war. »Allem«, sagte er, »liegt ein Plan zugrunde. So meinte mein Vater. Wir müssen nur herausfinden, welcher. Und die Zeichen lesen.«

Die Zeichen lesen. Margaret nahm den Brotteller und reichte ihn dem Besucher. Muiris hielt den Blick auf ihn geheftet. Die Zeichen lesen. Selbst Sean schien zuzuhören; ihnen allen war, als sei das Erscheinen von Nicholas Coughlan bei ihnen an diesem Morgen, nach dem Zerfall ihrer Familie, bereits ein Zeichen für etwas. Er war anders als alle, die sie kannten, und hätte fast Teil eines flüchtigen, seltsamen Traumes sein können, den sie alle miteinander erlebten. Sean nickte im Rollstuhl vor sich hin, und als Nicholas seinen Blick erhaschte, grinste er ihm zu.

»Mein Mann hat das Gemälde als Preis für ein Gedicht gewonnen«, sagte Margaret, »war es nicht so?«

»Ja«, antwortete Muiris, und dann zu Nicholas: »Ich wußte nicht, was für ein Preis es sein würde.«

»Er hat sich nicht einmal beworben. Ich habe damals das Gedicht für ihn eingeschickt.«

Nicholas sagte nichts. John Flannery hatte ihm von dem Wettbewerb und dem Preis erzählt, der dem Lehrer übergeben worden war. Jetzt wollte er nur wissen, ob er das Gemälde zurückkaufen konnte. Er saß da in der Küche, die er mit Tragik und Schmerz erfüllt hatte, und ließ sich aus der zweiten Kanne eine weitere Tasse heißen Tee einschenken.

»Wir gehen es anschauen«, sagte Muiris und erhob sich. »Ich ziehe mich nur rasch an.« Sogleich trug Margaret ihm auf, etwas aus dem Laden mitzubringen, wenn er zur Schule ging. Sie ließ Sean bei Nicholas in der Küche und ging in ihr Schlafzimmer, mit gebündelten Vorahnungen, die langsam Form annahmen.

»Möchtet du noch Tee?« fragte Nicholas.

Der Kranke schüttelte leicht den Kopf, und die beiden verharrten in einem Schweigen, das nicht lastend, sondern voller Hoffnung war; auf dem Sprung zu etwas, das größer war als sie beide. Nicholas räumte das Geschirr in die Spüle, und Sean begann, als sei es das Leichteste auf der Welt, ganz leise einen Reel vor sich hin zu summen. Wie ein kleiner Vogel im Raum, obwohl Fenster und Türen geschlossen waren. Ohne sich von der Spüle wegzudrehen, wußte Nicholas sofort, daß es einer der Vögel aus dem verbrannten Haus seines Vaters war, und während er abwusch, vernahm er die Melodie mit jener Freude, die das Wiedersehen mit einem alten Freund beschert. Die Zeichen lesen.

»Das hätten Sie doch nicht zu tun brauchen.« Muiris knöpfte sich das Hemd zu und nahm sein Jackett, das an der Tür hing. »Meine Frau wird mir die Hölle heiß machen, daß ich das zugelassen habe«, sagte er und schwieg im nächsten Augenblick still, weil er glaubte, Flügelschlag zu vernehmen; dann drehte er sich um und bemerkte, daß Sean die Melodie summte. Es war viel leiser als richtige Musik, zu hauchzart, um die Luft zu durchdringen, und doch berührte es den Vater so sehr, daß er den Blick abwenden mußte, um nicht zu weinen.

Auch Margaret hatte, obwohl kaum wahrnehmbar, jene fröhlichen Klänge gehört, als sie Isabels Bettlaken ausschüttelte und die Arme kreuzte, um es zusammenzulegen. Mit zusammengepreßten Lippen kam sie durch den Flur ihres Häuschens. Als sie in der Küchentür stand und auf ihren Sohn blickte, der das Lied summte, links und rechts von ihm die beiden schweigenden Männer, sah auch sie einen einsamen weißen Vogel durch die Küche fliegen; plötzlich, endlich brach aus einem lange verschlossenen Ort in ihr Gelächter hervor, und sie wußte, daß nun Heilung in Sicht war.

## 4

Nicholas und der Lehrer begaben sich hinaus zu den Eseln. Die kleine Herde hatte sich nicht vom Tor weggerührt; Muiris wedelte mit den Händen durch die Luft und brüllte sie ohne großen Erfolg an. Die Tiere rückten beiseite, um die Männer durchzulassen, und folgten ihnen dann, ein Esel hinter dem anderen, bis zur Schule. (Nora Liathain wußte, daß dies ein schlechtes Zeichen war. Ein ganz schlechtes Zeichen.) Die Luft am Spätvormittag war stürmisch; muntere Windstöße ließen ihre Hosenbeine flattern und die von Nicholas dabei trocken werden, während der Lehrer unsicher ausschritt. Er sprach nicht über Sean, wagte es nicht, spürte jedoch bereits die Fügung, die ihm jenen jungen Mann geschickt hatte, und hielt sich an ihm fest, als ein loser Kopfstein auf der Straße ihn fast zum Straucheln brachte.

»Muß in Ordnung gebracht werden.«

Und Muiris lief auf wackligen Beinen weiter, noch immer die halbe Melodie seines Sohnes im Ohr. Etwas geschah, ein Schlüssel drehte sich in der Welt, und er spürte es mit jedem Schritt, riß Augen und Mund unnatürlich weit auf, um sicherzugehen, daß er nicht etwa träumte und es nur Brandy und Whiskey waren, die ihm Gott vorgaukelten. Die Luft roch nach Meer, und sein Gesicht war feucht und erfrischt. Sein Atem flog mit dem Wind davon und wehte wie Blütenblätter über die Häuschen an der westlichen Straße, in denen noch alles schlief.

»Da ist die Schule, dort drüben«, sagte er und zeigte darauf. »Es bräuchte eine größere Wand, das Bild, um richtig zur Geltung zu kommen, aber die Häuser sind nun einmal so klein.« Er machte eine Pause. »Ich dachte, es ist hier besser aufgehoben, wo die Jungen und Mädchen … nun, Sie werden ja sehen.«

Noch immer die Esel im Gefolge, erreichten sie die Schule. Muiris sperrte auf und ließ Nicholas zuerst eintreten. Es war ein kleiner Bau, an dem es einiges zu richten gab. Die Dachrinne am Ostgiebel hing lose herunter, die orange Farbe blätterte alljährlich ab, als versuche der Atlantik jedes Jahr wieder, die Frucht zu schälen und gänzlich zu verschlingen, und doch schwoll Muiris vor Stolz die Brust, als der Fremde eintrat. Er schloß die Tür hinter ihnen, und im Raum wurde es still.

»Da ist es.«

Er hätte nichts zu sagen brauchen. Nicholas stand schon vor dem Bild, umgeben von den kleinen Pulten, den mit Klebstreifen verschlossenen Farbkästen der jüngeren Schüler, den beschichteten Landkarten von Europa und den Vereinigten Staaten, dem Bild vom Herz Jesu und den beiden Tafeln. Er stand da, unfähig, sich zu rühren, atmete rasch und flach und blickte auf den einzigen Beweis, daß sein Vater einmal in seinem Leben das richtige getan hatte. Da war es, das Bild aus jenem Frühsommer an der Küste von Clare, als Nicholas fast ertrunken war und sein Vater ihn aus den Wellen gezogen hatte. Es war voll schreiender Farben, ein Sammelsurium aus Grün und Gelb und Blau, in dem die Kinder den Urzustand der Welt vor ihrer Erschaffung sahen; es war Aesop und Grimm, es war Adam, das Meer und Chuchulainn. Nicholas lehnte sich an eines der Pulte. Der Lehrer hinter ihm sagte nichts; er erinnerte sich an das Gedicht, das Margaret eingeschickt hatte, und spürte, wie ihn plötzlich wieder einmal seine Empfindungen übermannten; eine Eigenschaft, die ihn in den Augen der Inselbewohner weichlich erscheinen ließ. Seine Augen füllten sich mit Tränen, und unter dem Ansturm seiner Gefühle für Margaret preßte er die Lippen fest aufeinander, damit sein Kinn aufhörte zu zucken.

Eine Ewigkeit verstrich. Im Klassenzimmer wurde es düster, dann rasch wieder hell und erneut finster, als liefe die Zeit schneller und ließe nur die beiden Männer unbehelligt, die still und schweigend vor dem Bild verharrten. Wolken flogen vorbei.

Bei seiner Fahrt durchs Land hatte Nicholas nichts weiter vorgehabt, als das Bild zu sehen, es dem Lehrer abzukaufen und mit heim nach Dublin zu nehmen. Doch nun, da er ans Pult gelehnt davorstand, geriet er ins Zaudern. Er wollte es nicht von hier fortnehmen. Es schien am richtigen Ort zu sein in diesem Klassenzimmer an der Wand zwischen den hohen Fenstern, die aufs Meer blickten. Er wußte nicht, was er tun sollte, und war erleichtert, als Muiris endlich das Wort ergriff.

»Sie können es natürlich gern haben. Aber es wird mir fehlen.«

»Nein.«

»Doch, das wird es.«

»Nein, ich meine, ich sollte es lieber nicht mitnehmen.«

»Gefällt es Ihnen nicht?«

»Das ist es nicht, es ist ...« Er drehte sich um und blickte den Älteren an. »Woher soll man wissen, was das richtige ist? Wie kann man das jemals wissen?«

»Sie wissen es nicht und ich auch nicht«, sagte Muiris und trat auf ihn zu. »Man wartet auf eine Eingebung, schätze ich, und wenn sie ausbleibt, entscheidet man sich für das eine oder das andere. Wie es gerade kommt. Es ist alles Zufall.«

In diesem Augenblick polterte es gewaltig, die Eingangstür flog auf, und herein lugte in stummer Neugier der Kopf eines Esels.

## 5

Auf dem Rückweg zum Haus bemerkten die beiden Männer, daß das Festland verschwunden war. Die Insel, so schien es, trieb nun frei im Wind und war in einen mit ihr ziehenden Vorhang aus Regen und Nebel gehüllt. Er legte sich auf Muiris und Nicholas, als sie den steinigen Pfad entlanggingen. Die Esel hatten die Verfolgung aufgegeben und kauerten statt dessen an der Südseite des Schulhauses, die großen Köpfe gesenkt, als lauschten sie Geistergeschichten im Gras. In der Küche fanden die beiden Männer Nora vor. Sie sprach ein Gebet für Sean, der ein heiteres Liedchen namens *Donnellan's Favourite* summte. Margaret stand weiter hinten beim Teekessel. Als ihr Mann eintrat und stehenblieb, kreuzten sich ihre Blicke.

»Es ist ein Wunder«, sagte Nora, als sie fertig gebetet hatte. »Er wird euch wiedergegeben.« Sie trat zurück, um die Wirkung ihres Gebets in Augenschein zu nehmen, doch Sean summte einfach weiter und ging ohne Pause zu *The Widow* und *The Sparrow* über.

»Seit ihr fort seid, geht das so«, sagte Margaret, ohne recht zu wissen, wie sie vor Nicholas sprechen sollte; sie spürte ein seltsames Kribbeln im Kreuz, als er neben ihr stand. »Sie müssen irgend etwas mit ihm gemacht haben«, sagte sie zu ihm.

»Ich habe überhaupt nichts gemacht.«

»Normalerweise sitzt er einfach nur da. Er gibt keine solchen Töne von sich. So etwas hat er noch nie gemacht.«

Muiris legte seinem Sohn die Hand auf die Schulter und setzte sich neben ihn. Er versuchte, seinen Blick zu erhaschen, der aber mit den Tönen nach oben zur Zimmerdecke flatterte. Er bedeutete Nicholas, Platz zu nehmen, Margaret wandte sich wieder dem Kessel zu und sang dabei.

»Pater Noel sollte herkommen«, sagte die Witwe, »und ein paar…«

»Halt.« Das war der Lehrer. »Wir wollen nichts dergleichen. Wir wollen nicht, daß jeder herkommt und uns beglotzt.«

»Aber es könnte Gottes eigenes…«

»Nichts. Gottes eigenes gar nichts, so wie schon seit Jahren. Und nun geh heim, Nora.«

»Aber es…«

»Geh heim. Danke, auf Wiedersehen.«

Seine Stimme ließ sie kehrtmachen und trieb sie aus der Tür. Er beschwor das Unglück auf sich herab, wenn er sie so behandelte, das wußte sie gewiß; großes Unglück. So etwas gehörte sich einfach nicht, und sie legte das kurze Stück bis zu ihrem Haus im Regen zurück, nur von dem Wissen getröstet, daß der Herr ihr Genugtuung verschaffen würde, indem Er einen anderen bestrafte.

»Wollen Sie mit ihm sprechen? Er scheint auf Sie zu reagieren.«

»Auf mich?« fragte Nicholas.

»Ich weiß es nicht«, erwiderte Muiris. »Ich weiß gar nichts. Ich bin der unwissendste Mensch auf der Welt, was das Verstehen von irgendwas angeht, aber seit fünfzehn Jahren habe ich meinen Sohn nicht mehr so erlebt, und Sie kamen heute morgen hier herein, und…« Er fuhr mit der Hand durch die Musik, die bereits die Küche erfüllte. »Werden Sie also mit ihm sprechen?«

»Was soll ich denn sagen?«

»Das weiß ich auch nicht. Ich weiß es nicht.«

Nicholas schaute vom Lehrer zu seiner Frau und griff nach dem Becher mit starkem Tee, den man ihm hingestellt hatte. Er spürte ihre Erwartungen wie Bleigewichte auf seiner Brust lasten und hatte keine Ahnung, was er tun sollte. Was hatte das alles zu bedeuten? Er hatte nichts mit ihrem Sohn gemacht, verfügte über keine besondere Gabe. Er war nur seines Vaters wegen da, aufgrund des flüchtigen Zufalls, der das Gemälde, die letzte greifbare Erinnerung an seinen Vater auf der Welt, in dieses Haus gebracht hatte. Deshalb war er gekommen, und kaum hatte er das Bild gesehen, plagten ihn Zweifel, ob er es überhaupt mitnehmen sollte. Und nun dies. Seine große, magere Gestalt zitterte unter der Last des Augenblicks, er bebte unter dem Tisch, Schweiß rann ihm aus den Achselhöhlen, und er hatte das Gefühl, als glitte eine kalte Klinge an seiner Haut herab. Was sollte er tun? Er stellte den Becher auf den Tisch aus Kiefernholz und überließ sich der Musik.

»Sean«, sagte er.

Und mit einem Schlag verstummten die Klänge.

In jener Nacht schlief Nicholas in Isabels ausgeräumtem Zimmer neben dem von Sean im rückwärtigen Teil des Häuschens. Muiris und Margaret lagen unter dem geöffneten Fenster wach und blickten in den sternenlosen Himmel, grenzenlos erstaunt über das, was der Tag ihnen beschert hatte. Ihr Sohn wurde ihnen wiedergegeben; er hatte mit Nicholas gesprochen und schien durch den Besucher auf unsichtbaren Wegen in die reale Welt zurückzufinden. Der Lehrer und seine Frau barsten fast vor Hoffnung; sie entblößte sie bis auf den tiefsten Grund ihres Herzens und brachte all die geheimen Träume und Wünsche in ihrer Nacktheit und Verletzlichkeit ans Licht, die Vater und Mutter für ihren einzigen Sohn hegten. Ihr nächtliches Schlafzimmer bevölkerte sich mit Bildern, und eine unhörbare Musik ließ sie tanzen. In ihren Pyjamas rückten sie enger zusammen und hielten durch das Fenster Ausschau nach den Vorboten des kommenden Tages, wünschten ihn schnell herbei, bevor der Zauber oder das Wunder, das über ihr Haus gekommen war, wieder verflog.

Auch Nicholas konnte nicht schlafen. Die Luft war noch

schwer und süß von Isabels Schönheit, und Fragen schwirrten wie Motten durch die Nacht. Was war geschehen? Er hatte nichts getan, das stand fest. Nichts, als dem Mann Fragen zu stellen und ihn anzuschauen, und doch hatte sich mit Sean eine Verwandlung vollzogen, so klar und eindeutig, als hätte zuvor ein anderer Mensch im Rollstuhl gesessen. Dennoch dachte er immer wieder: Er hatte doch nichts getan. Es war Zufall, ein unbeabsichtigtes Zusammentreffen. Allein hier gelandet zu sein war keineswegs zwingend; ebensogut hätte es ein anderes Haus und ein anderer Dichter sein können, der den Preis gewonnen hatte. Es mochte gar nichts zu bedeuten haben. Wie sollte er Sinn in etwas so Willkürliches bringen? Als er sich unter den Decken umdrehte, stieg der Duft von Jungmädchenträumen daraus empor. Er schüttelte das Kissen auf und ließ damit unwissentlich all die Nächte von quälendem Halbschlaf heraus, in denen Isabel dagelegen und sich Vorwürfe wegen des Unglücks gemacht hatte, das ihrem Bruder zugestoßen war. Ihr Schuldbewußtsein wirbelte wie feiner Staub durch die Luft, fing sich in seiner Kehle, und er kämpfte minutenlang mit einem Hustenanfall. Tränen rannen ihm aus den Augen und strömten bald so stetig, daß er sie mit plötzlichem Entsetzen als Flüsse des Kummers verstand. Er drehte sein Gesicht zum Kissen und weinte es naß, weinte aus tiefen, unerforschten Abgründen seines Inneren, die erst hatten freigelegt werden müssen, sich nun aber wie ein Zauberberg auf sanfte Berührung öffneten und in die Nacht strömten. Er versuchte, sich zu beruhigen und das Schluchzen zu unterdrücken, damit die anderen ihn nicht hörten; dabei wußte er nicht, daß sein Weinen bereits Nora Liathain in ihrem rückwärtig gelegenen Schlafzimmer geweckt hatte und die Luft über der Insel gläsern und scharfkantig vor Kummer war. Männer auf dem Heimweg von Coman's Pub duckten sich und wurden doch von umherfliegenden Scherben getroffen.

Die ganze Einsamkeit der Insel lastete in jener Nacht schwer auf Nicholas. Vielleicht weil das Festland den Blicken entzogen war und die Insel meilenweit in das schwarze Nichts des Atlantiks hinauszusegeln schien, verspürte er noch deutlicher das Gefühl von völliger Abgeschnittenheit und Verlorenheit. Es war ein Spiegelbild seines Lebens, dieses Niemandsland im Meer. Was hatte er getan? Warum war er hergekommen? Was für ein Leben war das, hier auf den Felsen, und welchen Teil hatte er daran? Je mehr er darüber nachsann, desto mehr schien ihm, als sei es ein leichtfertiger und unüberlegter Entschluß gewesen hierherzukommen, gegründet nur auf den Kummer über den Verlust seines Vaters. Verlust, Verlust, Verlust. Das Wort schnitt durch seine Brust wie ein Messer, schlitzte sein Fleisch auf, riß ihm die Eingeweide heraus. Wieviel leichter wäre es gewesen, verwundet zu werden, ein Glied verloren zu haben, einbeinig oder mit lose flatterndem Ärmel durch den Tag zu stolpern und damit zu zeigen: So groß ist mein Verlust, so viel haben Kummer und Verzweiflung mir abgezwackt.

Doch er lag im Bett, weinend und unversehrt, und vermißte seinen Vater. Es schien, als sei der große Mann mit der hohen Stirn sein ganzes Leben gewesen. Seine Jugendjahre hindurch hatte er den Vater gefürchtet und zugleich bewundert. Wenn er an sich dachte, dann nur in bezug auf seinen Vater; seinetwegen hatte er keine echten Freunde gehabt, seinetwegen nie jemanden geliebt; und seinetwegen war er nun hier. Es war alles so falsch gewesen, so gezwungen und unfrei; wo blieb sein eigenes Leben? Wo lag die Bedeutung, wenn nicht in dem, was der alte Mann getan hatte? Unwillkürlich kniff er die Augen zusammen, blickte zur getäfelten Decke auf und schleuderte wütend hervor: Herrgott, was soll ich nur tun? Warum hast du alles zu Asche verbrannt? Warum hast du nicht an mich gedacht? Warum? Warum?

Nicholas stieß die Frage laut aus, wie um seinen Vater herzubeordern, und an der Tür erschien Margaret Looney.

»Geht es Ihnen nicht gut?« Seine Tränen hingen schwer und feucht im Zimmer.

»Es tut mir leid.«

»Nichts Schlimmes dabei.«

Sie stand einen Augenblick im Nachthemd da, schaute ihn nur stumm an, den jungen Mann aus Dublin, der da in Isabels Bett weinte. Sie wartete. Er lag da, starrte an die Decke und sprach kein Wort. Sie öffnete leicht die Hände, als wolle sie einen kleinen Vogel bergen oder freilassen, und sagte schlicht: »Es wird vorübergehen.«

Und dann war sie fort. Die Tränen versiegten so rasch, wie sie gekommen waren, und Nicholas versank in Träume von Vögeln und fliegenden Inseln, die wie Mädchen rochen. Er bewegte sich durch entrückte, wolkige Himmelsregionen, in denen sich Delphine tummelten und die Farben beständig wechselten, alle Nuancen im Bild seines Vaters durchspielten, er strahlte und flackerte und streifte Blumen, die Flammen glichen. Er roch den Rauch und erwachte dann im Schlafzimmer des Mädchens, wo das Haus rund um ihn herum allmählich Form annahm und auf dem Herd in der Küche der Toast verbrannte.

## 6

Im Reich der Natur gibt es keinen Zufall, so lautete der Grundpfeiler von William Coughlans Lebensphilosophie. Man betrachte nur den Lachs, der in die unendliche Weite des Meeres hinausschwimmt, in jene unerforschbaren, keinen Anhaltspunkt bietenden Wassermassen, deren Dimensionen für einen einzelnen Fisch unfaßbar bleiben müssen; und dann seine

Rückkehr, taumelnd und hüpfend flußauf, mit glitzerndem Leib der Heimat zustrebend, bis der Lachs wieder an seinem Ausgangsort ist. Warum? Weil es so sein sollte. Das war die Ordnung der Dinge. Sobald man sie verstand, sagte er, war man aller Sorgen ledig. Was geschehen soll, geschieht. Zweifellos gab es für jedes Ding einen Platz; Gott hatte für alle und jeden eine Nische vorgesehen.

Und so fügte sich an jenem Morgen, trotz seiner Zweifel und der Tränen, die noch an seinem Gesicht hafteten, Nicholas Coughlan in die Nische des Lebens der Familie Gore in ihrem Haus auf der Insel vor der Westküste Irlands. Obwohl es sich weder offensichtlich logisch noch klar begründbar in die Ordnung der Dinge fügte, fühlte sich Nicholas, als er sich von seinem Lager aus umsah, weniger fremd als noch am Abend zuvor. Die Füße aus dem Bett zu schwingen und auf den Fliesenboden zu stellen kam ihm schon ganz und gar vertraut vor. Er blickte aus dem Schlafzimmerfenster und sah, daß das Festland wieder zurückgekehrt war. Das Meer lief beinahe über, schwappte ans Ufer und scheuchte die Möwen zu einem heiser kreischenden Schwebetanz dicht über dem Wasser auf. Die Herdfeuer der Insel vernebelten die Luft, und die drei Schornsteine, die er von Isabels Schlafzimmer aus sehen konnte, malten allesamt eine bedenklich nach Osten ziehende Rauchfahne in den Wind.

Er ging in die Küche, wo schon das Frühstück für ihn bereitstand. Würstchen wurden in der zischenden Pfanne umgedreht, Spiegeleier glitten mit leisem Klatschen auf seinen Teller, und der Lehrer warf ihm drei mit Butter bestrichene Brotscheiben hin.

»Muiris!«

»Na, er kann's wohl brauchen. Schau ihn doch an. Mager wie ein Windhund. Gib ihm noch ein Würstchen.«

Sean saß in seinem Rollstuhl neben ihm. Morgens war er mit

Musik in seinem Inneren erwacht und hatte seine Mutter, die hereinkam, um ihn anzuziehen, zum erstenmal seit Jahren mit *Ryan's Favourite* begrüßt. Nun ließ er sich mit Ei füttern und blickte häufig grinsend zu Nicholas hinüber, als käme ihm durch die verschlungenen Windungen seines Hirns immer wieder der gleiche Witz in den Sinn.

Nach einer kleinen Weile stand Muiris vom Tisch auf, warf seiner Frau den ersten freudigen Blick seit langer Zeit zu und verließ das Haus, um die Schule aufzusperren. Er sagte zu Nicholas, er werde um drei Uhr wieder zurück sein, und betrat den Gartenpfad, als sei dieser die erste Seite eines wunderbaren und aufregenden Romans. Die Melodie, die sein Sohn gesummt hatte, blieb ihm auf dem Weg zur Schule im Sinn, und selbst dann noch, als er die Tür öffnete und die Kinder hineinstürmten, glitt das Liedchen irgendwie mit hinein und schwebte kaum hörbar durch das Klassenzimmer, während er sich an sein Pult setzte.

»Nun«, sagte Margaret, als er fort war und die Freude, die er ihr mit seinem Blick geschenkt hatte, warm wie gekneteter Teig ihr Inneres erfüllte: »Was haben Sie heute vor?«

Gegen Mitte des Vormittags, bei strahlendem, blitzblankem Himmel, schob Nicholas Sean zu einem kleinen Ausflug an die Ostküste über den holprigen Gartenpfad und aus dem Tor hinaus. Er hatte dies nicht direkt vorgehabt; wie alles andere ergab es sich einfach. Er war vom Küchentisch aufgestanden, ohne recht zu wissen, was er tun sollte, hatte aus dem Fenster auf die angeschwollene See geblickt und festgestellt, daß er die Insel überhaupt noch nicht kannte. Als er sich umdrehte, fing er Seans Blick auf, begleitet von einem schiefen Grinsen.

»Ja, ja, aber natürlich.« Die Wärme, die auf seinen Vorschlag hin, Sean mitzunehmen, von jener Frau zu ihm herüberstrahlte, überraschte ihn. Es war, als werde er wie ein Paddelboot von der Woge ihrer Zuneigung und Hoffnung vorangetrieben. Es gab ihm Auftrieb, er war erregt und erstaunt zugleich und betrachtete sich einen Augenblick lang mit ihren Augen als schicksalhafte Gestalt, legte sich den Mantel um wie ein sagenumwobener Held, der sich gegen den Feind rüstet.

»Also dann«, sagte er schon im Gehen, fort von der Mutter, die ihnen von der Tür nachblickte, und vorbei an Nora Liathain, die durch einen Spalt angestrengt zu ihnen hinüberlugte. »Du mußt mir sagen, wo es hingehen soll.« Sean verlagerte sein Gewicht leicht nach links, und der Rollstuhl gehorchte ihm. Sobald sie den richtigen Pfad gefunden hatten und durch den Wind dahinholperten, begann Sean wieder zu summen, und die muntere Musik begleitete sie nebst einer kleinen Schar von Eseln.

»Du bist gar nicht richtig krank, stimmt's? Ich weiß es. Du hörst alles, was ich sage, und könntest mir auch antworten, wenn du nur wolltest. Aber du willst eben nicht. Das ist es.«

Sie waren am Rand der Klippen, und unter ihnen wütete die See wie eine rasende Krankheit. Nicholas sprach, während der Wind ihm ein paar Haare vom Kopf riß. Er fand keinerlei Anzeichen dafür, daß Sean ihm zuhörte, redete aber einfach weiter, als habe er einem aufmerksamen Publikum etwas Wichtiges mitzuteilen.

»Ich habe darüber nachgedacht. Nachdem mein Vater gestorben war, sagte ich nichts. Tat nichts. Saß einfach da oder lag im Bett. Es gab auch einen Mann, der sich um mich kümmerte. Wie bei dir. Wenn ich wollte, konnte ich den ganzen Morgen im Bett liegenbleiben und Mozart hören. Er hatte genug Platten zurechtgelegt, daß es für den ganzen Tag reichte. Stell dir das vor. Mußte es nicht einmal summen. Es war einfach da. Wie Engel, hätte mein Vater gesagt. So sprach er. Die Musik war da, wie Engel. Oder wie Latein. Kannst du Latein?«

Er wartete einen Augenblick, aber Sean sagte nichts, sah nur regungslos zu, wie das launische Wasser sich an dem dunklen Felsen austobte.

»Ich schon. Ich habe eine ganze Menge gelernt. Ohne rechten Grund eigentlich. Vielleicht so, wie man Steine am Strand aufliest. Latein. Er liebte den Klang. Ich glaube jedenfalls, daß es das war, denn verstanden hat er es wohl nicht. Einmal saßen wir zum Schutz vor Regen in einer Scheune, und die Rinder hatten alle seine Bilder zertrampelt, und er bat mich, Latein zu sprechen. Ich konnte es nicht fassen. Als wäre es ein Segenspruch oder so etwas. Kannst du dir das vorstellen?«

Nicholas hielt inne, ohne eine Antwort zu erwarten. Er sprach zu der unsichtbaren Welt, zur Atlantikluft und den sich brechenden Wellen unter ihnen. »Latein bei Regen in einer Scheune irgendwo in Clare. ›*Cetera per terras omnes animalia somno laxabant curas et corda oblita laborum.*‹ Vergil. Alle Lebewesen auf der Welt lassen ihre Sorgen mit dem Schlaf verfliegen, in ihren Herzen ruht das Vergessen. Irgendwas in der Art. Es gefiel ihm. Ich dachte, vielleicht war es die Musik darin, einfach der Klang. Auch sonst habe ich es manchmal aufgesagt. Einmal kam ich von der Arbeit heim, und er saß am leeren Tisch; als hätte er sich zum Tee setzen wollen, und es war einfach nichts da, als hätte er mit einem Mal entdeckt, wie allein er war – das ist es mit meiner Familie, wir drei waren immer ganz für uns; für eine Weile vergaßen wir es, und dann überfiel es uns wieder. War immer da. Na, jedenfalls, da saß er also ein bißchen vorgebeugt am Tisch, wo er immer Tee trank. Und ich kam herein, und er sagte – irgendwo tief in ihm drin waren Tränen, er klang angespannt und gebrochen –: ›Sag mir ein bißchen was auf, ja?‹ Ich bin mir nicht mal sicher, was er eigentlich meinte, aber das war es jedenfalls, das Latein, die Musik darin, wie Engel, die aus der Decke schweben, sagte er. Und ich fing an, und bei einem bestimmten

Wort unterbrach er mich plötzlich. Er sah auf, und Tränen liefen ihm aus den Augen, und weißt du, was er sagte? Er sagte *amor*. Nur das. Kostete den Klang aus. *Amor*. Und dann sagte er den Namen meiner Mutter. Bette. *Amor* Bette.«

Nicholas hielt inne, und das Meer und der Wind und die Seevögel strichen über sie hinweg.

Lange regte sich nichts als der Wind, der rauh über die Klippen wehte, die Möwen aufscheuchte und in langgezogenen Bögen über dem Felsvorsprung kreisen ließ. Der Himmel trieb, mit Regen drohend, weiße Wolken vor sich her und breitete sie wie halb getrocknete Leinentücher über der Insel aus. Hoch über den Köpfen der beiden Männer am östlichen Kliff, in der unsichtbaren, weißen Luft des unerforschlichen Königreiches wurde eine Tür aufgestoßen, ein Vorhang weggezogen, und zum erstenmal, unaufgefordert und klar, ließ Sean sich vernehmen.

»Hilf mir beim Aufstehen«, sagte er.

## 7

Im Klassenzimmer ertönte noch immer die Melodie. Je länger der Lehrer streng auf die Köpfe der Kinder blickte, desto deutlicher schien er die Klänge zu vernehmen. Alsbald sah er sie auch – zarte Schleierfetzen aus Musik in Tönungen von Blau und verblaßtem Gelb, die durch die Luft hin und her schwebten wie verlorene Gewänder vorbeiziehender Geister. Die Kinder schienen nicht allzuviel davon zu bemerken, waren aber, wie er feststellte, mit viel Eifer bei der Sache. Nicht einmal O'Shea machte Ärger oder zappelte an seinem Pult herum wie ein gestrandeter Delphin. Nein, es hatte mit der Musik in der Luft zu tun. Zunächst wollte er fragen, ob die Kinder sie auch hörten, doch die Anwandlung verflog, und schließlich blickten sie mit gewohntem Gesichtsausdruck zu ihm auf und warteten, daß er ihnen Aufgaben zuteilte. Wenn sie die Musik vernahmen, dann irgendwo in ihrem Inneren, mutmaßte er; sie war nicht auf gewöhnliche Weise zu hören, aber dennoch vorhanden. Und so klar sie ertönte, so klar war ihm auch, daß sie von seinem Sohn kam.

Während die Schüler das Wer-Was-Wo und Wie in Irisch bestimmten, saß Muiris lauschend und beobachtend vor ihnen. Die farbigen Schleier der Musik trieben weiterhin durch den Raum, blaß und fein und nahezu durchsichtig. Um zwölf Uhr erhob er sich von seinem hohen Stuhl und ging durch das Klassenzimmer, um herauszufinden, ob sich etwas an der Musik verändert hatte. An der Tür drehte er sich um und entdeckte zu seinem Erstaunen, daß die Farben, die er sah, fast unmerklich aus William Coughlans Bild an der rückwärtigen Wand herausströmten. Ihm schwirrte der Kopf, er stützte sich mit der Hand auf das Pult von Nuala Ni Ceailligh und glaubte umzukippen. Er blinzelte, schaute erneut hin und sah es wiederum. Ein Beben, eine Bewegung, die nicht hätte sein dürfen. Wie auf Kommando hatten die Kinder in einem Atemzug innegehalten; sie wandten ihm die Gesichter zu, als wollten sie die Welt zurückdrehen und neu in Gang bringen, denn was sie eben gesehen hatten, riß sie vor Erstaunen aus ihrem Reich von Worten und Geschriebenem. Da war es, seht nur! Wie auf Kommando drehten sich alle um und schauten durch den Raum, während Muiris zwischen den Pulten nach vorne ging und sich in stumpfer, schwankender Betäubung dem östlichen Fenster zuwandte. Plötzlich summten die Stimmen der Kinder in seinen Ohren, er vernahm Geräusche, die es gar nicht geben durfte, und durch die Musik drang der anschwellende Pulsschlag von Erregung und Verwirrung, pochte immer lauter und wilder in seinem Kopf, bis er schließlich das Fenster erreichte und hinausschaute, Finger und Stirn gegen die kalte Scheibe preßte, um etwas Festes, Reales zu spüren, und dort – dort den Fremden und seinen Sohn über die Insel auf sich zukommen sah.

## 8

Als Nicholas und Sean die Schule erreichten, wurden sie bereits draußen von den Kindern erwartet. Der Lehrer schaffte es nicht weiter als bis zur Tür, wo er den Wind auf seinem nassen Gesicht spürte und zusah, wie die Kinder losstürzten und die kleine Herde Esel verscheuchten, die hinter den beiden hergetrottet war. Die Kinder spähten immer wieder auf Seans Beine, er jedoch hielt den Blick auf seinen Vater geheftet und schritt stetig durch das Schultor. Fünf Meter von ihm entfernt blieb er stehen und stürzte dann vor, als Lehrer Gores aufgestauter Kummer sich in heftigen, unkontrollierbaren Zukkungen entlud. Er glitt zu Boden, sein Körper krampfte sich zusammen, und die Schreie, die aus ihm drangen, zerrissen die Luft und ließen die Kinder verstummen. (Die Witwe Liathain vernahm sie, erhob sich vom Feuer und holte augenblicklich ihre Stiefel.)

Es war zuviel; es war schlicht zuviel für ihn. Gepeinigt fuhr Muiris blindlings mit der Hand durch die Luft und ergriff zum erstenmal seit Jahren die warmen Finger seines Sohnes.

»Verzeihung«, sagte Muiris, zusammengekrumpelt wie eine alte Zeitung; vorne auf seinem Hemd waren dunkle feuchte Flecken zu sehen.

Nicholas und Sean halfen ihm auf. Der Tumult vor der Schule hatte bereits einige Inselbewohner aufmerksam gemacht, und als die drei Männer sich auf den Heimweg zu Margaret machten, hing um sie eine anschwellende Traube von alten Fischern, Witwen und Kindern. Sie blickten sowohl auf Nicholas als auch auf Sean, um das Wunder bestätigt zu sehen, und folgten ihnen über die Steine, eine wispernde Schar, in die sich das übermütige Kreischen und Quieken der freigelassenen Schulkinder mischte. Die Witwe Liathain gesellte sich zu ihnen und sog die Wangen ein, als müsse sie schwere Schläge einstecken. Es war schon eine kleinere Prozession, die sich da voranbewegte, angeführt von den drei Männern. Muiris schwebte ein paar Zentimeter über der Insel, setzte seine Füße mit Bedacht und durchschritt die Luft mit der Konzentration eines Seiltänzers. Er durfte nicht fallen, durfte jetzt nicht abstürzen und aufwachen. Er mußte es bis zum Haus schaffen. Um nicht noch weiter hinauf zu entgleiten, hielt er sich an Nicholas' Arm fest und blinzelte nicht einmal, als die Welt allmählich vor seinen Augen verschwamm und zu Wasser wurde.

Was war das? Was ging hier vor? Auf dem windumtosten Weg von den Klippen zur Schule und dann zurück zum Wohnhaus zerrten die unstellbaren Fragen an den Nerven der beiden Männer wie Bettlaken an der Leine. Nicholas war sich sicher, nichts getan zu haben; er hatte Sean weder berührt noch für ihn gebetet oder überhaupt sonderlich an ihn gedacht, als er plötzlich aufstand. Es hatte nichts mit ihm zu tun, war purer Zufall gewesen. Es war willkürlich und bizarr, und doch spürte er, schon als er über den Gartenpfad ging und das knirschende Getrappel der Menschen hinter sich hörte, Deutungen und Urteile wie Amseln auf seinen Schultern landen.

Mit einem vereinten Seufzer erreichten die drei Männer das Haus und waren gerade im Begriff zu klopfen, als Margaret Looney die Tür aufstieß und mit hoch erhobenen Armen die Decke vom Rollstuhl ihres Sohnes ausschütteln wollte. Das Tuch flog schnurstracks außer Sichtweite nach Westen, und Margaret starrte sprachlos auf die Versammlung in ihrem Garten.

»Mutter«, sagte Sean, als sie sich ihm mit solcher Wucht in die Arme warf, daß er rot anlief. Im nächsten Augenblick löste sie sich von ihm, schnüffelte und zog die drei Männer rasch ins Haus, drehte sich um und schloß die Tür entschlossen mit ihrer Kehrseite, bevor die Inselbewohner ihnen hineinfolgen konnten.

## 9

Die Menge verharrte im Garten, als erwarte sie, die Nachwehen des Wunders würden sich wie Staub oder Feuerschein auf ihre Häupter legen. Hoffnung und Glaube einte sie, doch ohne viel Nächstenliebe: Ein jeder betete im stillen um seine höchst private Erlösung, den Gewinn im Lotto, den reichen Fischfang oder um das Haus, das seinem Feind über dem Kopf zusammenstürzen sollte. Die Witwe teilte Prophezeiungen aus wie schwarze Meßbücher; bei der ganzen Sache könne nichts Gutes herauskommen. Es sei alles sehr seltsam und gehe durchaus nicht mit rechten Dingen zu. Was hatte der Fremde nur mit ihm angestellt? In bester Laune verbreitete sie Weltuntergangsstimmung, bis Pater Noel auf der Suche nach seiner Haushälterin und einer Erklärung für den fehlenden Morgentee auftauchte.

»Was ist hier los?« fragte er.

»Sean Gore kann wieder laufen, Pater.«

»Der Mann aus Dublin hat ihn dazu gebracht.«

»Ja, das hat er. Das hat er, Pater.«

Der Priester hieß sie schweigen und unternahm den aussichtslosen Versuch, sie zum Tor zurückzuscheuchen. Er war ein stiller Mann, dem die Ruhe über alles ging; was da auf einmal in seiner Gemeinde geschah, alarmierte ihn ungemein. Wie mit tausend Nadeln wütete die Panik tief unten in seinem Bauch. So etwas wünschte man nur seinem schlimmsten Feind, genau so etwas: Wunder. Sollte der Bischof sich damit herumschlagen, oder die Leute in Galway, solange sie hier bloß davon verschont blieben. Warum geschahen Wunder nur immer an den entlegensten ländlichen Orten? Herrgott! Sein frisch rasiertes Kinn prickelte in der salzigen Brise, und er verwünschte die neuen Klingen, die er bei O'Gorman's erstanden hatte.

»Hinaus«, sagte er zu den Gläubigen. »Am besten geht ihr hinaus. Ihr solltet alle heimgehen. Geht jetzt heim, und ...« Er war sich seiner Worte nicht sicher, sie hingen in der Luft. »Nun los. Ich ... ich werde herausfinden, was ...«

Die Menge schob sich zum Tor hinaus, ging aber nicht heim. Wie eine Welle drängte sie zurück, als Pater Noel sich umdrehte, um an die Tür zu klopfen. Wunder! Eine seltsame Familie war das, ihr konnte man alles zutrauen. Er schlug entschlossen mit der Handfläche gegen die Tür und blickte unverwandt darauf, um nicht seine Macht über die Gemeinde dahinschwinden zu sehen, die zurückgewogt kam und ihm zuschaute. Er wiegte sich in der Vorstellung, der Hüter von Recht und Ordnung zu sein, der alles wieder ins Lot brachte, und verharrte in gebührender Haltung aufrecht vor der Haustür.

Als sich nichts rührte, klopfte er erneut, diesmal etwas lauter. Natürlich war Unruhe im Haus; vermutlich schrien sie alle aufgeregt durcheinander. Er stand da, schob seinen Bauch ein wenig nach links, um sich Erleichterung von der stechenden Angst zu verschaffen, drehte den Fischern und Kindern jedoch weiterhin den Rücken zu. Er wartete, während der Wind mit seinen Hosenbeinen spielte. Der Rauch vom Herdfeuer im Haus machte die Luft so grau wie das Meer, und im Aufblicken dachte Pater Noel, daß dies wohl einer von Gottes kleinen Tricks war. Eine seiner kleinen Prüfungen. O ja. Warte einfach und klopf noch einmal. Habe Geduld.

Er gab sich redlich Mühe, sein erneutes Klopfen noch friedfertiger und verbindlicher erscheinen zu lassen als zuvor. Er verlagerte das Gewicht, betrachtete seine Handgelenke, sah auf die Uhr, spürte im Rücken die Blicke der Inselbewohner und merkte mit einemmal, daß ihm der Atem wegblieb. Drei Meter hinter ihm erdrückten sie ihn mit ihren Erwartungen und Urteilen. Er ballte die Faust und hämmerte wieder an die Tür. Und noch einmal. Verdammt. Kommt schon, kommt schon.

Erneut hob er die Hand und schlug auf das Holz, ihm wurde heiß und schwindlig, Wut und Ungeduld übermannten ihn, während der Wind vom Meer ihm in den Rücken blies und die Hitze auf seinen Wangen sich scharlachrot bis zu seinem feisten Nacken ausbreitete. Er spürte, daß die Tür ihm verschlossen bleiben würde, und trat mit seinem polierten rechten Schuh dagegen, ohne daß sich drinnen etwas rührte; die tausend Nadeln in seinem Inneren stoben in alle Richtungen auseinander, als er sich umwandte und schwankend durch die sich teilende Menge aus dem Garten schritt.

## 10

Es war Margaret, welche die Tür versperrt und die drei Männer in die Küche bugsiert hatte, wo sie stumm dasaßen, während der Priester draußen an das Holz hämmerte. Zu verblüfft für irgendeine Reaktion, wußte sie instinktiv, daß dies einer der großen Momente ihres Lebens war. Sie spürte eine überwältigende Präsenz im Haus und blinzelte immer wieder die Tränen fort, die ihr beim Anblick von Muiris, der Seans Hand hielt, aus den Augen quollen. Sie setzte den Kessel mit Teewasser auf und zog den Vorhang zu. Obwohl sie sich bemühte, Nicholas nicht anzuschauen, drang sein seltsames, bleiches Gesicht wie ein Lichtstrahl immer wieder in ihr Blickfeld, während sie die Becher herausnahm. Wer war er? Was hatte ihn hergebracht? Und wie hatte er es geschafft, Sean so zurück ins Leben zu holen?

»Mir geht's gut. Ich fühle mich großartig«, sagte Sean, ohne damit eine Frage zu beantworten, die er doch wie einen Pfeil durch die Luft schwirren spürte.

»Ich habe ihn nicht angefaßt«, sagte Nicholas und offenbarte der Mutter seine ratlose Benommenheit, sein blankes Nichtverstehen. »Es war gar nichts. Ich habe geredet, und dann ... Er war auf einmal völlig in Ordnung, als ob man ihm eine Decke abgenommen hätte oder so etwas. Ich habe überhaupt nichts gemacht.«

»Natürlich haben Sie das«, erwiderte der Lehrer. »Wer soll es sonst gewesen sein? Es war ja niemand weiter da. Und er hat nicht ...«

»Halt!« Margaret fuhr von dem Stück Wand, das sie eingehend betrachtet hatte, herum. »Halt. Ich will nicht, daß darüber gesprochen wird. Das ist nicht recht. Es bringt Unglück. Ganz einfach. Wir werden ganz einfach – geht es dir jetzt gut, Sean?«

»Ja, Mam.«

»Und du hast keine Schmerzen?«

»Nein.«

Was sie eigentlich sagen, wie sie die Ereignisse praktisch zusammenfassen, sie einer Deutung unterwerfen wollte, wußte niemand. Denn wie die anschwellende Flut stürzte sie durch die Küche und fiel ihrem Sohn um den Hals, klammerte sich voll Dankbarkeit und Kummer an ihn und weinte das Salz vieler Jahre aus sich heraus.

An jenem Abend, während die Menge sich immer noch vor dem versperrten Haus herumdrückte und Andachten wie Leuchtkäfer in die mondbeschienene Atlantiknacht aufstiegen, spielte Sean auf der Fiedel für Nicholas und seine Eltern. Muiris holte den guten Whiskey für die Gäste aus dem Wohnzimmer, und Mutter und Vater tanzten mit roten Wangen und so vergnügt wie seit Jahrzehnten nicht mehr. Die Küche erzitterte, der Boden erdröhnte unter dem Rhythmus, und bald segelte das ganze kleine Haus auf der Musik davon. Es war Sinnesbetäubung und Freiheit; die Gleiter und Hüpfer verwandelten die Luft in gesponnene Fäden, und die Füße traten die Reise an, rund und rundherum auf dem Boden und fort an einen Ort jenseits allen Denkens.

Nicholas saß Sean gegenüber und musterte ihn wie ein unlösbares Rätsel. Es ergab keinen Sinn. Nichts war geschehen, und doch erschien es hier im Haus wie ein Wunder. Er nahm einen Schluck Whiskey und ließ ihn brennend durch die Kehle rinnen. Muiris unterbrach den Tanz, schenkte ihm nach und wandte sich mit dem nächsten Taktschlag wieder Margaret zu. Und so ging es weiter, die Eltern tanzten, Sean spielte, und Nicholas trank sich zügig ins Reich des Vergessens. Als er über dem Tisch zusammensackte, tanzte das ganze Haus, Stühle wirbelten Tische herum, und Bilder hüpften an den Wänden. Er schloß die Augen und riß den Mund auf angesichts der noch bizarreren Bilder in seinem Hirn, blickte wieder um sich und sah den Tisch mit Wucht auf sich zukommen.

Bis Mitternacht hatte sich die Menge von Lehrer Gores Haus zu Coman's verlagert, und nur die Witwe von nebenan hielt weiterhin Ausschau, ob sich nicht Flügel auf das Haus herniedersenkten. Es traf sie schwer, als die Lichter ausgingen und die Musik verstummte. Flüsternd und erregt legte sich die Nacht über die Insel, und in jedem Häuschen ließ die Geschichte von Sean Gore Männer und Frauen schlaflos in den Betten liegen, plötzlich durchfröstelt von der Erkenntnis, daß mitten in ihrem stumpfen Alltagstrott am Ende Gott selbst über die Straßen der Insel geweht war.

## 11

Zwei Tage und Nächte verließ Sean nicht das Haus. Der Lehrer blieb daheim, und die Schule war geschlossen. Dann, am Freitag morgen noch vor sechs Uhr, ließen sich Sean und Nicholas von dem Fischer Seamus Beg in einem kleinen Boot nach Galway bringen. Es war Seans Idee; er wollte Isabel dort nach ihrer Rückkehr von den Flitterwochen aufsuchen. Er freute sich diebisch auf die Überraschung und sagte zu Nicholas, er müsse Isabel auffangen, wenn sie in Ohnmacht fiele. Der Lehrer und Margaret stimmten dem Plan nur deshalb zu, weil sie es nicht über sich brachten, nein zu sagen. Die Ereignisse trieben wie von innen heraus gesteuert voran, schienen sich zu überstürzen, zum Handeln aufzurufen, und die Eltern ließen sich davon mitreißen. Was sollten sie tun? Ihrem Sohn sagen, sie glaubten nicht, daß er auf dem Festland allein zurechtkäme, wo er doch dem Äußeren nach ein erwachsener Mann war? Ihm sagen, daß sie dem stillen, bescheidenen Besucher, der offenbar das Wunder zuwege gebracht hatte, letztlich doch nicht ganz trauten?

Es war unmöglich; kein Argument, so stellten die Eltern fest, fand seinen Weg aus ihnen heraus. Außerdem, darin waren sie sich einig, wenn Sean und Nicholas ein paar Tage fort waren, konnten sie darangehen, die geballte Ladung von Ehrfurcht und Aberglauben abzubauen, die wie Weihrauch schwer über der Insel hing.

Am Freitag morgen also weckte Margaret die Jungen noch vor Tau und Tag. Muiris stand auf, der Anzug, in dem er geschlafen hatte, war völlig zerknittert und das Haar verwuschelt, und legte die Zehnpfundnoten für Seamus Beg bereit. Gemeinsam verzehrten sie die letzten Würstchen im Haus und tranken Tee in kleinen Schlucken. Sean war in ausgelassener Stimmung und trommelte mit Messer und Gabel einen kleinen Marsch. Als die drei Männer sich auf den Weg zum Boot machen wollten, knipste Margaret alle Lichter aus, bevor sie die Tür öffnete. Im Flur tauchte sie ihre Finger in das kleine Weihwasserbecken an der Wand, doch das Schwämmchen hatte alle Flüssigkeit aufgesogen, so daß die Männer den Segen trockenen Hauptes entgegennehmen mußten. Der Wind drang ins Haus, und Gischtfetzen der aufgewühlten See flogen durch die Luft. Im matten Licht jenseits des Gartens bewegte sich etwas, und für einen Augenblick schien es, als hätte die Menschenmenge dort über Nacht ausgeharrt und werde jetzt allmählich munter; doch es waren nur die Esel. Margaret drückte Sean an sich und ließ einen Brief an Isabel in seine Manteltasche gleiten. Sie wandte sich Nicholas zu und spürte alle Worte verfliegen. Eigentlich wollte sie sagen: Warum und wie auch immer du in unser Leben getreten bist, du bist willkommen, und weder Worte noch Taten können jemals dieses Wunder vergelten, auf welche Weise es auch zustande gekommen sein mag. Sie wollte sagen, daß das Gute, das er verströmte, sich wie ein warmes Tuch um sie legte und sie keinen Augenblick geschlafen hatte, seit es geschehen war, sondern Gott und die Sterne und den Himmel angefleht hatte, was immer es sei, ob ein Lichtstrahl oder eine geöffnete Tür, es möge nicht wieder verlöschen oder zufallen. Sie blinzelte, und die Männer entfernten sich von ihr.

Wie Spione eilten sie zum Pier hinunter, wo Seamus Beg mit seiner wollenen Kappe bereits auf sie wartete und in den Wind spuckte. Er bekreuzigte sich, als sie näher kamen.

»Und wenn er mein Boot nun zum Sinken bringt?«

»Das wird er nicht.« Der Lehrer hielt ihm das Geld hin. »Er ist nicht errettet worden, um nun zu ertrinken. Mit ihm bist du sicherer als mit jedem anderen.«

Der Fischer prüfte die Wetterlage und machte ein grimmiges Gesicht. »Dann also hinein mit euch.«

»Du kommst wieder mit zurück«, sagte Muiris zu Nicholas und hielt seine Hand, bis der Spalt zwischen Ufer und Boot zu groß wurde. »Und dann gebe ich dir das Bild.«

Die Passagiere setzten sich auf nasse Bänke und spürten die Gebrechlichkeit ihres Gefährts, als der Motor ein öliges Husten von sich gab und erzitterte. Der Himmel war noch immer dunkel und mit schweren Wolken durchsetzt, das Festland lauerte in der Finsternis, und während das Boot davonzog, hob der Lehrer den Arm zu einem langsamen Winken, haschte mit den Fingern nach den unbekannten Gefilden und fragte sich im stillen, was wohl als nächstes geschehen würde.

# TEIL 6

Manche Dinge vertragen keine großen Worte. Ich glaube, mein Vater wußte das. Ich glaube, er wußte, wie Worte mitunter die tiefsten Empfindungen verflachen lassen können oder sie aufspießen, so wie wilde Schmetterlinge mitten im schönsten Dahinflattern zur Regungslosigkeit verdammt werden als allzu vergängliche Erinnerungen an das, was sich einst bewegte und die Luft mit farbiger Seide erfüllte. Besser ist es, sich die Dinge vorzustellen. Sich vorzustellen, daß Musik erklang, Licht durch die Wolken auf die morgendliche Straße fiel und der Geruch der Insel uns nachwehte, als wir uns auf die Suche nach dem Laden machten. Sich vorzustellen, daß die ganze Welt lieblich erstrahlte und wir als lebender Beweis eines Wunders daherkamen, unsere Füße kaum den Boden berührten und Lächeln unsere Gesichter erhellte, während am Himmel tausend Vögel sangen. Sich vorzustellen, wie alles Gute und Schöne in uns sich der Luft mitteilte und die Autos langsamer fuhren, Fenster heruntergekurbelt wurden, um den überwältigenden Duft nach weißen Kerzen und frischem Leinen einzufangen. Sich vorzustellen, daß ein Schmerz in der Welt insgeheim gestillt worden war und Musik die Botschaft verkündete, mit Noten der reinen Freude heiter anschwoll und Gelächter perlte, als wir die Tür öffneten.

So war es, als ich Isabel Gore zum erstenmal sah.

# TEIL 7

## 1

Als Nicholas fünf Tage später mit Sean auf die Insel zurückkehrte, erkannte Margaret Looney sogleich, daß das Schlimmste eingetreten war. Fragen waren überflüssig; sie servierte den beiden ihren Tee in der Küche, stellte den Teller mit gebuttertem Toast vor Nicholas hin und nahm den Geruch von zerdrückten Rosen wahr, der ihn umgab. Sie wußte Bescheid und entwarf unverzüglich einen Plan, wie sie die Neuigkeit vor Muiris geheimhalten konnte. Er war ein Mann, so überlegte sie, und von daher bestand weniger Gefahr, daß er etwas entdeckte; der Poet in ihm war es, der ihr Sorgen machte, jener Teil, der weder Mann noch Frau war, sondern der jeden Duft, der die Atmosphäre streifte, in sich verdichtete. Wenn er eine Weile allein mit Nicholas beisammensaß, würde er kaum umhinkönnen zu bemerken, daß der Mann verliebt war.

Sean saß still am Teetisch und aß wie ein Halbverhungerter, schlang den Toast herunter und nickte zu dem wenigen, das seine Mutter ihm zu berichten hatte. Pater Noel wünschte ihn zu sehen. Eine Messe war für ihn abgehalten worden. Auf der ganzen Insel hatte man über nichts anderes mehr gesprochen, seit er abgereist war; und natürlich machte man Margaret Vorwürfe, daß sie ihn fortgelassen hatte.

»Dein Vater ist wie üblich zu nichts zu gebrauchen, weiß sich nicht zu verteidigen. Außer jemanden anzubrüllen, und dann spricht der Alkohol aus ihm und nicht er selbst.«

Sie setzte ihnen Spiegeleier vor. »Nun eßt.«

Sie trat einen Schritt zurück und sah zu, wie Nicholas nur ein winziges Stück Ei herunterbrachte und damit ihren Verdacht bestärkte, daß die Schmetterlinge der Liebe sich seines Inneren bemächtigt hatten.

»Möchtest du vielleicht lieber etwas anderes?«

»Ich nehme sie.« Sean ließ die Eier von Nicholas' Teller auf seinen gleiten. »Seit der Überfahrt ist ihm ein bißchen komisch im Magen.«

»Dann also nur Tee«, sagte Margaret, goß seinen Becher wieder voll und blickte auf die hoffnungslose Gestalt, die da zusammengesunken am Tisch saß. Ohne zu fragen, wußte sie alles. Sie hatte es wohl schon immer gewußt, so kam es ihr vor; als hätte sie in dem Augenblick, da er erstmals über die Schwelle geschritten war, die Zeichen halb erkannt – jenes Besondere an ihm, das gleichermaßen mit Tragik und Wunder behaftet zu sein schien. Doch damals hatte sie es nur halb erfaßt. Nun war ihr sonnenklar, daß er in Liebe zu Isabel entbrannt war. Als er dasaß und auf den Tisch starrte, wußte sie, daß er an sie dachte, sich nach ihr verzehrte und mit allen Fasern seines Wesens ihren Duft einsog, jenen Duft von zerknickten Rosen. Sie brannte darauf nachzufragen, brachte es aber nicht über sich und machte sich in der Küche zu schaffen, während die beiden Männer aßen, fuhr mit dem Putztuch über Wasserhähne und Spüle, derweil in der Ferne das Meer vor Gelächter schäumte.

»Es ist euch beiden also gut ergangen?«

»Hervorragend.«

»Das ist schön.«

»Galway ist toll, wenn man herumlaufen kann«, sagte Sean. »Sonst war ich immer nur zu Arztbesuchen dort. Aber diesmal war es toll. Einfach toll. Sind noch Eier da, Mama?«

Als sie Muiris auf den Garten zusteuern sah, fühlte Margaret, wie sich die Furcht zu einem Kloß im Hals zusammenballte; er würde geradewegs hereinspazieren und sich nach Isabel erkundigen, und dann kam die Wahrheit ans Licht. Er hatte den Unterricht eine Stunde früher beendet, und daß er erst jetzt eintraf, konnte nur eines bedeuten: Er war auf jene zwei oder drei Drinks eingekehrt, die das triste Lehrerdasein aus ihm fortbrannten und ihm neuen Auftrieb verliehen, ihn elektrisierten und glauben machten, zu allem imstande zu sein. Durchs Fenster sah sie ihn näher kommen und wandte sich zu den beiden Jungen um.

»Überfall deinen Vater nicht gleich mit allen Neuigkeiten. Er wird müde sein.«

Muiris riß schwungvoll die Tür auf und war schon in der Küche, bevor seine Frau ihn im Flur abfangen konnte. »Nun, sind die Männer wieder daheim?« Sein Gesicht hing schräg wie ein roter Mond über der Schwelle zur Küche, und vor lauter Wohlwollen schien er gleich in Gelächter ausbrechen zu wollen. Er legte seinem Sohn die Hand auf die Schulter und drückte sie fest.

»Na, was hat sie gesagt? War sie überrascht?«

»Sie sind müde von der Überfahrt, laß sie erst essen.«

»Sie ist beinahe in Ohnmacht gefallen. Stimmt's, Nick? Wäre um ein Haar im Laden zusammengeklappt.«

Gelächter drang dem Lehrer aus jeder Pore, sprudelte unbekümmert aus ihm heraus, und er setzte sich, um noch mehr zu hören.

»Fast zusammengeklappt?«

»Allerdings. Fehlte nicht viel, und sie wäre zu Boden gesunken, als sie mich sah. Kam angerannt und küßte mich. Hab ihr erzählt, was es mit dem Burschen hier auf sich hat, und dann küßte sie auch ihn. Zum Glück war niemand im Laden.«

»Zum Glück«, nickte der Vater und spürte zu seiner leisen Überraschung Tränen aus den Augen kullern.

»Nicht, daß sonst jemals wer käme. Jedenfalls haben wir die ganze Zeit über niemanden gesehen. Stimmt's, Nick? Nicht einen einzigen Kunden.«

»Vielleicht sind sie davongelaufen, als sie euch da drin sahen«, mischte Margaret sich ein und hob das schmutzige Geschirr über sie hinweg zur Spüle; dort kaute sie weiter auf der Lippe und wartete ab, ob ihr Mann den Duft von hoffnungsloser Liebe witterte. Schau ihn doch an, dachte sie und blickte über die Schulter zu Nicholas, während der Sohn seinem Vater dies und jenes von der Reise berichtete. Schau ihn doch an, wie er dasitzt, bleich und abgezehrt, als ob all sein Herzblut, all seine Gefühle anderswo wären. Schau dir den halb gesenkten Kopf an, den gebeugten Nacken, schau, wie seine Lippen wortlos zu zittern scheinen und nur der Duft von Rosen ihr Bild heraufbeschwört.

»Jeden Tag habt ihr sie dann gesehen?«

»Jeden Tag. Sie sagte, entweder könne er sich selbst um den Laden kümmern oder ihn zumachen, das sei ihr schnurzegal, aber sie würde etwas mit uns unternehmen.«

»Gutes Mädchen.«

»Sie kann mit seinem Transporter umgehen, und wir sind nach Oughterard gefahren.«

»Um Himmels willen.«

»Kamen erst Gott weiß wann zurück... Hatten viel Spaß, stimmt's, Nick?«

»Ach, da redet ihr so viel von ihr... Hat sie denn vor, bald einmal zu Besuch zu kommen? Hat sie etwas gesagt?« Muiris erblickte verzückt das Bild seiner Tochter vor seinem geistigen Auge und überließ sich der schwärmerischen Vorstellung, die Familie wieder vollständig und vereint zu sehen, ganz für sich, dem Druck der Zeit enthoben. Diese Phantasie war wie ein Fluß im Frühling, der ihn rasch mit sich forttrug, als unfreiwilliger Passagier des Gefühls.

»Jetzt schaut, daß ihr weiterkommt, und laßt den Lehrer in Ruhe Tee trinken. Reden könnt ihr später. Bringt euch erst mal in Ordnung. Gibt es in Galway eigentlich kein Wasser zum Waschen?«

Margaret bugsierte die beiden aus dem Raum und stellte ihrem Mann das Teegeschirr hin.

»Wozu mußtest du sie das fragen? Ist Isabel nicht gerade erst fort? Eben erst verheiratet, und du fragst, ob sie zurückkommt? Machst dich bloß zum Narren damit, sonst gar nichts.« Ihre Stimme klang scharf und brüchig, als sei das Schweigen, das sie in sich zurückgehalten hatte, ein Glasteller, der nun in Scherben ausgespuckt wurde. Sie stellte die Teekanne vor ihn. »Du bist natürlich erst wieder in der Kneipe gewesen.«

»Jawohl.«

»Bist nicht auf den Gedanken gekommen, gleich heimzugehen und sie zu begrüßen.«

»Ich wußte doch, daß du sie erst ins Verhör nehmen wolltest.«

»Ich habe sie gar nichts gefragt. Was habe ich schon getan außer zu beten, daß er nicht im Rollstuhl zurückkommt? Was habe ich die letzten fünf Tage wohl sonst getan? Du warst es, der wollte, daß er hinfährt und sie besucht. Du warst derjenige, der nicht warten konnte.«

»Willst du jetzt wohl aufhören?«

»Und weißt du auch warum? Ich weiß es. Weil du dachtest, dann würde sie zurückkommen. Ich weiß, was für Märchen du dir ausmalst… ich weiß es…«

»Was ist denn mit dir los? Um Himmels willen, Margaret, was…?«

»Nichts.« Sie grub die Zähne wieder in die Unterlippe, diesmal fester, und biß darauf. Siehst du, dachte sie, da machst du eine Sekunde den Mund auf, und alles strömt heraus. Sie wandte sich von ihrem Mann ab und schrubbte die fettige Pfanne, während er seinen Tee trank und die Wirkung des Whiskeys verfliegen spürte. Er war wie ein Ballon, dem die Luft ausging; sie schaute in den verdämmernden blauen Himmel und bereute, so scharf gesprochen zu haben. Sie nahm den Apfelkuchen aus dem Ofen und schnitt für ihn ein ordentliches Stück ab, das sie mit Sahne beträufelte; nicht zuviel, um sein Herz nicht zu belasten.

»Bitte sehr. Die Äpfel sind noch ein bißchen sauer.«

»Wunderbar. Es schmeckt bestimmt köstlich.«

Während er aß, lockerte sich die Stimmung zwischen ihnen, und schließlich sagte er: »Margaret, hast du etwas dagegen, wenn ich die beiden heute abend für ein Weilchen mit zu Coman's nehme? Die Leute würden Sean gern zu Gesicht kriegen, und wir können ihn hier nicht auf ewig versteckt halten. Du könntest doch auch mitkommen.«

»Nein.« Sie ließ die Lippe für einen Augenblick los. »Geht nur und amüsiert euch. Aber laß es nicht zu spät werden mit den beiden, ja?«

»Wo denkst du hin.« Der Lehrer stand auf und wischte mit dem Handrücken Kuchenbrösel von den Lippen. »Das war ein köstlicher Kuchen, Margaret Looney«, sagte er und brachte ihr den leeren Teller, »wie immer.«

Sie wußte nicht, wie spät es war, als sie die Schritte der heimkehrenden Männer auf dem Kiesweg im Garten hörte, doch die Sterne funkelten und das Meer schlief. Sie entschlüsselte das Knirschen ihrer Tritte wie eine Morsebotschaft und wußte, daß sie nicht in düsterer, sondern in ausgelassener Stimmung heimkamen. Sie blieb wach, drehte sich aber von der Tür weg, und als ihr Mann schließlich, die Schuhe in der Hand, ins Schlafzimmer kam, glaubte er, sie schliefe, und blieb stumm. Von dort, wo er sich auf die Bettkante setzte, wehte ein Schwall von Whiskey und Rauch über sie hin zum Fenster. Margaret lag mucksmäuschenstill und versuchte aus den paar Augenblicken, bis Muiris in tiefen Schlaf fiel, herauszuspüren, ob er entdeckt hatte, was mit Nicholas nicht stimmte. Doch sie konnte es nicht mit Sicherheit sagen. Einige Minuten später flüsterte sie Muiris etwas zu, bekam keine Antwort und glitt aus dem Bett; einen Augenblick lang betrachtete sie ihn im Sternenlicht, seine zusammengerollte Gestalt, noch in Hose und Unterhemd. Eine Hand baumelte über die Bettkante herab, wie um Träume aufzulesen.

Margaret ging aus dem Schlafzimmer und stand im dunklen Flur. Die Kälte kroch rasch an ihren Beinen empor, und sie preßte die Zehen fest auf den Boden, bewegte sich langsam und leise vorwärts, bis sie vor der Tür zum Zimmer des Besuchers stand. Er konnte unmöglich schlafen, dessen war sie sicher. Was immer er in der Kneipe getrunken hatte, nun würde ihm wieder der Duft nach Rosen durch den Sinn gehen. Schlafen würde er nicht. Mit angehaltenem Atem, um sich nicht zu verraten, drückte sie das Gesicht an die Tür und hörte nichts. Nichts. Und dann das leise Geräusch einer Feder auf Papier.

Sie wich zurück und atmete aus. Er schrieb. Natürlich. Das hätte sie sich denken können; er war von der Sorte, die sich von tiefen Gefühlen zu hoffnungslosen Ergüssen verleiten ließen. Doch hier würden die Worte die Empfindungen nicht abschwächen, das wußte Margaret. Nein, er schürte das Feuer, er schrieb einen Liebesbrief.

Sie stahl sich zurück durch den Flur, sicherer denn je, daß Nicholas rettungslos verliebt war. Wieder im Schlafzimmer, durchzuckten ihr Hirn bereits unzählige Möglichkeiten, was sie unternehmen konnte. Sie bettete sich behutsam wie kostbares Porzellan in die Kuhle unter den Decken. Aber sie fand keinen Schlaf. Sie wußte, daß auch Nicholas nicht schlief, und mußte nun nur noch herausfinden, ob es Isabel ebenso erging. Sie sah dem Lauf der Sterne zu und glaubte, die Aussichtslosigkeit und

Verzweiflung aller romantischen Liebe vor sich zu sehen, das dürftige, matte Märchengewirk aus Mondlicht und Verzückung, das sich zur endlosen, grauen Enttäuschung des Alltagsleben entwirrte; wie aller Glanz so rasch verflog und die Illusion von Schönheit, Verheißung, Mut und Jugend wie Spott in den Ohren klang, herabgefallen von den flachen Sternen. Sie fühlte den Kummer und die unerfüllbare Sehnsucht in dem Zimmer am Ende des Flurs, als wären es ihre eigenen Empfindungen, und war nicht überrascht, Tränen auf ihren Wangen zu spüren und den schweren, bitteren Duft gebrochener Rosenstiele in der Luft wahrzunehmen. Sie sah die Blätter vor sich, die Nicholas beschrieb, als sei es ihre Hand, die über das Papier glitt, und je länger die Nacht währte, desto klarer war ihr, daß er immer noch schrieb, immer noch aus dem Fenster auf die blinde See starrte und dabei Isabels Gesicht vor sich sah. Sie schluckte einen Anflug von Bedauern herunter wie purpurne Blüten, gab sich aber keinen Moment der Illusion hin, das Ganze könne glücklich ausgehen. Es konnte nichts als Kummer bringen, und um ihn zu mildern, mußte Margaret Looney tun, was in ihrer Macht stand, und der Sache so schnell wie möglich ein Ende bereiten. Sie beschloß, so lange wach liegen zu bleiben, wie Nicholas schrieb. Doch kurz bevor Cian Blake als erster auf der Insel die Tür öffnete und auf das noch dunkle Meer hinausblickte, glitt sie in einen sanften, rosafarbenen Traum hinüber und lag lächelnd da, während Nicholas den ersten Brief an Isabel beendete, zur Küste hinunterging und darauf wartete, daß Mrs. Hurley das Postamt aufsperrte.

## 2

Margaret war mit einem Schlag erwacht, und zwar buchstäblich. Sie hatte von einem Schloß geträumt, mit einem schmalen hohen Fenster, an dem jemand hinter ihr stand. Doch der Schlag und der folgende Sturz weckten sie, und sie drehte sich zu Muiris um. Sein aufgedunsenes, unrasiertes Gesicht erinnerte in nichts mehr an den blendend aussehenden jungen Mann, der er einst gewesen war; dennoch war er ihr im Traum begegnet, und sie stieg mit einem Gefühl äußersten Unbehagens aus dem Bett. Draußen wehte es schon kräftig, und die Boote im Hafen stießen unwillig knarzend aneinander.

Erst als sie in den Flur trat und die Tür zu Isabels Zimmer offenstehen sah, kam wieder Leben in sie. Wo war er? Das Bad war leer, und Sean schlief noch. Die Küche? Nein, er war fort. Sie eilte zurück zu Isabels Zimmer und trat ein. Ohne auch nur einen Augenblick zu zaudern, begann sie hektisch nach dem Brief zu suchen, konnte ihn jedoch nicht finden. Alles andere war an seinem Platz; er konnte nicht abgereist sein, selbst Feder und Papier lagen noch am Bett, es roch schwach, aber nachhaltig nach herabgefallenen Äpfeln, doch der Brief... Wie spät war es? Wo war er hingegangen?

»Muiris!«

Als die Erkenntnis wie ein Schuß ihr Hirn durchzuckte, drehte sie sich augenblicklich um, eilte zurück in ihr Schlafzimmer und riß sich das Nachthemd vom Leib, während der Lehrer sich zu regen begann. Er hob den Kopf um einen Millimeter, sah sie nackt am Fenster stehen und legte sich wieder zurück im Glauben, in einem Gemälde von Rubens gelandet zu sein.

»Muiris, steh auf, es ist schon spät. Aufwachen, hörst du

nicht?« Sie hob eine erkaltete Wärmflasche vom Boden auf und ließ sie auf ihn plumpsen.

»Jesus!« Ohne das Gesicht aus den Kissen zu heben, schrie er auf, als hätte ihn ein Schlag getroffen.

»Mach dir Frühstück. Ich muß draußen etwas erledigen. Hörst du nicht?« Er gab kein Geräusch von sich, und Margaret suchte das Zimmer nach einem weiteren Gegenstand ab, mit dem sie ihn bewerfen konnte, fand seine Schuhe und schleuderte sie in etwa in seine Richtung, bevor sie den Raum verließ.

Es war zwei Minuten vor halb zehn. Der Wind blies ihr ins Gesicht, als sie aus dem kleinen Tor schlüpfte und über den Kopfsteinweg schnurstracks auf das Postamt zusteuerte. Eine Schar Möwen flatterte im Wind wie davongeflogene Zeitungen. Die Rauchfahne aus O'Learys Schornstein wies streng nach Osten, und es schien, als lastete der Himmel tief über der Insel, als wären die Götter herabgestiegen und hätten sich im Unsichtbaren versammelt, preßten die Wolken wie Kissen zwischen ihren imposanten Schenkeln zusammen und schauten auf die Frau des Lehrers herab, wie sie dahineilte und versuchte, dem Schicksal Einhalt zu gebieten. Noch war sie sich nicht recht schlüssig, was sie tun sollte; es war ein Brief, soviel wußte sie, und sie mußte ihn irgendwie abfangen, ohne daß Nicholas es bemerkte. Es war ihre Pflicht als Mutter. Es war richtig und lebensnotwendig; nur so konnte sie hoffen, eine unselige und hoffnungslose Liebe zu vereiteln, die nichts als Kummer bereiten würde.

Der Wind trug Margaret Looney zum Postamt, pfiff ihr ums Gesicht, daß sie kaum atmen konnte, und brachte den Geruch von salzigen Wellen und von Spiegeleiern bei Coman's mit sich. Die Glocke über der Tür bimmelte, als sie eintrat und den Raum leer fand. Dann drang aus der Küche, ihren Blicken entzogen, die bedächtige, gewichtige Stimme von Aine Hurley zu ihr: »Moment, bin gleich da.«

Das »gleich« hatten die Götter nicht mit eingerechnet, und so blieb Margaret Zeit, über den kleinen Postschalter zu spähen und auf dem Tischchen neben hingekritzelten Additionen und unzähligen Restspuren wuchtiger Stempel den ersten Brief des Morgens zu entdecken, adressiert an Isabel ni Luing in Galway.

»Ihr seid heute morgen aber alle früh auf den Beinen.« Aine Hurley erschien, mit Toastresten in den Mundwinkeln. Sie kaute gemächlich weiter, während sie zum Schalter ging, und schluckte in aller Ruhe, bevor sie sich der Arbeit zuwandte. Mit ihren zweiundsechzig Jahren hatte sie bereits zwei Ehemänner begraben; eine traurige Tatsache, die sie wie zur Bestätigung ihrer eigenen Zähigkeit und Langlebigkeit mit sich herumtrug. Das ewige Herumgehetze hatte ihrer Meinung nach die beiden Männer ins Grab gebracht, und ihre Pflicht war es, dies durch bedächtiges und sorgsames Vorgehen wettzumachen; jeden Augenblick ihres Lebens kostete sie bis zum letzten aus, bevor sie ihn verstreichen ließ.

»Nun, Margaret.« Sie blickte über den Schalter hinweg zur Frau des Lehrers. »Was gibt es Neues bei dir? Euer Besuch war heute schon hier.«

»Eben darum geht es ja, Aine.«

»Ich war noch kaum in der Küche, da klopft er schon an die Tür.«

»Er hatte einen Brief dabei …«

»War fürchterlich in Eile, weißt du.«

»Er hat einen Brief bei dir aufgegeben.«

»Tut sich damit nichts Gutes, hab ich ihm gesagt. Mit Eile kommt man hier nicht weiter.«

»Nein.«

Margaret wartete, während das Meer im Hintergrund seufzte.

»Er hat seine Post schon aufgegeben.«

»Deswegen bin ich ja hier, Aine. Der Brief ist für Isabel, und unser Besucher sollte ihn offen lassen, damit ich noch etwas dazulegen kann, aber er hat es wohl vergessen. Sei so lieb und gib mir den Brief noch einmal. Ich nehme ihn mit heim und bringe ihn dann heute nachmittag wieder.«

»Hast also was vergessen?«

»Ja.«

Ein endloses Ticken, ein flackernder Augenblick, als ließe eine Hand die Pedale eines umgedrehten Fahrrads der Zeit kreisen und die Minuten im Leerlauf dahinwirbeln. Dann wandte Aine Hurley sich um und schaute zu dem Tischchen, wo der Brief lag.

»Das kommt davon, wenn man's so eilig hat, siehste? Typisch Dublin«, bemerkte sie. »Zwei Welten, sagte Tom immer, Dublin und hier. Tun nur so, als gehörten sie zusammen.« Sie klopfte mit dem Umschlag auf den Tisch und nickte, händigte den Brief aus und bemerkte nicht, wie der Himmel sich plötzlich hob und der Wind unmerklich drehte, als die Götter in unbekannte Gefilde zurückflogen und Margaret Looney aus der Tür eilte, mit dem ersten Liebesbrief von Nicholas Coughlan in der Hand.

## 3

Liebe Isabel,

ich schreibe diese Worte, ohne zu wissen, ob Du sie lesen wirst. Ich bin in Deinem Zimmer und kann nicht schlafen. Ich bin zu nichts fähig. Noch nie habe ich solch einen Brief geschrieben. Ich weiß nicht einmal, ob es überhaupt ein Brief ist, aber es ist schon nach Mitternacht, und ich muß ständig an Dich denken.

Gegen Mitte des Nachmittags waren wir wieder auf der Insel. Ich konnte kaum etwas zu deiner Mutter sagen, als sie uns in die Küche bat. Alles erscheint jetzt so unwirklich; ist

es tatsächlich geschehen? Hast Du je etwas so Mächtiges, Eindringliches gespürt, daß es danach in Deiner Haut zu stecken scheint, Du nichts anderes mehr riechen, fühlen und atmen kannst und es nur noch diese Augenblicke, diese Erinnerungen gibt? Du bist hier bei mir in Deinem Zimmer, heute nacht. Ich schreibe und schließe die Augen und sitze und warte, und Du bist da. Vergangenheit und Gegenwart vereint. Hier und nicht hier. Da stehst Du hinter der Ladentheke in deiner langen grauen Strickweste, als wir hereingestürmt kamen; etwas Helles ging von Dir aus, und Deine Augen füllten sich sogleich mit Tränen, als hätte Dich ein spitzer Pfeil getroffen. Ich kann kaum glauben, daß ich Dir all das schreibe; die Berührung, jene erste Berührung, die für Dich ganz belanglos war, Deine Hand auf meinem Arm, als Sean alles erklärte und Du Dich zu mir neigtest, Dich umwandtest und mich ansahst. Jener Moment hat mein ganzes Leben verändert. Es erscheint mir so absurd und töricht, dies auch nur aufzuschreiben; ich fühle mich wie ein Elefant vor einer Rose. Vergib mir. Mein Mut reicht nur, um all das niederzuschreiben; ob ich es auch abschicken werde, weiß ich noch nicht.
Als Du an jenem ersten Morgen den Laden absperrtest und wir drei die Straße entlanggingen, da hast Du immer wieder gelacht und zu mir hergesehen. Wir stießen uns gegenseitig an, Dein wiegender Gang, als gehöre Dir die ganze Straße, und jener Geruch, der mich umgaukelte. Geschah es schon da? Ich weiß es nicht. Ich habe keine Ahnung, warum etwas geschieht oder wie es zustande kommt. Alles kann so willkürlich und wirr und zugleich so grandios geplant erscheinen. Laufen eine Million Leben nebeneinander her, oder sind immer zwei dazu bestimmt aufeinanderzutreffen? Da schwirrst Du mir nun in hundert Erinne-

rungen durch den Kopf, und ich liege in Deinem Zimmer, rings vom Meer umgeben. Wie ist das alles passiert? Ich kam her, um das letzte zu finden, was von meinem Vater nach dem Zusammenbruch unseres Lebens noch übrig ist und vielleicht einen schwachen Anhaltspunkt bietet, warum und wie es dazu kam. Und dann trete ich durch eine Tür und sehe Dich.

Dich. Dich.

Wie kann sich die Welt in fünf Tagen so verändern? Das frage ich mich. Du bist schöner als alle, die ich je gesehen habe. Ist es falsch, Dir das zu sagen? Ich schließe die Augen, um Dich jetzt und hier vor mir zu sehen. Und natürlich ist es falsch. Natürlich ist es hoffnungslos und dumm und wird sich totlaufen. Sie ist frisch verheiratet, halte ich mir vor. Sie hat eben geheiratet und liebt ihn. Was soll das Ganze also? Wo ist der Plan, die Ordnung, das Gefühl von rechtmäßigem Zusammenkommen, das man empfinden soll, der Anflug des Unausweichlichen, den mein Vater gerne Gott zu nennen pflegte? Ich kam zwei Wochen zu spät, und was geschieht? Jemand macht sich über mich lustig. Ich weiß, daß ich nicht für Seans Genesung verantwortlich bin; sie hatte nichts mit mir zu tun, und doch: Wenn ich nicht wegen des Bildes gekommen wäre, wenn ich ihm nicht begegnet wäre, wenn, wenn, wenn …

Sieh, wie die Teile sich zusammenfügen, obwohl sie zu verschiedenen Puzzles gehören. Isabel, Isabel. Am dritten Abend hast Du mich geküßt, und die Teile flogen durch die Luft. Auf der Straße, Autos fuhren vorbei. Ganz offen tatest Du es. Deine Hand um meinen Nacken, und ich stürzte Dir entgegen, viel näher noch als mein Gesicht an Deinem. Fast schwanden mir die Sinne, etwas flog aus mir heraus. Du hast nichts gesagt, bist zurückgewichen und hast mich dann noch einmal geküßt; Dein Haar fiel über unsere Münder, und Deine Finger ertasteten mein Gesicht, wie um sicherzugehen, daß da noch mehr von mir war. Deine Fingerspitzen schmeckten nach Mandeln, und zum erstenmal spürte ich den Rausch und das überwältigende Verlangen, einen anderen zu verschlingen, Dich mit Haut und Haaren zu fressen, uns gänzlich in jenem Augenblick auf der Straße zu verlieren, die Uhren anzuhalten, den Lauf der Sterne zu hemmen und nichts über jenen Moment hinaus zuzulassen. Wenn das Leben nur so sein könnte – sich darauf zubewegen und im Augenblick der höchsten Ekstase innehalten. Aber nein. Die kühle Luft streifte mein Gesicht, und der Kuß war vorbei. Du sagtest nichts. Löstest dich von mir, nahmst meinen Arm, und wir gingen weiter. Habe ich es geträumt? Liefen wir ohne ein Wort an den Docks entlang, während jegliche Vernunft aus meinen Gedanken wich und die ungeheuerliche Flut des Verlangens alles hitzig, rotglühend überspülte? Riechend, schmeckend und fühlend wurde die Welt erschaffen, nicht mit Worten. Selbst als Du an jenem Abend fortgingst, zurück zu ihm, sagtest Du nichts.

Was kann ich Dir schreiben? Ich schreibe diese Worte und stelle mir vor, wie Deine Augen sie lesen. Stelle mir vor, daß ich zumindest so Dich berühre und wir im kurzen Aufflackern jedes Briefs, den ich schreibe und Du erhältst, miteinander verbunden sind. Aber mich verlangt es nach mehr. Ich will Dich sehen. Ich will Dich in den Armen halten. Am Donnerstag, als Du uns abholtest, glaubte ich schon, Sean wüßte Bescheid. Ich dachte, es müsse in großen Buchstaben auf mein Gesicht geschrieben sein. Oder jeder müßte ohrenbetäubend laut meinen Herzschlag gehört haben, als Du morgens zum Gästehaus kamst und uns strahlend erzähltest, Peader werde sich um das Geschäft kümmern, und wir könnten den Tag in Connemara verbringen. Weißt Du, daß es mir den Atem verschlug, als Du Dich am Frühstückstisch neben mich setztest und meine Hand berührtest? Wußtest Du es da schon? In Dir ist soviel Leben, soviel ungezähmte Freude, daß allein nur neben Dir zu sitzen mir das Gefühl gab, in einem gloriosen Jahrmarkt der Gefühle gelandet zu sein, einem wild herumwirbelnden Karussell, das mich in nacktem Entsetzen und Entzücken dahinfliegen ließ, während deine Finger unter dem Tischtuch meinen Arm hinaufglitten.

Jener Tag. Jener Tag auf der Straße nach Oughterard. War das der Augenblick, in dem ich es wußte?

Die Wahrheit ist: Ich weiß es nicht. Ich weiß nicht, was Du empfindest. Ich kann kaum atmen. Habe ich das schon geschrieben? Ich weiß nicht einmal, was ich sagen soll; ich liebe Dich. Ich habe mich in Dich verliebt. Ich halte die Ungewißheit nicht aus, ob und wann ich Dich wiedersehen werde. Wirst Du mir schreiben, bitte?

Bitte?

*Nicholas*

## 4

Obgleich die Worte sich auf ewig in den vergilbten Seiten ihres Gemüts einprägten, warf Margaret Looney den Brief ins Feuer. Sie schalt sich insgeheim für die Tränen, die ihr immer wieder in die Augen stiegen, und kaute auf ihrer Unterlippe, bis das rohe Fleisch zu sehen war. Die Unschuld und Reinheit dieser Leidenschaft hatte sie getroffen wie eine Lanze, welche nun, auch als sie sich schließlich erhob und die Hemden des Lehrers mit dem aufgeheizten Bügeleisen bearbeitete, hartnäckig und bedrohlich schräg aus ihrer Brust ragte. Nicholas war nicht zurückgekehrt, und sie wußte, ohne nachzufragen, daß er irgendwo in den Felsen vor sich hin brütete und die Zeit bis zur Rückkunft des Postschiffs am folgenden Tag mit Seufzern füllte. Nun war es nicht mehr damit getan, Muiris einfach nahezulegen, ihn fortzuschicken. Die Leidenschaft war schon zu weit gediehen; er würde schlicht nach Galway fahren, warten, bis sie kam, und dann... Peader neigte zu Gewalttätigkeiten, man durfte gar nicht daran denken, und während Margaret das Bügeleisen auf die Knöpfe preßte, wurde ihr klar, daß sie Nicholas hierbehalten mußten, bis die Liebe abgeklungen war oder ganz in Trümmern lag.

Eigentlich durfte es auf der Welt nicht so zugehen. Das war nicht die Welt, mit der sie begonnen, die sie in ihrem Korb mit sich getragen hatte, als sie in den ersten Tagen nach der Begegnung mit dem Dichter Muiris Gore an den Fischerbooten in Donegal vorbeilief. Dies war nicht der rechte Ort für ein glückliches Ende; und obwohl sie genau wußte, wieviel Kummer der verbrannte Brief bereiten würde, glaubte Margaret doch noch inniger zu wissen, wieviel Kummer sie damit verhütete. Und dies, hatte sie herausgefunden, war die Welt, in der sie nun lebte: eine Welt, in der man besser zurechtkam, wenn man seine Liebe verbrannte, statt sie auszuleben. Sie wußte, daß es so war; dennoch ragte die Lanze heftig wippend aus ihrem Leib, und bis in den Nachmittag hinein war Margaret stets kurz davor, in wildes, hysterisches Schluchzen auszubrechen. Als Muiris von der Schule heimkam, stand sie wie erstarrt in der Küche und wartete, ob er etwas Ungewöhnliches an ihr bemerkte. Als er nichts sagte, deutete sie auf die Batterie von leeren Flaschen neben der Spüle.

»Was ist das?« fragte sie.

»Was meinst du?«

»Was ist das?«

»Das sind Flaschen.«

»Und wohin gehören die? Wo tun wir sie hin? Wir tun sie in die Mülltüte vor der Tür und lassen sie nicht bei der Spüle stehen, stimmt's oder habe ich recht? Warum bin eigentlich immer ich es, die deine Flaschen hinaustragen darf, die du hier bei der Spüle stehenläßt, weil du Gott weiß warum denkst, ich hätte nichts Besseres zu tun, als dir hinterherzuräumen und das Zeug die lächerlichen drei Meter zum Abfalleimer zu tragen, was offensichtlich über deine Kräfte geht. Antworte mir. Warum?«

Die Frage war dem Lehrer zu hoch, und er starrte mit leerem Blick aus dem Fenster.

»Vielleicht könntest du zumindest deine Hemden selbst ins Schlafzimmer tragen«, sagte Margaret und ging an ihm vorbei aus der Küche, wobei die Lanze in ihrer Brust gegen den Türpfosten stieß, vorbei an Muiris, dessen Gesichtsausdruck von dem hoffnungslosen Unterfangen zeugte, sie und das halbe Dutzend Hemden mit ihren Bügelfalten und über der Brust verschränkten Armen, gewappnet für gewaltige Hiebe, zu begreifen.

Als Nicholas an jenem Abend zum Essen heimkam, verspürten sie beide die Melancholie des Meeres, die aus ihm strömte. Sein Haar war verfilzt und seine Schultern unter der alles durchdringenden Feuchtigkeit zusammengesunken. Die völlige Stille, in der er den Tag zugebracht hatte, war so offenkundig wie das Wetter, und als er am Tisch saß, erschien selbst die Bewegung, mit der nach Salz gegriffen wurde, als Störung seiner tiefen Schwermut. Jene Stimmung hüllte ihn ein wie dichter Regen, und die Blässe seines Gesichts verriet Margaret sogleich, daß eine Krankheit im Anzug war. Seit der letzten Nacht schien er einiges an Haaren verloren zu haben. Seine Stirn erglänzte im

Licht der Glühbirne, er war weiß wie ein Leichentuch, und als Margaret sich umwandte, um das Buttermesser abzuwaschen, ging ihr auf, daß er alle Farbe, über die er verfügte, an Isabel geschickt hatte. Sie wagte kaum, ihn anzusehen, und war froh, als er vom Tisch aufstand, ihr für das Essen dankte und sagte, er müsse sich nun hinlegen.

Sean und Muiris verzogen sich ins Pub, allerdings nicht, bevor der Lehrer mit großem Tamtam das Geschirr gespült und sogar abgetrocknet hatte, danach das Geschirrtuch zusammenfaltete, den Tisch abwischte und Sean auf die Wichtigkeit hinwies, unter dem Tisch und nicht nur darum herum zu fegen. Als er fertig war, stellte er den Besen zurück und schaute sich in der Küche um, ohne Margaret direkt anzusehen, die mit einer Zeitschrift im Sessel saß. Er hinterließ die aufgeräumte Küche als Zeichen seiner Liebe und nahm sein Jackett so schwungvoll vom Haken, als sei ihm ein schlagender Beweis gelungen.

Margaret schaute erst auf, als er hinausgegangen war. Beim Anblick des blitzblanken Raums seufzte sie laut auf, wohl wissend, daß eine weitere Schlacht geschlagen war. Sie rückte im Sessel hin und her, doch die Lanze in ihrer Brust schmerzte weiterhin; schließlich ging sie zur Tür und lauschte auf Geräusche aus Nicholas' Zimmer. Zunächst nahm sie an, er sei auf dem Bett zusammengesunken. Sicher lag er im furchtbaren Schweigen der Erinnerung, hörte nur die inneren Stimmen unablässig, wieder und wieder, die wenigen Worte von Isabel wiederholen, an die er sich erinnern konnte. Er lauschte auf die Stimme in seinem Gedächtnis, mühte sich, aufs genaueste ihren Tonfall heraufzubeschwören. Er lag in der verbrauchten Luft des Zimmers und versuchte, den Duft der Rosen wieder einzufangen, der ihren Haaren entströmt war. Mit offenem Mund lag er da, seine Lippen schlossen und teilten sich wieder, in hoffnungsloser, verzweifelter Anstrengung, erneut ihren Kuß zu schmecken, an den sein Mund sich nicht mehr erinnerte. Er strich zart mit der Hand über seine Brust und spürte seine eigene Hitze, wünschte, sein Finger wäre der ihre und sie läge hier bei ihm. Margaret, am anderen Ende des stillen Hauses, wußte, was vorging, wußte, daß er zum zehntenmal ihrem Duft in jenem Raum nachspürte, daß er am Boden lag und sein Gesicht in den Bettvorleger preßte, den ihre Füße in seiner Vorstellung Morgen für Morgen berührt hatten, daß er aus ihrem Fenster schaute und auf ihrem Bett lag und in ihrem stickig nach Mottenkugeln riechenden Kleiderschrank Spuren von ihr zu erschnuppern versuchte und bei all dem noch nicht wußte, daß die Anstrengung, sich Isabel zu vergegenwärtigen, und die Fieberhaftigkeit seiner Träume ihn krank machten.

Es klopfte an der Tür. Wie eine Schlange kroch Furcht in Margarets Kehle empor; erst nach einer Weile vermochte sie sie herunterzuschlucken und in den Flur zu gehen. Sie öffnete die Tür in das Dunkel der Nacht und spürte plötzlich einen Hauch von feuchtem, verblühtem Herbst an sich vorbeistreichen. Pater Noel ließ ihn vorüberziehen und fragte dann, ob er eintreten dürfe. Angsterfüllt schloß Margaret hinter ihm die Tür; es war ihr, als könne sie nun dem göttlichen Gericht nicht mehr entkommen, und die Sünde, den Liebesbrief verbrannt zu haben, malte sich scharlachrot auf ihrer linken Gesichtshälfte ab. Der Priester nahm in der Küche Platz, und Margaret setzte sich so, daß er ihr Gesicht im Profil von rechts sah.

Er sei gekommen, sagte Pater Noel, um einmal nachzusehen, wie sie zurechtkämen.

»Hervorragend, Pater«, sagte Margaret und hoffte, daß die Lüge nicht auch auf ihrer anderen Wange ein glühendes Mal hinterließ.

»Und euer Besuch?«

»Ebenfalls.«

»Bleibt er noch länger?«

»Fürs erste ja, Pater.«

»Ich verstehe«, sagte der Priester, der nichts verstand und noch weniger bemerkte. Vor allem nicht das Gemurmel, das plötzlich aus dem hinteren Schlafzimmer drang; Margaret hörte es wohl und erkannte sogleich, daß es der Name ihrer Tochter war, der da wieder und wieder in das Daunenkissen gestammelt wurde.

»Er ist soweit zufrieden?«

»Das ist er, Pater.«

»Wir haben nie recht darüber gesprochen...«

»Möchten Sie ein Gläschen...«

»Was? Nein, nein, lieber nicht. Danke, Margaret.«

Sie stand auf, immer noch mit dem Profil zu ihm gewandt, stützte sich mit einer Hand auf den Stuhl und überlegte, ob sie zu husten beginnen sollte, um das Rufen und Stöhnen aus dem Schlafzimmer zu übertönen. Die Küchentür stand einen Spalt offen.

»Ich dachte, vielleicht...«

»... ist es am besten, das Ganze zu vergessen, Pater?«

»Ganz recht. Ich meine, solange wir beide...« Ihm fehlten die Worte, nun, da er aussprechen wollte, weswegen er gekommen war. »Er wird ja wohl nicht irgendwelche Ansprüche geltend machen und auch nicht herumgehen und Hände auflegen und äh... nun«, er ließ das Schweigen für sich sprechen und blickte zur Decke.

»Nein, Pater.«

»Nein«, sagte er mit einer gewissen Endgültigkeit und klopfte zweimal auf den Tisch. Er erhob sich in ebenjenem Moment, als die Rufe nach Isabel für Margarets Ohren am lautesten ertönten.

»Wie geht es... wie steht es denn um das jungvermählte Paar?«

»Oh«, sagte Margaret, begleitete ihn aus der Küche und verfiel in heftiges, abgehacktes Husten, während sie den Priester Richtung Haustür bugsierte. Erst als er wieder draußen unter dem windigen Sternenhimmel stand, antwortete sie: »Gut, Pater. Vielen Dank.«

»So ist es recht«, sagte er und schritt in das undurchdringliche Dunkel hinaus.

Noch stundenlang erfüllte Nicholas in jener Nacht das Haus mit der Rastlosigkeit seines liebeskranken Gemüts. Er lief auf und ab, drehte und wendete sich, legte sich aufs Bett oder stand regungslos da, immer in der Hoffnung, auf die eine oder andere Weise sein gepeinigtes Herz zu erleichtern. Für Minuten gelang es ihm, sich aus der Verzückung zu reißen und sich kurzzeitig zu vergegenwärtigen, daß er Isabel erst seit fünf Tagen kannte, sie verheiratet war und nichts dabei herauskommen konnte; gierig sog er die Luft des so gemilderten Schmerzes ein und verfiel dann wieder in das Schmachten, Sich-Erinnern und das brennende Verlangen, das eher seinem Zustand entsprach. Noch um Mitternacht hörte Margaret ihn rumoren, und als sie an seinem Zimmer vorbeiging, um sich schlaflos auf ihr Bett zu legen, glaubte sie für einen flüchtigen Moment durch den Spalt in seiner Tür weiße Vögel zu sehen, die in der fedrigen Luft umherflogen.

## 5

Am folgenden Morgen war Nicholas krank. Er kam nicht zum Frühstück, und der Lehrer begab sich in sein Zimmer, um nachzusehen, was ihm fehlte. Währenddessen servierte Margaret Sean zwei gekochte Eier und wartete atemlos, ob Muiris die Wahrheit entdecken würde.

»Er bleibt im Bett«, sagte er, als er wiederkam. »Muß sich gestern bei seinem Gang wohl ein bißchen erkältet haben.«

»Das wird es sein«, sagte seine Frau erleichtert.

»Hat's auch noch mit dem Magen. Er drehte sich weg und stöhnte bloß, als ich von einem Ei sprach.«

Margaret war überrascht und sogar ein wenig enttäuscht, daß der Lehrer dieses verräterische Anzeichen nicht erkannte. Während sie ihren Tee trank und zu ihm blickte, wunderte sie sich, wie sehr ihm das Wissen um die Natur der Liebe abhanden gekommen war, wie wenig er die flatternden Herzschläge wahrnahm, die nun in jeder Ecke des Hauses zu hören waren. War er blind und taub dafür? Roch er nicht den Duft seiner Tochter, den süßen Hauch zerdrückter Rosen, der in der Nacht alle Räume durchzogen hatte, heraufbeschworen von den machtvollen Träumen eines Liebenden? Wie konnte er es nicht wissen? Sie nippte an ihrem Tee und betrachtete ihn so eingehend wie seit Wochen nicht mehr. Doch nichts, kein Anzeichen, daß er auch nur die leiseste Ahnung hatte, welche Katastrophe sich keine sechs Meter von ihm entfernt ereignete. Dieses Stück Holz, mit dem ich verheiratet bin, dachte sie, dieser hoffnungslose Geist in der Flasche. Ihr Sohn, so vermutete sie, war der Wahrheit wohl näher. Sean mußte Bescheid wissen, mußte es in Galway mitbekommen haben. Er würde zu Isabel halten, nahm sie an und reichte ihm noch zwei Scheiben Toast.

Nicholas blieb den ganzen Tag, wie auch den folgenden, im Bett. Er lauerte auf die Post und sagte zu Margaret, er erwarte einen Brief. Würde der Postbote ihn wohl hierher zustellen? Vielleicht lag auch im Postamt eine Sendung für ihn? War heute etwas dabeigewesen?

Die Antwort lautete nein, und Margaret sah, wie die Nachricht in winzigen Fältchen um seinen Augen Gestalt annahm, während Nicholas auf das Bett zurücksank und weiter wartete.

Sein Zustand verschlimmerte sich. Doktor Doherty, der neue, für die Insel zuständige Arzt, kam mit der Fähre am Dienstag und stattete Nicholas auf seiner Runde einen Besuch ab.

»Es ist ein Fieber«, teilte er Margaret mit, als sie aus dem Zimmer heraus waren.

»Liebeskrankheit ist es«, sagte sie, erstaunt, daß auch dieser Mann die schweren, erstickenden Schwaden nicht bemerkte, die noch stärker nach Rosen rochen, wenn das Fenster offenstand.

»Ihm fallen die Haare aus«, brachte Margaret zur Bestätigung ihres Urteils vor. Der Arzt sah sie nur an und ließ seinen Kahlkopf für sich antworten. »Nächsten Dienstag komme ich wieder«, sagte er, »es sei denn, es wird schlimmer mit ihm.«

Was der Fall war. Drei Tage später war Nicholas noch immer bettlägerig. Kein Brief war gekommen, und er sank von der Ebene der Sehnsucht herab zu einem Ort, wo Liebe unmöglich und die Vorstellung von der Geliebten realer erschien als die greifbare Welt. Hier war sie bei ihm. Er allein sah sie, und in seinen fiebrigen Phantasievorstellungen lag sie neben ihm, er schmeckte und berührte sie, warf sich über sie und hielt sie umklammert, sobald er allein im Raum war. Glücklich und willig überließ er sich diesem Traumgespinst, tauchte gelegentlich daraus auf und holte, wenn Margaret seine unangerührte Suppentasse wieder in die Küche trug, Isabel mit einem Flüstern zu sich zurück.

Nach fünf Tagen hatte er einen klaren Moment; während der Wind in großen, alles verschlingenden Bahnen von Osten blies und auf der Insel die Viren eines trockenen Hustens verstreute, der fast ganz Galway im Griff hatte, schrieb Nicholas einen zweiten Brief an Isabel. Da er nicht imstande war, ihn selbst zur Post zu bringen, vertraute er ihn Sean an.

Dieser jedoch war in der Woche seit seiner Rückkehr vom Festland nur noch ungern zu Fuß gelaufen und daher froh, als seine Mutter anbot, ihm den Gang zur Post abzunehmen. Er gab ihr den Brief, und abends, nachdem sie Vater und Sohn in Richtung Kneipe aus der Tür geschoben hatte, setzte sich Margaret in die Küche vor die offene Herdklappe, um nachzulesen, wie es nunmehr um jene Liebe stand.

## 6

Liebe Isabel,
kein Brief ist von Dir gekommen. Ich kann nicht länger warten und muß heute abend erneut schreiben. Es ist eine Art Wahnsinn, ich weiß es, etwas, das mir beständig im Blut steckt. Es fließt durch meine Adern, ich spüre es überall in mir, dieses Sehnen, mit Dir in Verbindung zu treten, Worte niederzuschreiben, die Du lesen wirst. Wenn meine Hand auf der Seite kurz innehält, dann darum, um zu spüren, wie Du über dem Blatt den Atem anhältst, mit mir dort verweilst. Dort. An dem Ort, wo es für uns beide für einen winzigen Augenblick Frieden gibt. Deine Mutter glaubt sicher, daß ich den Verstand verliere. Ich merke, wie sie mich ansieht, als erwarte sie jeden Moment, daß ich auf den Tisch steige und zu schreien anfange. Sie denkt wohl noch immer an Sean und was mit ihm passiert ist und sucht nach einem Beweis oder etwas Verborgenem, das vielleicht eine weitere Wahrheit enthüllt.

Nichts in meinem Leben hat mich auf dies hier vorbereitet. Darauf, Dich zu lieben. Es hat kaum Ähnlichkeit mit dem, was ich mir unter Liebe vorstelle. Ich muß Dich sehen. Ich spüre einen unwiderstehlichen Drang wie Feuer unter der Haut. Verstehst du das? Weißt Du, wie sich das anfühlt? Schon während ich schreibe, höre ich Stimmen,

die mir sagen: Sie hat dich längst vergessen. Du bist nichts mehr als ein Staubkörnchen, in ihre Vergangenheit geweht. An jenem Tag auf der Straße nach Oughterard warst Du da, aber jetzt, nichts mehr, Du bist verschwunden.
Ich glaube es nicht. So etwas wie Zufall gibt es nicht. Alles fügt sich irgendwo ein. Wenn Du die Geschichte meines Vaters kennen würdest, dann wüßtest Du, daß alles seinen Grund hat. Es gab einen Grund dafür. Mußte ihn geben, einen Grund dafür, warum Du an jenem Tag das Auto Richtung Oughterard gelenkt hast. Du bist im Zickzack mitten auf der Straße gefahren, dreißig Meilen weit, und hast dann gesagt, eigentlich könntest Du gar nicht Auto fahren. Und dann hast Du Sean ans Steuer gelassen, Dich zu mir umgedreht und gelächelt.
Ich werde verrückt. Wirklich. Ich bin noch immer dort. Noch immer in dem geparkten Auto am Straßenrand, und Sean ist ausgestiegen und läuft über die matschigen Felder, und Du lachst und küßt mich schließlich. Und Dein Kuß ist wie ein süßes Feuer. Wie dieser unerreichbare, süße, süße Schmerz tief in meinem Inneren. Wie banal und dumm das alles klingt. Gott, ich kann es nicht in Worte fassen. Nicht einmal annähernd. Oh, Isabel. Isabel, Is a bel. Bitte. Ich will. Ich will...
Bitte bitte bitte schreib mir schreib mir bitte.

*N.*

## 7

Der Brief landete im Feuer, und Nicholas' Krankheit wütete weiter. Er war verloren im Abgrund zwischen zwei Welten und konnte sich weder in der einen zurechtfinden noch ganz in jene zurückkehren, die er hinter sich gelassen hatte. Mit letzter, glühender Verzweiflung wartete er auf den Brief, der nicht kam. Stunde um Stunde legte er sich Dutzende von Entschuldigungen zurecht, warum die Antwort ausblieb, lag im Bett und zerwühlte im Lauf des Nachmittags die Decken, zermürbt von den süßen Dornen der Erinnerung. Isabels Bild stand ihm lebhaft vor Augen, und wenn er allein im Zimmer war, vermochte er es in vielfältiger Weise heraufzubeschwören: Isabel mit ihrem herrlichen Haar, das auf eine Seite fiel, als sie sich zu einem Kuß herunterbeugte; Isabel, die ihm sagte, er sei anders als alle, denen sie je begegnet sei; Isabel, die seine Hand hochhielt, seine Finger küßte und über den Unglauben lachte, der durch sein Gesicht huschte; Isabel, die Frau, die in der Nacht vor Seans und seiner Rückkehr zur Insel in dem Zimmer des Gästehauses seinen Kopf an ihre Brüste gedrückt hatte, mit der Hand durch sein Haar gefahren war und ihm, als er den Kopf hob, den Finger auf die Lippen gelegt hatte, damit er nicht widersprach, als sie sagte, sie verdiene keine wahre Liebe. All diese Augenblicke strömten süßer als Phantasien durch Nicholas' Gemüt, doch nun waren sie inmitten des grimmigen Meeres von Abweisung auf Grund gelaufen. Sie hatte nicht geschrieben, und ihm drehte sich der Magen um, und das Blut wich aus seinem Gesicht. Er bemühte sich nach Kräften, die grauen Klumpen der Hoffnungslosigkeit hinunterzuschlucken, gab aber jeden Bissen wieder von sich. Seine Gänge durch das Haus zum Bad begannen die Tage zu gliedern; das Ausmaß der jeweils ihn beherrschenden Leidenschaft ließ sich aus dem Zeitraum zwischen Aufnehmen und Ausstoßen von Nahrung ablesen. Wenn er das Mädchen lebhaft genug vor Augen hatte, behielt er das Essen für zwei Stunden bei sich; klangen ihm aber die Stimmen der Vernunft, die Worte des gesunden Menschenverstands in den Ohren und gaben ihm ein, daß eine solche Liebe schier unmöglich sein müsse, der Frau nichts an ihm gelegen sei und außerdem sowieso nichts daraus werden könne, dann kam ihm das Essen keine fünf Minuten später wieder hoch. Nach jedem Brechanfall überfiel ihn eine seltsame Ruhe, und Nicholas kehrte mit seligem Lächeln in sein Bett zurück, als sei der Aufruhr in seinen Eingeweiden ein gültiges Testament, ein Bukett, das er in die Stille reichte.

Obwohl das gesamte Inseldorf mittlerweile Verdacht geschöpft hatte und dem Erbrochenen der unverwechselbare Geruch von geknickten Rosenstengeln entströmte, versuchte Margaret Looney verzweifelt, die Sache zu vertuschen, und ließ zu diesem Zweck den ganzen Tag im Bad geweihte Kerzen aus Bienenwachs brennen. Ihrem Mann sagte sie, ein derartiges Fieber habe sie schon einmal erlebt und binnen einer weiteren Woche würde es gewiß ein Ende damit haben. Als Muiris vorschlug, Nicholas eventuell in das Bezirkskrankenhaus von Galway einliefern zu lassen, schaute sie ihn an, als sähe sie sieben Augen in seinem Gesicht und wüßte nicht, auf welches sie ihren Blick heften sollte. Nein, nein, auf keinen Fall. Er würde wieder gesund werden, sagte sie zu Muiris und öffnete weit den Mund in der Hoffnung, das Schuldbewußtsein loszuwerden, das sich wie ein Ballon in ihrer Magengegend blähte.

Gleich nach seiner Genesung war Sean die Sensation des Dorfes gewesen; doch bald wurde er es müde zu beschreiben, wie er sich gefühlt hatte, und verbrachte die Tage müßig im Haus oder unternahm ausgedehnte Spaziergänge bis zum anderen Ende der Insel. Noch wußte er nicht, daß er bald den Entschluß fassen würde, die Insel zu verlassen und nach England zu gehen, damit einer Bestimmung folgend, die so unklar und willkürlich erschien wie die Flugbahn von Fliegen und die bald noch zusätzlich durch eine halb tatsächlich vernommene, halb geträumte Berufung zur Priesterschaft erschwert werden sollte. Jetzt aber, da er den nahen Abgrund nur vage ahnte, hüllte er sich in tiefes, brütendes Schweigen – selbst dann, wenn weißglitzernde Möwen hoch oben am blauen Himmel dahinjagten. Die Musik hatte er fürs erste aufgegeben, und seine Gesellschaft am Krankenlager bot Nicholas weder Unterhaltung noch Trost.

So zogen sich die Tage hin wie verfilzte Wollstränge, ließen sich weder entwirren noch zum Knäuel aufrollen. Sie waren leer, nichts als Wartezeit, bis der Faden der Handlung sich zur nächsten Masche fügte. Nicholas war weiterhin abwesend und kränklich, und Margaret deckte ihn, so gut sie es vermochte. Als seine Stimme im hohen Falsett aus dem Schlafzimmer drang und das Haus erfüllte, drehte sie das Radio auf volle Lautstärke und übertönte den Liebeswahn mit den Ein-Uhr-Nachrichten. Als Nicholas eines Nachts nach Isabel rief und das ganze Haus aufzuwecken drohte, war es Margaret, die ihn beruhigte; sie glitt leise aus dem Bett und öffnete die Tür zu seinem Zimmer, wo er nackt, mit einer gewaltigen Erektion, im Licht des Halbmondes stand und mit geschlossenen Augen die Brustwarzen einer sphärenhaften Isabel mit Küssen und Bissen bedeckte.

Es blieb nichts anderes übrig, als abzuwarten. Margaret Looney kannte die Liebe. Sie wußte, daß die Zeit ihr größter Feind war und die Welt Träume rascher altern läßt als den Körper; wenn nichts geschieht, kein Brief eintrifft und keine Berührung der Leidenschaft neue Nahrung gibt, siecht sie dahin. Eine Zeitlang, das wußte sie, war die Sehnsucht nach Küssen von größerer Magie als die Küsse selbst. Doch nach einer Weile wandelte sich das Verlangen zu einem bitteren, hohlen Gefühl, das immer stärker wurde, bis es auch den letzten Winkel in den unendlichen Weiten der Seele erobert hatte. Eine Leere, die einen ganz ausfüllte. So wartete Margaret also Tag um Tag darauf, daß auch Nicholas Coughlan allmählich dieser Leere anheimfiel. Als sie ihn auf den Sessel in der Küche verfrachtete und das Bettzeug wechselte, glaubte sie, den ersten schwachen Hauch von Wacholderbeeren daraus aufsteigen zu spüren, jenen Geruch, der stets die Trauer um den Tod eines geliebten Menschen begleitete. (Die Witwe Liathain in ihrem Häuschen gegenüber roch es ebenfalls und fiel fast vom Stuhl. Sie ging zum Fenster und hielt ihr Gesicht, das einer schrumpligen Backpflaume glich, in die Luft hinaus. Als sie sicher war, daß der Duft vom Haus des Lehrers kam, begann sie unverzüglich, die Nachricht von seinem bevorstehenden Ableben auszustreuen und sich auf die Beerdigung vorzubereiten.)

Vier Tage nach dem zweiten Brief schrieb Nicholas einen dritten, ganz offen und mitten am Nachmittag. Er hatte kein Papier mehr und bat Margaret um ein Blatt und einem Umschlag.

»Ich möchte an Isabel schreiben«, sagte er.

Einen Augenblick war sie sprachlos und wagte nicht, ihn direkt anzusehen.

»Das wäre nett«, sagte sie zum Vorhang gewandt, betrachtete seinen Saum mit plötzlich erwachtem Interesse und verharrte so, bis sie sicher war, wieder so ausdruckslos dreinzublicken wie zuvor. »Ich hole dir ein Blatt Papier.« Sie schwieg und riskierte einen Blick auf ihn: seine hoffnungslose, lange bleiche Gestalt mit der hohen Stirn und den brennenden Augen, die rauhen, blutig gebissenen Lippen, über die er unaufhörlich mit den Handrücken fuhr. »Ich habe auch einen Brief aufzugeben und nehme deinen dann gleich mit«, sagte sie und ging aus dem Raum, voll Verblüffung darüber, wie reibungslos das Schicksal ihr in die Hände spielte. Im Grunde war es ein Segen. Eine Ermutigung, ein Beweis, daß das, was sie tat und noch tun würde, das richtige war. Wie viele Briefe würde er wohl noch schreiben, ohne je Antwort zu erhalten? Allmählich mußte er doch ausgebrannt sein?

Sie brachte ihm das Papier und setzte sich in die Küche, um auf die verräterischen Geräusche zu lauschen, die das Schreiben eines Liebesbriefs begleiten: das Seufzen und Stöhnen, die Verzweiflung, die Untermalung durch Geigen, fast übertönt vom Gekreisch der Möwen draußen. Doch diesmal vernahm sie nichts. Er war ganz still. Im Zimmer herrschte absolute Ruhe, unterbrochen nur von der Uhr, die geradezu bösartig laut vier Schläge von sich gab.

War er etwa eingeschlafen? War am Ende der Moment gekommen, in dem die Leidenschaft wie eine zu warme Decke von ihm herabglitt und er frei war? Margaret stand auf und ging von der Küche durch den gefliesten Korridor bis vor sein Zimmer. Sie war mit der ganzen Palette von Exzessen, denen Nicholas sich hingab, mittlerweile wohlvertraut und daher auf alles gefaßt: Hätte er auf allen vieren am Boden nach vor Urzeiten abgeschnittenen Zehennägeln von Isabel geschnüffelt, wäre Margaret nicht sonderlich überrascht gewesen. Er hätte auch nackt auf dem Bett liegen können, das beschriebene Blatt an sein Geschlecht drückend, während der Rosenduft den Fieberwahn in seinem Hirn bis zur wütenden Ekstase trieb. Nichts hätte sie zu schockieren vermocht. Und doch, als sie mit einem ihrer beiden braunen Augen durch den Türspalt in das Zimmer spähte, sah sie etwas, das ihr das Herz stocken ließ.

Nicholas saß auf der Bettkante und verströmte einen solch blendenden weißen Glanz, daß Margaret nicht erkennen konnte, ob er von seinen Kleidern oder seiner Haut herrührte. Er glich eher einer Lichtgestalt als einem Menschen, so stark brannte die Flamme des Verlangens in ihm. Die Luft war wie mit weißem Satin erfüllt; er schien aus dem Nichts herbeigezaubert zu sein und hing von der Decke in riesigen, losen Bahnen herab, die sich leicht bauschten, wenn die hundert Tauben mit sanften Schwingen leise rauschend daran vorbeiflogen und die Luft wie von feinsten Spitzenfächern erzittern ließen. Nicholas leuchtete, doch neben ihm erschien eine weitere Gestalt, sein Ebenbild, nur größer. Zunächst glaubte Margaret an eine Spiegelung, eine optische Täuschung oder eine übersteigerte Wahrnehmung infolge des Teelöffels Hustensaft, den Muiris ihr am Morgen aufgezwungen hatte. Sie preßte das andere Auge an den Spalt, doch das Bild blieb das gleiche; da waren sie, die beiden Männer, umstrahlt von blendendem Weiß, einer saß im Sessel, der andere auf dem Bett, und keiner sprach ein Wort. Sie blickten nur ins Leere. Als sie ihr Gesicht noch fester an das Holz drückte und versuchte, in all dem Glanz und Licht genau hinzusehen, erkannte Margaret, daß der zweite Mann älter war und lächelte.

Jedoch ohne zu sprechen. Schließlich stand er auf, bewegte sich auf Nicholas zu, und der Raum erstrahlte in noch hellerem Weiß. Margaret fühlte Hitze vom Boden in sich aufsteigen; es war, als habe das Licht sich verflüssigt und erfülle sie von unten her. Als es ihren Kopf erreichte, spürte sie, wie ihre Füße sich vom Boden hoben, sah die weißen Vögel aus ihrem Mund fliegen und sank ohnmächtig zu Boden.

## 8

Sie hatte sich etwas von Nicholas eingefangen. So entschied zumindest der Lehrer und verfrachtete seine Frau ins Bett, wo sie dalag wie jemand, dem eine Vision zuteil geworden war. Sie wagte nicht nachzufragen, ob ihr Mann bei Nicholas etwas bemerkt hatte, und verbrachte den restlichen Tag in tödlichem Entsetzen angesichts der Vorstellung, was wohl in Isabels Schlafzimmer vor sich gehen mochte. Sie ließ ihrer Phantasie freien Lauf und durchlitt in den folgenden Stunden einen wahrhaften Spießrutenlauf, vorbei an Geistern und Gespenstern, Engeln und Teufeln. Doch als um acht Uhr abends Nicholas schließlich erschien, an ihre Tür klopfte und sich nach ihrem Befinden erkundigte, bemerkte Margaret keinerlei Veränderung an ihm, abgesehen von dem alarmierenden Schwund seiner Haarpracht. Er teilte ihr mit, daß es ihm sehr viel bessergehe. Er fühle sich erleichtert, und zum erstenmal seit der Rückkehr von Galway war sein Blick fest und klar. Natürlich war er noch schwach, aber in ein paar Tagen, so meinte er, würde er wieder auf dem Posten sein.

»Ich habe den Brief geschrieben«, sagte er.

»Den Brief?«

»An Isabel.«

»Ach ja.«

»Soll ich Sean bitten, ihn für mich aufzugeben, wo du doch jetzt krank bist? Du könntest deinen Brief dazulegen, und ich gebe ihm beide mit.«

O nein. Nein, nein, nein. Margaret richtet sich aus den Kissen auf und gab sich den Anschein von Stärke. Morgen würde es ihr wieder gutgehen, versicherte sie ihm. Sie hatte zuviel Hustensaft eingenommen, weiter nichts. Es tat ihr leid, gerade vor seinem Zimmer soviel Aufregung verursacht zu haben. Nein, nein, er könne den Brief ruhig dalassen. Sie würde beide morgen an Isabel senden.

Und so händigte Nicholas Coughlan auch den dritten Liebesbrief an Isabel aus; und zum drittenmal warf Margaret Looney ihn ins Feuer, als ihr Mann und ihr Sohn abends ausgegangen waren.

Doch dieses Mal war es anders. Es kostete mehr Überwindung. Als sie im Bett lag und den ungeöffneten Brief in den Händen hielt, überkam sie plötzlich ein Frösteln. Sie spürte

Gänsehaut an den Waden und rieb die Knöchel aneinander, während eine weitere Kette von Überlegungen durch ihr Hirn kreiste: Ihre Tochter war zu allem fähig; sie hatte einen Trottel geheiratet, der nicht im mindesten zu ihr paßte, und nun gab es diesen Mann, der vor lauter Verlangen nach ihr brannte wie eine Leuchtrakete und zum Kahlkopf wurde. Sie hatte den falschen Mann erwischt, aber sie war verheiratet, und damit Schluß. Es gab kein Zurück, man konnte den Lauf der Dinge nicht umkehren, und obwohl sich Margaret das öde, enttäuschende Leben von Isabel an Peaders Seite sehr wohl vorstellen konnte, glaubte sie sich doch im Recht, wenn sie nichts anderes für denkbar hielt. Ganz gewiß war sie im Recht. Diese Briefe brachten nichts als Unglück. Was sollten sie schon bewirken?

Sie tippte mit dem Umschlag an ihre Unterlippe und wartete auf die Bestätigung, daß ihr Vorgehen rechtens war. Als sie erfolgte, steckte sie den Brief voll Freude und Genugtuung in den Morgenmantel und ging durch den Flur zur Küche; nur einen Augenblick lang hielt sie inne, weil sie glaubte, jemanden in Isabels Zimmer schreiben zu hören.

Sie öffnete die Herdklappe, sah den orangefarbenen Widerschein des Torfs auf dem Feuerrost und öffnete schließlich, als ein heftiger Regenschauer auf das Wellblechdach der rückwärtigen Küche niederprasselte, den Umschlag. Zuerst glaubte sie einer Täuschung erlegen zu sein; die Seite war leer. Doch nein, dort in der unteren Hälfte des weißen Blattes stand die ganze Botschaft des dritten Briefes, in einem Wort:

*Liebe*

Nichts weiter. Nicht »Ich liebe dich«, weder Isabels Name noch seiner, nicht der leiseste Makel oder Tintenfleck auf dem Blatt. Zunächst glaubte Margaret, daß sich dahinter etwas versteckte, eine geheime Botschaft, die im Gegenlicht oder im Spiegel zu lesen war und mehr mitzuteilen hatte als nur dies. Doch wenn es sie gab, war sie nicht zu erkennen. Nur das eine Wort. ›Liebe‹ und nichts sonst. Sie saß da, hielt das Blatt in ihrem Schoß, lehnte sich an die Kopfstütze und spürte zu ihrer Überraschung Tränen auf ihrer Wange. Es war einfach zu pathetisch, daß er ihr dies schickte, eine Seite mit nur einem einzigen Wort. Das hoffnungslose Sehnen floß vom Papier und erfüllte ihren Mund mit dem Geschmack von Zitronensaft, beißend und schmerzhaft, als hätten sich alle Wunden der Welt plötzlich entzündet, ohne Aussicht auf Linderung. Dieses eine Wort auf dem Blatt, dieser verzweifelte, unhörbare Schrei, der Frage und Aussage zugleich war, eine Tatsache und eine Sehnsucht zum Ausdruck brachte, Gegenwart und Zukunft miteinander verschmolz zu dem einen Ton, den fünf Buchstaben von ›Liebe‹. Es war zuviel für sie; was dachte er sich eigentlich? War er schon jenseits der Sprache, hatte er sich bereits dem düsteren Schweigen und der unermeßlichen Wortlosigkeit anheimgegeben, die alle Liebe verzehrt und nur den leeren, hungrigen Widerhall von den Sternen zurückläßt? Margaret hielt das Blatt von sich weg und blickte ins Feuer. Gott, dachte sie, was soll ich nur tun?

Ohne eine Antwort zu erwarten, blinzelte sie die Tränen fort, hob das Stück Papier mit dem Wort ›Liebe‹ empor und warf es ins Feuer.

## 9

Bald, sagte Muiris, würde alles wieder eitel Sonnenschein sein. Zwei Tage verstrichen, und Margaret Looney war wieder auf den Beinen. Nicholas war dem Fieberwahn entronnen und unternahm einen ersten Gang über die Insel. Sean begleitete ihn, und Margaret sah ihnen durch die Stores am vorderen Fenster nach, wie sie Richtung Strand schlenderten und auf die Eselherde trafen, die zu ihrer Begrüßung herbeilief.

»Es scheint ihm gutzugehen«, sagte Muiris. Es war Samstag, und er saß in dem Sessel, den er den meisten anderen Annehmlichkeiten dieser Welt vorzog. »Jedenfalls ist er nicht mehr liebeskrank«, fügte er hinzu.

»Was?«

»Sag bloß, das hast du nicht gewußt.«

»Was nicht gewußt?«

»Was ich eben gesagt habe. Du weißt doch Bescheid.«

»Keineswegs.«

»Dann wärst du nicht meine Frau. Meine Frau weiß Bescheid.«

»Und woher weißt du es?«

»Wie kannst du so was fragen? Das liegt doch auf der Hand. Hast du es etwa nicht sofort bemerkt, als er von ihr zurückkam und aus dem Boot stieg?« Er schwieg und gab sich ganz dem wohligen Gefühl hin, in dem Sessel zu sitzen; welche Wonne doch darin lag. »Natürlich hast du es bemerkt.«

»Warum hast du nichts gesagt?«

»Was sollte ich groß sagen? Wir konnten nichts dagegen tun. Es lag in der Hand der Götter. Und damit bleibt einem nichts, als sie gewähren zu lassen.«

»Du bist ein Narr, weißt du das?« Ihre Stimme zerbrach in winzige, gläserne Scherben, und als sie ihn anblickte, sah Muiris in ihren Augen den Schmerz, den er ihr zugefügt hatte. »Die Götter! Das glaubst du also? Glaubst du das wirklich?« Sie feuerte die Frage auf ihn ab und verließ das Zimmer, noch bevor er damit beginnen konnte, sich die Splitter der Attacke vom Gesicht zu klauben. Sie ist tiefer verletzt, als ich dachte, war sein Gedanke. Und dann versank er ganz in der Behaglichkeit des Sessels, träumte mit offenen Augen und sann darüber nach, wie viele Jahre es nun schon her war und wen Margaret wohl damals insgeheim geliebt hatte, ohne ihren Mann deshalb zu verlassen.

## 10

Liebe vergeht nicht; sie wechselt nur die Form. Sie nimmt eine andere Gestalt an, wenn sie auf ein unüberwindliches Hindernis stößt. In Nicholas' Fall war das Hindernis Isabels Schweigen, das Ausbleiben jeglicher Antwort und des leisesten Anzeichens, daß sie auch nur eine Sekunde lang an ihn dachte oder gar seine Gefühle erwiderte. Es war kein Felsblock, es war ein Berg mitten auf dem Weg: der niederschmetternde und unübersehbare Fingerzeig, daß er unverzüglich jegliche Aussicht auf ein Wiedersehen mit ihr vergessen und die Heimreise ans andere Ende des Landes antreten sollte in der Hoffnung, die Entfernung werde die Erinnerungen verzerren und das Verlangen im Lauf der Zeit dahinschwinden. Das Nichts, in dem er allmorgendlich erwachte und das keine Neuigkeiten barg, die beständige, eiserne Zurückweisung, die ihn erwartete, wenn er in ihrem Schlafzimmer die Augen aufschlug und instinktiv wußte, daß kein Brief von ihr da war, hätte jedes andere Gefühl zum Untergang verurteilt. Doch nicht diese Liebe.

Sie war zu blind gegen alles, um aufzugeben.

Drei Wochen nach seiner Rückkehr auf die Insel und eine Woche nach dem dritten Brief begann Nicholas mit seinen Aufzeichnungen über William Coughlan. Er betrachtete sie zunächst als Erklärungsversuche, zu denen sein Vater selbst ihn bewegte. Wenn er an dem kleinen Tisch saß, den er in das Schlafzimmer geräumt hatte, und sich mit der Hand über den Kopf fuhr, spürte er die spiegelblanke Glatze des alten William.

Margaret glaubte zunächst, er schreibe einen weiteren Brief, doch als eine Woche verstrich und sie erfolglos auf irgendwelche Gänge zum Postamt lauerte, dämmerte ihr, daß es sich um etwas anderes handeln mußte. Sie wagte nicht, in sein Zimmer zu spähen und am Ende wieder eine bizarre Vision zu Gesicht zu bekommen; statt dessen beruhigte sie sich mit dem Gedanken, daß die Liebe langsam erstarb. Mit Muiris hatte sie nicht weiter über Nicholas' Seelenpein gesprochen, aus Angst, er würde sie mühelos durchschauen und sofort erraten, welchen Weg die Briefe gegangen waren. So begnügte sie sich damit, den weiteren Verlauf der Dinge abzuwarten, und schob die Furcht beiseite, die Flecken, die auf ihrem Handrücken erschienen, könnten ihre Sünden sein, die ans Tageslicht kamen.

Es folgte eine Reihe warmer Tage, und die Insel wurde plötzlich von wahren Fliegenschwärmen heimgesucht. Sie erhoben sich aus den Felsen und trieben wie schmutzige Gazeschleier durch die laue Luft. Auf den Fischerbooten im Hafen wimmelte es nur so von ihnen, die Inselbewohner schützten sich auf ihren Gängen mit Kappen oder Kopftüchern, schlugen nach den Insekten und beteten, der Wind möge sie vertreiben. Doch das Meer lag spiegelglatt da, die Sonne brannte herab, und die Fliegen flogen malerisch vor dem blauen Hintergrund in endlosen, willkürlichen Mustern durch Türen und Fenster eines jeden Hauses ein und aus. Nur beim Lehrer nicht.

Es war natürlich Margaret, der es auffiel. Sie hörte, wie im Laden und im Postamt von den Fliegen gesprochen wurde, sah sie überall und wedelte sie mit einem Schulschreibheft wie mit einem Fächer weg. Doch wenn sie durch das Gartentor ging und ihr Haus betrat, blieben die Fliegen zurück. Sie allein brauchte ihre Fenster nicht geschlossen zu halten, tat es aber dennoch in der Hoffnung, daß niemand bemerkte, wie das reine, lautere Gefühl die Fliegen abhielt. Vielleicht, versuchte sie sich einzureden, war es der Geruch von sterbender Liebe, der sie vertrieb. Vielleicht waren es die klappernden Tasten der alten Schreibmaschine, die Muiris für Nicholas besorgt hatte und deren Rattern nun den ganzen Tag aus dem hinteren Schlafzimmer zu vernehmen war, obwohl draußen so prächtig die Sonne schien. Es hätte an vielem liegen können, doch insgeheim wußte sie den Grund.

An dem Abend, an dem sie erstmals bemerkte, daß sie von der Fliegenplage verschont blieben, redete Margaret ihrem Mann schließlich zu, Nicholas die Abreise nahezulegen. Sie fürchtete nicht länger, daß er unverzüglich Isabel aufsuchen würde, sobald er von der Insel fort war. Es ging zu Ende, davon war sie überzeugt. Seine Liebeskrankheit schwand dahin wie alle Leidenschaften der Männer, und sie tröstete sich mit dieser bitteren Wahrheit, nahm sie als so unvermeidlich hin wie einen Stein im Schuh. Es bedeutete Unglück, Nicholas noch länger hierzubehalten. Geben wir ihm das Bild und schicken ihn zurück nach Dublin, flüsterte sie ihrem Mann eindringlich zu, während er auf dem Bett saß und sich die verschwitzten Socken von den Füßen pellte.

»Warum auf einmal so plötzlich?« fragte er. »Darf er nicht so lange bleiben, wie er will?«

»Er soll fort. Was kann er schon anfangen? Hier gibt es für ihn nichts zu tun. Sag ihm morgen früh Bescheid.« Sie feuerte die Sätze wie Bleigeschosse auf ihn ab. Der Lehrer spürte sie im Nacken und schloß die Augen.

»Hörst du mir zu, Muiris?«

Er legte sich auf die Decken, ohne zu antworten, und faltete die Hände wie zum Gebet über der Brust. Als das Flüstern erneut ertönte, fragte er sich, ob es ihm sicheren Boden unter den Füßen bot oder nichts weiter war als der übliche tückische, nachgiebige Sumpf des Ehelebens.

»Muiris?«

Er gab vor zu schlafen, auch als ihre Hand an seiner Schulter rüttelte, und zog sich in die Abgeschiedenheit und den inneren Frieden des Bettes zurück. So lagen sie im schwülen, fliegenfreien Dunkel und taten, als schliefen sie, während unablässig und gedämpft die Tasten der Schreibmaschine ihr Klackern in der Inselnacht ertönen ließen.

Morgens machte sich Muiris auf den Weg zur Schule, bevor seine Frau ihn zur Rede stellen konnte. Er eilte in seinem wiegenden Gang davon und schlug atemlos nach den Millionen von Fliegen, die ihn auf dem Weg umschwärmten. Sein bizarres Leben ließ er hinter sich zurück und atmete tief erleichtert auf, daß er in die Schule und damit in eine Welt flüchten durfte, in der alles seinen Sinn hatte.

Margaret beschloß, die Mitteilung an Nicholas ihrem Mann zu überlassen. Es hatte bis zum Abend Zeit damit; und erfüllt vom süßen Duft dieser Entscheidung, der sie berauschte wie ein Raum voller Tulpen, bemühte sie sich, ihrem Besuch den Tag so angenehm wie möglich zu gestalten. Am späteren Vormittag stellte sie ihm Tee und Rosinenbrötchen mit Butter auf einem Tablett hin. Und selbst als er nur für einen Augenblick aufsah und ihr zunickte, nahm sie sich die Kränkung nicht zu Herzen, noch machte sie sich unnötig Sorgen um die Seufzer, die aus den rings um den Tisch verstreuten Blättern aufstiegen. Schließlich würde er bald fort sein, und sie hatte gute Arbeit geleistet. Erst später am Nachmittag, nachdem sie ihm gebratenes Huhn mit Kartoffeln und die letzten ihrer selbst angepflanzten Möhren und Pastinaken gebracht hatte und dann von ihrer Zeitschrift aufblickte, als die Schreibmaschine verstummte und die plötzliche Stille im Haus sich wie eine eiserne Faust auf ihre Schulter legte, erst da hörte sie die Alarmglocken schrillen. Sie lauschte so lange, bis ein neues Blatt hätte eingespannt sein müssen, doch die Zeit verstrich, ohne daß er weitertippte. Er hatte aufgehört;

alles stand still, als sei die Insel selbst durch die Maschen der Zeit geglitten, und keine Fliege summte, keine Welle schlug ans Ufer, derweil Margaret am einen Ende des Häuschens saß und in plötzlicher Vorahnung den Atem anhielt, während Nicholas Coughlan die unzähligen Blätter zu seinem letzten Brief an Isabel ordnete.

Als er auf der Schwelle zur Küche erschien, blieb Margaret fast das Herz stehen. Er hielt die gebündelten Seiten in der Hand, und die deutlich sichtbaren, rosigen Flecken auf seinen Wangen sagten ihr, daß er noch immer an Isabel dachte. Es war schlimmer als zuvor; dies war weder Wahnsinn noch Schwärmerei, weder Traum noch Phantasieren, das zerwühlte Bett des Verlangens und das schlaflose Sichverzehren nach Berührung. Dies hier war gefestigter und entschlossener, und Margaret mußte schwer schlucken, um die Erkenntnis zu verdauen, daß Nicholas nun einem Heiligen glich. Er ginge zum Postamt, teilte er ihr mit. Hatte sie auch etwas aufzugeben?

»Ich nehme es dir gerne ab«, hörte sie sich sagen.

»Nein, ich möchte an die Luft.«

»Aber draußen wimmelt es von Fliegen ...«

»Wirklich?«

Sie wollte aufstehen, doch ein großer weißer Mann saß auf ihrem Schoß. Er roch so köstlich nach Eukalyptus, daß sie zunächst alles um sich herum vergaß und wie betrunken seinen himmlischen Duft einsog. Er saß auf ihr, die langen Beine vorgestreckt, und obwohl er sie an der Bewegung hinderte, war er leicht wie eine Feder. Margaret versuchte erfolglos, die Hände von den Armlehnen zu lösen, und wand sich nur ein wenig hin und her. Sie öffnete den Mund, wollte Nicholas bitten, nichts an Isabel zu senden, wollte ihm sagen, daß sie um seine Leidenschaft wußte und nur Unheil und Kummer daraus entstehen könne, doch als ihre Lippen sich teilten, flog ein Dutzend weiße Vögel in sie hinein, und sie brachte kein Wort heraus. Ohne sich zu rühren oder zu sprechen, saß sie einfach in ihrer Küche und blickte zu der großen Gestalt mit dem schütteren Haar empor, die Licht verströmte.

Erst nachdem Nicholas die Tür hinter sich zugezogen hatte und über den Pfad davonschritt, war auch der alte Mann fort und Margaret plötzlich imstande, aufzustehen und ihnen nachzublicken. Sie schob den Vorhang am vorderen Fenster beiseite und sah einen weiteren Beweis für das Zusammenwirken von Natürlichem und Übernatürlichem, denn die Luft über der Insel war nun frei von Fliegen.

## 11

Nicholas trug sein Bündel Papier zum Postamt. An der Verkaufstheke erstand er einen Umschlag und wartete dann am Postschalter, bis Aine Hurley sich mit gebotener Gelassenheit dazu bequemte, ihm dorthin zu folgen.

»Das wird nicht billig«, sagte sie, nahm das Päckchen entgegen und las kommentarlos die Adresse. Sie wog diesen dicksten aller Liebesbriefe und teilte Nicholas mit, daß es vier Pfund kostete, ihn nach Galway zu befördern.

»Wann wird er ankommen?« fragte er.

Sie faßte dies als persönliche Beleidigung auf, als leise Kritik an ihrem Benehmen, und schürzte die Lippen, bevor sie antwortete: »Dienstag«, und mit dem geringsten der ihr zu Gebote stehenden Geschützen der Ironie hinzufügte: »So Gott will.«

»Aber heute ist Freitag«, wandte Nicholas ein.

»Ach tatsächlich? Gut, daß Sie das sagen«, erwiderte Mrs. Hurley und fühlte, wie sich die winzigen Stoppeln ihres Oberlippenbarts aufstellten.

»Könnte er nicht bis morgen dasein?«

Sie sah ihn an, als sei er soeben mit einem Raumschiff vom Mars auf der Insel gelandet, und schüttelte den Kopf.

»Nein.«

»Es ist doch nur…«

»Nein.«

Die Glocke über der Tür bimmelte, Nicholas drehte sich um und sah Margaret Looney eintreten. Es war nur ein winziger Moment, der Bruchteil einer Sekunde, in dem kein klarer Gedanke möglich ist und die Handlung einen Sprung in den luftleeren Raum macht; oder vielleicht war es der unsichtbare Fingerzeig des großen Mannes, der neben Nicholas stand, vielleicht kniff er seinen Sohn in den Arm, denn blitzartig riß Nicholas den bereits gestempelten und bezahlten Umschlag an Isabel vom Postschalter wieder an sich. Er nahm ihn, drückte ihn an die Brust, wandte sich um und ging zur Tür hinaus.

Er wußte selbst nicht genau warum. Er verspürte weder Bedrohung noch Gefahr, wurde nur von jenem beständigen, leisen Druck gelenkt, der ihn rasch vom Postamt und den beiden erstaunten, bestürzten Frauen forttrieb. Bevor er noch wußte, wie ihm geschah, lief er auf die Küste zu, ohne sich recht zu besinnen und aus den Galaxien der Unwahrscheinlichkeiten, die jetzt sein Leben beherrschten, den nächsten Handlungsschritt auszuwählen. Er fühlte, wie seine Schuhe über den weißen Sand glitten; es war, als gäbe der Boden unter ihm nach, und ohne zu wissen warum, lief er weiter auf das Wasser zu. Von der Tür des Postamts sah Margaret Looney ihm nach und schnappte keuchend nach Luft, als sie begriff, daß er, versunken in seinem Liebeswahn, sich anschickte, über das Meer nach Galway zu laufen.

Seine Schuhe sogen die Ausläufer der kalten Wellen mit unzähligen Mündern in sich ein, und Nicholas blickte herab, überrascht, daß die Gischt ihn nicht trug. Seine Knöchel brannten, obwohl er nur einen Meter ins Meer hineingegangen war und nun direkt an der Küste entlangschritt, den Umschlag mit dem Liebesbrief fest ans Herz gepreßt. Er blickte zum Festland hinüber, sah das Sonnenlicht durch die gesprenkelten Wolken blinken und spürte, wie bei diesem Anblick seinem Herzen ein halbes Dutzend Schmetterlinge entflatterte. Verbündete sich die Welt mit ihm oder gegen ihn? Wer leitete ihn nun? Und wohin? Übelkeit durchschwappte seinen Magen. Die salzhaltige Luft brannte ihm auf den Lidern, und es dauerte einen Augenblick, bis er merkte, daß sich hinter ihm die Möwen sammelten, immer wieder aufflogen und landeten wie die Wellen mit ihrem Anbranden und Zurücklaufen, in dem etwas stets zutiefst Mißverstandenes lag. Er bewegte sich weiter am Rand der Insel entlang, auf der Schwelle zwischen Land und Wasser.

Margaret Looney ging vom Postamt zur Küste hinunter und behielt ihn aus geringer Entfernung im Auge, jeden Moment auf die schreckliche Möglichkeit gefaßt, er könne sich ertränken.

Wohin ging er? Was hatte er mit dem vierten Brief vor? Wußte er, daß sie die anderen verbrannt hatte? Sie glaubte sicher, daß es so war, und verspürte plötzlich den dringenden Wunsch, seinen Namen zu rufen. Doch aus dem Augenwinkel sah sie Nora Liathain ihr Häuschen an der Lond Road verlassen und näher kommen, um nachzuschauen, was da vorging, und die Anwandlung verflog.

Nicholas lief vierhundert Meter am Rand der Insel entlang, die Hosenbeine durchnäßt von den Wellen, die sie umspülten, und den Brief zum Schutz vor Spritzern hoch emporhaltend. Margaret schien es, als wandere er nun ziellos dahin, doch sie wußte genug von den verschlungenen Wegen der Liebe, um weiter zu folgen; sie hielt es nicht für unmöglich, daß dieses große Gefühl ihn plötzlich mit Allwissenheit und Einsicht ausgestattet hatte, nur um nicht sterben zu müssen. Es hätte sie kaum überrascht, wenn ihm die Liebe gestattete, an zwei Orten zugleich zu sein, und der Nicholas, dem sie folgte, keineswegs derselbe war, der den Brief geschrieben hatte. Sie war schier erdrückt von der Vielzahl der Möglichkeiten, und während der feuchte Sand ihre Fußabdrücke in sich aufnahm, ließ sie wie einer Horde Hunde mit gefletschten Zähnen ihrem mütterlichen Drang freien Lauf, Isabel zu retten. Doch als sie Nicholas durch das Wasser zum senffarbenen Boot von Seamus Beg, der *de Blaca*, waten sah, fühlte sie sich endgültig besiegt. Der Sand hielt sie fest, sie lief, ohne vom Fleck zu kommen, so wie unglücklich Liebende es in Träumen erleben. Sie sah, wie Nicholas dem Boot winkte, das schon abgelegt hatte, sah, wie er bis zur Taille im Wasser stand und kurz mit Seamus Beg sprach, bevor er ihm den Umschlag reichte. Das Boot fuhr davon, Margaret lief durch den luftleeren Raum, und Nicholas ließ sich nun endlich wie ein einziges langes Aufseufzen in das Meer sinken, das ihm bis zur Mitte reichte.

## 12

Und damit endete es. Wenn es nur ein Ende gäbe. Wenn nur der Augenblick käme, in dem alles Verlangen gestillt wäre und die Geschichte erstarrte, jenseits von Kummer und Enttäuschung, Alter und Tod innehielte. Doch nicht das Ende, die Geschichte selbst war, worauf es ankam. Denn letztlich war die Welt doch recht einfach gestrickt. Selbst die verwickeltste Handlung, die reinste Willkür und der wildeste Zufall fügten sich wie maßgefertigte Zahnräder in das große Getriebe der Welt.

Es gibt eine Bedeutung, einen Sinn in allem, dachte Nicholas, als er sich an Land schleppte und triefend naß auf dem weißen Sand lag. Es paßt alles perfekt zusammen, sagte er laut und brach in Gelächter aus, ohne im mindesten überrascht zu sein, als Bänder von weißem Satin aus seinem Mund zu fliegen schienen.

Er blickte auf und sah das Boot, das seinen Brief zu Isabel trug, in der Ferne immer kleiner werden. Es war der vierte Liebesbrief. *»Amor«*, sagte er, erfüllte die Luft mit dem Klang, dachte an die Reise, die der Botschaft bevorstand, wußte nicht, daß die anderen drei verbrannt waren, lachte laut heraus, als er den Brief davonziehen sah, ohne recht das dröhnende Gelächter seines Vaters zu vernehmen, der neben ihm lag. Wenn sie auf diesen Brief hin nicht kommt, bin ich im Unrecht, dachte Nicholas. Aber sie wird kommen.

»Das wird sie, weil es so sein soll«, sagte sein Vater, unhörbar für Nicholas, aber klar und vernehmlich in den Ohren von Margaret Looney, die von hoffnungslosem Grauen erfaßt keine hundert Meter weiter im Sand stand.

»Sie wird kommen«, sagte Nicholas laut, »sie wird«, und war sich plötzlich bewußt, daß der Grund ganz einfach der war, weil nur so die Welt sich zusammenfügte, nicht unserem Plan noch einer Form folgend, die wir uns ausdenken, sondern nach ihrem eigenen, verrückten Muster, das sich Tag um Tag durch alle Verwicklungen und Sorgen zieht bis zu dem Punkt, an dem ich hier liege und weiß, daß ich nicht anders kann, als sie zu lieben, und die Wege der Liebe und Gott ein und dasselbe sind. Sie wird kommen.

Er lag neben seinem Vater am Strand und beobachtete, wie der westliche Himmel langsam über ihm dahinzog, sich die blauen Ebenen unablässig und mühelos zusammenfügten und sanft wieder voneinander lösten. Bis zu dem Augenblick, in dem seine Mutter kam und sich zu ihnen setzte. So blieben die drei beieinander, an einem mehr oder weniger zufälligen Ort, und doch sah Muiris Gore sie, als er auf einem Kinderstuhl stand und mit dem Schraubenzieher versuchte, William Coughlans Bild von der Wand zu lösen. Die Schraube ließ sich zwar drehen, ging aber nicht heraus, und Muiris mühte sich eine Viertelstunde lang erfolglos ab, bis ihm die Beine zitterten, ohne zu begreifen, daß es Ursachen und Wirkungen gab, die nicht wissenschaftlich erklärbar waren. Erst als er aufgab, vom Stuhl kletterte und sich zum Verschnaufen an das vorderste Pult lehnte, bemerkte er zum erstenmal, daß das Gemälde eigentlich die überdimensionale Darstellung eines uralten Mannes war. Er blinzelte, um das Bild verschwinden zu lassen, und mußte sich hinsetzen, als es hartnäckig blieb. Dann lachte er. Und lachte. Margaret Gore hörte das Gelächter, als sie sich heimwärts wandte, blickte zur Schule auf der kleinen felsigen Anhöhe und bemerkte zu ihrer Verblüffung, daß sie von innen heraus leuchtete. Als ihr Mann aus der Tür trat, erschien er um zwanzig Jahre verjüngt, und sie sah ihn aus der Ferne wie einen einfallenden Lichtstrahl auf sich zukommen. Alles war hell erleuchtet. Goldene Vögel flogen durch die Luft, und als die Inselbewohner an ihre offenstehenden Türen kamen, wehte ihnen ein weißer Geruch von Eukalyptus entgegen, der sie an Afrika denken ließ. Selbst die Fischerboote dufteten danach, als sie abends in den Hafen einliefen. Alle Kissen auf der Insel verströmten das Aroma von Eukalyptus, dem unverkennbaren Duft der Liebe auf der ganzen Welt.

Niemand wußte zu diesem Zeitpunkt, und es spielte auch keine Rolle, daß Seamus Beg in einen Sturm geraten und der letzte Liebesbrief in den Atlantik geweht werden würde, daß Isabel ihn ebenso wie die anderen Briefe nie empfangen und das Warten auf Antwort noch weitere drei Wochen und zwei Tage dauern sollte. In jenem Augenblick lag der seltene Hauch von Heilung in der Luft, von Dingen, die sich emporhoben und zusammenfügten, die Geschichte wurde plötzlich vorangetragen wie von einem gewaltigen Schwall, der alles emporwirbelt und dahinschießen läßt, in dem Wissen, daß ein machtvoller Geist von irgendwo darauf herunterblickt.

Das alles lag in der Luft, und in ebenjenem Moment, als sie neue Liebe zu Muiris Gore in sich erwachen spürte, strömten Margaret Looney die Tränen aus den Augen, denn plötzlich wußte sie um das Zukünftige: Isabel würde schließlich auf die Insel zurückkehren und Nicholas gestehen, daß sie ihn liebte, daß sie Peaders Kind in sich trug, ihn jedoch niemals wiedersehen wollte; keinen Augenblick seit Nicholas' Abreise hatte sie einen Atemzug getan, ohne an ihn zu denken. Wohin das alles führte, war ebenso unklar wie das, was hinter ihnen lag, und doch galt für sie alle, daß die Wege Gottes und der Liebe zusammenführten und ein und dasselbe waren und daß es Nicholas Coughlan von Geburt an bestimmt war, Isabel Gore zu lieben.